MW01257140

Gianluca Gotto

SUCCEDE SEMPRE QUALCOSA DI MERAVIGLIOSO

MONDADORI

Dello stesso autore
in edizione Mondadori
Come una notte a Bali
Le coordinate della felicità

▲ librimondadori.it

Succede sempre qualcosa di meraviglioso
di Gianluca Gotto
Collezione Novel

ISBN 978-88-04-72904-4

© 2021 Mondadori Libri S.p.A., Milano
I edizione febbraio 2021

Anno 2021 - Ristampa   3 4 5 6 7

Succede sempre qualcosa di meraviglioso

*Dedicato a ogni alba e a ogni tramonto a cui ho assistito.
E a tutti i maestri inconsapevoli incontrati nella mia vita.*

1

Il nonno chiamava sempre lo stesso giorno, sempre alla stessa ora. Alle ventuno in punto di ogni domenica sera, sul telefono di casa, e io e mamma sapevamo che non poteva essere nessun altro. «Eccolo» esclamava lei. «Puntuale come un orologio svizzero.» A volte alzava anche gli occhi al cielo nel dirlo, ma la sua era solo una recita. Dietro quel suo modo di fare riuscivo a intravedere un certo sollievo: quello di chi sa che qualcuno la cerca, sempre e comunque, ma anche quello di una donna adulta, vicina ai cinquanta, che può ancora contare sul padre.

Il telefono non arrivava al terzo squillo. «Ciao, papà» diceva lei afferrando la cornetta. Non c'era bisogno di dire: "Pronto?", né di chiedere chi fosse. Era solo il nonno, che si rifiutava di imparare a usare il cellulare, a chiamare ancora sul numero di casa.

Mentre loro parlavano del più e del meno, io me ne stavo a tavola, davanti ai cartoni freddi e secchi della pizza, altro rituale della domenica sera. A volte provavo ad ascoltare cosa si dicevano, più spesso ingannavo il tempo al cellulare in attesa della "staffetta": dopo cinque, massimo dieci minuti, mia madre mi avrebbe chiamato e a quel punto mi sarei spostato dalla cucina, con le sue pareti bianche che riflettevano la forte luce del lampadario e il gracchiare inascoltato della televisione in sottofondo, al soggiorno buio e silenzioso.

Io e il nonno ci vedevamo poco perché lui viveva in campagna, fuori città, e ci volevano quaranta minuti in auto per raggiungere la sua casa. Questa, in realtà, era solo la giustificazione che io e la mamma usavamo quando ci sentivamo in colpa perché era passato troppo tempo dall'ultima volta che eravamo andati a trovarlo. Il vero motivo era che, di tempo, non ne avevamo mai abbastanza. Mia madre era molto impegnata con il suo lavoro, io con l'università prima e con lo stage poi. In un modo o nell'altro, tornavamo a casa ogni giorno a pomeriggio inoltrato ed eravamo troppo stanchi per salire in auto.

Questo il nonno non ce lo aveva mai fatto pesare. Anzi, quasi si scusava per aver scelto di restare a vivere fuori città, ma diceva sempre che per lui quella casa era "più di quattro fredde pareti". Quando poi andavamo a trovarlo, sembrava sinceramente dispiaciuto per il tempo che ci aveva fatto perdere. E ogni volta, per ringraziarci, cucinava qualcosa per noi. Avevamo provato a convincerlo tante volte a prendere una pizza d'asporto, così che non dovesse mettersi ai fornelli, ma lui era irremovibile: ci diceva, con un sorriso, che era solo un piacere. Ed era impossibile non credergli. Ogni volta lo osservavo ammirato: preparare un pranzo o una cena per la figlia e il nipote era inusuale per un uomo della sua età e della sua generazione, eppure lo faceva con grande naturalezza e con una evidente gioia.

«Avere le persone che ami al tuo stesso tavolo significa avere tutto» aveva commentato una volta mentre tagliava una cipolla.

Ci vedevamo poco, ma il legame tra me e il nonno era forte. E quella telefonata della domenica sera era sacra. Lo era anche perché, quando sei figlio di genitori divorziati, e le due persone che fin da bambino rappresentavano per te l'idea di amore si odiano al punto di desiderare soltanto di stare il più lontano possibile, è molto difficile avere dei punti di riferimento stabili. O anche solo credere che possano esistere.

I miei genitori si erano separati quando avevo quindici anni, dopo due anni di litigate e silenzi assordanti. Da allora, la mia esistenza era cambiata per sempre. Ed era cambiata anche la mia visione delle piccole cose della vita. Quelle che, quando le hai, le dai per scontate e, quando non le hai più, ti fanno soffrire. E allora, forse, tanto piccole non erano.

Quando i tuoi genitori si lasciano, tu non hai più una casa, ne hai due. Due armadi dove tenere i tuoi vestiti, due letti in cui dormire, due cucine dove fare colazione, pranzo e cena, due bagni in cui guardarti allo specchio ogni mattina. All'inizio, come per tutto ciò che è nuovo, ti sembra un'avventura. Poi diventa un fastidio. Alla fine, è solo stressante. Ti chiedi se fosse proprio necessario arrivare fino a quel punto.

I tuoi genitori vanno avanti con la loro vita e tu hai l'impressione che ti abbiano lasciato un po' indietro, anche se si impegnano a farti credere il contrario. Oppure si sforzano di portarti con sé, ma allora ti senti un peso. Nella loro quotidianità arrivano altre persone, e quindi anche nella tua. Persone che conosci e con cui ti sforzi di andare d'accordo. Poi, magari, spariscono così come sono arrivate, e tu non ne sei né felice né infelice. La tua unica certezza è che ci sono sempre delle novità all'orizzonte: spostamenti, nuove abitudini, prospettive un tempo impensabili.

In questa situazione che cambia continuamente è facile sentirsi persi. Io ero fortunato, perlomeno avevo il nonno. Con la sua telefonata della domenica sera e quel suo modo indefinibile di essere presente anche senza dirlo, era come una boa sempre ben visibile in un mare di incertezza.

Gli volevo bene, certamente, ma provavo anche una profonda stima nei suoi confronti. Non solo perché, nonostante l'età e qualche acciacco, era ancora un uomo forte, che amava passeggiare in montagna e andare in bicicletta. Non solo perché era una persona interessata e interessante, curiosa e attiva. Non solo perché parlava poco ma sorrideva tanto, e spesso usava il sorriso per rispondere, come se non ci fosse nulla da aggiungere. A volte mi sembrava di *sentirlo*, quel suo sorriso, anche se eravamo al telefono e non potevo vederlo.

Il motivo per cui lo rispettavo e lo ammiravo così tanto era un altro e riguardava una storia di cui nessuno, in famiglia, parlava volentieri.

Il nonno era vedovo da una decina di anni, una situazione già tragica di per sé, ma resa anche beffarda dal tempismo con cui la morte si era presentata nella sua vita: due settimane prima di andare in pensione, mia nonna era mancata nel sonno a causa di un problema congenito al cuore di cui nessuno era a conoscenza.

Perdere un proprio caro è già doloroso, ma perderlo a un passo dalla libertà della pensione è straziante. Mio nonno si sarebbe ritrovato ad avere tutto il tempo di questo mondo, ma senza nessuno con cui condividerlo. Tutti quanti, in famiglia, temevamo che non si sarebbe più ripreso, specialmente dopo averlo visto, al funerale, in lacrime e quasi incapace di reggersi in piedi. Un uomo distrutto. Mio padre lo aveva sorretto per tutta la funzione. Quando poi si era accasciato sulla bara chiusa, credo che ognuno dei presenti aveva pensato la stessa cosa: "Come potrà mai andare avanti?". Una domanda che ne innescava una seconda, terribile: "Quanto tempo passerà prima del suo, di funerale?".

E invece successe qualcosa di inaspettato. Innanzitutto il nonno decise di continuare a lavorare per altri sei mesi. Quelle sue trasferte, lunghe e lontane, ci apparvero come un tentativo di non pensare, di rifiutare il lutto. Continuava a sembrarci un uomo distrutto e impossibile da aiutare, perché completamente chiuso in se stesso e nel suo dolore. Tutti eravamo preoccupati per lui, ma poi, al rientro dall'ennesimo viaggio di lavoro all'estero, era diventato un uomo nuovo. Non c'era più traccia di tristezza sul suo volto, non era più disperato. Ogni suo atteggiamento, ogni suo gesto erano ora pieni di amore. Nessuno di noi, in famiglia, era in grado di spiegare cosa gli fosse successo, ma il cambiamento era evidente.

Il nonno annunciò che aveva deciso di andare in pensione. Da quel momento divenne un punto di riferimento per tutti quanti, perché si prendeva cura di ognuno di noi. Sembrava quasi che la sua nuova missione di vita fosse quella di tenere unita la famiglia, un'impresa difficile dopo il divorzio dei miei genitori.

In qualche modo era riuscito a lasciarsi la sofferenza alle spalle e ripartire, con un incredibile ottimismo, trasformandosi sempre più nel collante della nostra famiglia. Nonostante quel crudele scherzo del destino, non aveva sfogato la sua frustrazione sugli altri, divenendo una persona carica di odio e rancore. Al contrario, non aveva mai una parola di rabbia o una cattiveria per nessuno.

Divenne più presente che mai. Telefonava, si preoccupava, ci aiutava nelle piccole cose, e soprattutto ci ascoltava. Tuttavia, era come se celasse una ferita ancora aperta dentro di sé, e ogni domenica sera rifiutava con gentilezza qualsiasi mio tentativo di spostare l'attenzione verso il suo lato della cornetta. Voleva che fossi io a parlare, lui ascoltava e basta. Non c'era alcuna possibilità che condividesse con me quello che aveva dentro. E più insistevo, più lui si chiudeva, così mi ero messo il cuore in pace e avevo smesso di provarci.

Da una parte era davvero un'autodifesa, dall'altra lui sapeva ascoltare gli altri nel modo che appartiene solo a coloro che *amano* ascoltare gli altri. E questa è una dote rara.

Intorno a me avevo sempre individuato due tipi di persone: quelle che non appena ti apri un po' ti sovrastano con le loro sentenze spacciate per innocue opinioni; e quelle che restano in silenzio ma non ti ascoltano. Veri e propri muri contro cui le tue parole rimbalzano senza alcuna possibilità di passare dall'altra parte.

Poi c'era il nonno, che stava in silenzio per concentrarsi totalmente su ciò che dicevo io. Non gli sfuggiva un dettaglio e, se non capiva un concetto, una parola o il senso di una mia riflessione, mi chiedeva di ripeterglieli. Gli volevo bene anche per questo.

Possedeva un'empatia rara, quella che ti porta a preoccuparti per gli altri invece di pensare costantemente a quanto la vita sia stata ingiusta con te. Avresti tutto il diritto di lamentarti, deprimerti e cadere nel più totale vittimismo, e invece non lo fai. Solo le persone davvero sensibili ci riescono, perché questo significa andare oltre la propria sofferenza per non diventare ciechi dinnanzi a quella altrui.

Il nonno era una di queste persone. Forse è proprio questo il motivo per cui fu il primo ad accorgersi della mia depressione.

2

Ci sono momenti in cui tutto va esattamente come lo immaginavi. La vita segue il solco tracciato dalle tue speranze e aspettative come un fiume in piena, apparentemente inarrestabile. A volte ti fermi, te ne rendi conto e sei felice per questo. Dentro di te, nel profondo, una vocina dice qualcosa che non sogneresti mai di esprimere ad alta voce: "Te lo meriti. Te lo meriti, cazzo, perché hai sempre fatto del tuo meglio. Non sei un fenomeno, non sei un predestinato, non hai ambizioni fuori dal comune, però hai sempre fatto del tuo meglio. Ti sei impegnato affinché tutto andasse in un certo modo e, ora che sta succedendo, ti sembra giusto. Semplicemente giusto".

Mi sentivo così il giorno del mio venticinquesimo compleanno. La mia ragazza mi aveva organizzato una festa a sorpresa, c'erano tutti i miei amici, si beveva, si mangiava, si rideva. Si era felici e io, in un momento in cui mi trovai solo, senza nessuno da salutare o ringraziare, sorrisi pensando che tutto stava andando alla perfezione. Tutto.

Ero in salute, amavo tenermi in forma. Giocavo a basket in una piccola squadra amatoriale, mi allenavo una volta ogni due giorni. E tra amici e parenti ero da tempo rinomato per la mia fame, quella fame tipica delle persone piene di vita, che si mangerebbero il mondo intero.

Lavoravo come stagista (retribuito) in un prestigioso studio di architettura della mia città, dove tutto faceva pensare che avrei avuto una lunga carriera di successo, perché mi impegnavo ogni giorno come se non esistesse nient'altro e i miei sforzi erano riconosciuti. Un giorno, tre mesi circa dopo il mio arrivo, il proprietario dello studio mi aveva convocato nel suo ufficio per dirmi che al termine dei sei mesi dello stage mi avrebbero assunto con un contratto a tempo indeterminato. Mi aveva stretto la mano, come a suggellare una promessa che a suo dire si sarebbe realizzata "al 99 per cento". Per me, lavorare stabilmente lì avrebbe significato *arrivare*, farcela, ammirare il panorama dalla cima della montagna. Dopo cinque anni di liceo artistico, altrettanti di università, sei mesi di stage e migliaia di ore a disegnare e progettare per conto mio, non c'era altro a cui potevo ambire.

Alle spalle avevo una famiglia la cui unità era stata crepata dal divorzio dei miei genitori, ma su cui potevo comunque contare. Mia madre avrebbe fatto di tutto per me, era forse fin troppo apprensiva, ma rappresentava certamente un pilastro. Su mio padre potevo contare un po' meno, dal momento che si era fatto una nuova famiglia dopo la separazione e ora aveva due figli piccoli. Per quanto si sforzasse, ora le sue attenzioni erano inevitabilmente rivolte altrove. Ma ero più fortunato di altri, io almeno un padre lo avevo. E poi c'era il nonno, una presenza leggera ma costante, con quella sua telefonata della domenica sera e la preziosa sicurezza che riusciva a trasmettermi: «Per qualsiasi problema, ci sono qua io, Davide» mi diceva spesso.

C'erano gli amici, ovviamente. La mia vera forza, però, era Valentina. Ci eravamo conosciuti sui banchi di scuola alle medie, poi le nostre strade si erano separate e alla fine, durante il liceo, ci eravamo ritrovati. E l'amicizia fanciullesca era diventata amore, una storia che era cresciuta col tempo. Sette anni, per la precisione. La amavo perché con lei mi sentivo al sicuro. Bastava che guardassimo un film insieme e per me la giornata era un'ottima giornata, bastava sentirla prima di andare a dormire per dormire bene. Mi bastava pensare al futuro insieme per sorridere. Era troppo presto per dire che fosse la donna della mia vita, ma certamente potevo dire di non volere nessun'altra.

Quando avevo iniziato lo stage, avevamo parlato di andare a convivere. Lei abitava con i suoi genitori, io con mia madre, e alla nostra età sentivamo forte il bisogno di indipendenza, ma anche, dopo tanto tempo, quello di portare la nostra relazione a un altro livello. Visto che lei aveva già un lavoro a tempo indeterminato nel settore commerciale di una grande multinazionale, tra il suo stipendio e quello che avrei percepito io avremmo potuto permetterci l'affitto di un posto piccolo, ma nostro. Non vedevo l'ora che arrivasse quel momento, era forse questa l'unica cosa a mancare nella mia vita.

Eppure quando mi invitarono a spegnere le candeline ed esprimere un desiderio, la sera del mio compleanno, a questo non ci pensai nemmeno. In fondo la convivenza non dovevo chiederla a qualcuno, dipendeva da noi. Di ciò che era al di fuori del mio controllo, però, non c'era davvero nulla che potessi desiderare. Alla fine, quando soffiai sulle candeline, chiesi semplicemente che tutto restasse così, poco prima che anche l'ultima fiammella diventasse una riga di fumo nell'aria.

Commisi un grave errore. Forse l'universo si offese per la scarsa considerazione che diedi a quella possibilità. O forse volle semplicemente farmi capire, con le cattive, che tutto cambia, sempre, e che gli avevo solo fatto perdere tempo desiderando qualcosa di impossibile. Forse non fu niente di tutto ciò.

L'unica certezza che ho è che, da quel momento, andò tutto a rotoli.

3

Trascorsi le ultime settimane di stage senza alcuna preoccupazione. La firma sul contratto a tempo indeterminato era una pura formalità, e tutti mi dicevano di stare tranquillo. Solo il nonno aveva detto che avremmo festeggiato tutti insieme soltanto quando avessi davvero firmato il contratto. Ci ero rimasto un po' male, avrei voluto che fosse più entusiasta.

Quel giorno il cielo era grigio, pioveva e faceva freddo. Una normale giornata di inizio febbraio. La notte avevo dormito come un bambino. Due giorni prima avevo persino prenotato una torta in una pasticceria per festeggiare con Valentina. Ecco quanto ero sicuro che sarebbe andato tutto bene.

Arrivai in ufficio per primo, mi sedetti alla scrivania e mi misi al lavoro come fosse un giorno qualsiasi. Quando il proprietario mi fece cenno di entrare nel suo ufficio, ebbi il primo dubbio: cos'era quell'espressione sulla sua faccia?

Entrai sorridendo, ma un po' teso, più di quanto avevo immaginato. Lui mi guardò con un'espressione che poteva dire tante cose, certamente non una buona notizia. Mi fermai, paralizzato. "No, non può essere." Me lo ripetei un migliaio di volte nella testa. "No, non può essere."

E invece era proprio così. Mi chiese di sedermi e lo feci. Poi mi parlò di problemi, imprevisti, concorrenza sleale, freelance che distruggono il mercato, la crisi economica, lo stato che non aiuta le piccole imprese. Tante parole, che ascoltavo senza nemmeno capirle. Nella mia testa, c'era solo una domanda: "E ora?".

Conoscevo quella sensazione. Una volta avevo fatto una scommessa su una partita di calcio e a venti minuti dalla fine la squadra su cui avevo puntato vinceva per tre a zero. Ero con degli amici ed ero così sicuro di aver vinto che avevo già iniziato a esultare e a pensare a tutte le cose che avrei comprato con la vincita. Avevo persino smesso di guardare la partita, tanto ero sicuro del risultato. Quando poi ero andato a controllare il risultato finale, giusto per scrupolo, avevo scoperto che era finita quattro pari. Ecco, la sensazione che provai quando scoprii di essere diventato disoccupato era la stessa. Ma amplificata per un milione di volte. Ti senti precipitare nel vuoto, è come se ti togliessero il terreno da sotto i piedi. Ti manca il fiato, come quando da bambino vai sulle giostre e ti sembra che vadano veloce, troppo veloce. Solo che nel mio caso il giro sembrava non finire mai.

Al proprietario dello studio avevo detto che capivo la sua decisione, ma non era vero. La verità è che io avevo fatto del mio meglio. Più di quello che avevo dato e fatto non potevo dare e fare. Eppure non era bastato. Questo proprio non riuscivo ad accettarlo. Era un'ingiustizia. Non me lo meritavo.

Quella sera ero tornato a casa e avevo mentito a mia madre per la prima volta. Mi aveva chiesto se avessi firmato il contratto e avevo detto di sì. Lei voleva parlare, festeggiare, essere felice per me. Io recitai la mia parte ma poi mi chiusi in camera. Mi sdraiai sul letto e scoppiai a piangere, con la faccia premuta contro il cuscino per non farmi sentire da lei, che era in cucina a telefonare a mia zia per comunicarle la bella notizia.

Non lo avevo detto a nessuno, nemmeno a Valentina. A lei non ero riuscito a mentire così spudoratamente, avevo semplicemente preso tempo dicendo che la firma era stata rimandata, ma la situazione era sotto controllo. Erano tutti convinti che il lunedì successivo sarei andato al lavoro, come sempre. E invece la mia scrivania sarebbe stata occupata da un altro stagista, sicuramente meno stupido di me. Come avevo fatto a illudermi così ingenuamente? Mi ero costruito un castello in aria e ci ero andato a vivere, ma solo per scoprire che dentro non c'era niente di niente. E così avevo iniziato a precipitare.

Quando era arrivato, quel lunedì, avevo finto di andare a lavorare. Avevo pensato fino all'ultimo di dire la verità, ammettere che non ero altro che un disoccupato, ma non ce l'avevo fatta. Non riuscivo ad accettare quel fallimento e non volevo che gli altri mi vedessero come un fallito. Inoltre, dato che erano già passati alcuni giorni, ero ormai ufficialmente un bugiardo. Ammettere la verità mi avrebbe smascherato e allora tanto valeva aspettare ancora un po' prima di umiliarmi pubblicamente.

Quella mattina mi ero alzato, avevo fatto colazione, poi mi ero lavato, mi ero messo la giacca elegante, avevo preso la valigetta con i miei progetti e i miei strumenti e salutato mia madre prima di uscire di casa. Lei mi aveva fatto gli auguri per il mio primo giorno di "vero lavoro" tutta allegra: era stata come una pugnalata al cuore.

Avevo percorso la solita strada per arrivare allo studio, ma una volta lì, davanti al portone che avevo varcato per sei mesi pensando ingenuamente che lo avrei fatto per anni, non ero sceso dall'auto. Ero rimasto per un po' con le doppie frecce, a guardare i miei ex colleghi entrare, uno dopo l'altro. Perché loro sì e io no? Di ognuno avevo elencato mentalmente tutti i difetti a livello professionale e personale, stilando una lista infinita di motivi per cui non si meritassero di stare lì se non ci stavo anche io.

Poi avevo messo in moto e avevo proseguito dritto, senza una meta. Mi ero fermato nel parcheggio di un piccolo parco. Mi ero seduto su una panchina, con la mia valigetta e la mia giacca. Non facevo niente, se non pensare a quanto fosse ingiusta la vita. Erano le dieci di mattina e a quell'ora tutti erano al lavoro o a scuola. Solo i disoccupati e i pensionati erano in giro.

Quando un simpatico vecchietto mi diede il buongiorno, una scarica di ansia mi attraversò il corpo. Mi alzai, salii in auto e tornai a casa. Mi buttai nel letto, sotto le coperte, e guardai serie tv per tutto il giorno. Poco prima delle sei mi vestii nuovamente, presi la valigetta, uscii e aspettai che mia madre rientrasse per poter tornare a casa.

«Allora, com'è andata al lavoro?» mi chiese.

«Benissimo» risposi. «Ora mi faccio una doccia, sai, è tutto il giorno che sono fuori.»

Mi infilai nella doccia per davvero, forse sperando che l'acqua bollente potesse sciogliere il groppo che avevo in gola.

4

Dopo un paio di giorni a portare avanti quella farsa, lo avevo detto a Valentina. Ci era rimasta malissimo, molto più di quanto potessi anche solo immaginare. Aveva detto che tra di noi non dovevano esserci segreti.

Per qualche giorno non mi aveva voluto vedere. Credevo che la sua rabbia fosse dovuta al fatto che, non avendo un lavoro, non potevamo andare a convivere. Era quello il nostro grande progetto e io mi sentivo responsabile del fatto che non si sarebbe realizzato a breve. Mi sentivo un fallito.

Con il passare dei giorni, però, mi resi conto che Valentina era sempre più distante. Sempre più fredda nei miei confronti. Non mi baciava più, mi respingeva, sembrava passare del tempo con me solo per farmi un favore. Ero sicuro che fosse per la questione della convivenza saltata. Così sicuro che feci qualcosa che avrei fatto solo per lei, una prova certa dell'amore che provavo nei suoi confronti.

Una sera dissi a mia madre che dovevamo parlare. Lei si sedette in cucina, preoccupatissima. Svuotai il sacco... a metà. Le dissi che, dopo i primi giorni, il mio contratto era stato rivisto e cancellato. Era una scusa assurda, ridicola e patetica. L'avevo inventata perché mi vergognavo troppo di dirle della recita che avevo portato avanti. L'avrei distrutta. Non la prese bene, comunque. Si agitò, mi chiese più volte se avessi già cercato un altro lavoro. Disse anche di avere un amico avvocato e che forse avremmo potuto fare causa allo studio perché mi avevano fatto firmare un contratto che poi avevano annullato senza giusta causa. Le avevo detto di lasciar perdere.

Ero a metà del mio piano, perché la seconda fase richiedeva un paio di giorni di attesa. Attesi con addosso un'ansia nuova, che non avevo mai provato. Poi dissi nuovamente a mia madre che dovevamo parlare. Stavolta era meno preoccupata, forse pensava che peggio di così non potesse andare. Mi sedetti davanti a lei e mangiandomi l'orgoglio pezzo per pezzo le chiesi un prestito per poter pagare i primi sei mesi di affitto di un monolocale. Vista la situazione, era meglio non puntare a un bilocale. Le spiegai che io e Valentina desideravamo solo andare a vivere insieme e che, se avessi saputo di doverle restituire quella somma, mi sarei sentito responsabilizzato e mi sarei impegnato ancora di più nel cercare un altro lavoro.

Lei ne parlò con mio padre, senza promettermi una risposta positiva. Il giorno successivo mi disse di sì e io la ringraziai più e più volte. Ne fui davvero sollevato, perché Valentina, intanto, mi sembrava sempre più lontana, giorno dopo giorno. Quella era una svolta positiva, avrebbe riallacciato il nostro rapporto.

Una mattina le scrissi. Lei era al lavoro, io ero a casa a deprimermi. Le chiesi di vederci alla "nostra" panchina. Quella dove ci eravamo scambiati i primi baci, da ragazzini.

Le giornate erano ancora corte e alle sei era già buio. Faceva freddo. Valentina arrivò in ritardo e non si scusò. Mi sembrò quasi un'altra persona quando si sedette di fianco a me sulla panchina. Certamente era diversa dalla ragazza con cui mi ero fidanzato sette anni prima.

«Ho una cosa da dirti» le dissi prendendole le mani.

Lei si ritrasse.

«Hai le mani fredde» si giustificò velocemente.

Provai a guardarla negli occhi, ma evitava il mio sguardo.

«Comunque… vorrei dirti una cosa…»

«Posso dirti una cosa?» fece lei brusca.

Ora sì che mi guardava, ma preferivo quando mi evitava. I suoi occhi erano spenti, vuoti. Era lontana, lontanissima. «Sì... certo. Dimmi» risposi provando a mantenere la calma. Un pensiero terribile mi passò per la mente, incastrandosi tra i suoi fili.

«Non so come dirtelo...» iniziò lei. Prese a torturarsi le mani. Tirò su con il naso.

«Dirmi... cosa?»

«Davide, io non provo più niente per te.» E mi guardò dritto negli occhi, i suoi adesso erano pieni di vita e di energia. Ora la riconoscevo, Valentina. Solo che non era più la *mia* Valentina. Era la ragazza che conoscevo, ma senza l'amore per me.

«Vale, ma cosa stai dicen...»

«Non sono più innamorata di te» mi interruppe.

La guardai sbalordito, mentre cercavo con fatica le parole.

«Stai... scherzando?»

Scosse la testa. Ora gli occhi erano lucidi, ma non perché fosse triste a causa di quello che diceva. Probabilmente era triste nel vedermi così scioccato. Sapeva che mi stava spezzando il cuore.

«Nel rispetto di quello che c'è stato tra di noi, di tutti questi anni, volevo che tu lo sapessi. Lo so, è brutale. Mi dispiace tantissimo. Ma cosa posso fare? Se non provo più niente, cosa posso fare? Devo fingere?»

Abbassai lo sguardo, gli occhi pieni di lacrime, la morte nel cuore.

«È iniziato tutto quando abbiamo deciso di andare a convivere» proseguì lei, come se stare in silenzio l'avrebbe uccisa. «In quel momento, quando ho capito che stavamo davvero per fare le cose in grande, ho sentito che il sentimento che c'era all'inizio... non c'era più. Mi dispiace tanto, Davide. Non so cosa dire. Di' qualcosa tu.»

Non dissi nulla, rimasi con lo sguardo basso, le mani in mano, a guardare i pochi fili di erba che spuntavano da quel prato secco che di lì a pochi mesi sarebbe diventato verdissimo.

«Di' qualcosa» mi implorò lei.

Non dissi nulla.

«Mi dispiace» disse lei. Si guardò intorno. I lampioni erano accesi e il cielo era scuro. Faceva freddo. Sembrava notte fonda. Se dopo aver perso il lavoro mi sentivo precipitare, in quel momento sentivo il vuoto che mi scavava dentro, fino all'anima.

«Mi dispiace» ripeté Valentina.

Poi si alzò e se ne andò, lasciandomi da solo su quella che fino a quel giorno era stata la "nostra" panchina. Ora, invece, era solo una merdosissima panchina in un parco in cui promisi di non mettere mai più piede.

5

Fin da quando avevo perso il lavoro, dubitavo che sarei mai riuscito a superare del tutto quella che per me era un'enorme e innegabile ingiustizia. Pensavo però che con il tempo il fastidio si sarebbe diluito nel mio cuore e sarei comunque riuscito ad andare avanti con la mia vita. Forse, un giorno, semplicemente non ci avrei più pensato.

Ma quando Valentina pose fine alla nostra storia, ebbi la certezza che tutto quel dolore non sarei *mai* riuscito a sopportarlo. Mi convinsi che sarebbe andata a finire male per me, senza ombra di dubbio. Un conto è perdere un lavoro per cui hai dato tutto te stesso, un conto è perdere anche la ragazza che ami senza aver fatto niente di male.

Glielo avevo chiesto a Valentina, ossessivamente, in centinaia di messaggi: "Cos'ho fatto di sbagliato? Perché?". Ogni volta lei mi aveva detto che non c'era un perché: non c'era un altro, non avevo sbagliato nulla. E non c'era nessuna promessa in grado di cambiare le cose: semplicemente, non voleva più stare con me.

Non sapevo se crederle, ma non importava. Senza un perché, senza una spiegazione precisa, non sarei mai riuscito ad andare avanti. Volevo sapere perché non mi amava più, perché avesse deciso di fare un gesto forte come lasciarmi, senza nemmeno darmi una seconda possibilità. Non lo accettavo. Per niente.

Nel giro di un anno ero passato dall'essere un giovane neolaureato di belle speranze, entusiasta come non mai alla prospettiva, concreta, di iniziare una brillante carriera da architetto, al diventare uno dei tanti giovani che non studiano né lavorano. Dall'essere un ragazzo innamorato della sua fidanzata e pronto ad andare a vivere con lei, al diventare la persona più solitaria di questo mondo. Solitaria perché ero incazzato con chiunque e così mi stavo lentamente isolando dalle persone, che fossero amici, conoscenti o famigliari.

Avevo smesso di andare agli allenamenti della squadra di basket e, quando un compagno di squadra mi aveva chiamato per chiedere conto delle mie assenze, gli avevo risposto male, pieno di rabbia, attaccandogli il telefono in faccia per poi cancellarmi dalla chat della squadra. Da quel momento non avevo più toccato una palla da basket e non avevo più rivisto nessuno di loro.

Avevo definitivamente smesso di cercare un lavoro. Già prima della rottura con Valentina non avevo mosso un dito per trovare un nuovo impiego, ma dopo mi ero arreso del tutto. Passavo le mie giornate a ripetermi che la vita era profondamente ingiusta con me, e allora tanto valeva non provarci nemmeno. Una sera, sdraiato sul letto senza riuscire a addormentarmi, mi promisi che non avrei mai più cercato un lavoro da architetto. Per me la questione era chiusa. Avrei fatto altro nella vita, non sarei più tornato su quella strada, perché quello era un mondo iniquo e io ero vittima delle ingiustizie di chi lo abitava.

Era per lo stesso motivo che avevo smesso di frequentare le persone. Mi sentivo vittima anche delle loro, di ingiustizie. Perché aprirsi con qualcuno se poi da un giorno all'altro può dirti che non ti ama più? Vale per una fidanzata, vale per un amico. Decisi che ne avevo abbastanza della gente. Me ne sarei rimasto da solo, al costo di spegnermi lentamente. Ma non mi sarei mai più fidato di nessuno.

La mia involuzione era evidente a chiunque e così, piano piano, tutte le persone che avevo intorno cominciarono a preoccuparsi. Più lo facevano e più io mi allontanavo, perché non volevo condividere (e forse ammettere) ciò che stavo attraversando. Ero sicuro che nessuno potesse capire e gestire il mio stato d'animo. Cos'è la depressione se non una nuvola nera che avvolge costantemente le tue giornate e che solo tu puoi vedere? Come può capirlo chi non ci è passato? La mia reazione alle domande e alle richieste fu di chiudermi a riccio. Almeno finché il telefono non squillava, ogni domenica sera, alle ventuno in punto.

L'unica persona di cui ancora mi fidavo era il nonno. Forse perché lui sapeva ascoltare per davvero e non giudicava mai. Con lui, e solo con lui, decisi di aprirmi. E non ne rimasi deluso.

Lo avevo deciso quando una domenica sera mi chiese cosa mi stesse succedendo. Se i miei genitori sapevano che non avevo più un lavoro, a nessuno avevo detto che non avevo più una fidanzata, e tutti sembravano non avere il minimo sospetto che dietro il mio atteggiamento ci fosse qualcosa del genere. Tranne il nonno, perché lui ascoltava attentamente ogni mia parola, anche le più insignificanti. E quando risposi farfugliando che andava tutto bene, lui si rese conto che qualcosa non andava. Non disse nulla, parlammo di altro, ma il giorno successivo, dopo cena, mia madre mi chiese se stessi bene. Le avevo subito chiesto il motivo di quella domanda e lei aveva ammesso che il nonno l'aveva chiamata perché era preoccupato per me.

La domenica successiva, durante la nostra consueta chiacchierata al telefono, il nonno affrontò direttamente il problema.

«Senti, Davide. Smettiamola con i convenevoli. Che cosa succede?»

«In che senso…?» Non ero abituato a sentirlo così deciso e preoccupato.

«Sai cosa intendo. Hai la voce triste.»

Feci un sospiro e chiusi gli occhi. Poi decisi di aprirmi, per la prima volta. Sapevo che il nonno non mi avrebbe pugnalato se avessi mostrato il fianco.

«La mia vita è un disastro» dissi a bassa voce, affinché mia madre non sentisse. Ascoltare quelle parole uscire dalla mia bocca mi fece venire voglia di piangere. Il nonno non disse nulla, restò in silenzio com'era solito fare.

«Nonno?»

«Sono qui, Davide. Perché non mi racconti tutto quanto?»

Feci un altro sospiro profondo.

«Sai che ho studiato Architettura? E poi che lavoravo in quello studio? Ecco, non me lo hanno fatto il contratto, alla fine.»

Ancora silenzio.

«Nonno, ci sei?»

«Ci sono, ci sono. Vai avanti, per favore. Lo sai che ti ascolto.»

«Ho perso il lavoro da tempo ormai. All'inizio per la vergogna non l'ho detto a nessuno. Poi ne ho fatto parola con mamma e lei ha detto che non te lo avrebbe comunicato per non farti preoccupare. Mi sono ritrovato senza niente da fare, tutti i giorni. È deprimente. E adesso non ho un lavoro e non ho più nemmeno voglia di cercarne uno. Sono arrabbiato con il mondo intero, nonno. È ingiusto, io avevo fatto tutto nel modo giusto. Me lo meritavo... Non ho la forza di cercare un nuovo impiego. Non riesco ad accettare di aver perso quello là, senza un perché. Ho paura di restare disoccupato a vita.»

Mi aspettavo che mi dicesse qualcosa come: "E certo! Se non lo cerchi come fai a trovarlo?". Invece non disse nulla.

«Valentina mi ha lasciato» aggiunsi tutto d'un fiato. La conosceva, perché stavamo insieme da così tanti anni che veniva anche ai nostri pranzi di Natale.

«Oh» disse il nonno. Sembrava più preoccupato per questo che per il lavoro.

«Mi ha lasciato» ripetei. «Non mi amava più. Anche lei non mi ha spiegato perché. Ha detto che è così e basta. Ma io questo non posso accettarlo. Non ce la faccio. Non lo so, nonno.»

«Non sai cosa?»

27

«Non lo so» ripetei scuotendo la testa e stringendo con forza la cornetta. Stavo valutando se tirare fuori tutto quello che avevo dentro oppure no. Era un passo che non avrei fatto con nessun altro, ma in fondo chi altri era capace di ascoltarmi come faceva il nonno?

«Nonno, sto perdendo la voglia di vivere.»

Lui rimase in silenzio, come faceva sempre. In quel caso avrei voluto che dicesse qualcosa, qualsiasi cosa pur di non farmi pesare quel vuoto. Alla fine parlò e quello che uscì dalla sua bocca fu totalmente inaspettato.

«Tu pensi troppo.»

«Come?»

«Pensi troppo. Come me. Ho avuto lo stesso problema per tutta la vita.»

Fui io a restare in silenzio, stavolta.

«Pensare è un problema?» chiesi.

«È una malattia.»

Aggrottai la fronte. «Una malattia? Non capisco.»

Il nonno sbuffò. Era strano, non lo avevo mai sentito frustrato.

«Vorrei essere bravo come lui...» sussurrò.

«Nonno... lui chi?»

Silenzio.

«Nonno?»

«Ascoltami, Davide. Tu hai bisogno di fare qualcosa. Un'attività di qualunque tipo, ma non devi stare fermo tutto il giorno a pensare. Così ti fai del male. Dovresti ricordare sempre... diamine, com'è che diceva...»

Quel nuovo tono di voce, quasi frustrato, mi spaventava. Non lo avevo mai sentito così agitato.

«Maledetta memoria... com'è che diceva...?»

«Nonno, stai tranquillo. Che problema c'è?»

«Ecco!» esclamò. «Tu non sei la tua mente. Ecco cosa diceva sempre. Ricordatelo, Davide: tu non sei la tua mente.»

«E cosa significa?»

«Purtroppo non sono bravo a spiegare queste cose» disse a bassa voce. Poi fece una risata che mi spiazzò e aggiunse: «D'altronde diceva sempre che certe cose non si possono spiegare».

Fui io a restare in silenzio, più confuso che mai.

«Come te lo spiego... ti piace correre?» riprese il nonno.

«Correre? Non molto.»

«E andare in bicicletta? Ti piace?»

La conversazione stava prendendo una piega strana. Mi chiesi se mio nonno stesse bene. Quasi mi pentii di avergli parlato del mio stato d'animo, sembrava che quella confessione lo avesse messo in crisi.

«Sì, mi piace andare in bicicletta. Preferirei una moto, sai che era la mia grande passione...»

«Bene» disse lui interrompendomi. Non lo aveva mai fatto nella sua vita. Sembrava avere fretta, come se un pensiero importante stesse lasciando la sua mente. «Allora ti chiedo un favore.»

«Dimmi...» dissi esitante.

«Quando sei triste, prendi la bicicletta e pedala finché non ti passa.»

Restammo in silenzio per un po'. Non sapevo cosa dire di fronte a quella proposta assurda.

«Davide? Mi prometti che lo farai?»

«Te lo prometto, nonno» dissi. In fondo, non avevo niente da fare tutto il giorno. Mi fidavo del nonno.

«Bene. Fallo per me. Te ne prego.»

«Sì, nonno, certo...»

Ripensai alla conversazione assurda che avevamo appena avuto.

«Chi era la persona cui ti riferivi? Hai detto che lui me lo avrebbe spiegato meglio.»

Il nonno restò in silenzio. Poi tornò il suo solito tono di voce basso, controllato, quasi monotono.

«Un giorno te lo racconterò. Ora fammi solo questa cortesia: quando sei triste, prendi la tua bicicletta e pedala finché non ti passa.»

6

Il consiglio del nonno, per quanto inizialmente un po' enigmatico, portò a due svolte inaspettate.

La prima fu che quella stessa sera, dopo aver messo giù, inviai la candidatura per diventare un fattorino di una grande multinazionale del food delivery. Il nonno mi aveva detto di pedalare e io avevo pensato di prendere due piccioni con una fava: avrei mantenuto la promessa che gli avevo fatto e avrei anche guadagnato qualcosina. Lo feci senza pensarci, perché se mi fossi fermato a rifletterci avrei realizzato di aver studiato per cinque anni e aver sognato per quindici anni di guadagnarmi da vivere disegnando, per poi ritrovarmi a fare le consegne in bicicletta. E a quel punto avrei continuato a sprofondare nel vuoto che avevo dentro: la totale assenza di voglia di vivere.

Quella sensazione la sentivo soprattutto alla sera, quando, dopo l'ennesima giornata a non fare niente, senza uscire di casa nemmeno una volta, non riuscivo a dormire e mi sentivo tremendamente in colpa. In quei momenti, la depressione era come lava nera e spessa che prendeva possesso di me, dal cuore alla testa. In quelle ore a non fare niente mi chiedevo, con una spaventosa razionalità, che senso avesse vivere un'esistenza come la mia. Per lo stesso motivo, avevo smesso di mangiare: che senso aveva nutrire e tenere in vita una persona come me? I muscoli messi su in anni di basket erano spariti. Avevo perso completamente quell'appetito per cui un tempo ero rinomato. A volte passavo un'intera giornata senza mangiare niente. Ero dimagrito, nel senso peggiore del termine: ero diventato gracile, debole.

Ecco perché, quando il mattino successivo ricevetti un'email per il colloquio, decisi di andarci subito. Mi presero e iniziai quello stesso pomeriggio, perché quello era un ambiente frenetico, in cui essere veloci significa essere i primi, e questo è tutto ciò che conta. Prima, però, partecipai a un minicorso di un'ora su come utilizzare l'app per i rider e l'attrezzatura che ci era stata fornita: lo zaino a forma di cubo, il porta-cellulare per la bicicletta, il casco e la divisa catarifrangente. Come tutti i presenti in quella stanza bianca e spoglia (per lo più stranieri o studenti universitari) volevo solo iniziare. Non feci nemmeno il calcolo di quanto avrei potuto guadagnare, sapevo che era poco, pochissimo. Non lo facevo certamente per diventare ricco, ma per combinare qualcosa e mantenere la promessa che avevo fatto al nonno.

Il lavoro non mi piaceva. Scoprii in fretta che la gente era molto più maleducata di quanto credessi, le tempistiche erano sempre strettissime e la paga più misera di quanto immaginassi. Però pedalare per tutto il tempo funzionava: non curava la mia depressione ma era certamente meglio che stare tutto il giorno in casa a non fare niente se non pensare a quanto fosse inutile la mia esistenza.

La seconda svolta fu che, grazie a quel lavoretto, conobbi Luigi. Anche lui era un rider, anche lui era disoccupato, anche lui viveva ancora con sua madre. Aveva un paio di anni in più di me e l'unica vera differenza era che lui non aveva una laurea, né il diploma. Lavoricchiava fin da quando aveva sedici anni, quasi sempre in nero, quasi sempre sottopagato. Mi aveva raccontato che prima di diventare un rider aveva trovato un "ottimo lavoro": commesso in un negozio di cibo per animali. Per lui che era un amante dei cani, era il massimo. Ogni giorno poteva "accarezzarne almeno cinque o sei" mi aveva confessato con gli occhi pieni di entusiasmo. Purtroppo, però, il negozio aveva chiuso e lui si era trovato nuovamente a casa, così aveva deciso di candidarsi per diventare un rider.

Lo avevano preso, e non era scontato. Non solo perché Luigi era un po' "lento" nei ragionamenti, ma anche perché era l'unico rider in sovrappeso che avessi mai visto. All'inizio, quando si era presentato al punto di raduno stabilito dalla compagnia (un fast-food trafficatissimo sotto i portici, in pieno centro, perché la metà degli ordini partivano da lì), noi nuovi arrivati ci eravamo guardati, stupiti. Mi ero ricreduto: sotto quello strato di grasso c'erano muscoli sorprendentemente allenati, almeno quelli delle gambe. In bicicletta Luigi andava come una scheggia, ed era strano e divertente vedere questo ragazzone di oltre cento chili che sfrecciava per le strade su una bicicletta da corsa leggera e sottile. Sembrava un personaggio inventato, uscito da un vecchio cartone animato.

Eravamo diventati subito amici. Fu una fortuna immensa per me, perché nell'ultimo periodo avevo allontanato volontariamente tutti i miei vecchi amici per rinchiudermi dentro me stesso. Non ero certo che molti di quei rapporti potessero riallacciarsi. Immerso com'ero nel pessimismo, temevo che non avrei più avuto qualcuno con cui confidarmi, scherzare e condividere qualche momento di semplice e meravigliosa spensieratezza. Poi era arrivato Luigi.

Era la persona più buona che conoscessi. Se mi vedeva giù di morale, mi chiedeva con quei suoi occhi da cagnolone se stessi bene e già così mi regalava un sorriso: il suo era un animo da cucciolo dentro il corpo di un gigante.

Mi piaceva parlare con lui perché per ogni problema aveva una soluzione semplice e irrealizzabile. Avere una conversazione con lui era come sognare. Una volta, ad esempio, gli avevo detto che mi mancava la mia ex fidanzata. Non lo avevo detto a nessuno, ma di lui avevo imparato a fidarmi durante le infinite attese davanti al fast-food. Era una brava persona.

«Ti manca la sua presenza?» mi chiese.

«Be', sì, anche.»

«Ti senti solo?»

«A volte... a chi non capita?»

«Perché non vieni a stare a casa nostra?»

«Con te e tua mamma?»

«Sì, se ci stringiamo un po' ci stiamo.»

Lo avevo guardato sorridendo. Avrei voluto abbracciarlo. Luigi era anche la persona più scaramantica che conoscessi. Non saliva in bicicletta se non con il piede sinistro per primo, non partiva prima di essersi aggiustato l'orologio al polso e soprattutto non iniziava mai la sua giornata lavorativa prima di aver letto l'oroscopo. Ci teneva a leggerlo pure a me, ogni giorno, anche se gli avevo detto mille volte che non ci credevo. Lui rispondeva che "non si sa mai" e poi leggeva ad alta voce l'oroscopo del suo astrologo preferito, attraverso lo schermo crepato del suo vecchio cellulare. E così, quel gesto che inizialmente consideravo inutile era diventato un rituale che nei giorni in cui non lavoravo un po' mi mancava.

Le nuvole che solo pochi mesi prima erano comparse sulla mia vita non se n'erano andate, ma rispetto al periodo in cui mi chiedevo che senso avesse continuare a vivere stavo meglio. Me ne resi conto una domenica, quando tornai a casa con una ritrovata leggerezza dentro. Avevo fatto tante consegne, avevo guadagnato più del solito ed ero stanco e felice, un mix che provi solo quando ti sei dato da fare e sei soddisfatto del risultato. Quando quello che hai te lo sei proprio conquistato.

Avevo anche rischiato la vita. E non tanto per dire, un'automobile era passata con il rosso a tutta velocità e io ero riuscito a frenare appena in tempo per non farmi travolgere. Non avevo la minima idea di come ci fossi riuscito, l'impatto sembrava inevitabile. E invece non era successo nulla. Ma ciò che mi aveva davvero stupito era quanto fossi felice di essere ancora vivo. Quanto fossi grato di esserci, ancora, e di non essere un cadavere sull'asfalto. Per le persone che stanno bene è scontato; per chi è depresso, non lo è.

Evidentemente non lo ero più. Una conferma ulteriore la ebbi quella stessa sera, quando per la prima volta da tanto tempo mi venne voglia di riprendere in mano la matita e tornare a disegnare. Mi dissi che lo avrei fatto dopo cena, dopo aver parlato con il nonno. Ci tenevo particolarmente al nostro appuntamento quel giorno, perché volevo ringraziarlo. Volevo dirgli che non sapevo come avesse fatto, ma consigliandomi semplicemente di andare in bicicletta mi aveva aiutato tantissimo.

E invece quella sera feci una scoperta inaspettata: è proprio vero che il valore di certe cose lo comprendi e lo apprezzi nel profondo solo quando non le hai più. Perché quella domenica, alle ventuno in punto, per la prima volta da anni il telefono di casa non squillò.

7

Io e mia madre rompemmo il silenzio spesso e pesante che si era venuto a creare tra di noi solo alle ventuno e undici minuti. A quel punto smettemmo di fare finta di guardare la televisione ed esternammo ciò a cui entrambi stavamo pensando.

«Il nonno non ha chiamato, vero?» chiese mia madre fingendosi tranquilla. La conoscevo abbastanza da sapere che in quel momento l'ansia la stava attaccando da dentro.

«Non mi pare» risposi allo stesso modo. Come se in realtà non ci stessi pensando da dieci minuti.

«Strano» concluse lei prima di mettersi a sparecchiare.

Ci fu un altro lungo silenzio. Guardai l'ora: erano le ventuno e trentuno. Impossibile che il nonno se ne fosse dimenticato, chiamava ogni domenica sera alle ventuno in punto fin da quando avevo ricordo. Fin da quando la nonna era ancora viva e i miei genitori stavano ancora insieme.

«Mamma...»

«Dimmi» rispose lei subito. Era tesa come una molla.

«Lo chiamiamo noi il nonno?»

«Certo, ma non c'è niente di cui preoccuparsi.»

Andammo entrambi in soggiorno. Lei prese il telefono e compose il numero. Le tremava la mano. Lasciò squillare una decina di volte, poi mise giù. Si girò e mi guardò negli occhi.

«Non risponde» disse con un sorriso tirato e faticoso. Compresi che era spaventata a morte e decisi di essere io a fare il primo passo in quel territorio inesplorato.

«Senti, mamma...»

«Dimmi.»

«Andiamo a trovarlo?»

Del viaggio in auto ricordo le strade deserte di una domenica sera di inizio estate. Le luci arancioni dei lampioni, il chiosco dei panini fuori da un parco, una coppietta abbracciata che camminava su un marciapiede deserto. Ridevano e io li invidiai per la loro spensieratezza. Ricordo la statale deserta e oscura e il silenzio tra me e mia madre, perché pensavamo la stessa cosa e non volevamo parlarne. Ricordo il momento esatto in cui i fari dell'auto illuminarono il cancello verde di casa del nonno e ricordo di aver pensato che lo stava trascurando, perché era arrugginito, e non era da lui.

Poi ricordo la porta in legno intagliato e mia madre che invece di suonare al campanello inseriva direttamente le sue chiavi nella toppa con la mano tremante. Ricordo che faceva fresco là fuori. Non c'erano rumori se non il suono delle cicale, piacevole e fuori luogo con tutta quella tensione. Ricordo di aver visto di sfuggita le stelle nel cielo, di aver pensato che fossero ancora più fuori luogo in un momento del genere.

Di quello che successe dopo che mia madre aprì la porta ho soprattutto un'immagine impressa a fuoco nella memoria: la cucina con le luci accese, una pentola che si stava bruciando sul gas acceso dopo che tutta l'acqua era evaporata. E poi l'anta aperta dello scomparto sopra al frigorifero. Mio nonno era la persona più precisa che conoscessi; tutto ciò che vedevo mi faceva pensare a un lavoro lasciato a metà. Mi faceva temere il peggio.

«Nonno?» dissi istintivamente. Mia madre si muoveva per la casa come un artificiere che non sa dove mettere i piedi in un terreno minato. Spensi il gas.

«Nonno?» urlai. La voce risuonò in quella casa grande e vuota.

Andai in sala e sfiorai con una mano il grande tavolo dove pranzavamo tutti insieme ogni Natale. Passai davanti alla sua immensa libreria e controllai il divano e la poltrona. «Qui non c'è» dissi a mia madre. Dentro di me l'ansia era come l'alta marea.

«Andiamo di sopra» suggerì lei. Aveva gli occhi lucidi, pieni di preoccupazione.

Corsi su per le scale. Al piano di sopra c'erano la stanza dei nonni, quella in cui era cresciuta mia madre e quella, più piccola, di mia zia. Partii dall'ultima: niente. Passai a quella di mia madre: niente neanche lì. Posai la mano sulla maniglia della stanza da letto dei miei nonni e mi fermai un attimo. Avevo la sensazione che lì dentro avrei assistito a qualcosa di brutto. Spalancai la porta e invece niente. Anche lì non c'era nessuno.

«Possibile che se ne sia andato da qualche parte?»

«No, Davide, c'era l'acqua sul gas, le luci sono accese. La porta non era chiusa. Oh mio Dio, dov'è finito?»

«Vado a vedere fuori, in garage.»

«Vengo con te.»

Uscimmo e ci dirigemmo verso il garage. Alzai la saracinesca, la serratura non era chiusa. L'auto era lì, insieme ai suoi strumenti appesi al muro. C'era odore di polvere e grasso per le catene della bicicletta, ma del nonno non c'era traccia.

«Rientriamo» dissi prima che mia madre potesse dire qualcosa.

Una volta tornati in cucina, mi resi conto che non avevo un piano. Cosa potevamo fare? Cosa si fa in questi casi? Si chiama la polizia? Proprio quando stavo per avanzare quella proposta, sentimmo la voce del nonno. Era lontana e ovattata e alzai istintivamente un dito come per zittire qualcuno, anche se non c'era nessuno a parte la mamma, e lei era all'erta tanto quanto me.

«È in bagno?»

Non lo avevo controllato. Corremmo verso il bagno, la porta era socchiusa. La voce proveniva da lì. Prima di entrare guardai mia madre: era terrorizzata, ma vidi riflessa nei suoi occhi la mia stessa paura.

Quando entrammo mi ritrovai davanti a una scena che mai avrei immaginato di vedere nella mia vita. Il nonno era davanti allo specchio. Indossava solo le mutande e una maglietta. Aveva la schiuma da barba su tutta la faccia ed era fuori di sé.

«Il Vietnam... quella volta... la barba... io volevo la barba... come la tua.»

Farneticava e tremava, nudo.

«Nonno...» dissi avvicinandomi lentamente a lui. Non rispose, come se non esistessi. Come se fosse in un mondo tutto suo. Gli misi un braccio intorno alla spalla temendo in uno scatto di rabbia e invece lui andò avanti come se nulla fosse, farneticando.

«Il Vietnam... la barba...»

Chiesi a mia madre di passarmi un asciugamano ma lei era ferma e immobile appena oltre l'ingresso. Aveva le mani sulla bocca e gli occhi sgranati. Avrei voluto dirle che non era quello il momento di fermarsi, ma poi mi ricordai che quella persona completamente fuori di testa era suo padre. Pensai a come avrei reagito io, se avessi visto mio padre in quello stato. Presi un asciugamano allungando un braccio e iniziai a pulire la schiuma da barba dalla faccia del nonno.

«Lo meritavo io...»

«Certo, nonno» lo assecondai. Lo portai fuori dal bagno, era rigido, come se i suoi muscoli fossero diventati di legno. Barcollava, pendendo verso sinistra. Non riusciva a camminare dritto e continuava a dire cose senza senso. Lo sguardo era perso nel vuoto, la sua mente era alla deriva. Lo feci sedere sul divano a fatica. Rimase lì, seduto composto come uno studente al primo giorno di scuola. Muoveva la bocca per pronunciare le stesse parole senza senso, come un disco rotto. Lo guardai per qualche secondo, sconvolto. Poi alzai lo sguardo su mia madre. Io avevo le mani sui fianchi, lei era pietrificata. Si teneva a distanza, come se avesse paura del demonio che si era impossessato di suo padre. Come se quell'uomo *non* fosse suo padre. Non dicemmo nulla per un po'. Alla fine tornai in cucina e chiamai l'ambulanza.

8

Luigi aveva occhi grandi, che gli conferivano un'espressione di costante stupore. Sembrava un bambinone, nonostante i cento chili e i quasi due metri di altezza. Quando si parlava di qualcosa di spiacevole, i suoi occhi diventavano ancora più grandi e si riempivano di dispiacere. Soffriva genuinamente per la sofferenza altrui. Era una persona empatica e quindi rara, come il nonno. Seppur in modo completamente diverso.

«Mi dispiace tantissimo, Davi» disse in un fresco pomeriggio di quel giugno che mai avrei dimenticato. Io annuii e mi persi guardando le persone che entravano e uscivano dal fast-food. C'era già meno gente rispetto ai mesi più freddi. Pensai che, quando le vacanze si avvicinano, le persone vanno nel panico e tentano disperatamente di rimettersi in forma per la prova costume. Ecco perché a maggio iniziano a esserci sempre più ordini di cibo salutare, come gli estratti di verdura. A settembre, invece, aumentano esponenzialmente gli ordini di cibo spazzatura, perché le stesse persone che avevano fatto di tutto per rimettersi in forma, adesso sono pronte a lasciarsi andare per altri otto mesi.

Erano quelli i problemi più comuni per le persone normali: andare al fast-food, dimagrire per apparire bene nelle foto in spiaggia, poi ingrassare per riempire il vuoto che avevano dentro quando la vita tornava inevitabilmente a essere la solita di sempre. Guardavo chi entrava dentro quel fast-food con le insegne luminose e i panini raffigurati come oggetti di culto: mi sembravano tutti spensierati. Oppure anche loro avevano i loro drammi ma sapevano nasconderli meglio di quanto facessi io? O erano più menefreghisti? Dubitavo, comunque, che anche solo uno di loro avesse un nonno che era impazzito da un giorno all'altro, ritrovandosi con un'aspettativa di vita di qualche mese soltanto. «Sai cosa mi fa davvero arrabbiare?» dissi abbassando lo sguardo. «È che la vita è ingiusta. Mio nonno non se la merita questa fine. E pensa quante persone là fuori si prendono questa malattia quando sono più giovani. Poi pensa a quanti si comportano di merda e invece stanno benissimo. È ingiusto. Non riesco ad accettarlo.»

Luigi era un po' a disagio. Non sapeva cosa dire davanti a quel mio sfogo.

«Che malattia ha tuo nonno, di preciso?»

Sapevo che me lo chiedeva solo per parlare e allontanare il disagio che era sceso su di noi. Non ne sapeva nulla di malattie, ne ero certo.

«Ha un tumore al cervello. Ce lo ha detto ieri il medico, non davanti a lui perché è ancora a letto in stato confusionale. Non capirebbe e potrebbe agitarsi, ha detto il medico. Credo che il vero rischio sia che capisca perfettamente ciò che è successo. Quello sì che lo agiterebbe.»

«Non può fare la chemioterapia?»

«No, hanno detto che sarebbe una tortura inutile. Non c'è nessuna cura, niente che si possa fare. Non c'è nessuna speranza, Luigi.»

Piegai la testa ancora di più, per nascondere gli occhi lucidi. C'era tanta tristezza dentro di me, ma anche tanta rabbia. Nell'ultimo anno la mia vita era stata caratterizzata da ingiustizie di ogni tipo. Non riuscivo ad accettarne mezza, ma come potevo? Era tutto ingiusto, semplicemente ingiusto. Quando rialzai lo sguardo, Luigi era davanti a me, in tutta la sua imponenza.

«Posso abbracciarti?»

Non riuscii a non sorridere. Mi alzai e aprii le braccia. Ci stringemmo brevemente, poi lui indietreggiò tornando al suo posto davanti al muro.

«Quindi ora che succede?»

«Non si sa di preciso» sospirai. «Ci sono dei farmaci che il nonno deve prendere, teoricamente gli permetteranno di tenere sotto controllo la situazione per un po'. Mi pare che funzionino regolando il flusso sanguigno al cervello, ma non ne sono sicuro. Comunque avrà bisogno di qualcuno che lo controlli sempre, ventiquattr'ore su ventiquattro.»

«Perché avrà spesso queste... crisi?»

«Purtroppo sarà la nuova normalità. I momenti di lucidità saranno l'eccezione.»

Feci una pausa e tornai a guardare la gente normale e spensierata.

«Credo che mio nonno non ci sia più. Non per come l'ho sempre conosciuto. Forse avrà qualche lampo di lucidità, niente di più.»

«Mi dispiace.»

Annuii.

«Sai cos'è? È che non sono preparato per una cosa del genere. Anche se era anziano, era in buona salute. Non è possibile che sia successo davvero... mia madre è disperata. Non me lo aspettavo. Non se lo aspettava nessuno. Non riesco a spiegarmelo. Come te la spieghi una cosa del genere? Come la accetti?»

Luigi alzò le spalle lentamente, come in slowmotion. Un po' in imbarazzo, un po' dispiaciuto per me.

«Non puoi» mi risposi da solo. «Non puoi accettare una cosa del genere. Puoi solo prendere atto che la vita non ha alcun senso.»

«Mi dispiace, Davi.»

Restammo un po' in silenzio. Era uno splendido pomeriggio, il sole era alto nel cielo e la temperatura era intorno ai trenta gradi, ma c'era un venticello che portava via la calura. Era la giornata perfetta per essere felici, per andare da qualche parte con la propria fidanzata e godersi la vita. Ma io non avevo una fidanzata, né una vita da godermi.

Quell'anno sembrava che la maggior parte delle persone avesse deciso di andare in vacanza un po' prima. Per noi rider era un grande problema, perché questo significava lavorare molto meno in un periodo in cui già si lavora meno, visto che tanti fruitori abituali del food delivery tendono a uscire di casa per prendersi da mangiare da soli. Meno gente uguale meno ordini. Meno ordini uguale meno soldi, ma anche tempi morti molto più lunghi. E infatti, quel pomeriggio, io e Luigi eravamo fermi da più di un'ora.

Quando finalmente arrivò un ordine, per poco non esultai. Aprii la notifica e scoprii che era solo una vaschetta di gelato, per di più da consegnare nemmeno troppo lontano. La paga sarebbe stata misera.

«Cosa ti è capitato?»

«Gelato.»

«Oh. Buon viaggio» disse Luigi.

Era il saluto che ci facèvamo tra rider. Lo ringraziai, salii in bici e iniziai a pedalare nel controviale, cercando di schivare le auto che uscivano in retromarcia. Arrivai rapidamente al luogo di ritiro, legai la bicicletta e notai subito che c'era una gran fila dentro la gelateria. Inoltre quello era uno dei locali con cui l'azienda per cui lavoravo non era convenzionata, quindi avrei dovuto pagare con la carta di debito aziendale, senza poter saltare la coda. Mi misi in attesa e mi attaccai al telefono, ma mi resi conto che la batteria del mio cellulare era sotto il dieci per cento. Sbuffai, mi tolsi l'ingombrante zaino-cubo dalle spalle, lo aprii e cercai la power bank. Era un aggeggio squadrato e ingombrante che ci aveva fornito l'azienda dietro al pagamento di una caparra. Armeggiai un po' con il filo e, quando finalmente collegai tutto quanto, vidi con terrore che il cellulare non si caricava. Girai e rigirai la power bank tra le mani cercando di capire quale fosse il livello della sua, di batteria. Il cuore mi saltò in gola: era scarica.

43

«Merda» dissi ad alta voce.

Le due ragazze davanti a me, che avevano forse diciassette o diciotto anni, si girarono. Accennai un sorriso imbarazzato e loro fecero lo stesso, ma poi si girarono dicendosi qualcosa. Probabilmente mi stavano prendendo in giro. Mi sentivo ridicolo con il caschetto in testa e il grosso zaino-cubo appoggiato accanto a me. Per tutta quella gente non ero altro che un elemento di disturbo.

"Vuoi vedere che non l'ho caricata ieri sera?" pensai mentre provavo disperatamente ad accenderla premendo il piccolo tasto laterale. "No che non l'ho caricata. Ieri sera siamo tornati dall'ospedale e sono crollato subito."

Dovevo trovare in fretta il modo di rimediare, altrimenti sarebbe stato un disastro. Intanto non avrei più potuto lavorare, quel giorno. Non riuscendo a fare la consegna, sarei stato segnalato al nostro superiore, il quale probabilmente mi avrebbe fatto scendere nella graduatoria. Così avrei lavorato ancora di meno e avrei passato ancora più ore ad aspettare, mangiandomi le dita con il volto chino sul cellulare.

Dovevo riuscire a portare a termine quella consegna. Poi mi sarei piazzato da qualche parte, magari dentro un centro commerciale, avrei ricaricato lo smartphone e sarei tornato a essere operativo. Finalmente la coppia di ragazze davanti a me si allontanarono con i loro coni in mano. Era il mio turno. La commessa sembrava una ragazza come me, impegnata in un lavoro che trovava avvilente. Forse era un briciolo più fortunata, perché quasi sicuramente era stata assunta, magari anche a tempo indeterminato, con un'assicurazione e giorni di ferie e malattia. Lussi che io non potevo permettermi. Se solo mi avessero rinnovato nello studio di architettura… meglio non pensarci.

«Dimmi» disse. Era grassottella, bassa, con i capelli castani legati sotto al cappellino blu con il logo della gelateria. Aveva l'aria stravolta, era sicuramente a fine turno. Però mi sorrise, e non era scontato, perché non ero un cliente che, se insoddisfatto, poteva decidere di non tornare mai più. Ero semplicemente un rider.

«Una vaschetta piccola cioccolato e fior di latte» dissi ricontrollando l'ordine. La batteria era all'otto per cento. «Subito» rispose lei mettendosi al lavoro. Prese una paletta e rigirò il gelato. La seguii durante l'operazione muovendo nervosamente la gamba. Facevo calcoli mentali per provare a capire se ce l'avrei fatta, ero relativamente ottimista. La ragazza riempì la vaschetta, applicò il foglio di plastica sulla superficie, poi chiuse col coperchio. Inserì tutto in una busta blu e me la porse. Io le diedi la carta di debito aziendale, lei la prese e la inserì nel lettore. Controllai ancora la batteria: era al sette per cento ora. Il luogo della consegna era vicino, ce la potevo fare.

«Oh-oh» disse la ragazza.

«Che c'è?» chiesi allarmato, alzandomi sulle punte per vedere cosa fosse successo oltre il bancone, dove lei armeggiava con la carta.

«Non la prende. Dice "transazione rifiutata".»

«Ti prego, dimmi che scherzi.»

«No, mi dispiace. Riprovo?»

«Riprova. Per favore, ovviamente.»

Ci riprovò, ma stavolta udimmo chiaramente il bip della transazione rifiutata. Tolse la carta e strappò lo scontrino, che mi porse. Lo tenni in mano come se fosse un'antica pergamena, ma c'era poco da interpretare. C'era soltanto un grosso problema, che non potevo risolvere da solo.

Al corso di formazione ci avevano spiegato che in questi casi è necessario chiamare il proprio superiore e riferire tutto quanto, ma come potevo farlo con il telefono scarico? E quella non era una scusa che potevo usare a mio vantaggio, perché era una mia responsabilità avere il cellulare sempre carico. Avevo già ricevuto due richiami per questo motivo, perché, attraverso l'app, l'azienda poteva controllare lo stato della mia batteria. Per due volte ero finito sotto il dieci per cento e nel giro di ventiquattro ore mi era arrivata la mail di richiamo. Il cellulare, ora, era al sei.

«Porca puttana» sussurrai tenendo lo scontrino in mano.

La ragazza mi guardò con compassione. Sapeva cosa stavo passando, sicuramente anche nel suo lavoro le succedeva di tanto in tanto qualcosa di simile. Qualcosa che ti fa pensare che non sia colpa tua, anche se ufficialmente lo è. Percepii una presenza fastidiosa alle mie spalle e mi voltai.

«Scusi, io ho un po' fretta, eh» disse la persona in fila dietro di me.

Era un uomo sui cinquant'anni, in giacca e cravatta, con un iPad sottobraccio. Il tipo a cui solitamente consegno il cibo perché non ha voglia di andare a prenderselo da solo. Aveva l'aria troppo irritata perché fosse solo quell'attesa il motivo della sua rabbia. Probabilmente doveva sopportare seccature ogni giorno, tutti i giorni, al lavoro e a casa. E adesso non vedeva l'ora di sfogarsi con qualcuno che poi non avrebbe visto mai più. Qualcuno come me, un semplice rider.

«Sì...» dissi spazientito, però lo lasciai passare. Mi sembrava evidente che fosse sul piede di guerra e volesse solo litigare. Una sensazione che confermò subito dopo.

«Per la miseria, non posso mica aspettare un'ora» sbraitò lui con gli occhi sbarrati, gesticolando.

Si era come accesa una miccia. Aveva il volto scavato, divorato dallo stress. Avrei voluto rispondere con rabbia e vedere come sarebbe andata a finire, ma in fondo quel tizio mi faceva pena. Quanto dev'essere triste la tua vita per prendertela così con uno che sta lavorando, per di più per una manciata di euro al giorno?

«Sì, scusi... vada, vada.»

Mi girai ed ebbi l'impressione che tutte le persone in fila mi guardassero male, quasi fossi la causa di tutti i loro problemi. "Scusate se esisto" avrei voluto dirgli. "Scusate se sono così coglione da aver dimenticato di caricare questo merdosissimo cellulare."

Avevo sempre associato il mio stato d'animo al mare, un mare interiore. In quel momento ribolliva di rabbia e le onde si infrangevano con violenza sulla sabbia. Quando ero da solo, in silenzio, a riflettere sulla mia vita, per esempio nel letto prima di dormire, era un'alta marea piena di ansia. Quando lavoravo, invece, era perennemente agitato, come un mare in tempesta. I colpi di clacson, gli insulti, il rumore costante, la fretta, le attese infinite: ognuna di queste cose alimentava la tensione che avevo dentro. E poi quegli sguardi, come se per tutti fossi solo un fastidio, con quel mio lavoro che consideravano un passatempo. Non poteva che essere così, altrimenti non avrei saputo spiegare la maleducazione e l'arroganza con cui venivo trattato.

Dissi alla ragazza al bancone di aspettare un attimo e uscii di corsa dalla gelateria. Sbuffando, chiamai il responsabile, Marco, un ragazzo con qualche anno in più di me e l'aria di uno che non ha trovato semplicemente un lavoro, ma una religione da seguire. Se un giorno lo avessi visto con il logo dell'azienda tatuato sul braccio non mi sarei stupito. Non so che tipo di lavaggio del cervello gli avessero fatto, ma per lui quel lavoro era una missione di vita.

«Ciao Marco, senti, la carta non va» dissi tutto d'un fiato. Guardai lo schermo: la batteria era al quattro per cento. Merda.

«Di nuovo?»

«Sì.»

«Non benissimo.»

«Che si fa?»

«Fattela dare da Luigi» propose. «Vedo qui sul computer che non siete distanti.»

Imprecai mentalmente. Marco poteva vedere dove si trovava ognuno dei rider che gestiva, l'azienda ci controllava come pecore al pascolo. Sapevano tutto ciò che facevamo quando eravamo operativi e poi i loro algoritmi tiravano fuori statistiche su statistiche che utilizzavano per decretare chi era più produttivo. Marco sapeva anche che avevo il cellulare scarico, ma non sapeva che non potevo ricaricarlo.

«Eh, ma il cliente aspetta...» dissi con la disperazione nella voce.

«Non importa, torna subito indietro. Vedo qui sul computer che hai ancora un po' di tempo. Se corri ce la fai.»

«Però poi ci rimetto io con il feedback se arrivo all'ultimo» protestai.

«E allora?»

«Come "e allora"? Se la carta non va mica è colpa mia… è colpa vostra.»

«Torna indietro, Davide. Non c'è molto di cui parlare. E grazie.»

Chiusi gli occhi e battei il piede per terra per scaricare la rabbia.

«Poi cosa aspetti a ricaricare il cellulare? La batteria è quasi morta» mi ammonì.

«Lo so, è che…»

«Davide, guarda che se ti si scarica io devo scaricare te.»

«Lo so, me lo hai già detto.»

«Ovviamente niente di personale, eh. Però lo sai come funziona: non siete dipendenti, non avete nessuna garanzia di restare nel team. Ve lo dico sempre, consideratelo un impiego provvisorio, ragionate giorno per giorno. L'algoritmo vede tutto, se uno di voi sbaglia e io non vi punisco, lui punisce me.»

«Lo so, lo so…»

«Fammi vedere. Hai già accumulato… due richiami! Due richiami, Davide?» chiese con una voce improvvisamente più stridula.

Detestavo il suo tono di voce.

«Hai già due richiami per la batteria troppo bassa! Davide, se ti si scarica sono davvero costretto a chiederti di riportare divisa, cubo e tutto il resto qui in sede. Guarda che rischi grosso. Vuoi continuare a lavorare oppure no?»

«Ma certo…» dissi spaventato.

«Non ti servono i soldi?»

«Sì…»

«Preferisci stare a casa?»

«No, no…»

Avrei voluto mandarlo al diavolo, lui e quella maledettissima compagnia che in cambio di quattro soldi mi rendeva uno schiavo pieno di ansia e rabbia.

Era proprio in quei momenti di tensione, quando l'assurdità della mia vita veniva fuori in tutta se stessa, che mi chiedevo come fosse possibile che non ci fosse un'alternativa. Eppure mi sembrava che non ci fosse davvero: potevo studiare a tempo pieno e umiliarmi ogni settimana andando a chiedere venti euro a mia madre per uscire il sabato sera oppure potevo studiare e lavorare al tempo stesso umiliandomi con quelle consegne che si portavano via le mie giornate.

«Carica il cellulare, Davide» sentenziò Marco.

Avevo una sola possibilità: tornare subito indietro e farmi prestare la power bank di Luigi. Ma così sarei riuscito a effettuare il ritiro in tempo? Non ci pensai. Scrissi un messaggio a Luigi per avvisarlo e saltai sulla bicicletta. Guidai come un pazzo, come uno a cui fa schifo la vita. E per certi versi non era neanche così falso.

Frenai davanti a Luigi talmente forte che lasciai il segno con la ruota posteriore. Lui fece un balzo e spalancò i suoi occhi da bambinone. Mi consegnò la carta di credito e la power bank.

«Grazie, a dopo» gli dissi.

«Figurati, mi aveva avvisato Marco...» iniziò a dire mentre io giravo la bici e ripartivo alla volta della gelateria.

«Si fotta Marco!» urlai, immaginando il volto sconvolto di Luigi.

Non avevo tempo di legare la bici, quindi la lasciai appoggiata alla porta di ingresso. Se me l'avessero rubata, avrei semplicemente sorriso e lasciato cadere per terra la vaschetta di gelato. Poi sarei impazzito. Collegai la power bank al cellulare proprio quando quest'ultimo passava dal due all'un per cento. Lo schermo si illuminò e il piccolo fulmine comparve sul simbolo della batteria, in alto a destra. Chiusi gli occhi per un secondo e respirai: ce l'avevo fatta.

O almeno così credevo, perché subito dopo il telefono prese a vibrare e a emettere il suono che nessuno di noi rider voleva sentire: quello del tempo che sta per scadere.

"Attenzione, rider! Hai due minuti per ritirare il cibo, oppure l'ordine sarà annullato e verrai segnalato al tuo responsabile!"

La scritta rossa lampeggiava sullo schermo crepato del mio smartphone. Mi era caduto talmente tante volte, facendo quel lavoro, che avevo perso il conto. Il messaggio era ansiogeno, tipo quelli che nei film appaiono sugli schermi durante un incidente in una centrale nucleare. E invece stavo solo consegnando una vaschetta di gelato. Feci un sorriso amaro pensando che mi stavo lasciando rovinare la vita da quanto di più superfluo e inutile ci sia. Un maledettissimo gelato. Avrei accettato tutto quello stress, tutta quell'ansia e quella rabbia, se fossi stato, che ne so, un neurochirurgo. E invece portavo cibo che magari la gente prende solo per sfizio.

Entrai nella gelateria e mi si gelò il sangue quando vidi che la coda era ancora più lunga di prima. Per me, quelle persone non erano altro che ostacoli, nulla di più di un ennesimo problema da risolvere. Non ce l'avrei mai fatta in due minuti, c'erano dieci o dodici persone lì dentro. Pensai per qualche secondo a una soluzione mentre mi strappavo le pellicine dall'indice della mano destra. Non c'era nessuna soluzione, se non quella che più mi metteva a disagio: chiedere gentilmente di farmi passare, perché altrimenti ero fottuto.

E io odiavo chiedere un aiuto a qualcuno. Temevo che quel qualcuno mi rispondesse: "No, caro mio. Non ti aiuto. Vai affanculo". Non perché fossi particolarmente pessimista e sfiduciato (anche se lo ero). Erano gli episodi a cui assistevo ogni giorno, nel traffico, a portarmi a crederlo. Gli insulti, le espressioni di rabbia, tutte le volte che un'automobilista mi tagliava la strada solo per spaventarmi, come se fosse una sfida tra me e lui. Non volevo chiedere un aiuto a quella gente. Però dovevo rischiare, non c'erano altre soluzioni.

«Ehi! Rider!»

Alzai lo sguardo e vidi la ragazza grassottella dietro al bancone che teneva una vaschetta in alto, come se fosse un trofeo. Sorrideva.

«Che dio ti benedica» dissi sottovoce mentre mi facevo

largo tra le persone, evitando il più possibile i loro sguardi infastiditi.

«Scusi, per lei la fila non c'è?» chiese una signora con il cane al guinzaglio. Quasi come se percepisse l'astio della sua padrona, quell'essere minuscolo iniziò ad abbaiare contro di me. Emetteva un suono simile alla voce della sua padrona: stridulo e fastidioso.

«Signora...» dissi senza sapere come avrei continuato.

«Signora, era solo qui fuori, ha ordinato mezz'ora fa» intervenne la ragazza dietro al bancone in mia difesa. «Non facciamo polemiche, su.»

Per quanto fossi teso, spaventato e di fretta, mi concessi un secondo per guardarla con occhi pieni di gratitudine. Aveva un bel sorriso, buono e caldo. Avrei voluto chiederle perché fosse così gentile. Come ci riuscisse, soprattutto, come potesse non odiare tutti. Ma non c'era tempo. Mi avvicinò la vaschetta con un gesto deciso, io le diedi la carta e stavolta tutto funzionò alla perfezione.

Non appena ebbi lo scontrino in mano, gli scattai una foto con la app e premetti sul pulsante "ritiro effettuato". Il timer segnava quattordici secondi rimanenti.

Tra noi rider chiamavamo l'algoritmo della app "Dio", perché decideva le graduatorie, le tempistiche per ritiri e consegne e anche i compensi in modi che noi umani non potevamo capire. Guardai lo schermo del cellulare in attesa che Dio calcolasse il tempo massimo per raggiungere il cliente in base ai dati che aveva registrato sulla mia attività. Salii in bicicletta e vidi che avevo otto minuti. Mi sembravano pochi, come sempre, ma non ci pensai e mi misi a pedalare il più velocemente possibile.

Passai con il rosso un paio di volte per essere certo di farcela in tempo e la seconda volta mi beccai una "mitragliata", come la chiamavamo tra rider: una serie infinita di insulti di ogni tipo da parte di un automobilista incazzato. Non ci facevo più nemmeno caso.

Arrivai a destinazione con due minuti rimanenti. Era uno di quegli uffici eleganti e alla moda. Non mi piaceva fare le consegne lì, mi sentivo piccolo. Entravo a contatto con un mondo pulito, luccicante e ovattato, quello delle targhette dei citofoni placcate in oro, delle segretarie con i tacchi alti e degli uomini in giacca e cravatta che non hanno tempo da perdere.

E mi faceva male perché ogni volta che portavo in quei grattacieli del sushi o degli estratti di verdure o vaschette di gelato vegano mi chiedevo se non avessi sbagliato tutto. Pensavo ai miei ex compagni di classe al liceo che si erano laureati in Economia e me li immaginavo entrare lì dentro non come facevo io, ma da protagonisti. Senza le mie Converse sporche e usurate e il cubo che portavo goffamente sulle spalle, senza le mie occhiaie e quell'odore di smog perennemente nelle narici.

Legai la bicicletta, perché era quanto di più prezioso avessi insieme al cellulare, poi mi avviai al citofono, che si trovava proprio sotto il grande numero civico in ottone. Citofonai, e quando chiesero chi fosse risposi con il nome dell'app.

«Oh, finalmente» udii prima che il portone si aprisse. Pessime premesse. La porta si aprì e controllai le informazioni fornite dal cliente sul cellulare. Non era scritto il piano. Imprecai e tornai fuori. Citofonai.

«Che c'è?» sbraitò la stessa voce femminile di prima.

«Il piano?»

«Terzo!»

Rientrai e presi le scale perché stava andando tutto storto e l'ultima cosa che volevo era rimanere bloccato in ascensore buttando al vento i sacrifici fatti per portare a termine quella consegna. La porta dello studio era socchiusa e io feci per aprirla completamente, ma proprio in quel momento fu un ragazzo a spalancarla. Aveva qualche anno in più di me, una camicia azzurra e dei pantaloni beige. Aveva i capelli biondi, con un taglio alla moda, il volto rasato di un ragazzino e gli occhialetti tondi da intellettuale.

«Ecco qui» dissi riprendendo fiato.

«Per un gelato mezz'ora?»

Lo guardai, sconvolto. Pensai di reagire male, di fare uscire tutta la rabbia che avevo dentro, ma poi mi dissi che lui non poteva sapere cosa mi era successo. Pensai che forse, nei suoi panni, anche io avrei reagito così.

«Guarda, mi dispiace. È stata una giornata orrenda.»

«Eh, ho capito. Però mezz'ora per un gelato… allora me lo andavo a prendere io e mi risparmiavo i quattro euro e mezzo della consegna.»

"E allora vattelo a prendere tu la prossima volta, pezzo di merda. Se sei così idiota da spendere quattro euro e mezzo per farti portare il gelato, sono cazzi tuoi!"

Avrei tanto voluto dirglielo, ma non lo feci. Ingoiai il mio orgoglio e abbozzai un sorriso.

«Mi dispiace. Ho avuto un problema con il cellulare. Senti… un favore… non lasciarmi un brutto punteggio. Altrimenti non mi fanno più lavorare. Ti prego.»

Era umiliante, ma non era la prima volta che lo chiedevo. Un feedback a una stella, su un massimo di cinque, ti portava in fondo alla graduatoria. Non dando la disponibilità sette giorni su sette dalle sei del mattino alle dieci di sera (come facevano i rider che chiamavamo "pro", perché sembrava che non avessero altro da fare nella vita a parte stare appollaiati fuori dai fast-food in attesa di un ordine), ero molto indietro; un punteggio negativo sarebbe stata la fine.

Lui mi guardò con un'aria sorpresa. Mi pentii di averlo detto, perché ora mi sembrava che si sentisse in una posizione di potere su di me. Probabilmente nemmeno sapeva di poter lasciare un giudizio sul mio operato.

«Tu lo sai, vero, che se io sbaglio qualcosa qui dentro mi lasciano a casa?» disse alla fine. «E allora perché per te non dovrebbe valere lo stesso?»

Lo guardai, più sconvolto di prima. Davvero stava paragonando il mio lavoro al suo? La sua paga con la mia? Il mio ritrovarmi là fuori, in mezzo al traffico e agli insulti, con il suo stare in quell'ufficio con l'aria condizionata?

"E tu lo sai che io per portarti una vaschetta di gelato del cazzo ho rischiato di farmi investire?"

Anche questo avrei voluto dirgli. Glielo avrei voluto urlare. Ma non lo feci.

«Mi dispiace, davvero. Ti assicuro che lasciano a casa anche me, se sbaglio. E ho bisogno di lavorare, davvero. Fammi questo favore, non ti chiedo un feedback a cinque stelle. Ma non lasciare niente. È stata una giornata veramente tosta…»

Pensai di aggiungere un'altra cosa: "Mio nonno ha un tumore. Non sarà mai più come prima. Presto sarà morto. Voglio bene a mio nonno, non voglio che muoia. È un periodo così".

«Dài, va bene» disse lui con l'aria scocciata.

«Grazie, davvero. Buona serata e buon lavoro.»

Per scendere presi l'ascensore e guardai la mia immagine riflessa nello specchio. Il caschetto nero in testa, la divisa gialla, le occhiaie sotto gli occhi, il volto pallido e teso, le dita delle mani rovinate dal brutto vizio di mangiarmi le unghie, la psoriasi da stress sopra la palpebra destra. Quello, solitamente, era il momento in cui l'adrenalina (e spesso la rabbia) lasciava il posto a una più o meno leggera sensazione di ansia, quella che ti prende quando hai dato tutto per qualcosa che alla fine ti sembra quasi insignificante. Pensai al nonno: quel giorno gli avrebbero spiegato cosa gli era successo. L'indomani lo avrebbero fatto tornare a casa, perché tanto non c'era più niente da fare. Mia madre e mia zia avevano già trovato una badante. Mio nonno si sarebbe spento, forse velocemente, forse lentamente. Presto non ci sarebbe più stato.

Mi venne da piangere. Di quei pianti di stanchezza, di resa. Ma io non piangevo. Io non dovevo piangere. Mi attaccai invece al telefono, alla ricerca di una distrazione qualsiasi. Quello schermo crepato era una fuga dalla vita quando diventava troppo pesante da sopportare.

Prima, però, segnalai la consegna effettuata. Partì la solita animazione dei coriandoli, un'immagine così distante dalla realtà. Controllai subito la commissione per quell'ordine: due euro e venti. Mi veniva da ridere e da piangere al tempo stesso.

Uscii e salii in bicicletta, pronto a pedalare con tutte le mie energie per scacciare i soliti pensieri. Prima, però, mi arrivò una notifica sul cellulare. La lessi due volte, perché non ci volevo credere.

Il ragazzo a cui avevo appena consegnato il gelato mi aveva lasciato una recensione a una stella.

9

«Davide, dimmi la verità: cosa è successo?»

Di fronte a quella richiesta non riuscii a reggere il suo sguardo. Eravamo a casa del nonno, nella sua camera da letto al piano di sopra. Era sdraiato sul lato sinistro e, ora che si era svegliato e si era tirato su, sfiorava il comodino con il gomito. Io ero seduto tra il letto e il vecchio armadio che ricopriva tutta la parete. Era pomeriggio inoltrato. Dopo la sua domanda, tutto divenne fermo: era piena estate e là fuori, nelle campagne, non c'era un rumore; dentro quella stanza, che non era più cambiata da quando la nonna era morta, il silenzio divenne denso e opprimente.

Era il secondo giorno che il nonno trascorreva a casa e in quel momento sembrava appena entrato in una delle rare fasi in cui era lucido. Non era la stessa persona che conoscevo solo fino a un mese prima, ma comunque in sé. Per quanto stanco e un po' confuso, era lui.

«Sei stato male, nonno» dissi torturandomi le mani. Mi chiedevo perché mia madre e mia zia, ovvero le sue figlie, avessero lasciato a me il compito di spiegargli cosa gli era successo. Lui non ricordava nulla. Non sapeva nemmeno di avere un tumore incurabile.

«Sono stato male?»

«Sì, nonno. Senti, il medico ha detto che quando ti senti... normale... cioè, così come sei ora, devo farti delle domande. Va bene?»

Lui mi guardò con un'aria leggermente disorientata e a me pianse il cuore. Era sempre stato un uomo forte e deciso.

«Allora...» iniziai dopo aver preso in mano il questionario che mi aveva lasciato la mamma. L'infermiera del reparto oncologico gliene aveva consegnata una pila. In alto a destra c'era scritto: "Test cognitivo". Mi schiarii la voce, sospirai e ripresi.

«Qual è il tuo nome completo?»

«Vincenzo Magli.»

«Bene. Quando e dove sei nato?»

«Sono nato a Cuneo il 13 novembre del 1945.»

Magari era un dettaglio da poco. Ma segnai sul foglio che aveva risposto dicendo prima il dove e poi il quando.

«Qual è la capitale dell'Italia?»

«Roma.»

«Ottimo.»

«Come si chiama l'autore della *Divina commedia*?»

«Dante Alighieri.»

Sorrisi. Il nonno stava andando alla grande.

«Quali sono i due numeri che vengono prima del diciannove?»

Il nonno sembrò non comprendere la domanda. Si guardò intorno, divenne lento nei movimenti. Contò sulle dita.

«Diciotto...»

«Sì. E l'altro?»

Il nonno mi guardava come un cane che non comprende il comando. Disorientato.

«Trentanove?»

«No, era diciassette» dissi. E scrissi tutto sul foglio. «Andiamo avanti: come si chiama il quinto giorno della settimana?»

Il nonno si guardò ancora intorno, come alla ricerca di un aiuto. Era in difficoltà.

«Sai, nonno. C'è il lunedì. Poi il martedì...»

«Poi il mercoledì.»

«Esatto! Bravo. E poi?»

Rimase in silenzio, guardandomi. Non capiva. Stava nuovamente scivolando in un mondo tutto suo, che io non potevo conoscere e dove non potevo entrare.

«Nonno?»

«Ciao, Davide. Come stai oggi?»

Posai il foglio sul comodino e mi stropicciai gli occhi. Mi imposi mentalmente di non piangere. Solo questo. Sorrisi e decisi di dargli corda.

«Sto bene, dài.»

«Sei sicuro?»

«Sì… diciamo che è un periodo un po' duro.»

«Ah. Posso chiederti perché?»

Avrei voluto dirgli che tanto non lo avrebbe ricordato. Ma poi mi resi conto che, per assurdo, questa era un'opportunità più unica che rara. Potevo sfogarmi, dire tutto quello che provavo.

«Va un po' meglio da quando vado in bici. Ma è un piccolo miglioramento. Onestamente mi chiedo spesso che senso abbia vivere con tutta questa tristezza e questa agitazione addosso» dissi evitando il suo sguardo.

«Pensi troppo» ripeté lui.

Sorrisi.

«Me lo hai già detto, ma non credo di aver capito.»

«Quando vai in bicicletta a fare le consegne, come ti senti?»

«Quando pedalo, dici? Bene. Devo dire che mi piace andare in bicicletta.»

«È perché in quei momenti non pensi a niente. Sei troppo impegnato a… diciamo così…»

Si guardò intorno e iniziò a farfugliare. Gli porsi un bicchiere di acqua e lui se lo portò alla bocca con la mano che tremava come una foglia. Si rovesciò un po' di acqua sulla maglietta bianca.

«Mi fa stare bene girare in bicicletta» dissi provando a riprendere il discorso. «Quando faccio l'ultima consegna, ogni tanto non ho voglia di tornare subito a casa. In camera, a casa di mamma, mi sento sempre un po'… stretto. Forse perché lì coltivavo dei sogni che non sono riuscito a realizzare. Così vago per la città, senza uno scopo, se non quello di muovermi. Sai che, ora che me lo fai notare, in quei momenti mi sento proprio bene?»

Il nonno sorrise.

«Questa è l'essenza del viaggio, Davide. La libertà. Quando viaggi ti senti proprio così» disse guardando fuori, oltre la finestra, con le mani intrecciate sul lenzuolo bianco. Aveva un'espressione beata che non gli avevo mai visto. Avrei voluto chiedergli a cosa stesse pensando, ma lui mi anticipò.

«Lo diceva sempre anche lui, che a volte non importa dove vai ma l'importante è muoverti. Perché a stare fermo ti opponi al... flusso della vita. Diventi una pietra, quando invece dovresti essere un... fiume. La vita... Davide?»

«Sì, nonno. Sono qui.»

«La vita... non è come un fiume?»

«Sì... credo di sì» lo assecondai.

«Vedi, io tanti anni fa feci un viaggio... un viaggio...»

«Un viaggio? Dove?»

Sbatté le palpebre velocemente, come se qualcosa lo disturbasse. Accennò uno sbadiglio ma non lo completò. Rimase in silenzio a lungo, ancora una volta. Era l'ora del tramonto e la luce di fine giornata gli illuminava il volto facendo risaltare in modo spietato i suoi occhi, che saettavano da un punto all'altro. Esternamente era calmo e sereno, ma dentro era in corso una battaglia. Alla fine disse qualcosa di incomprensibile, quei suoni sconnessi che emetteva sempre più frequentemente quando si bloccava.

«Io... il Vietnam... feci un viaggio... il paradiso» disse alzando sempre di più la voce. La sua bocca era un cavallo imbizzarrito e incontrollabile. «Davide?»

«Sì, nonno, sono qui» ripetei con l'agitazione che mi saliva dentro. Mi chiesi come avrei potuto gestirlo se avesse perso il controllo. Gli presi la mano sperando di calmarlo. Provai a dargli corda, ma non ero certo che fosse una buona idea.

«Dov'è che andasti, nonno?»

Lui sorrise e girò la testa più che poteva per osservare il mondo oltre la finestra.

«Alle porte del paradiso» disse.

«Le porte... del paradiso?»

Annuì con vigore. Aveva la bocca serrata e adesso emetteva un suono gutturale, quasi come se non volesse aprirla prima di essere certo di riuscire a dire quello che voleva dire. Gli occhi erano quasi fuori dalle orbite per lo sforzo.

«Nonno, ora perché non ti riposi...»

«No! Le porte del paradiso! Lì voglio tornare! Voglio tornare indietro! Aiutami a tornare indietro!»

Il nonno si mosse rapidamente, più di quanto immaginassi, e scattò fuori dal letto. Non feci in tempo a seguirlo che era già inciampato nelle lenzuola, finendo a faccia in giù.

«Cazzo» esclamai fiondandomi su di lui.

Provai ad alzarlo da sotto le ascelle, era di nuovo rigido come un tronco. Continuava a farfugliare, ma stavolta non urlava. Sussurrava parole che non stavano né in cielo né in terra.

«Voglio tornare indietro... voglio tornare indietro... le porte del paradiso...»

«Nonno, su. Tirati su» lo implorai, ma era rigido, attraverso la maglietta sentivo il suo addome duro per lo sforzo. Riuscii a rimetterlo sul letto a fatica. Gli toccai la fronte istintivamente, perché era delirante. Ma non aveva la febbre, purtroppo.

«Portami indietro» mi supplicò. Mi guardava con occhi disperati.

«Va bene, nonno. Ti porto indietro.»

«Promettimelo...»

«Te lo prometto.»

Poco dopo si addormentò. Non potevo sapere che quella sarebbe stata l'ultima volta in cui avrei parlato con mio nonno.

10

Tre giorni dopo, il nonno morì. Se ne andò nel sonno, senza dare fastidio a nessuno, nel più totale silenzio. Come ci aveva abituati per tutta una vita. Io non ero più riuscito ad andare a trovarlo, dopo quel pomeriggio, ma onestamente neanche avevo fatto i salti mortali per provarci. Era sempre stato il mio pilastro e vederlo così era insopportabile. Era come se sporcasse il bel ricordo che avevo di lui.

A darci la notizia fu la signora che avevamo assunto per assisterlo. Ci aveva chiamato e aveva detto che non respirava. Io e mamma ci eravamo precipitati lì, e al nostro arrivo c'era già l'ambulanza. Il paramedico, un signore anziano che aveva l'aria di averle viste tutte, ci disse due semplici parole: «È morto». Aggiunse che gli dispiaceva.

Quel giorno riuscii a non piangere. Lo avrei fatto, ma già mia madre era un fiume in piena. Dovevo essere forte anche per lei, che si era rivelata più fragile di quanto credessi. Mi dissi che avrei pianto una volta in camera, alla sera, da solo, poi non ci riuscii. Mi avrebbe aiutato a tirare fuori quello che avevo dentro, ma non c'era niente da fare. Così, quel peso rimase dentro, incastrato da qualche parte.

La sera mi sdraiai sul letto, chiusi gli occhi e respirai profondamente. Pensai che solo un anno prima nella mia vita c'erano delle sicurezze che sembravano eterne e intoccabili. E poi, all'improvviso, tutto era cambiato.

"Nonno non c'è più" pensai riaprendo gli occhi. Nulla sarebbe più stato come prima.

Anche quella era una questione di aspettative tradite, l'ennesima ingiustizia. Uno si affeziona a una persona, la fa diventare parte della sua vita, conta su di lei e poi questa… muore? Così? Perché nessuno ti prepara a questo evento? Perché a scuola non si insegna ai bambini ad affrontare un lutto? Perché fanno tutti finta di essere immortali?

Sbuffai, forse per provare a fare uscire la palla di oscurità che mi si era formata dentro. Ma quel gesto non mi alleggerì nemmeno di un po'. Anzi, un attimo dopo riemerse in me una domanda che da tempo non mi ponevo più: che senso ha vivere?

Vedere il nonno ridotto così mi aveva distrutto. La tristezza si era impossessata di me. Sentii il fiato venire meno, di nuovo quella sensazione di soffocamento. Misi una mano sullo stomaco che brontolava e feci un lungo sospiro. Andò un po' meglio, ma ecco che la mia mente riprese a macinare riflessioni esistenziali che apparivano sempre di più come un labirinto in cui perdersi per l'eternità.

Ti impegni, ti sforzi, soffri, insegui obiettivi, fai progetti, accumuli cose. Sopporti una marea di rotture di palle, delusioni, compromessi e sofferenze. Esulti per piccole vittorie e ti disperi per le grandi sconfitte. E alla fine, cosa ti resta? Un giorno muori, passando gli ultimi giorni a delirare e ad annullare la dignità che ti contraddistingueva. Te ne vai senza aver tempo di salutare chi ami, senza poter scegliere come, quando e dove.

"Che senso ha?"

E se non sei tu a morire, muoiono tutte le persone che ami. Tu rimani, loro non ci sono più.

"Che senso ha?"

Mi alzai a sedere sul letto perché mi sembrava davvero di non riuscire a respirare, e l'ultima cosa che volevo era avere un attacco di panico.

Mi dissi che tutti dovevano aver attraversato qualcosa di simile. Proprio per questo motivo non aveva alcun senso per me. In che modo potevano vivere le loro vite come se nulla fosse, sapendo che i loro genitori sarebbero morti, che i loro amici e i loro partner sarebbero morti, che loro stessi sarebbero morti?

Mi alzai e iniziai a camminare in tondo in quella piccola stanza, di cui conoscevo a memoria ogni angolo. Mi sentivo soffocare, mi girava la testa e mi tremavano le gambe. "E se stessi per svenire?" mi chiesi. Immaginai mia madre che, già distrutta, doveva pure soccorrere suo figlio. Mi vergognai alla sola idea, e istintivamente tirai su la tapparella. Spalancai la finestra. L'aria fresca della notte mi aiutò un po'.

Pensai al nonno. Non lo avrei mai più rivisto. Non gli avrei mai più parlato. Non avrei mai più sentito il telefono suonare ogni domenica sera alle ventuno. Non sarebbe mai più esistito.

"Che senso ha?"

Lui che aveva anche sofferto di quella beffa tragica, vedere la moglie morire proprio quando lui stava per andare in pensione, avrebbe meritato di andarsene serenamente, con intorno le persone che lo amavano. E invece era morto solo, solo proprio come era stato costretto ad affrontare gli ultimi anni della sua vita.

L'immagine del suo corpo senza vita riaffiorò nella mia mente. C'era un dettaglio che non riuscivo a togliermi dalla testa: non indossava l'orologio. Ed era strano, perché glielo avevo sempre visto al polso.

Ora quell'orologio, che era forse l'oggetto a cui più teneva, non era altro che un pezzo di metallo con delle lancette. Senza colui che lo indossava e ne conosceva la storia, non era altro che una cosa. Tanta fatica per prendersene cura e proteggerlo, tanti soldi spesi per portarlo ad aggiustare dai migliori orologiai della città. Per cosa? Alla fine si muore e tutte le cose belle che abbiamo restano qui. Pensai ai tanti oggetti che il nonno aveva in casa, cose che aveva preso in giro per il mondo e a cui era così attaccato.

"Che senso ha?"

Le punte delle dita iniziarono a formicolare. "Pensare troppo ti fa male" aveva detto il nonno. Mi concentrai su quelle parole e decisi di fare qualcosa, qualsiasi cosa pur di non stare lì a pensare. Guardai l'ora: era l'una e dodici minuti. Fuori dalla finestra il cielo era buio e coperto di nuvole. Si intravedeva la luna, là dietro, da qualche parte. Riguardai l'orologio, poi il letto. Non c'era verso di dormire, non in quel momento. Presi le chiavi di casa e uscii il più velocemente e silenziosamente possibile. Scesi in garage, montai sulla bicicletta e iniziai a pedalare come se stessi scappando dal diavolo. Pedalai in piena notte come un forsennato, dando tutto quello che avevo. Quando mi fermai, non sapevo se dieci minuti o un'ora dopo, avevo i polmoni in fiamme. Facevo fatica a respirare, ma stavolta per lo sforzo fisico e non per qualcosa di strano che mi stava succedendo nella testa. Mi accasciai sul manubrio proprio mentre un gruppetto di adolescenti mi passò accanto. Ascoltavano musica da una cassa bluetooth che gracchiava. Mi guardarono un po' straniti, ma nessuno disse nulla e proseguirono.

Quando ritrovai la forza per pedalare ancora, tornai lentamente a casa. Portare il mio corpo al limite aveva funzionato, perché il mare di ansia che avevo dentro era calmo ora, le onde erano lontane. Ero sudato come un maratoneta, stravolto. La condizione perfetta per non pensare a niente: se anche mi fossi sforzato non sarei riuscito a elaborare un pensiero se non qualcosa di superficiale e innocuo.

Solo quando mi misi nel letto, il mare tornò a farsi sentire. Una serie di pensieri tremendi mi tempestò la mente. Immaginai la prima domenica sera senza il nonno. Mi immaginai davanti al telefono della sala, a fissarlo in attesa che squillasse. Immaginai il rumore assordante del silenzio. Feci una smorfia e nascosi il volto nel cuscino. Pensai che non mi sarei mai addormentato e invece dopo un paio di minuti crollai in un sonno pieno di tensione e incubi. Prima, però, riuscii a pormi ancora una volta quella domanda a cui non trovavo risposta.

"Che senso ha vivere?"

11

Ripresi la mia vita senza alcuna voglia di vivere. Andavo avanti per inerzia, senza impegno. Facevo le consegne in bicicletta e passavo il resto del tempo a guardare serie tv sdraiato nel letto, oppure attaccato al cellulare, a detestare chiunque vedessi su quello schermo.

La mia routine era così scontata e banale che non dovevo nemmeno chiedermi che senso avesse vivere: non lo stavo più facendo. Non sorridevo da settimane, non parlavo con nessuno al di fuori di mia madre e Luigi, non avevo alcuna passione, nemmeno un briciolo di entusiasmo. Eppure non era apatia, perché continuavo a soffrire, ancora più di prima. Per quel passato fatto di ingiustizie che non riuscivo ad accettare, ad esempio. Ogni mattina mi alzavo pensando che, se il mondo fosse stato un posto giusto, io mi sarei dovuto vestire per andare a lavorare in quello studio. Valentina mi mancava sempre, ogni giorno, ogni secondo, ogni attimo. Era un pensiero fisso, come un chiodo conficcato nel cervello. Mi chiedevo ossessivamente cosa avessi sbagliato. Ma era una ricerca inutile e frustrante, vivevo alla ricerca di risposte che sembravano non esserci.

E poi c'era il futuro. Mi terrorizzava l'idea di continuare così per sempre, la mia sopportazione doveva avere un limite. Sapevo cosa fare, anche: trovare un lavoro, riprendere le vecchie amicizie, magari cercare una ragazza. Ma niente di tutto questo mi sembrava alla mia portata. Per com'ero ridotto, nessuno si sarebbe mai avvicinato a me. E non mi riferisco solo alle tenebre che avevo dentro, ma anche ai segnali inequivocabili di malessere che il mio corpo mostrava. L'irritazione sulla palpebra destra era ormai una presenza fissa. E quando mi grattavo, l'occhio si gonfiava a dismisura. E poi c'era la tosse: secca e fastidiosa, compariva soprattutto alla mattina e alla sera. Mia madre mi aveva costretto ad andare dal nostro medico di base e io mi ero trascinato in quello studio, avevo aspettato per un'ora nella saletta piena di pensionati e riviste vecchie e spiegazzate. Al mio turno, il dottore mi aveva auscultato i polmoni e aveva scosso la testa: non sentiva nulla di anomalo. Poi mi aveva osservato attentamente in volto, concentrandosi sull'irritazione alla palpebra. Alla fine mi aveva semplicemente chiesto: «L'umore come va?». Avevo risposto che andava tutto bene, lui mi aveva prescritto delle pastiglie alla menta per la tosse e una crema per l'occhio.

Poi aveva aggiunto che quegli sfoghi passano cambiando stile di vita.

«Sei giovane!» aveva esclamato. «Cos'hai da preoccuparti?»

Io avevo sorriso per congedarmi, pensando che non sarebbe bastata tutta la giornata per spiegarglielo. E anche se mi avesse concesso tutto quel tempo, non mi avrebbe capito.

Continuando a non mangiare avevo perso più di quindici chili, ero diventato debole. Se mi fossi presentato al parco dove un tempo andavo a giocare a basket, non mi avrebbero riconosciuto: "Chi è quel fantasma con l'occhio gonfio?" avrebbero chiesto.

C'erano poi altri due segnali. Il primo era la strana insonnia che avevo sviluppato. Non era tanto un problema addormentarmi, ma restare addormentato. Ogni mattina, alle quattro e mezzo, mi alzavo e non riuscivo più a prendere sonno. Il secondo segnale era, per me, il più forte e spaventoso: non avevo più alcun desiderio sessuale. Non avevo rapporti con una ragazza da quando Valentina mi aveva lasciato e nelle ultime settimane non ne sentivo più nemmeno il bisogno. Neanche quando, facendo delle consegne, ad aprirmi la porta era una bella ragazza.

Perché vivere una vita del genere? Me lo chiedevo ogni giorno, senza trovare una risposta. Tiravo avanti come se il mio scopo fosse semplicemente quello di accumulare giornate, una dietro l'altra. Vivevo dentro una serie tv in cui ogni episodio era identico a tutti gli altri, ma dentro di me non c'era quella totale indifferenza verso tutto e tutti che caratterizza molte persone in crisi. Io, purtroppo, conservavo la parte emotiva e quindi, alla sera, spesso mi capitava di cadere preda dell'ansia. Quando succedeva, sapevo che c'era solo una cosa da fare: sdraiarmi sul pavimento della mia cameretta e da quella posizione guardare il cielo fuori dalla finestra. Solo da lì riuscivo a vederlo senza che ci fossero di mezzo i palazzi vicini o le gru dei cantieri. Era uno scorcio sull'universo, e quella vista era davvero l'unica cosa che mi calmasse quando iniziavo ad agitarmi. A volte ci passavo un'ora così, sdraiato per terra.

Poi, accadde qualcosa, all'improvviso.

Una sera il cielo era così luminoso e pieno di stelle che qualcosa si smosse dentro di me: il desiderio di tornare a vivere. Lo avevo sepolto sotto strati di rassegnazione, ma ora era riaffiorato, anche se solo per un attimo.

Guardai la luna, che quella notte era piena, luminosa e più grande che mai. Una volta avevo letto che la luna è l'unica amica dei solitari e allora, proprio come se fosse una vecchia amica, decisi di chiederle aiuto. Non dissi nulla, ma la guardai a lungo e le chiesi di mandarmi un segnale, di portare un po' di quella sua splendida luce nella mia vita. Trattenni il respiro, in attesa che succedesse qualcosa, ma non successe nulla. Poco dopo ero nel letto a iniziare l'ennesima serie tv.

Qualche giorno dopo, la mia routine deprimente fu interrotta da una novità: mia madre mi chiamò al mattino. Non lo faceva mai, perché era al lavoro e perché ci eravamo appena visti a colazione. Quel giorno, invece, il telefono squillò e io risposi un po' in apprensione.

«Ehi, dimmi. Tutto bene?» le chiesi subito.

«Sì, tutto bene. Però c'è una cosa che dobbiamo fare.»

«Cosa?»

«Dobbiamo andare dal notaio.»

«Dal notaio?»

«Sì, per il nonno.»

Aggrottai la fronte. Da quello che sapevo, mia madre e mia zia ci erano già andate, per la questione dell'eredità. Il nonno aveva lasciato tutto a loro e nelle ultime settimane avevo sentito che parlavano spesso al telefono di cosa fare della casa di famiglia. Niente di tutto ciò mi interessava, specialmente la casa. Ormai la associavo solo a brutti ricordi. Era come se una pennellata di nero avesse coperto il bel disegno che un tempo c'era sulla tela.

«Senti, vengo a prenderti e ci andiamo subito, che dici?»

«Ora?»

Mi guardai intorno. Ero davanti al solito fast-food, in attesa di un ordine da consegnare. Quasi tutti i rider che conoscevo erano lì, in attesa come me. Se anche fossero arrivati dieci ordini, probabilmente io non sarei comunque partito. Dopo il feedback negativo che avevo ricevuto per la consegna del gelato e il terzo richiamo per la batteria scarica, ero finito ancora più in basso nella gerarchia di Dio, l'algoritmo.

«Va bene, dài. Quando passi? Sono al solito posto.»

«Passo subito.»

«Subito?»

«Sì.»

«Okay.»

Ero confuso, ma non feci in tempo a pensarci perché dopo un paio di minuti mia madre era già lì. Legai la bici e saltai in auto.

«Che succede, ma'?» le chiesi di nuovo allacciandomi la cintura.

«Una cosa che né io né tua zia ci aspettavamo» disse mentre guidava nervosamente. «Sai che siamo andate dal notaio dopo il funerale. Ecco, ci ha letto il testamento ufficiale e sembrava che tutto fosse finito lì. Ora invece viene fuori che poco prima di morire il nonno aveva consegnato un pacco al suo amico avvocato, il signor Landini. Hai presente?» Avevo presente e annuii.

«Ebbene, ieri è rientrato dalle ferie e ha consegnato il pacco al notaio, come da disposizione del nonno. Così il notaio ci ha convocati.»

«Che strano... ma perché devo venire anche io?»

«Perché il nonno ha chiesto esplicitamente che tu fossi presente.»

Guardai attentamente mia madre per provare a cogliere un segnale che mi aiutasse a interpretare le sue parole.

«Io?»

«Be', sai che il nonno ci teneva a te.»

«Lo so, però... vabbè, vediamo che succede.»

Riconobbi subito il quartiere in cui si trovava lo studio del notaio perché era uno dei migliori per fare le consegne. Lì ci vivevano famiglie benestanti, di manica molto larga in quanto a mance. Una volta avevo consegnato del cibo indiano e avevo ricevuto una mancia che era pari a quattro volte la commissione sull'ordine.

Davanti al portone del notaio c'era già mia zia: alta, capelli tenuti corti, ben vestita. Era più giovane di mia madre di qualche anno, ne aveva quarantasette, e lavorava come impiegata nel reparto commerciale di una grande multinazionale di packaging. Era sposata e aveva avuto due gemelli, ora adolescenti.

«Tu ne sai qualcosa?» mi chiese dopo esserci salutati.

«No, niente. È molto strano.»

«Già» convenne mia madre. «Andiamo a vedere di cosa si tratta. Io devo anche tornare al lavoro, poi.»

«Anche io, ho giusto mezz'ora» disse mia zia. «A proposito, come va la tua ricerca del lavoro?»

«Oh... sì, tutto bene. Ho qualche colloquio questa settimana» mentii.

«Colloqui? A luglio?»

Risi nervosamente e mia zia ebbe pietà di me.

Nello studio del notaio il parquet scricchiolava a ogni passo. Era pieno di quadri, statue e mobili antichi. Da quando il nonno era morto, ogni volta che vedevo un posto così, pieno di cose, mi veniva l'ansia. Mi chiedevo che senso avesse accumulare tanto sapendo che quando muori non ti puoi portare niente dall'altra parte, sempre che l'altra parte esista.

Il notaio era un uomo corpulento, con il doppio mento che sporgeva dal colletto della camicia. Gli strinsi la mano grassoccia.

«E quindi tu sei il nipote» disse con un'aria seria.

«Sì.»

«Bene. Sediamoci.»

Si mise dietro la scrivania mentre la segretaria portava una sedia in più per me. Prese un fascicolo dal cassetto e si schiarì la voce prima di aprirlo e leggerne il contenuto. Annuì e lo mise nuovamente via. Aprì un altro cassetto e stavolta tirò fuori un pacco rettangolare. Provai a guardare cosa c'era scritto sull'indirizzo del mittente ma non ci riuscii.

«Dunque, come sapete il vostro caro ha lasciato un testamento ufficiale in cui ha nominato le sue figlie, qui presenti, come uniche eredi» riepilogò il notaio indicando mia madre e mia zia. Poi giunse le mani paffute davanti alla bocca, in un modo fastidiosamente teatrale, come se stesse per rivelare un grande segreto.

«Nella giornata di ieri, ho ricevuto dall'avvocato Landini notizia di un pacco che il vostro caro gli ha consegnato prima di morire. L'avvocato Landini aveva il compito di consegnarlo al notaio scelto dalle figlie per gestire l'eredità, e cioè al sottoscritto. Ho verificato l'autenticità di quanto dichiarato dall'avvocato, qui c'è la lettera che il vostro caro ha depositato presso lo studio prima di morire» aggiunse mostrando un foglio scritto a mano.

Era la calligrafia elegante del nonno, impossibile non riconoscerla.

«Ora possiamo procedere. Apriamo il pacco, visto che siete tutti e tre qui. Questa era la volontà del vostro caro.»

Il notaio prese una lama sottilissima che usava come fermacarte e tagliò lo scotch da imballaggio marrone che chiudeva il pacchetto. Sollevò il coperchio e tirò fuori tutto il contenuto come un archeologo che dissotterra un antico reperto. Non che ci fosse molto: una lettera scritta a mano piegata in due, senza busta; una spessa busta gialla sigillata con la firma del nonno.

«Ecco qui» disse il notaio. Registrò tutti gli oggetti presenti, elencandoli prima a voce e poi su un documento cartaceo. Quando ebbe finito, prese in mano il foglio manoscritto.

«Ora procedo alla lettura della lettera che il vostro caro ha indirizzato a voi tre.»

Il notaio si schiarì la gola, spinse gli occhiali su per il naso e poi lesse.

Carissimi,

percepisco che qualcosa non va in me, e allora approfitto di questo momento di lucidità per chiedervi una cortesia. Quanto segue potrà sembrarvi strano, ma per me è estremamente importante. Se deciderete di farlo, ve ne sarò grato. Se deciderete di non farlo, pazienza. Avrei dovuto farlo io tanto tempo fa e sono amareggiato di dover chiedere a voi di portare a termine il mio gesto incompiuto.

In Asia vive un mio vecchio amico che nessuno di voi ha mai conosciuto e di cui (ne sono quasi certo) non vi ho mai parlato. Si chiama Guglielmo Travi. In base alle informazioni in mio possesso (piuttosto recenti) vive a Da Lat, in Vietnam.

Ed ecco cosa vorrei chiedervi in merito. Alla mia morte, mi piacerebbe che mio nipote Davide raggiungesse Guglielmo per portargli due cose:

– la busta gialla contenuta in questo pacco. La busta dev'essere consegnata sigillata;

– le mie ceneri. Se le mie figlie vorranno conservarne una parte, potranno farlo.

A Davide lascio tremila euro per sostenere le spese di viaggio. Li può trovare (precisi e in contanti) nella cassetta di sicurezza numero 77 della filiale dove ho il conto bancario. La combinazione è 588234.

Chiedo che questa lettera venga letta ad alta voce dal notaio di fronte alle mie due figlie e a mio nipote Davide, affinché tutti siano consapevoli delle mie volontà.

Per me è molto importante.

Grazie.

Ricordatevi che vi ho sempre voluto bene.

Quando il notaio finì di leggere, mi voltai e vidi mia madre e mia zia guardarsi con gli occhi pieni di sorpresa. Io ancora non riuscivo a realizzare pienamente cos'era successo.

«Nient'altro?» chiese mia madre.

«C'è quest'altra busta sigillata per il qui presente Davide, da aprire solo nel caso in cui decida di partire. È scritto sulla busta, vedete» disse il notaio inclinandosi verso di noi per quanto gli consentiva la grossa pancia. C'era scritto: "Per Davide. Da aprire solo se deciderai di partire".

«E quindi che succede ora?» chiesi. Ero confuso e stupito, mille domande mi giravano per la testa.

«Ora lei, giovanotto, è di fronte a una scelta» disse il notaio-attore guardandomi dritto negli occhi. «Può fare quello che le ha chiesto suo nonno oppure no.»

«Ma lui, volendo, può prendere i soldi anche senza fare questa… cosa?» intervenne mia madre.

Il notaio guardò il foglio, poi diede una rapida occhiata al pacco aperto. Poi annuì.

«Certamente. I testamenti non sono ricatti. Il nonno gli ha lasciato tremila euro e questi gli spettano indipendentemente da ciò che deciderà di fare.»

«Però il nonno ha scritto…» iniziai.

«La legge è questa» tagliò corto il notaio.

Restammo tutti in silenzio per qualche secondo, poi il notaio giunse le mani e si alzò.

«Considerando ciò che ho appena detto, il mio lavoro è finito. Al nipote Davide vanno i tremila euro. Invierò la comunicazione alla banca per quanto riguarda i contanti nella cassetta di sicurezza.»

Il notaio avvicinò alla nostra parte della scrivania il pacco aperto e ciò che conteneva. Risistemai tutto nella scatola, che poi mi misi sottobraccio. Strinse le mani a tutti noi e ci congedò. Poco dopo eravamo fuori, nello stesso punto in cui ci eravamo fermati a parlare prima di entrare.

«E tu davvero non ne sapevi niente?» chiese mia zia inarcando il sopracciglio.

«No... come facevo a saperlo?»

«Poverino» disse mia madre.

Entrambi ci girammo a guardarla.

«Non ci siamo resi conto che la malattia se lo era già portato via. Non ci stava più con la testa. E pensare che era sempre stato un uomo così lucido, così forte.»

«Già» convenne mia zia.

«Scusate» dissi indicando la scatola. «Secondo voi, quindi, quello che ha scritto è tutto frutto della malattia?»

«Davide, ma non hai sentito cosa c'è scritto sulla lettera? Portare di persona una busta a un suo vecchio amico che non abbiamo mai sentito nominare prima? In Vietnam? E consegnargli pure le ceneri! Diciamoci la verità: la malattia lo ha condotto alla follia» disse mia zia.

«Mi si spezza il cuore a pensarci. Avremmo dovuto capirlo prima» disse mia madre con gli occhi lucidi.

«E se invece fosse tutto vero?» chiesi.

Mi guardarono attentamente per capire se fossi serio.

«Davide, tuo nonno aveva una brutta malattia che colpisce il cervello» disse mia zia come se parlasse a un bambino. «Negli ultimi tempi diceva spesso delle cose prive di senso. Purtroppo quando ha scritto queste parole non era più in grado di intendere e di volere.»

«Eppure io gli ho parlato spesso in quell'ultima settimana.»

«E ti sembrava normale?»

«Normale no. Però ogni tanto era lui, era il nonno. E poi... l'ultima volta che ci siamo parlati continuava a menzionare proprio il Vietnam.»

«Il Vietnam?» chiese mia madre stupita.

«Sì.»

«E cosa ha detto di preciso?» chiese mia zia.

«Niente di che. Ha iniziato un discorso sul viaggiare, poi ha detto che lui in Vietnam...»

«Lui in Vietnam, cosa?»

«Niente. Si è fermato, è entrato in uno di quei suoi momenti di vuoto.»

«Ah, vedi» disse mia zia.

«Però che senso ha allora aver scritto questa lettera?»

«Non c'è un senso, Davide. Era malato» insistette mia madre, triste ma convinta di quello che sosteneva. «E poi le sue ceneri... È tutto ciò che ci resta di lui. Figuriamoci se le daremo a un perfetto sconosciuto!»

«Quindi voi non lo conoscete questo... Guglielmo Travi?» chiesi ricontrollando il nome sulla lettera. Notai che il nonno lo aveva sottolineato un paio di volte.

«Mai sentito.»

«Neanche io.»

«E del Vietnam non sapete niente?»

«Nemmeno.»

«Non sapete se ci è stato?»

Si guardarono per un paio di secondi.

«Direi di no» disse mia madre. «Il nonno non parlava mai della vita prima di noi e della nonna. Ma dubito che sia andato in Vietnam in quegli anni. Credo ci fosse la guerra, lì.»

Restammo in silenzio per un po'. Ero in imbarazzo, non sapevo cosa fare o dire.

«E ora?» chiesi per rompere quel silenzio.

«Visto che ha nominato specificatamente te, per me va bene se tieni i soldi» disse mia zia.

«Sei sicura?» chiese mia madre.

«Sì. I miei figli non avevano un grande rapporto con il loro nonno, anche per colpa mia. E ora me ne pento. So che papà era legato a Davide, è giusto che tenga tutto lui.»

«Va bene, grazie allora» disse mia madre. Poi mi guardò e fece un cenno della testa.

«Grazie, zia» dissi in automatico, ancora confuso. Era come se mi sfuggisse qualcosa.

Ci salutammo e io e la mamma risalimmo in auto.

«Dove ti porto?»

«Passiamo un attimo da casa, così poso tutto quanto» le risposi. «Poi devo tornare a lavorare, ho dato la disponibilità per tutta la mattina.»

Controllai lo smartphone: nessuna consegna da effettuare. Altro che lavorare. Salii in casa e andai in camera. Posai il pacco del nonno sulla scrivania e tornai di corsa sotto. Contrariamente a me, mia madre aveva fretta di tornare al lavoro.

«È bello che il nonno si sia ricordato di te» disse quando mi sedetti in auto.

«Sì. Sono molto confuso.»

«Immagino. È tutto molto sorprendente. Chi se la aspettava una cosa del genere.»

«Già.»

Restammo in silenzio per un po' e io mi persi nei miei pensieri guardando fuori dal finestrino.

«Dei tremila euro puoi fare quello che vuoi. Magari potresti comprarti la bici nuova.»

«Quella che ho va bene.»

«Allora il cellulare, così eviti di andare in giro con questo che ha lo schermo rotto.»

«Scusa mamma, ma tu non credi che sia sbagliato?»

Si girò verso di me con un'espressione stupita.

«Che cosa?»

«Non rispettare la sua volontà.»

«Quale volontà? Il viaggio e tutto il resto?»

«Eh.»

«Quelle non sono le sue volontà. Sono il delirio di un uomo malato. Quello che hai visto delirare in bagno, quella sera, non è mio padre» disse con un'espressione desolata, ma decisa e orgogliosa.

«Non prenderesti mai in considerazione l'idea di fare questo viaggio?»

«Stai scherzando?»

Eravamo fermi al semaforo, mia madre mi guardava preoccupata. Compresi che per lei era fuori discussione.

«Tu lo sai quanto sono stata male? L'ultimo giorno mi confondeva con la nonna. Altre volte mi chiamava con dei nomi che non avevo mai sentito prima. Parlava di cose assurde...»

«Lasciamo stare, Ma'» convenni alla fine. Non volevo che si agitasse, aveva già sofferto molto per la scomparsa del padre. E poi aveva ragione: a ben pensarci, quella richiesta era una follia. Ripensai a tutte le volte che il nonno si bloccava mentre parlava, a quando farfugliava, alle cose senza senso che uscivano dalla sua bocca. A quell'ultimo nostro incontro, quando era caduto urlando. E io gliela avevo fatta una promessa, ma come puoi mantenerla sapendo che non era in sé? Non poteva che essere come diceva mia madre.

Appoggiai la fronte al finestrino. Le immagini di palazzi, tram, automobili, gente, alberi mi passavano davanti mentre i pensieri mi passavano dentro la testa.

«Non voglio che ti fai tormentare da questa cosa, Davide» disse mia madre. «Mi sembri un po' giù di morale. Comprati qualcosa di bello, con quei soldi. Il nonno, intendo dire quando stava bene, avrebbe voluto questo. Avrebbe voluto che tu fossi felice, nient'altro.»

Mi accarezzò la guancia, come se fossi ancora un bambino. Le sorrisi.

«Va bene, mamma. Ricordati che il nonno avrebbe voluto lo stesso per te. Dimentichiamoci questa strana storia. Dobbiamo andare avanti con la nostra vita.»

Lei ricambiò il mio sorriso, poi il semaforo divenne verde e l'auto ripartì. Tornai a guardare fuori dal finestrino, un cartello indicava la direzione verso l'aeroporto. Tutto passava davanti ai miei occhi, ma quel simbolo bianco dell'aereo mi rimase dentro.

Fu la prima volta in cui affiorò in me un pensiero nuovo, assurdo e pericoloso: "Nel giro di un'ora e mezza sono all'aeroporto e domani potrei essere dall'altra parte del mondo".

12

«Tu ci credi ai segnali dell'universo?»

Alla mia domanda Luigi mi guardò con i suoi occhioni da cane buono, di quelli che non puoi non fermarti ad accarezzare. Era una bollente giornata di luglio inoltrato, eravamo davanti al fast-food in attesa di un ordine. Non c'era più nessuno in città. Fare una consegna ogni due ore era la norma.

«Sì» disse alla fine. «Io sono un credulone.»

«Non dire così.»

«È vero, Davi. Leggo l'oroscopo, sono superstizioso e credo nel destino.»

«Quindi pensi che fosse il tuo destino stare qui a fare questa vita?»

Mi uscì molto più cattiva di quanto intendessi. Luigi distolse lo sguardo.

«Mi dispiace, amico. Non volevo dire...»

«Non ti preoccupare. So bene che vita faccio. E comunque chi lo sa, magari è nel mio destino di fare questa vita per un po'. Poi magari arriverà una bella svolta.»

«Speriamo. Te lo meriti.»

«Grazie, amico. Quindi hai ricevuto un segnale dell'universo?»

«Forse. Una sera ho chiesto alla Luna di aiutarmi.»

«Bello!» disse Luigi illuminandosi.

Nessun altro di mia conoscenza avrebbe avuto una reazione del genere.

«E giusto ieri ho ricevuto un pacco da mio nonno.»

«Ma... ma tuo nonno non c'è più» disse Luigi quasi sottovoce.

«Sì, è postumo.»

«Ah...» mormorò con aria interrogativa.

«Vuol dire che l'ha scritto quando era in vita e me lo ha fatto consegnare solo dopo la sua morte.»

«Ah, okay. E cosa c'era dentro?»

«Una lettera per me. La richiesta di portare una busta gialla a un vecchio amico.»

«Fico! E quando parti?»

«Mai.»

«Ma come "mai"?»

Scossi la testa.

«Il nonno aveva dei problemi mentali. Nell'ultimo periodo non era più in sé. Spesso delirava e quello che ha lasciato scritto ne è la prova» dissi come ripetendo il copione scritto da mia madre e mia zia.

«Mmm...»

«Che c'è?»

«Io sono molto superstizioso, Davi. Te l'ho detto.»

«Non farti pregare, Luigi. Cosa stai cercando di dirmi?»

«Che non bisognerebbe mai andare contro le ultime volontà di una persona morta. Se quello che tuo nonno voleva era che portassi questa busta al suo amico, dovresti farlo. Non so, io avrei paura che da lassù ci restasse male. Secondo me porta sfortuna fare una cosa del genere.»

«E tu pensa che dovrei portargli qualcosa di ancora più prezioso: le sue ceneri.»

«Le ceneri di tuo nonno? Al suo amico?»

«Esatto.»

«Oh, Signore santissimo» disse Luigi, e si fece il segno della croce tutto serio.

Mi strappò un sorriso, cosa più unica che rara in quel periodo. Tra l'altro, lui non scherzava.

«Ha scritto che se non dovessi riuscire a farlo non ci sarebbero problemi» aggiunsi.

«Eh, ma tu non *vuoi* farlo.»

«Non è proprio così semplice, il suo amico... che quasi sicuramente non esiste, non dimentichiamolo... si trova in Vietnam.»

«Ah be', allora è un'altra storia» disse alzando le mani in segno di resa. «Effettivamente un viaggio del genere richiede un quantitativo di denaro e noi qui prendiamo gli spiccioli. Se ti avesse lasciato dei soldi sarebbe stata un'altra storia.»

«In realtà mi ha lasciato dei soldi» dissi abbassando lo sguardo e il tono di voce. «Tremila euro.»

Luigi fece un'espressione allibita.

«Davvero? E tu non ci vai?»

«No, Luigi. Mio nonno delirava, quello che ha scritto non ha senso. Mia madre e mia zia non hanno mai sentito parlare di questo suo amico, la stessa persona a cui lui vorrebbe che io consegnassi i suoi resti. Ma lo senti? Non ha senso!»

Luigi restò in silenzio per un po'.

«Non lo so. Io ci andrei lo stesso. Per sicurezza, sai. E poi cos'hai da perdere?»

Mi sembrava che ci fossero tante risposte a quella domanda ma, a pensarci bene, mi resi conto che non ne trovavo nemmeno una. Non avevo un lavoro, non avevo l'università da frequentare, non avevo una ragazza e anche mia madre sarebbe partita presto per le vacanze, insieme al compagno. Sarebbe tornata solo a settembre. Niente e nessuno mi tratteneva a Milano.

«È una follia, Luigi. E poi come lo trovo questo tizio? Ponendo che davvero esista.»

«Ti ha lasciato un nome?»

«Sì, ma come lo trovo?»

Luigi alzò le spalle.

«Credo che il bello di un viaggio sia proprio che non sai già tutto prima di partire. Se non c'è niente da scoprire, che viaggio è?»

Sorrisi e scossi la testa, come per scacciare una prospettiva a cui avevo già pensato tanto. Non volevo che Luigi la alimentasse, perché da quando ero stato scaricato dallo studio di architettura mi ero ripromesso di non illudermi mai più. Addentai un morso del panino che mi ero portato da casa e pensai che Luigi fosse la persona più inadatta per quella conversazione: per lui tutto era possibile e bisognava ragionare con il cuore, sempre. Chiunque altro mi avrebbe dato ragione, lui invece credeva che potessi davvero mollare tutto e partire per assecondare le volontà di un uomo impazzito. Forse era davvero un credulone.

«Mi piacerebbe crederci, davvero. Se mia madre e mia zia avessero sentito parlare di questa persona, sarei partito subito. Ma loro dicono di non saperne niente. Sono le sue figlie, Luigi. Non ricordano nemmeno se il nonno fosse mai stato in Asia. A me non ha mai detto niente del genere quando era vivo. Mai. Se non l'ultima volta che ci siamo visti, ma delirava. Parlava delle "porte del paradiso"... non mi ci far pensare, va'.»

«E se invece fosse proprio un segnale?»

«Un segnale?»

«E se fosse il segnale che aspettavi?» mi chiese Luigi. Era serissimo.

Proprio in quel momento arrivò un ordine.

«Questo è l'unico segnale che vorrei ricevere più spesso» dissi scherzando.

«Sì, bel segnale. Spaccarsi la schiena per guadagnare due euro. E tu che puoi andare in Vietnam non ci vai.»

«Ma tu che ne sai del Vietnam? Ti piacerebbe andarci?»

«Mi piacerebbe andarmene di qui, amico. Andrebbe bene anche la Spagna.»

«La Spagna?»

«Sì. Mi piacerebbe andare a vedere la Spagna.»

Gli sorrisi e lui ricambiò. Poi controllai il nome del ristorante, non lo avevo mai sentito prima. Era di cucina etnica. Avevo dodici minuti per raggiungerlo e mi sembrava pochissimo tempo, come sempre. Mi chiesi se l'azienda per cui lavoravo sapesse che per rientrare in quella tempistica avrei dovuto passare con il rosso ogni volta che ne avessi avuto l'occasione.

«A dopo!» dissi a Luigi salendo in bicicletta.

Mentre pedalavo ripensai alle sue parole. Anche io ci avevo pensato, di partire e basta, giusto per togliermi il dubbio. Però poi ogni volta mi dicevo che avrei potuto spendere quei soldi in qualcosa di più importante. Potevo comprare un telefono nuovo, visto che il mio era vecchio, lento e mezzo rotto. Potevo comprare un computer portatile, visto che non ne avevo uno. Potevo cambiare bicicletta, come aveva suggerito mia madre. Oppure potevo semplicemente tenerli da parte per quando mi fossero serviti davvero. Se avessi trovato un appartamento a cinquecento euro al mese, avrei avuto da parte sei mensilità. Metà dell'anno pagato.

E c'era un'altra questione: non avevo mai viaggiato da solo e non avevo mai viaggiato al di fuori dell'Europa. Avevo il passaporto, ma era immacolato, senza l'ombra di un timbro.

La verità è che non avevo il coraggio di partire per un'avventura del genere, ma non lo avrei mai ammesso nemmeno con me stesso. Era più facile dire che mio nonno era matto. Che poi, a chiedere a uno come me di partire per un viaggio del genere, matto lo era davvero.

Arrivai a destinazione appena in tempo, scesi, legai la bici e mi fiondai dentro il locale. Sembrava un ristorante cinese, ma di quelli di classe, con le insegne rosso fuoco, i menu rigidi ed eleganti e il personale in divisa. Quando entrai, però, mi resi conto che non era cinese. C'era qualcosa di diverso, dall'odore del cibo all'arredamento.

«Rider!» esclamò la ragazza asiatica dietro il bancone. Mi avvicinai e lei scannerizzò il codice QR sullo smartphone. Nel frattempo il mio sguardo fu catturato dalla grande mappa appesa alla parete alle sue spalle. C'erano nomi di luoghi che non conoscevo, e che pure mi sembravano familiari. E soprattutto affascinanti, perché certamente lontani dal posto in cui mi trovavo e dove non stavo per niente bene.

«Io sono nata qui!»

Una voce alle mie spalle mi fece trasalire. Mi voltai, era una signora asiatica molto anziana. Sorrideva allegra e con il bastone da passeggio indicava un punto sulla mappa.

«Pleiku!»

«Pleiku?»

«Esatto!»

La guardai sorridendo. La vecchina sorrideva a sua volta, come se vedesse qualcosa di particolare in me, che invece cercavo di non farmi notare mai da nessuno e ci riuscivo con ottimi risultati.

«Ci sei mai stato?» mi chiese. Parlava benissimo in italiano, ma l'accento orientale era ancora forte.

«A... come ha detto?»

«Pleiku!»

«Pleiku? No, mi dispiace» dissi ridendo. Mi guardai intorno per capire se solo a me quella situazione sembrava surreale. Nessuno dei camerieri era interessato, erano tutti occupati a fare altro.

«Vacci, un giorno» mi ordinò con un sorriso.

«E dove si trova? Perdoni la mia ignoranza...»

Lei mi guardò con un'espressione divertita.

«In Vietnam» disse alla fine.

La guardai come se avessi appena visto un fantasma.

«Rider!» ripeté la ragazza dietro al bancone porgendomi il sacchetto di plastica.

«Certo, signora...» dissi mentre prendevo il cibo e lo sistemavo nel mio zaino a forma di cubo. «Se andrò in Vietnam, la visiterò...»

Il cellulare vibrò, per ricordarmi che era ora di muovermi. Salutai la donna, uscii, saltai in bici e pedalai. Non riuscivo a non pensare che fosse una coincidenza davvero curiosa. Sembrava quasi... un segnale.

13

Mai avrei pensato di rimettere piede in quella casa. Quando lo feci, il cuore mi balzò in gola e un'infinità di sensazioni di ogni tipo affiorarono dentro di me: la nostalgia per i momenti che non sarebbero più tornati, la paura per tutti gli anni che avrei vissuto in sua assenza, il dolore per il ricordo di quel pomeriggio che non sarei mai riuscito a dimenticare.

La casa del nonno era esattamente come l'ultima volta in cui ci ero entrato. L'aria odorava di polvere, ma quello era anche profumo di casa, per me. Dalle tapparelle abbassate filtravano i raggi di sole di una giornata d'estate che volgeva al termine. Mi fermai a osservare il pulviscolo che fluttuava dentro la luce, incantandomi. Volevo rimandare ciò per cui ero venuto.

Alzai tutte le tapparelle per far entrare più luce possibile, poi mi fermai ancora un attimo al centro della sala, davanti al tavolo lungo e stretto. Feci un respiro.

Mi tolsi lo zaino e posai sul tavolo il pacco che il nonno aveva lasciato per noi. Per me. Mi sedetti e tirai fuori tutto il contenuto, ancora una volta. Lo feci lentamente e con la massima cura, come un esperto forense con le prove recuperate su una scena del crimine. La casa era immersa nel silenzio e dentro avevo un mix di eccitazione e paura. Non mi sentivo così da tanto tempo.

Forse il mistero legato a mio nonno aveva dato un senso alla mia vita, in un periodo in cui non ne trovavo nessun altro. Ora sentivo di avere una missione: volevo scoprire se quello che aveva scritto nella lettera era pura follia oppure se ci fosse davvero un suo vecchio amico in Vietnam. Perché? Perché volevo bene a mio nonno e lui si fidava di me. Sentivo che glielo dovevo.

E poi c'era un altro motivo. Fin dall'inizio una parte di me fantasticava sull'idea di partire e farlo davvero, quel viaggio. Sì, proprio io che ormai ero così pieno di insicurezze, desolazione e ansie, proprio io che non riuscivo nemmeno a parlare con una ragazza, proprio io che non avevo mai viaggiato in vita mia. Io che ero bravo solo a sognare mentre disegnavo con le cuffie nelle orecchie e il piccolo scorcio di mondo oltre la finestra a ispirarmi. E forse ultimamente non ero più bravo a fare nemmeno quello.

Mollare tutto, salutare tutti e partire per il Vietnam. Un posto di cui non sapevo nulla, se non che c'era stata una guerra sanguinosa con gli americani tanti anni prima. Come si viveva in Vietnam? Com'era la gente del luogo? Quali erano le località più belle? No, non sapevo proprio nulla, e questo mi faceva venire voglia di sorridere. Mi immaginavo con lo zaino in spalla, dopo essere sceso dall'aereo, a chiedere informazioni a una ragazza asiatica che mi dava il benvenuto nel suo Paese. E poi a saltare su una moto per raggiungere questa fantomatica Da Lat.

Era solo una fantasia proibita, un sogno irrealizzabile. Ma è questo il bello di sognare: ti permette di costruirti una bolla in cui rifugiarti quando la vita reale è un incubo che va in scena ogni giorno. Il problema è che a volte i sogni diventano un pensiero fisso, una dipendenza. E, visto che io avevo già fin troppi problemi nella mia testa, dovevo affrontare di petto la situazione: se quella sera non avessi trovato una prova evidente che ciò che aveva scritto il nonno era vero, e non soltanto il frutto del delirio dovuto alla malattia, avrei dimenticato per sempre quella questione. Avrei dato i soldi a mia madre, perché mi sarebbe sembrato ingiusto tenerli. Se il nonno non era capace di intendere e di volere, non mi spettavano.

Il primo passo del mio piano prevedeva l'apertura della busta diretta a me, quella da aprire solo nel caso in cui fossi partito. Avevo meditato a lungo su quel gesto, perché sarebbe stata una mancanza di rispetto. Alla fine, però, mi ero detto che se non fossi partito quella busta sarebbe finita a prendere polvere dentro un cassetto, per sempre. Che senso aveva? Era pur sempre un messaggio di mio nonno per me.

La presi, la rigirai tra le mani per un po', prima di aprirla. Poi iniziai a leggere:

Caro Davide,
   ti ringrazio per aver deciso di assecondare la mia volontà. Per me è una questione davvero importante e sapevo di poter contare su di te.

Mi fermai un attimo, sentendomi tremendamente in colpa. Guardai fuori dalla finestra per un po', con gli occhi lucidi. Le cicale cantavano allegramente per l'arrivo della notte e io mi sentivo su un altro pianeta. E invece ero ad appena quaranta minuti da casa. Ripresi a leggere.

   Le istruzioni che ti fornisco sono molto semplici.
   Per trovare Guglielmo, non dare troppo nell'occhio! È una persona che ama la sua libertà al punto di non volersi fare trovare. Forse non sarà facile. Mi dispiace. Inoltre vorrei poterti dare più informazioni sul suo conto, ma non ne ho! Non ci sentiamo da tanto tempo e non so che aspetto abbia. Non so nemmeno se si faccia chiamare ancora Guglielmo Travi!

Sollevai gli occhi dalla lettera e riflettei su quanto stavo leggendo. Per ora sembrava una follia.

   Guglielmo vive a Da Lat, in Vietnam. Non so altro. Per riconoscerlo, ricordati questo: è uno straordinario musicista. Quando lo troverai, consegnagli la busta gialla e le mie ceneri. Lui leggerà la lettera e saprà cosa fare.
   Riguardo i soldi: spero che bastino. E spero anche che tut-

to questo, per te, sia più di un viaggio. Ricordati che ti voglio bene. Grazie per quello che hai deciso di fare.

Il tuo nonno

Conclusi di leggere e mi soffermai sulla calligrafia. Il nonno scriveva sempre in un corsivo elegante e classico, un po' ondulato verso destra. In quel caso, invece, aveva scritto un po' così e un po' in stampatello. Lo immaginai, proprio in quella casa, proprio seduto dov'ero io, a scrivere una lettera rivolta a me con le mani tremolanti come il tratto sul foglio. Mi fece una grande tenerezza, ma poi mi dissi di essere oggettivo. Avevo trovato qualcosa di utile? Per niente. Le sue indicazioni erano molto vaghe e confuse. Deliranti? Molti avrebbero detto di sì. Mi tornarono in mente le volte in cui mio nonno si bloccava e farfugliava. Me lo figurai mentre lo faceva scrivendo quelle cose.

La rilessi più volte, cercando di darle un senso. Non ci riuscivo. Mi chiesi come potesse pensare di aiutarmi nella ricerca del suo amico con delle indicazioni che sembravano uscire dalla penna di un bambino. Ero amareggiato: il sogno di vivere un'avventura dall'altra parte del mondo stava svanendo tanto velocemente quanto si era formato.

Mi alzai e mi guardai intorno, alla ricerca di un indizio. Notai che la libreria del nonno era stata parzialmente svuotata, solo su qualche ripiano c'erano dei libri. Mi tornò in mente che quel giorno, dal notaio, mia zia aveva chiesto a mia madre se poteva prenderla e portarla a casa sua. Lei aveva detto di sì e così mia zia aveva iniziato a svuotarla. Era una libreria in legno, nera, antica e possente. Mi chiesi dove fossero finiti i libri del nonno. Sperai che non li avessero buttati. Sfogliai quelli che erano rimasti ma non trovai nulla.

Decisi di cercare anche in camera sua, al piano di sopra. Era ordinata e minimalista, come la ricordavo. C'erano un letto, un comodino, un armadio e un portacravatte. Controllai nell'armadio: solo vestiti, perfettamente ordinati. Chissà cosa ne sarebbe stato di tutta quella roba. Nei cassetti c'erano delle foto della nonna e delle cianfrusaglie, ma niente che rimandasse a un periodo trascorso in Asia, né tantomeno a un vecchio amico di nome Guglielmo. Sorrisi e mi emozionai quando vidi che tra le poche foto che il nonno teneva sul comodino di fianco al letto ce n'era anche una di me da neonato. In quello scatto il nonno mi teneva in braccio e indicava l'obiettivo ridendo. Era vestito in giacca e cravatta, come sempre. Era elegante e in salute, e mi mancò terribilmente. Dentro di me il mare si agitò un po' quando pensai che la vita cambia davvero in fretta, e senza che ci possiamo fare niente. Cos'aveva fatto mio nonno per meritare quella fine? Niente. Eppure gli era capitata. E allora che senso ha impegnarsi a vivere se poi la vita è così ingiusta?

"Basta, parto" pensai a un certo punto. "Vado a scoprire di persona se questa storia è vera oppure no."

Poi, però, all'idea di passare all'azione, mi bloccai.

«Ma dove vuoi andare? È una follia» dissi ad alta voce. Sospirai profondamente e affrontai la realtà delle cose: mi stavo aggrappando con tutte le mie forze a qualcosa che non esisteva, perché non ero in grado di accettare che mio nonno non ci fosse più. Speravo che esistesse qualcosa ancora da scoprire su di lui, per poter continuare a vivere la sua presenza anche ora che era morto. Ero come le tante persone che non accettano il lutto e si affidano ai sensitivi per tenere vivo un contatto con chi non c'è più. E poi, forse, avevo sperato di avere un pretesto per potermi allontanare dalla mia vita deprimente. Almeno per un po'.

Mi alzai e radunai tutto quanto nella scatola. Prima di uscire salii al piano di sopra e presi la fotografia in cui c'eravamo io e il nonno. Salii in auto con una grande tristezza nel cuore. Quella che provi quando un sogno si infrange definitivamente e sei costretto a tornare a vivere nella realtà.

14

Quella notte dormii a lungo, ma male. Feci dei sogni strani e brutti, di cui, quando mi svegliai, non ricordavo più nulla. Feci colazione da solo, perché mia madre non c'era. Mi misi davanti alla finestra: era una giornata splendida, l'ennesima che non sarei riuscito a godermi. Avevo dato la disponibilità dall'una del pomeriggio alle ventidue.

Per quanto volessi lasciarmi alle spalle tutta quella storia, sembrava che ci fosse una forza più grande di me che me lo impediva. Provavo ad andare avanti con la mia vita ed ecco che succedeva qualcosa di sconvolgente. Il problema di credere che esistano dei segnali dall'universo è che poi devi seguirli. Un conto è dire che sono tutte coincidenze, che non c'è nessuna forza più grande che sta provando a dirti qualcosa; un conto è crederci, anche se magari affermi il contrario, e poi non fare nulla. Comportarsi così è quasi sacrilego.

Sapevo che Luigi l'avrebbe pensata esattamente alla stessa maniera e fu questo il motivo per cui quella mattina lo chiamai e gli chiesi di passare da me. Mi rispose con tante faccine sorridenti, era felice che ci vedessimo senza la divisa da rider, in un posto diverso dall'ingresso del fast-food sotto i portici.

Dentro casa, Luigi sembrava ancora più alto e grosso. Si guardò intorno come un orso che entra in un bosco incantato.

«Bella casa» disse tutto allegro.

«Grazie, Luigi.»

Poi gli raccontai tutto. Tutto quello che avevo dentro, tutti i dubbi. Sottolineai la necessità di trovare qualcosa di concreto a cui appoggiare i piedi per poter fare quel salto nel buio. Quando conclusi, restammo in silenzio per un po'. Mancava mezz'ora a mezzogiorno.

«Tu cosa faresti?» gli chiesi.

«Cosa farei?»

«Sì. Nei miei panni.»

Luigi allargò le braccia.

«Forse cercherei tra le cose del nonno.»

«L'ho già fatto. Non ho trovato niente.»

«Dove hai guardato?»

«Ovunque. In ogni stanza della sua casa. Tra le sue foto, i suoi vestiti, i suoi libri…»

Mi fermai sull'ultima parola. I libri li avevo controllati, certo, ma ne erano rimasti pochi sugli scaffali della libreria. Mia zia li aveva tolti per potersi prendere il mobile. Ma quei libri dov'erano finiti?

«Faccio al volo una telefonata, okay?»

«Certo» rispose Luigi. «Posso avere un bicchiere d'acqua?»

«Preferisci una Coca?»

Lui sorrise imbarazzato. Sorrisi anche io e gli presi una Coca dal frigo. Poi andai in camera e chiamai mia madre.

«Sì?»

«Ciao, ma'. Tutto bene?»

«Bene, bene. Il mare è bellissimo oggi. Certo, c'è un sacco di gente.»

«Okay. Volevo chiederti una cosa: hai presente la libreria del nonno? Ho visto che zia l'ha svuotata quasi completamente.»

«Sì.»

«Ecco, ma i libri che fine hanno fatto?»

«Sono in garage.»

«In garage? Nel nostro?»

«Sì… alla fine non me la sono sentita di buttarli. Lui ci teneva tanto.»

«Hai fatto bene.»

«Li vuoi tu? Sarebbe bello.»

«Non lo so. Vado a dare un'occhiata, però. Poi ti dico.»

Ci salutammo e tornai da Luigi.

«Andiamo in garage. I libri sono lì.»

Lui non disse nulla, ma annuì tutto contento.

Si stava bene in garage, era fresco e buio. Era un posto lontano dal rumore là fuori. Accesi la luce e vidi che contro la parete destra, sul fondo, c'erano tre pile di libri alte più o meno un metro. Ci avvicinammo, erano vecchi volumi impolverati. Dovevano essere quelli, i libri del nonno.

«Diamo un'occhiata» dissi. «Vediamo se troviamo qualcosa.»

«Dài» fece Luigi provando, invano, a celare un po' di quell'entusiasmo da bambino che lo pervadeva.

Mi chinai ed esaminai i titoli uno per uno. C'erano romanzi classici, manuali, libri di arte. Tanti volumi di enologia. Ero quasi arrivato alla fine della pila quando ne trovai uno che catturò la mia attenzione. Il nome dell'autore era occidentale, forse americano: Alan W. Watts. Il titolo, però, portava a immaginare l'estremo Oriente: *La via dello zen*.

Lo aprii pensando che quello fosse il primo e unico collegamento tra mio nonno e l'Oriente. Lessi le prime pagine, e gli argomenti mi sembrarono complicati. Era un libro di spiritualità, un altro fattore assolutamente in contrasto con mio nonno, uno che non era mai andato in chiesa. Mi era sempre sembrato troppo razionale per credere in qualcosa. Proprio come me.

Lo sfogliai senza trovare nulla. Feci per posarlo in cima alla pila quando Luigi indicò qualcosa ai miei piedi.

«Ti è caduta.»

«A me?»

«Dal libro.»

Mi chinai a raccogliere quella che alla luce fioca del garage mi parve una cartolina. Quando la presi in mano, però, il mio cuore saltò un battito. Era una fotografia. Era solo leggermente consumata, un bordo era piegato e il tempo aveva fatto la sua parte ingiallendola in alcune aree. Però era ancora ben visibile. E il soggetto era chiaro.

C'erano due uomini, in posa davanti a quella che sembrava una statua orientale, bianca e imponente. Si trovavano in una piazza, o forse su un molo. Intorno a loro centinaia di persone, tutte asiatiche. L'uomo a sinistra aveva la barba e i capelli lunghi mossi dal vento, indossava una camicia senza bottoni, di quelle che infili dalla testa. Aveva pantaloni leggeri, neri, e i sandali ai piedi. Rideva, con la testa un po' inclinata all'indietro.

L'altro aveva il volto perfettamente rasato e i capelli in ordine. Indossava una camicia bianca ben stirata e pantaloni grigi eleganti. Sottobraccio teneva la sua giacca, piegata con cura. Anche lui rideva, ma era come se non volesse lasciarsi andare più di tanto. Aveva l'aria di uno che si è appena ripreso da una malattia, e quindi è felice ma teme una ricaduta.

Ecco mio nonno. Girai la fotografia, le mani mi tremavano. Luigi si avvicinò e disse qualcosa, però non lo ascoltai. L'inchiostro blu era quasi sbiadito, ma era impossibile non riconoscere quella calligrafia elegante e perfetta. Il nonno aveva scritto poche parole sul retro della fotografia. Dovetti rileggere tre volte per essere certo che fosse tutto vero.

"Io e Guglielmo."

15

La coppia in fila davanti a me non la smetteva più di parlare. Erano francesi, pensionati. Parlavano un po' di italiano e avevano pensato bene di tenersi allenati raccontandomi la loro vita intera. Nel giro di mezz'ora sapevo tutto sul loro conto. E, a essere onesto, gli ero grato. Le loro chiacchiere mi avevano stordito a sufficienza da non farmi pensare a cosa stessi facendo. E così il flusso di paure, preoccupazioni e dubbi che aveva inondato il mio cervello fin da quando la sveglia era suonata, all'alba, si era interrotto.

«E tu? Sei in ferie?» mi chiese lui a un certo punto.

«Io? Oh, no...»

«E cosa ci vai a fare allora?»

Distolsi lo sguardo e lo rivolsi alle grandi vetrate dell'aeroporto. Proprio in quel momento un aereo decollava, diretto chissà dove. Guardai il cielo, azzurro e limpidissimo.

«Sto andando a trovare un parente» dissi alla fine.

«Ah, che bello! E dove vive?»

«A Da Lat. La conoscete?»

«Oh, sì! Sì, sì...» disse lui entusiasta ma in modo poco convincente. «Ci siamo passati una volta, anni fa, se non sbaglio. Ricordi?»

La moglie annuì, anche lei poco convinta.

«E quanto ti fermi?»

"E quante domande, maledizione!"

«Un paio di settimane.»

«Ah, ma è un peccato! Il Vietnam è un Paese meraviglioso. Ci vorrebbe almeno un mese per visitarlo tutto. Oddio, forse un po' meno se uno vuole escludere dall'itinerario…»

Smisi di ascoltarlo. Annuivo, sorridevo e dicevo: «Ma dài!» quando raccontava qualcosa che riteneva sorprendente. In quel momento, però, la mente era tornata a produrre furiosamente i pensieri densi di ansia che avevano caratterizzato gli ultimi giorni. Da quando avevo visto la foto del nonno con quel suo amico era passata meno di una settimana. A pensarci non mi sembrava vero, visto che in quel breve lasso temporale avevo fatto di tutto: avevo comprato uno zaino e la guida turistica del Vietnam, avevo trascorso ore e ore su Internet per capire quale fosse il modo più veloce ed economico di arrivare a destinazione ed ero persino arrivato a segnarmi sul cellulare i numeri di emergenza dell'ambasciata italiana in Vietnam.

Non avevo mai viaggiato, perché non mi aveva mai interessato particolarmente farlo. Tutta quell'agitazione prima della partenza, i mille problemi che ti possono capitare in viaggio, l'essere costretto a relazionarti con tante persone, spesso in inglese… se adesso ero partito era solo perché avevo una missione da portare a termine. Anzi, una duplice missione: da un lato realizzare le ultime volontà di mio nonno, dall'altro scoprire qualcosa sul suo passato per poter rispondere alla domanda che mia madre, rimasta sconvolta vedendo la fotografia, aveva pronunciato: «Ma allora chi era mio padre?».

Avevo intenzione di scoprirlo, anche se lei aveva fatto di tutto affinché non partissi. Mi aveva chiesto di aspettare, promettendo che ci saremmo andati insieme all'inizio del nuovo anno, quando avrebbe avuto nuove ferie. Per me, però, quello era stato solo un tentativo di spegnere la fiamma che mi si era accesa dentro trovando la foto. Lei non ci voleva andare in Vietnam, e non voleva avere niente a che fare con gli eventuali amici che suo padre aveva tenuto nascosti a tutta la famiglia. Lei voleva solo andare avanti, mentre io cercavo di andare indietro. Quel mio viaggio era un viaggio nel passato.

Mia madre aveva ceduto, alla fine. Mi aveva fatto mille raccomandazioni e mi aveva pregato di chiamarla spesso. «Non farmi preoccupare» aveva detto. Le avevo risposto che non lo avrei fatto, ma entrambi sapevamo che non era una questione che dipendeva solo da me. In viaggio può succedere di tutto e nel mio caso specifico non c'era la benché minima certezza. Le mie parole di rassicurazione erano suonate vuote e false. Avevo distolto lo sguardo pensando che se avessi voluto non farla preoccupare avrei dovuto semplicemente evitare di partire. Eppure credo che anche lei ormai percepisse che quella partenza era necessaria. Forse, in qualche misura, anche lei voleva conoscere la verità, nonostante provasse a mostrare un totale disinteresse. O forse voleva che suo figlio partisse per un'esperienza in grado di farlo crescere. Ci avevo pensato a lungo nei giorni prima di lasciare casa. Avevo venticinque anni e vivevo ancora con lei. E se quel suo lasciarmi andare era anche un tentativo di spingermi a maturare?

Il signore francese davanti a me si fermò quando udimmo l'inconfondibile suono che precede un annuncio. Dagli altoparlanti dell'aeroporto, una voce maschile disse: "Ultima chiamata per i passeggeri del volo AW 177 Milano – Ho Chi Minh City. Si prega di recarsi immediatamente al gate per l'imbarco".

«E noi siamo già qui» disse il signore francese facendomi l'occhiolino.

La moglie ridacchiò, io sorrisi. In fondo, erano una bella coppia: nonostante l'età, erano ancora pieni di entusiasmo, ancora insieme, ancora in viaggio.

Poco dopo consegnavo il mio passaporto alla hostess della compagnia aerea russa che mi avrebbe portato in Vietnam. Mi sedetti al mio posto e sorrisi: se Luigi avesse saputo che mi avevano dato il 17 mi avrebbe implorato di farmelo cambiare. C'era un pensiero pure per lui, in quel vortice che avevo in mente. Era anche grazie a lui se stavo partendo. O per colpa sua? Mi aveva chiesto più volte: "Cos'hai da perdere?". Quella sua domanda innocente mi aveva fornito il motivo più evidente per partire: non avevo motivi per restare.

A quell'ora, quasi certamente Luigi era davanti al fast-food in attesa di una consegna. Non mi mancava essere là, anzi, per la prima volta da mesi ero felice di essere dov'ero. Non per dove stavo andando e per ciò che stavo andando a fare, quel pensiero generava una certa ansia; era per quello che mi stavo lasciando alle spalle: una vita che in qualche modo mi era sfuggita di mano ed era diventata piena di sofferenza.

Quando le ruote si staccarono dal suolo e l'aeroplano prese il volo, l'occhio cadde sull'orario segnalato dallo schermo incassato nel sedile davanti al mio. Sorrisi: era una domenica sera di fine agosto e le lancette indicavano le ventuno in punto.

16

Avevo osservato Ho Chi Minh City, l'antica Saigon, da dietro il finestrino dell'aereo prima e da quello del taxi poi. Mi era sembrato un luogo infernale: la quantità di persone era fuori da ogni logica, pari a quella di scooter e automobili. Non avevo mai visto un tale traffico, nemmeno nei film.

Come poi fosse regolato quel flusso infinito di ruote, lamiere ed esseri umani era un mistero. O forse la regola era una soltanto: ognuno faccia quel che vuole. Solo così si poteva spiegare il comportamento della dozzina di scooter che avevo visto arrivare in contromano alla nostra destra. C'era poi chi tagliava la strada all'improvviso, passando a pochi centimetri dal paraurti anteriore del nostro taxi. C'erano scooter che trasportavano quattro persone senza casco. C'era gente che trascinava dei carretti pieni di verdura su strade trafficatissime. C'erano alcuni folli che, in quella fiumana di veicoli, andavano in giro in bicicletta. In pochi si muovevano a piedi e quando dovevano attraversare la strada, anche se erano sulle strisce, anche se avevano il verde, lo facevano correndo e con le mani alzate, come soldati pronti alla resa.

Eppure non c'era nessuno che sembrasse stupito dall'assurdità di quella situazione. Nessuno intimorito, era come se fosse tutto normale. Io, invece, mi sentivo un alieno appena sbarcato in un nuovo mondo.

Mi chiesi più volte se tutta quella gente fosse impazzita e mi venne da domandarlo al tassista, ma non lo feci. Intanto avrei dovuto combattere la mia solita timidezza, acutizzata dalla barriera della lingua inglese. Sapevo parlarlo, in teoria, perché lo avevo studiato a scuola. Ma come spesso mi accadeva, nel passaggio alla pratica mi perdevo completamente: andavo in confusione, balbettavo, mi dimenticavo le parole.

E poi il tassista sembrava non avere alcuna voglia di parlare. Senza contare che anche lui apparteneva alla schiera dei pazzi al volante: a un certo punto passò con il rosso e tagliò completamente la strada a una vecchietta che attraversava sulle strisce. Quella non fece una piega, nonostante l'auto le fosse passata a una spanna dal bastone da passeggio.

Il tassista notò il mio spavento e il mio stupore, e disse in un inglese sgrammaticato: «*No worry. We drive Saigon style*».

Mi chiesi come si potesse vivere in una città del genere, con tutta quella gente, tutto quel caos, tutto quel rumore. Credevo di sbarcare in Vietnam e invece ero arrivato all'inferno.

Non sapendo nulla di Ho Chi Minh City, avevo prenotato una stanza nell'hotel che mi sembrava avere il miglior rapporto qualità-prezzo. Non ci avevo dato grande importanza perché avrei passato solo un giorno intero lì, il successivo. Giusto il tempo di ambientarmi e trovare un autobus diretto a Da Lat.

Quando il tassista si fermò davanti alla hall, dubitai della bontà della mia scelta. Anzi, prima di tutto pensai che avesse sbagliato indirizzo perché quello non poteva essere un hotel. L'insegna pareva quella di un banco dei pegni: un dragone rosso che sputava fuoco, proprio sopra al nome lampeggiante dell'hotel, scritto in giallo. L'ingresso era composto da vetrate scure e porte alte e strette.

Subito sopra all'insegna iniziava la prima fila di finestre, così vicine tra di loro da farmi pensare che le stanze non potessero essere più grandi di uno sgabuzzino. Era un palazzo di quattro o cinque piani, alcune finestre erano sbarrate. Un tempo la facciata era stata bianca o forse azzurra, perché ancora intravedevo sprazzi di quel colore sotto strati di smog.

«Siamo sicuri che sia questo?» chiesi al tassista, che nel frattempo era sceso, si era appoggiato al cofano del taxi e si era acceso una sigaretta guardando il traffico incessante come se fosse uno spettacolo imperdibile.

Annuì senza dire niente e mi fece un cenno con la mano come a dire: "Vai, su".

Entrai a fatica, lo zaino che avevo sulle spalle era davvero ingombrante, e mi venne in mente che quella stessa sensazione la provavo spesso andando a fare le consegne dentro certi negozi, con dietro lo zaino-cubo simbolo dei rider. Ora però non trasportavo del cibo da consegnare, ma una busta gialla e parte delle ceneri di mio nonno, raccolte in un sacchetto – l'altra parte l'avevano voluta tenere mia madre e mia zia. Per fortuna, avendo imbarcato lo zaino, nessuno lo aveva perquisito.

Quando entrai, appurai che si trattava effettivamente di un hotel. La hall era arredata con divani e mobili vecchi, e c'era una scala a chiocciola che portava al piano superiore. Mi sembrava di essere tornato indietro di una ventina di anni. L'unica traccia di modernità era il bancone della reception, rosso fuoco, che era stato sicuramente portato lì dentro in tempi più recenti.

«Buongiorno, ho una prenotazione.»

Il ragazzo dietro allo schermo del computer alzò gli occhi e mi sorrise. Avrà avuto più o meno la mia età. Mi chiese il nome e poi lo digitò rapidamente sulla tastiera. Si alzò e si girò verso la parete a cui dava le spalle, su cui erano fissati decine di chiodi con appese le chiavi. Ne prese una e me la consegnò. Era una piccola chiave semiarrugginita, attaccata a un ingombrante portachiavi in legno raffigurante un dragone.

«Perché il dragone?» gli chiesi.

«Porta fortuna» disse lui.

«Qui in Vietnam?»

«No, in Cina. Qui siamo a Chinatown. Io sono vietnamita, però» aggiunse sempre sorridendo.

Non avevo idea di aver prenotato una stanza a Chinatown. Lo ringraziai, presi la chiave e salii la scalinata. Non c'era l'ascensore e quei tre piani mi sembrarono una montagna da scalare. Quando arrivai davanti alla porta avevo le spalle doloranti, avevo riempito troppo lo zaino, mi rendevo conto solo adesso. L'umidità assurda mi aveva preso alla gola e aveva fatto il resto: ero sudato e stremato.

Faticai a far girare la chiave nella serratura, mi sembrò quasi che si fosse bloccata. Alla fine riuscii ad aprire e quando finalmente entrai scoprii che la stanza era effettivamente minuscola: un letto contro una parete, la finestra che si affacciava sulla strada e un bagno delle dimensioni di un armadio.

Posai lo zaino per terra, mi misi davanti alla finestra e mi massaggiai le spalle. Rividi velocemente nella testa tutto quello che era successo: il volo infinito, l'ispezione all'aeroporto, il taxi e l'impatto tremendo con quella città di cui ora osservavo uno scorcio particolarmente trafficato.

Realizzai di non aver mai apprezzato la solitudine tanto quanto in quel momento. Perché per la prima volta da ventiquattro ore ero solo fra quattro pareti. Il mondo lo avevo lasciato là fuori, oltre quel sottile vetro sporco. E là fuori avevo lasciato tutti i suoi problemi, il suo caos, la sua gente e il suo rumore. Ero consapevole che nella solitudine trovavano terreno fertile molti sentimenti negativi, dalla tristezza all'agitazione, ma in quel momento preferivo quel tipo di turbamento a tutto il rumore e l'umanità che avevo incontrato nelle ore precedenti.

Pensai di farmi una doccia, ma vidi che erano già le otto di sera. Avevo fame e non volevo fare tardi, perché per il giorno successivo avevo già programmato tutto. Mi sarei alzato presto e avrei girato le agenzie turistiche alla ricerca di un autobus per Da Lat.

Uscii dalla stanza di malavoglia e, quando mi ritrovai sul marciapiede, mi misi a camminare velocemente. Volevo trovare un ristorante il prima possibile, mangiare qualcosa e tornare in camera. Non avevo abbastanza informazioni per dire se il Vietnam mi piacesse, ma di una cosa ero certo: non ero lì per divertirmi.

Dopo un po' mi resi conto che camminando in quel modo, con lo sguardo basso e l'aria di un gatto randagio che entra in un territorio sconosciuto, non avrei capito nemmeno dove stavo andando. Mi fermai, alzai lo sguardo e feci un sospiro: a nessuno importava di me. C'erano turisti occidentali e tanti asiatici, la maggior parte dei quali impegnati in attività di vario tipo. C'era una bella luce e il cielo era limpido, nonostante l'orario e tutto quello smog. Ripresi a camminare facendo più attenzione a quello che mi circondava e scoprii che il quartiere non era male. Probabilmente non rappresentava il vero Vietnam, perché tutti i negozi e i ristoranti erano cinesi. Eppure, andando oltre alle insegne luccicanti e ai dragoni che vedevo ovunque, notai dettagli che mi meravigliarono: una signora che accarezzava ridendo un gatto bianchissimo, un uomo che mangiava una ciotola piena di riso, una madre che insegnava alla figlia piccola a cucire dentro una bottega con le porte spalancate.

Ma a colpirmi più di ogni altra cosa erano proprio i ristoranti. Non avevo mai visto niente del genere: lì si mangiava all'aperto, seduti su piccole sedie di plastica colorate davanti a tavolini pieghevoli in legno o in plastica bianca. I clienti erano soprattutto orientali, cinesi o vietnamiti non potevo saperlo. Però una cosa li accomunava: parevano tutti molto spensierati. Gruppi di giovani, famiglie, amici: se ne stavano seduti l'uno vicino all'altro su quelle minuscole sedie colorate e si godevano la bella serata parlando, ridendo e mangiando cibo che non era servito nei piatti, ma dentro scodelle di ceramica bianca.

Mi dissi che avrei cercato un ristorante occidentale. Era il mio primo giorno in Vietnam e non volevo rischiare di mangiare qualcosa di eccessivamente diverso rispetto a ciò a cui ero abituato. Non volevo stare male, ritrovarmi incollato alla tazza del bagno per giorni interi per un'intossicazione alimentare. Non ne avevo mai avuta una, in realtà non sapevo neppure come ci si potesse sentire, ma non avevo voglia di scoprirlo adesso.

Dopo aver camminato un po', con un pizzico di agitazione mi resi conto che in quella zona non c'erano ristoranti occidentali. C'erano solo due possibilità per mettere qualcosa nello stomaco senza dovermi spingere troppo lontano: uno dei ristoranti dei locali che avevo scartato; oppure i banchetti dello street food, il cibo di strada preparato sul momento, da mangiare poi in piedi. Notai che molti occidentali sceglievano questa seconda opzione.

Passai davanti a uno di questi banchetti, preparavano del riso bianco con una specie di frittata e delle verdure. "Perché no? Cosa potrebbe andare storto?" pensai dopo un attimo di esitazione. Così mi misi in fila.

Mentre aspettavo che fosse il mio turno mi resi conto di essere l'unico straniero lì al banchetto che avevo scelto. Una mosca bianca. Mi guardai intorno, sembrava che a nessuno importasse. Eppure tornai a sentirmi un po' a disagio. Disagio che crebbe quando mi resi conto che di lì a poco sarebbe toccato a me ordinare. Mi chiesi cosa ci facessi lì, in quel punto del mondo così lontano da quello che chiamavo "casa" da sempre.

Il mio turno arrivò più in fretta del previsto. Quando mi ritrovai davanti alla cuoca, che maneggiava un wok enorme dietro al banchetto, abbozzai un sorriso. Era anziana, molto anziana, eppure aveva bicipiti definiti sotto la pelle piena di rughe. Era magra e piccola, ma fortissima. Quel wok pesava tanto, era evidente. Lei mi fece un breve sorriso sdentato e mi avvertì immediatamente: «No english!».

Rimasi di sasso. Come avrei fatto a ordinare se non potevamo comunicare in inglese? Guardai il menu, che era stampato alla bell'e meglio su un telo di plastica applicato all'esterno del banchetto mobile. C'erano le immagini dei piatti, ma le scritte erano tutte in vietnamita, o forse in cinese, non sapevo. Feci per indicarne uno, pronto a mangiare qualunque cosa, ma la donna dietro al wok gigante si spazientì e mi disse qualcosa che ovviamente non compresi.

«*Sorry?*»

Lei ripeté quelle parole a me sconosciute, sempre con aria frettolosa: il wok pesava e l'olio era bollente. Io però continuavo a non capire. Ero paralizzato. Avrei voluto scomparire per la vergogna.

Alla fine ripetei "*sorry*" un paio di volte, alzai anche le mani per scusarmi e mi allontanai, cercando di sparire. Sentii la signora dire qualcosa alle mie spalle, forse rivolta a me, forse no.

Mi diressi verso l'hotel di malumore, mi sentivo umiliato dalla mia stessa incapacità di cavarmela nelle situazioni della vita. Quanto ero insicuro, maledizione. Provai il desiderio di tornare a casa subito, lasciarmi alle spalle quel posto infernale, quella gente che parlava una lingua che non conoscevo, quel cibo che non capivo, quei posti che non volevo esplorare. Non lo avrei mai detto a nessuno, nemmeno sotto tortura, ma in quel momento mi mancava poter mangiare le solite cose che preparava mia madre, a casa.

"Un imbranato mammone" pensai mentre camminavo e mi mangiavo le unghie per il nervosismo. Ma anche per la fame vera e propria.

Entrando nella hall dell'hotel, un volantino a colori catturò la mia attenzione. Era fissato sul vetro della porta d'ingresso ed era la pubblicità di una nota catena di fast-food che faceva anche consegne a domicilio. La consegna era gratuita. Ma soprattutto, c'era scritto, i rider parlavano inglese.

Decisi che avrei cenato così quella sera: io, rider sfruttato nel mio Paese, mi sarei fatto portare il cibo in una stanza di hotel da un rider vietnamita. Se davvero c'è un universo a inviarci dei segnali e a tessere trame invisibili nelle nostre vite (e ultimamente mi ero convinto fosse così, altrimenti non sarei stato lì) con quel mio gesto avevo appena generato un cortocircuito cosmico.

Feci la foto alla locandina, poi salii in camera ed effettuai l'ordine attraverso WhatsApp. Ordinai più cibo del necessario, ero nervoso e volevo sfogarmi mangiando. Mentre aspettavo che arrivasse il rider, mi feci una doccia.

Sotto l'acqua tiepida (avevo girato completamente la manopola, ma più calda di così non usciva), pensai che era tutto talmente assurdo che faticavo a considerare reale quello che mi stava accadendo. Era come essere finito dentro un videogioco, una parte di me non ci credeva davvero.

Mi stavo giusto infilando la maglietta quando bussarono alla porta. Presi il portafoglio e feci una smorfia pensando che ora avrei dovuto pagare in una valuta nuova. L'ennesima novità da gestire. Ma perché alla gente piace tanto viaggiare?

Aprii, davanti a me c'era un adolescente con il caschetto in testa e lo zaino sulle spalle. Aveva la stessa aria stanca e lo stesso modo di fare frenetico che dovevo avere io ogni volta che mi aprivano la porta di un ufficio.

Mi disse qualcosa in inglese, ma non compresi subito. Feci un sorriso stanco, come per scusarmi. Scossi la testa. Lui mi guardò come se fosse curioso di sapere che ci facessi lì. Poi sorrise. Era un bel sorriso, genuino, di quelli che fai senza pensarci. Il ragazzo prese il cellulare e mi mostrò la cifra sullo schermo. Io annuii e poco prima che rimettesse lo smartphone in tasca vidi che aveva come sfondo una fotografia di lui insieme a quella che quasi certamente doveva essere la sua ragazza. In quella foto era felice e tranquillo. Sembrava un'altra persona rispetto a quella che avevo davanti.

Avevo speso 191.000 dong, circa sette euro. Glieli diedi contati e il ragazzo non fece una piega: li prese, mi ringraziò cordialmente e fece per andarsene. Lo osservai meglio, era davvero giovane e quei capelli nerissimi appiccicati alla fronte per via del sudore lo facevano sembrare un bambino. Lo fermai prima che se ne andasse.

«*Tip!*» gli dissi.

Lui mi guardò stupito. Evidentemente non era abituato a ricevere una mancia. Contai i soldi che avevo nel portafoglio, all'aeroporto avevo cambiato cinquanta euro, poi avevo pagato taxi, hotel e cibo. Pensai a quanto dargli, ma poi mi dissi che quello era il momento perfetto per fare qualcosa che avevo sempre sognato che qualcuno facesse con me: presi tutte le banconote che avevo nel portafoglio e gliele consegnai. Erano l'equivalente, in dong, di più di venti euro di mancia.

Lui li prese, li rigirò tra le mani quasi fossero qualcosa di fragile e prezioso. Mi guardò come se scherzassi.

«Per stasera non lavorare più» gli dissi. La mia voce era carica di empatia. Sapevo perché stava facendo quel lavoro. Sapevo quali erano le sue aspettative. Sapevo come sarebbero state tradite, sempre e comunque. Dalla gente, dalla vita.

«*What?*» chiese lui, sempre più confuso.

«Non lavorare più stasera. Vai a casa, passa del tempo con la tua ragazza. Amatevi. Sii felice.»

Lui mi guardò con un'espressione che avrei imparato a conoscere bene: quella di un giovane, educatissimo ragazzo asiatico che non capisce e si vergogna di chiedere spiegazioni. Quindi sta lì, con gli occhi spalancati, la bocca leggermente aperta, come in attesa di un ordine.

«*Be happy, man*» gli ripetei. Poi gli augurai la buonanotte, rientrai e mi misi a mangiare seduto sul letto, da solo. Non vedevo l'ora di andarmene da lì.

17

La mia prima notte in Vietnam trascorse all'insegna dell'agitazione. Il sonno fu agitato, appunto, probabilmente pieno di incubi che però al mattino non ricordai, e sicuramente perché il ventilatore sul soffitto, le cui pale un tempo dovevano essere state bianche mentre ora erano grigio scuro come la facciata dell'hotel, niente poteva contro il caldo afoso e umido. Mi ero girato e rigirato decine di volte, sempre più sudato e stanco.

Anche il risveglio era stato accompagnato da un po' di agitazione, alla sola idea di uscire dalla stanza e tornare tra le vie infernali di quella città. Come se non bastasse, il jet lag mi aveva tirato uno strano scherzo: il fuso orario del Vietnam, in quel periodo dell'anno, era avanti di cinque ore rispetto a quello dell'Italia, pertanto, teoricamente, avrei dovuto faticare a addormentarmi, svegliandomi poi più tardi del solito. Invece, dopo aver mangiato, lo stress che avevo accumulato nelle ultime ore (e forse anche quello delle ultime settimane) si era fatto sentire tutto d'un colpo. Ero crollato subito, quasi senza accorgermene. Alle quattro e mezzo del mattino ero già sveglio. E avevo una gran fame.

"Forse è perché di solito mangio verso mezzanotte, quando torno a casa dal turno serale" pensai lavandomi la faccia nel vecchio lavandino. Mi asciugai il volto e mi guardai per un attimo allo specchio, che era vecchio come tutto il resto di quella struttura e in più era ricoperto, negli angoli, di adesivi lasciati da chi era stato lì prima di me. L'irritazione che avevo sotto il sopracciglio continuava a essere rosso fuoco. Mi dimenticavo quasi sempre di mettere la pomata che mi aveva prescritto il medico, forse perché in fondo sapevo che lui aveva ragione, quello non era un problema prettamente fisico, ma un segnale che il mio corpo mi stava dando: troppo stress. Certe cose non si curano con le medicine, ci vuole la volontà di guarire. Ma senza motivazioni, è impossibile.

Il piano per la giornata era semplice e lineare: avrei girato un po' di agenzie alla ricerca dell'autobus più economico per Da Lat. Avevo i soldi del nonno, è vero, ma per una persona come me, precaria e convinta di essere destinata a quella condizione per sempre, tornare a casa con qualcosa da parte non sarebbe stato niente male. Avevo sempre creduto che viaggiare fosse costoso, ma quel primissimo giro della sera precedente mi aveva già mostrato che probabilmente non era così: i prezzi del cibo di strada, per esempio, erano bassissimi. Se avessi vinto la mia timidezza e mi fossi lanciato senza paura a ordinare a gesti, avrei potuto spendere molto poco per mangiare.

Non mi pentivo, comunque, di aver dato quella mancia enorme al rider. Una volta avevo letto che, se non ci sono buone persone intorno a te, dovresti essere tu una di queste. Lo avevo fatto, per la prima volta nella mia vita, e mi ero sentito bene. Se non potevo essere felice io, e in quel periodo non lo ero per niente, almeno potevo far felice qualcun altro. Mi chiesi se quel pensiero fosse alla base di molti comportamenti del nonno dopo essere diventato vedovo. Ogni volta che pensavo a lui mi prendeva una fitta allo stomaco: non c'era più. Mio nonno non c'era più e io ero in Vietnam per esaudire le sue volontà. Era meglio non rifletterci troppo su, altrimenti il panico avrebbe preso piede.

Pochi minuti prima delle sei scesi nella hall dell'hotel. Alla reception non c'era nessuno, le luci erano spente e anche lo schermo del computer era stato portato via, forse per evitare che qualcuno lo rubasse. I cavi scollegati penzolavano tristemente dal bancone e l'atmosfera era piuttosto lugubre. Forse anche per questo motivo, quando misi piede fuori, mi sentii particolarmente bene. Il traffico c'era, ma era come il rivolo di un torrente in secca; di lì a poco, ne ero certo, sarebbe divenuto un fiume in piena.

Mi fermai un attimo sugli scalini dell'ingresso e mi guardai intorno, alla ricerca di un posto dove fare colazione. Dopo la figuraccia della sera precedente e l'imbarazzo che avevo provato, l'idea di riprovarci con lo street food, anche se avevo calcolato quanto sarebbe stato economico, mi metteva a disagio. Non avevo una gran voglia di trovarmi in mezzo a tanta gente che non parlava la mia lingua e magari mi guardava storto perché gli stavo facendo perdere tempo.

"Qui non ci sono consegne da fare. Qui non c'è il timer dell'app. Qui non sei un rider. Sei Davide e basta. Rilassati, cazzo" mi dissi per tranquillizzarmi. Sarebbe stata una lunga giornata, non potevo permettermi di iniziarla con quei pensieri in testa.

Presi il cellulare, un gesto che facevo istintivamente ogni volta che sentivo, anche lontanamente, il mio mare interiore agitarsi. Non volevo affidarmi al caso per trovare un posto dove fare colazione, così, sfruttando il wi-fi dell'hotel, cercai su Google le caffetterie nei dintorni. Scoprii che ce n'erano poche, e che non erano nemmeno particolarmente vicine. Strano, considerando quanto era grande quella città. Mi dissi che forse i cinesi non amavano il caffè e che, comunque, chi visitava Chinatown non lo faceva per andare a bere un *frappuccino* da Starbucks. Ma io non ero lì in visita, né per viaggiare. Era come se fossi impegnato in un viaggio di lavoro. Una prospettiva che un tempo mi avrebbe eccitato. La sola idea di essere dall'altra parte del mondo con una missione mi avrebbe fatto sorridere. Ora, invece, c'erano solo stress e agitazione. Perché non riuscivo più a godermi niente?

Decisi che avrei fatto colazione in una caffetteria a poco più di un chilometro di distanza, la più vicina. A giudicare dalle immagini e dalle informazioni che avevo trovato, sembrava un locale adatto a un occidentale come me: lo staff indossava la divisa, i tavolini erano puliti e ordinati, c'erano l'aria condizionata e il wi-fi, e soprattutto si poteva bere un cappuccino apparentemente dignitoso e mangiare una brioche. Un posto pulito e sicuro, dove non avrei avuto sorprese.

Svoltai a destra e presi a camminare con le mani in tasca, anche per essere certo di avere sempre il cellulare e il portafoglio con me. Se me li avessero rubati, sarebbe stata la fine. Avevo lasciato il passaporto e i soldi in camera, nascosti dentro una busta di plastica infilata sotto il materasso. Avevo impostato un promemoria sul cellulare per non dimenticarli là sotto.

Camminando, come il giorno precedente, inaspettatamente mi sciolsi. La tensione sembrava diminuire a ogni passo, l'aria fresca del mattino era quanto di meglio potessi desiderare dopo la sudata della notte e mi sentivo libero e leggero. In fondo ero da solo in un Paese nuovo, in una città tutta da scoprire. In una condizione del genere, ti sembra di esserti lasciato alle spalle molti dei tuoi problemi. Il lavoro che avevo perso? La vita da rider? Trovare un modo per andare a vivere da solo? Sembravano, di colpo, tutte questioni lontane da me. Era una bella fuga, il semplice camminare per le strade di una città così lontana da casa. Forse era questa la sensazione di cui mi aveva parlato il nonno quella volta, proprio quando avevo menzionato il Vietnam? O forse, anche allora, non era per niente lucido e stava solo delirando? Decisi di non pensarci e concentrarmi su ciò che avevo intorno.

Chinatown si stava animando. Il marciapiede, all'inizio sgombro e spazioso, era sempre più stretto e affollato a causa dei tanti banchetti di frutta, verdura o di cibo di strada che venivano posizionati senza grande cura nei confronti dei passanti. A me non davano fastidio, anzi, mi piaceva osservare gli ambulanti intenti ad aprire tavolini, trascinare carretti, cominciare a cucinare dentro padelle enormi posizionate sulle fiamme generate dalle bombole a gas nascoste sul retro.

Molti di loro erano anziani, ottant'anni, forse anche novanta, sia uomini che donne, eppure erano lì, all'alba, a lavorare. Mi chiesi se in Vietnam non esistesse la pensione, ma poi mi resi conto che lì sembrava esserci una concezione del lavoro diversa dalla nostra: le persone si parlavano allegramente, talvolta urlando per farsi sentire. E ridevano, soprattutto i più anziani, quanto ridevano! Pur senza molti denti in bocca e con i pochi che avevano in pessime condizioni, erano sempre con la bocca aperta e la testa inclinata. Me li immaginai a casa, da soli, senza nulla da fare. Sarebbero stati certamente meno felici, mi dissi.

Non c'erano grattacieli in quella zona, ma in lontananza ne vedevo parecchi. Lì i palazzi erano invece squadrati, vecchi e un po' decadenti. I balconi erano pieni di panni stesi, ad alcune finestre c'erano delle grate. Forse come misura di sicurezza per i bambini? Improbabile, perché i bambini erano tutti per strada e nessuno li controllava. Passai davanti a due di loro, giocavano a un metro e mezzo dagli scooter che sfrecciavano in strada. A nessuno importava di loro, li lasciavano lì, a vivere la loro vita. Nella grande città in cui vivevo non vedevo mai i bambini per strada da soli. Quando andavo a fare le consegne in bicicletta mi capitava di osservare madri nervose che li trascinavano per la mano per farli salire in auto il prima possibile, come se fossimo in una zona di guerra.

Pensai che dentro a ognuno dei palazzi che mi sfilavano di fianco vivessero centinaia di persone, forse migliaia. Era come un formicaio umano, solo così si poteva spiegare la quantità irreale di individui che affollavano le strade, i marciapiedi e i locali. Specialmente agli incroci, la scena sembrava troppo assurda per essere vera: nel mezzo secondo in cui tutti i quattro semafori erano rossi, c'erano quattro schieramenti di scooter in attesa di partire, a formare un quadrato quasi perfetto. E quando il verde scattava, la prospettiva di un incidente pareva inevitabile, visto che tutti guidavano zigzagando. Tagliarsi la strada era la norma, eppure non succedeva nulla, nessun contatto. Era come se i vietnamiti sugli scooter rispettassero un codice della strada tutto loro, a me sconosciuto.

Anche per questo motivo, coloro che camminavano o giravano in bicicletta avevano un qualcosa di affascinante ed eroico, ai miei occhi. Per assurdo chi apparteneva a questa categoria era quasi sempre anziano e indossava il cappello tradizionale vietnamita, a forma di cono. Sulla guida turistica che avevo sfogliato velocemente in aereo avevo letto che si chiamava *nón lá* ed era fatto in paglia. Avevo letto una curiosità: un tempo veniva usato dagli innamorati per ripararsi da sguardi indiscreti. Mi chiesi come e provai a immaginare una giovane coppia vietnamita seduta su quelle piccole sedie di plastica, che usava il cappello per schermirsi e isolarsi dal resto del mondo. Con tutta la gente che c'era lì aveva senso, in effetti. Il concetto di privacy per come lo conoscevo io, mi dissi, avrebbe fatto sorridere chiunque in quella città.

A un certo punto, mentre ero fermo a un semaforo, vicino a una colonna di cemento, i miei pensieri furono interrotti da un ronzio intenso che proveniva dall'alto. Sollevai la testa e scoprii di essere proprio sotto a un minaccioso groviglio di cavi elettrici. Alcuni erano scoperti e facevano contatto, provocando quel ronzio. Feci un paio di passi di lato, senza distogliere lo sguardo da quel vespaio di corrente elettrica. Poi il semaforo divenne verde e attraversai, ma se pensavo di aver scampato il pericolo mi sbagliavo: decine di scooter mi tagliarono la strada per girare a destra. Altre decine mi passarono alle spalle a tutta velocità. I conducenti, i cui volti mi sfrecciarono a pochi centimetri dal naso, avevano l'aria annoiata di chi è immerso nella routine più banale. Se riuscii a passare indenne dall'altra parte fu solo perché mi misi dietro il carretto pieno di verdura e spezie che un anziano magrissimo, con in testa l'immancabile cappello di paglia, spingeva senza curarsi degli scooter che lo sfioravano come proiettili. Per sopravvivere lì, forse, era necessario andare per la propria strada senza pensare a nient'altro.

Controllai l'ora: erano appena le sei e un quarto di mattina e la città era più viva che mai. Non ero più infastidito da tutto quello che vedevo come la sera. Cominciavo ad abituarmi, e intorno a me notavo molte cose interessanti. Tra queste, un ragazzo cicciottello che preparava qualcosa da mangiare su un banchetto lungo la strada. Aveva grande maestria, ogni movimento era sicuro e collaudato. Mi fermai a osservarlo e lui mi rivolse un *"hello"* pieno di allegria. Mi ricordò Luigi, e non potei che ricambiare con entusiasmo.

«*Wanna try?*» mi chiese lui mostrandomi il wok. Dentro c'erano delle... cozze? No, erano troppo piccole. Forse erano vongole. Decisi di chiederglielo.

«*Snail!*» disse lui.

Non sapevo cosa volesse dire e così mi limitai a scuotere la testa. Lui ne prese una e me la mise davanti al naso: erano lumache fritte. Odoravano di aglio, limone ed erbette. Scossi la testa, ma stavolta con una certa decisione.

«*Next time!*» gli dissi e lo salutai. Mi allontanai pensando che c'era gente che mangiava le lumache a colazione. Quante cose non sapevo del mondo? Mi sentii un po' piccolo. Sorrisi e proseguii sulla mia strada.

18

Mi stavo abituando a quella nuova realtà, ma comunque non vedevo l'ora di sedermi a un tavolino pulito, dentro un locale lontano da tutto quel trambusto, con l'aria condizionata a rinfrescarmi e un buon caffè accompagnato da una brioche. Già pregustavo tutto questo, quando il mio sogno a occhi aperti andò a sbattere contro la dura realtà: la caffetteria era chiusa.

Secondo quanto riportato sulla vetrata d'ingresso, avrebbe aperto alle otto, ovvero un'ora e mezza dopo. La fame non si era placata nemmeno davanti a quelle lumache poco invitanti, e ora ero punto e a capo. Come la sera precedente, dovevo trovare un posto dove mangiare.

Mi guardai intorno. Ero nei pressi di un mercato affollatissimo, dove passavano persino gli scooter, così, in mezzo alla gente a piedi, sotto gli ombrelloni aperti per riparare le bancarelle stracolme. Là dentro c'era di tutto, ma non avevo alcuna intenzione di entrarci. Ispezionai il marciapiede all'altro lato della strada. C'era un carretto che vendeva panini. Baguette, a quanto pareva, ma non potevano essere vere baguette, non lì in Vietnam. L'idea di mangiare qualcosa di famigliare come il pane mi stuzzicava, ma per farlo avrei dovuto attraversare la strada e non c'erano strisce pedonali in vista. Mi immaginai con le mani alzate nel tentativo di farmi vedere da tutta quella gente che sembrava ben poco preoccupata all'idea di investirmi. Decisi di evitare.

Sul tratto di marciapiede su cui mi trovavo, invece, c'erano principalmente ristorantini di strada, di quelli con i tavoli bianchi e gli sgabelli di plastica colorati che avevo visto la sera prima. In alcuni c'erano già molte persone, evidentemente erano rinomati tra la gente del posto. Non so cosa si mangiasse dentro quelle scodelle di ceramica su cui tutti erano piegati per riempirsi la bocca. Nulla che mi ispirasse, comunque. E così, visto che poco prima avevo superato un supermercato, decisi di tornare sui miei passi ed entrarci a comprare qualcosa di confezionato. Dei biscotti li avrei trovati sicuramente, il caffè lo avrei preso più avanti.

«Il primo cliente è il più fortunato.»

Quella voce risuonò nel frastuono come una luna piena che sbuca tra i nuvoloni in una serata di brutto tempo. Mi voltai. Apparteneva a una ragazza asiatica che mangiava una zuppa seduta a gambe incrociate su un largo sgabello in bambù. Era di fianco all'ingresso di un piccolo ristorante e mi sorrideva. Teneva la ciotola con una mano e le bacchette con l'altra. Il mio sguardo curiosò rapidamente dentro il locale, che era più piccolo e stretto rispetto agli altri: c'erano dei tavolini anche lì, ma nessun cliente. Sul fondo, un uomo stava cucinando immerso nel vapore che usciva dalle pentole che aveva davanti.

Tornai a guardare la ragazza. Doveva avere qualche anno in meno di me, forse una ventina. Indossava una canottiera nera e dei pantaloni larghi e leggeri, tipicamente asiatici. Era scalza, ma di fronte allo sgabello erano disposte, in modo perfettamente simmetrico, due infradito. I lunghi capelli, lucidi e nerissimi come gli occhi, erano sciolti. Aveva un bellissimo sorriso. Molto cordiale e dolce, ma anche incuriosito.

«Scusa, non ho capito» le dissi in inglese.

«Ho detto che il primo cliente è il più fortunato.»

Aveva una bella voce. Giovanile, ma decisa. Mentre mi parlava prese a girare le bacchette nella ciotola in ceramica, per mescolarne il contenuto e forse raffreddarlo, visto che uscivano nuvolette di vapore anche da lì.

«Il primo cliente?» le chiesi perplesso.

Lei sorrise divertita, posò con delicatezza la ciotola su un tavolino di legno alle sue spalle e vi appoggiò sopra le bacchette. Poi indicò l'uomo che lavorava in fondo al locale. Lo fece in un modo elegante, che mi restò impresso: non puntò l'indice, ma usò tutte le dita, tenendo il palmo alzato. Come se fosse l'assistente di un prestigiatore.

«Mio padre» disse. «Dice sempre che il primo cliente della giornata è fortunato.»

«Ah. Quindi se faccio colazione qui sarò fortunato?»

Lei annuì, divertita. Sorrisi e diedi un'occhiata al menu, stampato (come tutti gli altri che avevo visto in quella zona) su un grosso telo di plastica. Cercai di apparire come un viaggiatore esperto che sa quello che fa. Ovviamente era tutto in vietnamita e non conoscevo nemmeno un piatto. Però c'erano le immagini. Mi sembrò di riconoscere la zuppa che stava mangiando.

«Cosa mi consigli?»

Lei si sistemò i capelli dietro l'orecchio, lanciò un'occhiata pensierosa verso la strada. Poi si sporse in avanti per guardare il menu. Alla fine indicò proprio il piatto che avevo individuato.

«Questo è il *pho*. È il piatto più famoso del Vietnam» spiegò.

«È quello che stai mangiando?»

«Sì.»

«È buono?» le chiesi, forse stupidamente. Non le diedi il tempo di rispondere. «Anzi, sai che c'è? Lo prendo. Stavo proprio cercando un posto dove fare colazione.»

Sembrò felice di quella notizia.

«Perfetto! Siediti dove vuoi» disse alzandosi e indicando i tavolini e le sedie in plastica, nuovamente con quel gesto elegante della mano.

Mi sedetti su uno sgabello blu: era così basso che avevo le ginocchia quasi all'altezza del petto. Mentre aspettavo che la ragazza ricomparisse, vidi un uomo sedersi poco distante da me. Mi sorrise e mi disse qualcosa in vietnamita.

«*Sorry...*» iniziai, ma lui mi interruppe per dire la sua,

sempre in quella lingua a me incomprensibile. Non era per niente minaccioso, anzi, sorrideva. Andava avanti come un treno, chissà cosa stava dicendo. Pensai di mettermi a parlare in italiano giusto per vedere cosa ne sarebbe venuto fuori, ma poi arrivò la ragazza con in mano un vassoio in legno: sopra c'era la mia zuppa fumante.

L'uomo si rivolse a lei, mi indicò.

«Cosa dice?» chiesi.

«Niente, vuole solo augurarti buona giornata.»

Mi voltai e gli feci un cenno con la testa. Lui fece lo stesso. La ragazza mise la zuppa davanti a me e mi augurò buon appetito. Osservai il contenuto della ciotola bianca. C'erano dei noodles, delle verdure e altri ingredienti che non potevo in alcun modo identificare. Feci per prendere le posate, quando mi resi conto... che c'erano solo le bacchette.

"Maledizione" pensai. "Chi le sa usare le bacchette?"

Le presi in mano e provai a posizionarle tra le dita copiando quello che avevo visto fare alla ragazza. Dubitavo di poter riuscire a mangiare anche solo mezzo noodle in quel modo.

«Vuoi le posate?»

Di nuovo la ragazza.

«Sì, grazie» dissi mettendo da parte l'orgoglio.

Con cucchiaio e forchetta riuscii a mangiare agevolmente, e quella zuppa mi stupì con sapori che non avevo mai conosciuto prima. Erano molto forti, c'erano delle spezie che non mi piacevano molto e qualcosa che mi sembrava molle e viscido (lumache?), ma tutto sommato era un buon piatto. Non era qualcosa che avrei mai pensato di poter mangiare a colazione, eppure quando lo finii mi sentii sazio e pronto ad affrontare la giornata.

La ragazza venne a prendere la ciotola e io la osservai mentre la portava via. Era... leggera. Ed elegante, non solo per quel gesto della mano. Era il modo in cui camminava: i pantaloni larghi svolazzavano dando l'impressione che lei non toccasse terra. Quando tornò le chiesi il conto e lei mi disse direttamente la cifra: trentamila dong. Poco più di un euro. Pagai con i soldi che avevo cambiato poco prima e la ringraziai.

«È la prima volta in Vietnam?»

«Sì, esatto.»

«E quanto ti fermi?»

«Poco. Vado a trovare mio zio e torno in Italia.»

Mentire era inevitabile, non potevo spiegare quella intricata storia a chiunque mi chiedesse cosa ci facessi lì.

«Oh. Hai già visitato Saigon?»

«Per niente. Sono arrivato ieri e non ci sto capendo nulla» dissi sorridendo.

Lei sorrise e mi fece cenno di aspettare. Andò a dire qualcosa a una ragazza che era appena arrivata, immaginai fosse sua sorella. Si assomigliavano e c'era molta confidenza nel modo in cui si parlarono brevemente. Poi tornò e si sedette di fianco a me. Mi irrigidii, stupito da quella mossa. Lei non lo notò, prese il piccolo taccuino su cui scriveva le ordinazioni e ne strappò un foglio. Lo appoggiò sul tavolo, dove prima c'era il *pho*, e iniziò a disegnare.

«Saigon è divisa in distretti» mi spiegò dopo aver tracciato una mappa della città in poche linee. «Qui è dove siamo noi» indicò. «È Chinatown. È una zona molto bella e caratteristica, se ti piace la Cina. Non perderti il mercato notturno, è un'esperienza intensa ma da fare. I distretti più popolari tra i turisti sono questi: il numero uno e il numero due. Nel numero uno trovi tutte le principali attrazioni della città, i musei e le mostre. Nel numero due ci sono ristoranti e caffetterie per gli occidentali, che qui invece non trovi. È dove vivono quasi tutti gli expat.»

«Expat?»

«Gli stranieri che hanno deciso di trasferirsi qui» spiegò alzando la testa dal foglietto. Non avevo mai guardato una ragazza asiatica negli occhi da così vicino. I suoi erano piccoli, ma profondi, neri e pieni di vita. Erano esotici e affascinanti.

«Perché voi siete qui a Chinatown?» le chiesi giusto per dire qualcosa. Mi piaceva il modo in cui parlava.

«Mio padre, in realtà, ha un ristorante a Hoi An. La conosci?»

Scossi la testa.

«Ora ha deciso di aprirne uno anche a Saigon, perché la sua famiglia vive qui. I suoi fratelli e mia nonna, che è molto anziana. Gli affitti negli altri distretti sono troppo alti e allora abbiamo scelto Chinatown. Io preferisco Hoi An. Per fortuna ci vado tra qualche giorno, in occasione del festival delle lanterne.»

Andò avanti a disegnare la sua personalissima mappa di Saigon scrivendo i numeri dei distretti e sottolineando quanto fossero distanti. Quando finì, piegò il foglietto e me lo consegnò.

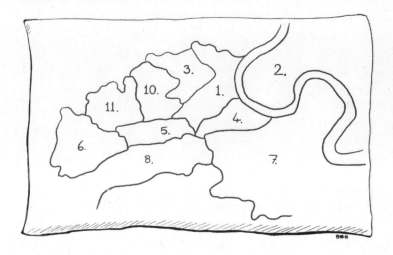

«Goditi il Vietnam» disse cordialmente. Poi si alzò.

«Come ti chiami?» le chiesi prima che sparisse nuovamente dentro il piccolo ristorante.

«Mi chiamo Hang.»

«Hang...» ripetei. «Per caso significa qualcosa?» le domandai poi di getto.

«*Hang* significa "luna"» rispose lei.

Sorridemmo entrambi. Io perché la luna, nell'ultimo periodo della mia vita, compariva sempre più di frequente. Le avevo chiesto persino aiuto.

«È un bellissimo nome. Io sono Davide.»

«Davide» ripeté lei. Non avevo mai sentito il mio nome pronunciato così. Sorrisi di nuovo e lei rise imbarazzata. «L'ho detto male, vero?»

«Assolutamente no. Era perfetto.»

Non avevamo altro da dirci. Inoltre il ristorante si stava riempiendo. La mia esperienza da rider mi aveva insegnato che non dovresti mai far perdere tempo a una cameriera nel pieno del turno.

«Grazie, Hang. Sei stata molto gentile» le dissi alzandomi.

Lei non rispose ma inclinò la testa leggermente a sinistra e mi regalò un ultimo sorriso. Poi si voltò ed entrò nel locale, volteggiando come se non toccasse terra.

19

Una delle mie preoccupazioni più grandi, prima di partire, era di non trovare il modo di arrivare a Da Lat. Era una paura infondata, perché un modo lo avrei trovato sicuramente. Non era mica una zona di guerra, non c'erano blocchi di alcun tipo. Eppure, se pensavo di dover vagare da solo per una città enorme e caotica, alla ricerca di un biglietto che non mi costasse un occhio della testa, dovendo sempre tenere alta l'attenzione per evitare di venire fregato… mi agitavo.

Questa era la teoria, l'immaginazione, la proiezione spaventosa della mia mente quando ero a casa. In realtà, nel momento in cui mi misi al lavoro, fu tutto molto facile. Girai per un po' di agenzie turistiche proprio a Chinatown, scoprendo che tutti parlavano un ottimo inglese. Mi feci dire i prezzi e provai anche a contrattare, per quanto me lo consentisse la mia timidezza. Prima di passare all'acquisto, decisi di controllare su Internet quale fosse un prezzo onesto.

Lo feci seduto ai tavolini di un ristorante di strada. Quando mi avvicinai per dare un'occhiata al menu, scritto completamente in inglese, il cameriere si rivolse a me, anche lui in un perfetto inglese. Notai che ai tavoli erano seduti più turisti occidentali che persone del luogo e decisi di fermarmi lì. Mangiai involtini freschi, fatti con fogli di riso, noodles trasparenti, verdure crude e tutta una serie di deliziose salse di accompagnamento. Non contento, mangiai anche un piatto di riso saltato nel wok.

Quando conclusi il pranzo, tornai dalla signora della seconda agenzia che avevo visitato, una donna che sembrava fare quel mestiere da sempre. Mi era piaciuta perché mi aveva detto subito che non voleva far perdere tempo né a me né a se stessa e per questo motivo mi aveva proposto un prezzo che lei aveva definito "giusto e non trattabile". Decisi di premiarla per la sua onestà e perché quel prezzo, come avevo appurato su Internet, era effettivamente buono. Pagai e lei mi consegnò una ricevuta scritta a mano. Mi disse che l'autobus sarebbe passato alle sette di mattina del giorno successivo davanti al mio hotel e mi avrebbe lasciato direttamente a Da Lat.

«Fatti trovare fuori!» mi minacciò con un'aria da madre che sgrida il suo figlio più distratto. «Se non ci sei, il driver se ne va, eh! Poi non venire a piangere da me.»

Sorrisi pensando che i vietnamiti fossero gente tosta. La rassicurai e lei, solo a quel punto, mi augurò buon viaggio. Feci per stringerle la mano, ma la donna non me la strinse: chinò leggermente la testa e tornò alla scrivania. Mi chiesi quanto di quell'atteggiamento fosse dovuto alla guerra con gli americani. Magari per molti di loro noi bianchi eravamo tutti uguali, così come agli occhi di molti occidentali lo erano gli asiatici. Magari covavano rancore verso i bianchi. Di quella guerra e della storia di quel Paese ancora non sapevo niente. La ringraziai e uscii.

Tornai in camera perché avevo un sonno tremendo. Sicuramente era causato dal jet lag, ma non potevo negare che anche il pranzo abbondante avesse dato il suo contributo. Dormii un paio di ore e quando la sveglia suonò alle sette di sera mi sentivo stravolto. Mi sembrava che qualcuno mi avesse preso e stropicciato nel sonno: avevo un leggero mal di testa ed ero lento nei movimenti e nei pensieri.

Mi alzai e mi feci una doccia che mi diede una mano a rimettere in moto mente e corpo. Poi presi il portafoglio per contare quanti soldi avessi e capire se era meglio cambiare gli euro subito o farlo a Da Lat l'indomani. Sarei arrivato alle quattro del pomeriggio, teoricamente. La signora dell'agenzia aveva specificato che era un orario molto indicativo, perché forse l'autista avrebbe fatto delle soste e delle pause.

Quando aprii il portafoglio, trovai subito il biglietto che mi aveva dato Hang. Lo contemplai per un po'. Hang disegnava bene e mi chiesi se fosse anche per lei una passione. E magari anche lei, come me, era costretta a metterla da parte per fare una vita che non voleva fare. In fondo il mondo è pieno di persone così.

Mi stupii a sorridere mentre pensavo a lei. Incontrarla e parlarle era stata la cosa più positiva del viaggio, fino a quel momento. Peccato non avere avuto il tempo di visitare la città con la sua minimappa fatta a mano.

"Magari al ritorno" pensai. Poi uscii di casa per cena e il primo pensiero fu di andare a mangiare nel ristorante della sua famiglia. In fondo, quel *pho* era buonissimo. E rivederla, e magari scambiarci qualche parola, non mi sarebbe dispiaciuto.

Mi ci incamminai, godendomi l'aria fresca di fine giornata. Il sole riempiva il cielo di sfumature di arancione. Il traffico era incessante, come sempre. C'erano tanti vicoli strettissimi, e anche quelli erano stipati di persone, banchetti, cibo e scooter – almeno in questo caso, parcheggiati. Ogni volta che ci passavo di fianco, mi fermavo a sbirciare dentro, perché avevo l'impressione che lì in mezzo potesse sempre succedere qualcosa di intrigante. Sembrava il set di un film.

Visitai anche il mercato notturno, come mi aveva consigliato proprio Hang. L'atmosfera era davvero particolare. Per quanto in molti stessero ancora montando le bancarelle, c'era davvero di tutto: l'immancabile cibo, oggetti di artigianato, cianfrusaglie, vestiti, libri, bevande. Era un luogo senza tempo, che visitai senza soffermarmi da nessuna parte, ma senza nemmeno andare di corsa. Camminavo, come un osservatore privilegiato, attraverso profumi, colori, persone e oggetti di ogni tipo e tempo. Ogni tanto i venditori provavano a convincermi a comprare qualcosa. Per la prima volta nella mia vita qualcuno si rivolse a me chiamandomi *Mister*. Io rispondevo scuotendo la testa e sorridendo.

Quando tornai sulla strada principale, mi dissi che avrei fatto bene ad andare nel ristorante di Hang, anche solo per ringraziarla. Era stata gentile con me e mi aveva dato un ottimo consiglio.

Alla sera, come constatai al mio arrivo, era illuminato da alcune lanterne fissate al tetto spiovente. L'atmosfera era molto romantica. Tenendomi per il momento a distanza, vidi che il padre era sempre là dietro, impegnato a spadellare, immerso nel vapore. C'era la sorella, o presunta tale, di Hang. Poi c'era un'altra ragazza, che le assomigliava vagamente. Di lei, però, nessuna traccia.

Valutai l'idea di entrare e chiedere se ci fosse o quando avrei potuto trovarla. Quel posto, alla sera, era pieno di gente e io ero ancora una volta l'unico occidentale.

"Sarà per la prossima volta" pensai prendendo la mia decisione. Guardai la piccola mappa disegnata, poi la riposi con cura nel portafoglio. Mi girai e tornai verso l'hotel.

20

Il giorno successivo, quello della partenza per Da Lat, iniziò con il diluvio universale. Mi svegliai alle quattro, e osservai a lungo tutta quell'acqua che veniva giù dal cielo. C'era un'umidità spaventosa e la maglietta che avevo lavato e appeso in bagno il giorno precedente sembrava più bagnata di quando l'avevo strizzata. La misi dentro un sacchetto di plastica, feci il doppio nodo e lo infilai in fondo allo zaino chiedendomi cosa avrei trovato quando lo avessi riaperto.

Ci avevo impiegato mezz'ora a uscire dalla stanza perché avevo fatto e disfatto lo zaino tre volte per assicurarmi di aver messo dentro le ceneri del nonno e la busta gialla. Se le avessi dimenticate lì, non me lo sarei mai perdonato. Avevo poi controllato ovunque nella stanza (sotto il letto, sui pochi ripiani, dentro il cassetto del comodino, in bagno) per essere certo di non aver scordato niente, pur essendoci rimasto solo un giorno e mezzo. Presi i soldi e il passaporto che avevo nascosto sotto il materasso e scesi al piano di sotto.

Mi sedetti su una poltrona rossa, nella semioscurità della hall senza anima viva. Finché arrivò l'autista dell'autobus. Era un uomo magro, con un cappellino in testa e un modo di fare molto sbrigativo.

«*Da Lat!*» urlò. «*Bus to Da Lat!*»

Mi alzai, gli diedi la ricevuta, lui la strappò in due e me la riconsegnò. Poi si diresse verso l'autobus, sempre senza dire una parola. Lo seguii e lui mi indicò un vano dove erano già posizionati alcuni zaini. Infilai il mio e saltai a bordo. C'erano due coppie, un altro viaggiatore solitario e una famiglia vietnamita. Mi sedetti nella zona meno affollata, tanto non c'erano posti assegnati. Mi misi sul lato del finestrino, appoggiai la testa al vetro freddo e guardai Chinatown sfilarmi davanti. Passammo davanti al ristorante di Hang, ma non la vidi.

Prima di lasciare la città, l'autobus fece una decina di soste per raccattare gli altri passeggeri, tutti occidentali. Quando poi restammo imbottigliati nel traffico, l'autista pensò bene di trasmettere un film sul piccolo televisore installato in alto, subito dopo le porte di ingresso. Era in vietnamita e nessuno di noi, a parte la famiglia, poteva capire una parola.

Il viaggio fu lungo e noioso. Dopo esserci lasciati alle spalle le strade trafficatissime e i marciapiedi affollati di Ho Chi Minh City ed essere usciti dalla zona urbana, non c'era molto da vedere fuori dal finestrino. Prendemmo una strada che tagliava in due dei campi verdissimi. In lontananza intravedevo delle montagne e nient'altro.

Approfittai della monotonia del paesaggio per tirare fuori il taccuino che mi ero portato dietro. Lo avevo trovato proprio tra i libri del nonno, era uno di quei quadernetti da viaggio vecchio stile, con la copertina in pelle e un elastico che permetteva di chiuderlo in sicurezza. Aveva parecchi anni e quando lo avevo preso in mano ero convinto di trovarci dentro qualcosa, qualche altro segnale. Invece non c'era assolutamente niente, nemmeno le righe o i quadretti: le pagine erano completamente bianche. Immacolate. Avevo deciso di portarlo con me per due motivi. Primo, volevo avere qualcosa su cui annotare eventuali informazioni utili. Ero partito per una questione che riguardava non solo il nonno, ma tutta la mia famiglia. Qualunque cosa avessi scoperto sul suo passato, avevo la responsabilità di condividerla con mia madre e mia zia. Secondo, tra le sue pagine, chiuse da quell'elastico, avevo infilato la lettera che il nonno aveva indirizzato a me e la vecchia foto che avevo trovato nel libro.

Dopo aver controllato l'orario e aver scoperto che mancavano ancora cinque ore (in teoria, perché il bus si era fermato più volte in mezzo al nulla per far salire delle persone che avevano salutato allegramente l'autista e non avevano pagato il biglietto), rilessi la lettera con le istruzioni che il nonno mi aveva lasciato. Non ci trovai niente di più utile rispetto a ciò che ricordavo. Il mio piano era sempre quello: chiedere in giro se qualcuno conoscesse un tale Guglielmo Travi. Lo avrei descritto fornendo le scarne informazioni del nonno: italiano, ottimo musicista. Poi avrei mostrato la foto, sperando che il suo aspetto fosse ancora lo stesso di un tempo.

Tirai fuori la fotografia e la osservai attentamente per qualche minuto, alla ricerca di qualche dettaglio che mi fosse sfuggito. Mio nonno sembrava avere tra i cinquanta e i sessant'anni. L'uomo al suo fianco, quel Guglielmo Travi, aveva qualche anno in più. Era difficile dire quanti senza averlo mai visto di persona. Mi soffermai su di lui, non solo perché lo stavo cercando ma anche perché osservare l'immagine del nonno mi faceva stare male. Mi mancava e poi il fatto che in quello scatto sembrasse genuinamente felice un po' mi infastidiva: lo era in un momento della sua vita di cui nessuno dei suoi cari sapeva niente. Non era con la nonna, non era con le sue figlie, non era con me, ovviamente. Era con una persona che nessuno di noi conosceva, in un luogo dove non sapevamo nemmeno fosse mai andato. Ora capivo perché mia madre aveva guardato la foto una sola volta di sfuggita e poi non mi aveva più chiesto nulla a riguardo.

Se quello di mio nonno era già un grande mistero, dell'uomo al suo fianco non sapevo davvero nulla. Prima di partire avevo fatto una ricerca su Google. Digitando "Guglielmo Travi" i risultati erano troppi. Avevo allora provato con

"Guglielmo Travi Vietnam": niente. "Guglielmo Travi musicista": niente. "Guglielmo Travi Da Lat": niente. Se non avessi trovato quella foto, partire per andare a cercarlo sarebbe stata una vera e propria follia. Non che così lo fosse poi tantomeno, comunque.

Mi concentrai sul suo volto. Aveva i capelli grigi tirati indietro, lunghi fino alle spalle, pettinati con la riga in mezzo. Erano mossi dal vento. La barba folta, più chiara rispetto ai capelli. E quella bocca aperta in una risata: sembrava l'uomo più felice del mondo. Aveva un abbigliamento elegante ma inconsueto: una camicia bianca senza bottoni, un gilet nero, pantaloni leggeri di lino e sandali. Mi faceva pensare a un occidentale che in un'altra epoca aveva lasciato casa e sicurezze per esplorare le terre orientali. Erano passati almeno dieci anni da quella foto, ma forse anche venti. Mi chiesi se il suo aspetto fosse ancora simile. Mi chiesi anche se fosse ancora vivo e cercai di tenere lontani i calcoli che la parte più razionale di me stava facendo. Era un uomo già anziano in quello scatto.

Rimisi tutto a posto con un sospiro e tornai a guardare il paesaggio fuori. Forse perché era così monotono, forse perché il fuso orario mi aveva completamente scombussolato, forse perché avevo dormito male in entrambe le mie notti vietnamite. Sta di fatto che poco dopo mi addormentai di sasso.

Quando mi svegliai, eravamo arrivati a Da Lat.

21

Da Lat non era come la immaginavo. Avevo letto che era una cittadina sulle montagne, ma mai avrei pensato che il clima fosse così diverso rispetto a Ho Chi Minh City. E invece quando scesi dal pullman compresi perché quasi tutti intorno a me indossavano almeno una felpa, alcuni anche una giacca: ci saranno stati non più di venti gradi. Per quanto i motorini abbondassero anche lì, non c'erano nemmeno la confusione e il rumore della città in cui avevo trascorso gli ultimi due giorni.

La prima cosa che vidi appena messo piede a terra, proprio all'altro lato della strada, fu un piccolo lago, quasi certamente artificiale, di una forma innaturale, che sembrava adattarsi alla città, non il contrario. Mi avvicinai incuriosito, notando con piacere che a Da Lat era possibile attraversare la strada senza rischiare di lasciarci la pelle. Era l'ora del tramonto e centinaia di persone si godevano, in riva a quel laghetto, lo spettacolo del sole che calava dietro alle case sulle colline circostanti. C'erano molte famiglie, e una in particolare catturò la mia attenzione. Il padre era un ragazzo vietnamita in forma e sorridente, più giovane di me, teneva un braccio intorno alle spalle della moglie, mentre i due figli piccoli giocavano sul telo che avevano steso sul prato.

Sorrisi di fronte a quel quadretto ma provai anche un po'

di amarezza. Non avrei saputo spiegarne il perché. Forse perché vedere due genitori così giovani mi faceva sentire in ritardo? La mia vita in Italia mi sembrava un disastro rispetto alla loro. Oppure, forse, non stavo prendendo in considerazione le sfide e le responsabilità dell'avere una famiglia così giovani? Eppure loro mi sembravano così felici.

Sospirai, scossi la testa come per scacciare certi pensieri e presi a camminare. Quel lago doveva essere nel punto più basso della città, perché tutte le strade attorno erano in salita. Proseguendo ebbi la conferma della mia prima impressione: Da Lat era molto più a misura d'uomo rispetto a Ho Chi Minh City. I marciapiedi erano sgombri, il traffico meno violento, i palazzi meno ammassati. Se non fosse stato per il profumo di cibo che mi riempiva le narici e per la presenza di tutte quelle persone orientali, non avrei mai detto di essere in Vietnam, almeno per come lo avevo conosciuto fino a quel momento. Sembrava più una cittadina europea, di quelle da visitare in un weekend. Immaginai che certe zone dell'Austria o della Svizzera non fossero poi così diverse.

I palazzi erano antichi e ben tenuti, non trasandati come quelli di Ho Chi Minh City. Passai di fianco a un edificio basso e largo, con un grosso orologio sulla facciata marrone, proprio sopra alla scritta "Da Lat". Quando vidi sbucare un treno, sbuffando, capii che era la stazione ferroviaria. Proprio in quel momento, un gruppo di monaci buddhisti, con i loro vestiti arancioni, mi sfilò davanti. Uno di loro, molto anziano, mi rivolse un sorriso e io chinai la testa in segno di rispetto. Non lo avevo mai visto fare, mi venne istintivo. Gli altri monaci si fermarono, sorrisero e giunsero le mani di fronte al petto. Poi proseguirono e io andai per la mia strada con una strana e inedita brezza di serenità dentro.

Avevo salvato sulle mappe del cellulare la posizione della mia guesthouse. Non avevo Internet e mi chiesi più volte se stessi andando nella direzione giusta. Il mio punto di riferimento era una grande rotonda al cui centro era posta una statua raffigurante un albero. Quando ci arrivai, ebbi la certezza di non essermi perso. Ero di buonumore, ogni cosa stava andando come da programmi, così mi fermai un attimo per guardarmi intorno. In quella rotonda sembrava concentrarsi il traffico, come se una calamita attirasse lì tutti gli scooter.

Camminai per un paio di chilometri sui marciapiedi, godendomi l'aria fresca. Mi sentivo bene mentre passavo di fianco a negozietti, ristoranti e banchetti che vendevano prodotti di ogni genere. Rispetto a Ho Chi Minh City, lì nessuno sembrava essere particolarmente interessato alla mia presenza. Non c'erano venditori insistenti che provavano a convincermi a comprare cianfrusaglie o cibo di strada. La gente sembrava molto quieta, dai vecchi che fumavano in silenzio nei bar all'aperto ai giovani che giravano in gruppo, forse alla ricerca di un locale dove trascorrere la serata. Passai attraverso un mercato di frutta e verdura, dove decine di donne sedevano su sgabelli di plastica. Il look era sempre quello: cappello tradizionale in testa, pantaloni larghi e poi calze bianche e ciabatte. L'unica differenza rispetto alle donne che avevo visto a Ho Chi Minh City erano le giacche che indossavano per il freddo. Avevano sempre colori sgargianti, se non improbabili. Alcune di loro, vedendomi passare con lo zaino enorme sulle spalle e l'aria stanca, mi dissero: «*Welcome to Da Lat*». Con quel sorriso che lì era così comune da essere dato quasi per scontato. Non per me.

Arrivai alla guesthouse dopo una salita di qualche centinaio di metri. Ero stravolto e col fiato corto. Non desideravo altro che una doccia calda e un letto su cui sdraiarmi, se la fame mi avesse concesso un po' di riposo prima della ricerca di un ristorante.

Il posto che avevo scelto era ben diverso da quello di Ho Chi Minh City: lontano dal rumore delle strade più trafficate, si trovava in cima a un piccolo promontorio. Non c'era altro lì intorno, se non alberi, prati e cielo. Era un posto immerso nella natura.

Entrando, tenni la porta aperta a due ragazze biondissime, forse scandinave. Anche loro con gli zaini in spalla.

129

Loro se ne andavano, io entravo. Mi ringraziarono e una delle due mi disse di "godermi Da Lat". Le rivolsi il mio miglior sorriso. Quei piccoli gesti di cordialità tra gente del luogo e stranieri, ma anche tra viaggiatori, erano momenti di pura spensieratezza. Forse il divorzio dei miei genitori e la rottura improvvisa con Valentina mi avevano strappato via la possibilità di fidarmi degli altri, forse fare le consegne a gente perennemente incazzata aveva completato l'opera, ma ero arrivato al punto di credere ben poco nell'umanità. Per qualche motivo, invece, in quel viaggio mi stavo ricredendo. Mi piaceva scambiare un saluto, se non due chiacchiere. Come avevo fatto con Hang.

Quando entrai nella guesthouse, mi sembrò di mettere piede dentro "Twin Peaks". Lì dentro era tutto in legno, dal pavimento alle colonne, dalle pareti al bancone della reception, che si trovava contro la parete di fondo della grande hall. L'ambiente era molto giovanile, perché oltre alle stanze private c'erano anche i dormitori. Prima di andare a fare il check-in, però, mi soffermai ad ammirare la vista incredibile di cui si godeva dalla sala comune, alla destra dell'ingresso: una vetrata larga come tutta la parete si affacciava su un piccolo bosco. Gli alberi erano alti e imponenti e avevano foglie verdissime. Camminare lì in mezzo doveva essere un toccasana per i polmoni e per il corpo intero. Sollevando lo sguardo oltre agli alberi e puntandolo verso l'orizzonte, si poteva osservare buona parte di Da Lat, ai piedi del promontorio. Il sole non era ancora tramontato completamente e così gli ultimi raggi si infilavano tra le case, proiettando ombre magiche. Ma soprattutto si riflettevano sull'acqua del laghetto che avevo visto al mio arrivo, dando vita a un gioco di luci da cui era difficile distogliere lo sguardo. Mi chiesi se la famiglia che avevo osservato di nascosto fosse ancora lì, a godere di quella meraviglia.

Davanti alla vetrata c'erano alcuni ospiti della struttura. Erano tutti senza scarpe, perché un cartello chiedeva di togliersele prima di entrare. Erano sdraiati sui cuscini sparsi sul parquet, alcuni leggevano, altri parlavano tra di loro con un tè caldo in mano, altri ancora guardavano semplicemente fuori. Sentivo parlare tante lingue diverse: dalla reception udivo i suoni della lingua vietnamita, che ormai mi sembrava di riconoscere al volo; dalla sala comune captavo parole in inglese, in tedesco e in francese. E c'era gente di ogni tipo: una coppia che mi ricordò i due pensionati francesi che avevo incontrato all'aeroporto, una ragazza con i capelli lunghissimi e un vistoso tatuaggio su tutto il braccio, una coppia di asiatici, forse giapponesi, un gruppo di amici che scherzavano e ridevano, forse americani.

Mi voltai e andai alla reception. Trovai due giovani ragazze vietnamite a darmi il benvenuto, con la consueta cordialità. Consegnai il mio passaporto e mentre veniva fotocopiato ammirai il Buddha che qualcuno aveva intagliato nel legno sulla parete alle loro spalle. Mi donava pace osservarlo, o forse era semplicemente il fatto di essere lì, in un ambiente così caldo e amichevole. Ero convinto che, se avessi voluto, mi sarei potuto sedere davanti a quella vetrata e attaccare bottone con chiunque dei presenti.

Non sarei mai stato capace di fare qualcosa di simile a casa, anche solo di pensare di entrare in una caffetteria e andare a parlare con un perfetto sconosciuto. Forse perché lì non ero "Davide il rider", "Davide l'architetto fallito", "Davide che vive ancora con sua madre a venticinque anni". Forse, lì, ero semplicemente… un viaggiatore? Mi chiesi: "Forse è questo il motivo per cui migliaia di persone amano così tanto viaggiare? Perché in viaggio puoi essere semplicemente te stesso, senza etichette e maschere da indossare?".

Una delle due ragazze interruppe le mie riflessioni per spiegarmi che la colazione era inclusa nel prezzo. Aggiunse anche che ogni giorno si teneva un'attività diversa nella struttura: lezioni di yoga, laboratori di artigianato, cooking class … Mi strappò un sorriso: in che posto strano ero finito.

Le due ragazze erano così gentili che alla fine, quando mi consegnarono la chiave e mi augurarono buona serata, decisi di fare il primo passo verso il vero obiettivo di quel viaggio. Ero a Da Lat solo ed esclusivamente per un motivo, e non erano le lezioni di yoga o i laboratori di artigianato.

«Posso farvi una domanda?»

Loro mi guardarono con un'aria leggermente stupita, ma annuirono.

«Conoscete un certo Guglielmo Travi?»

Si guardarono, poi mi guardarono. Fecero di no con la testa.

«È un tuo amico?» mi chiesero.

«Non proprio... comunque grazie.»

Quel primo buco nell'acqua mi infastidì più del previsto. Chiaramente non avevo l'ambizione o la speranza di trovarlo subito, però, quando sei coinvolto in qualcosa che ti sembra più grande di te, a volte anche il più semplice e scontato dei "no" è difficile da digerire.

«Se hai bisogno di qualsiasi cosa, vieni pure a chiedere. Ah, ti ricordo che domani c'è il corso di "Baking & meditation"!» disse quella più alta delle due con un sorriso entusiasta.

«E cosa sarebbe di preciso?»

«Si fa meditazione mentre si prepara il pane.»

Io ero già stanco per il lungo tragitto in autobus e la camminata in salita con lo zaino sulle spalle.

Risposi quasi senza pensarci: «Mi dispiace, ma quella roba non fa per me».

«Sei sicuro...»

«Sì. Non farò mai niente del genere nella mia vita.»

Loro ci rimasero un po' male e ne fui dispiaciuto. Avrei voluto scusarmi ma non lo feci, mi parve di aver perso l'attimo. Invece mostrai un sorriso storto e mi voltai per andare rapidamente nella mia stanza. Proprio in quel momento, udii una voce alle mie spalle. Era chiara e decisa, anche se il tono non era particolarmente alto. In qualche modo spiccava nel brusio generale.

«Sai, c'è un antico proverbio zen che recita più o meno

così: "Non dire mai: 'Quest'acqua non la berrò'. La vita è lunga e potrebbe venirti sete".»

Mi fermai e mi voltai. Rimasi di sasso. Guglielmo Travi esisteva davvero. Era lì, davanti a me.

22

Il primo pensiero fu una domanda che rivolsi a me stesso: "Sei sicuro che sia proprio lui?".

Fu come se inconsapevolmente volessi allontanare la verità, che invece era davanti ai miei occhi: era lui, era proprio lui. Era incredibile, non era minimamente invecchiato rispetto a come appariva nella fotografia. I capelli lunghi, la barba curata, in ottima forma, l'espressione serena sul volto.

Ma ciò che lo rendeva subito riconoscibile era altro: il sorriso. Nella foto rideva con grande entusiasmo, aveva la bocca aperta e la testa reclinata giusto un po'. Di persona, invece, aveva un sorriso pacifico, beato, che trasmetteva molta tranquillità. Sorrideva anche con gli occhi, neri e profondi, grandi e leggermente socchiusi. Erano pieni di gioia.

Guardare quell'uomo negli occhi, identici a com'erano nella foto, ti faceva venire voglia di sorridere, ed è quello che successe anche a me, senza che nemmeno me ne rendessi conto. Per tutta risposta, lui allargò ancora di più il suo.

«*Everything okay?*» mi chiese, forse un po' preoccupato per tutto quel mio stupore.

«Devo parlarle» dissi quando riuscii a ritrovare la parola.

«Ah, sei italiano?» disse sorpreso. «È da molto tempo che non sento parlare nella mia lingua.» E sorrise in un modo diverso, come farebbe un nonno che incontra per caso il nipote mentre fa una passeggiata nel parco.

«Sì. Devo parlarle di una cosa» mormorai in preda all'agitazione.

Alla sola idea di raccontargli tutto quanto, il mare che avevo dentro tornò ad agitarsi. Nelle ultime ventiquattro ore non avevo provato un briciolo di ansia, pur trovandomi a spostarmi in un Paese di cui avevo scoperto a malapena la superficie. Ora che dovevo occuparmi di qualcosa che riguardava la mia vita in Italia, ecco il suono delle mie onde interiori.

«C'è qualcosa che non va qui?» chiese lui guardandosi intorno.

«Qui?» chiesi io confuso.

«La guesthouse.»

«Ah, ma è sua? Lei è il… proprietario?»

Non riuscivo a parlare normalmente, le parole mi uscivano a fatica, come quando si apre un rubinetto dopo tanto tempo e l'acqua viene fuori a strappi. Lui non disse nulla, ma mostrò un sorriso pieno di soddisfazione.

«Sembri venire da lontano e certamente sei stanco» disse. «Sai qual è una delle mie regole di vita?»

«No…»

«Mai negare un tè caldo a un viaggiatore. Che ne dici?»

«Va bene» accettai.

Senza aggiungere altro, mi superò e con la testa mi fece cenno di seguirlo. Teneva le mani strette dietro la schiena, come i vecchi saggi dei film giapponesi. Indossava pantaloni neri e larghi, simili a quelli della fotografia, accompagnati da una camicia alla coreana anch'essa nera. Poi, una collanina marrone con una specie di ciuffetto rosso che gli sfiorava il petto. Nient'altro, era a piedi nudi.

Lo seguii mentre si dirigeva verso la scalinata in legno che si trovava sul lato sinistro della hall. Prese a salire, sempre senza dire una parola. Lo imitai, ma prima mi fermai a leggere una frase che qualcuno aveva inciso sullo scalino più in basso. Mi colpì perché era in italiano: "Solo se ti manterrai attivo, vorrai vivere fino a cent'anni".

Salimmo per quattro piani, fino ad arrivare all'ultimo.

Nonostante tutte le ore che passavo a pedalare, avevo un po' di fiatone. Lui, invece, niente. Mi guardò con quella sua espressione pacifica e beata e io non riuscii a non sorridere di nuovo.

«A me sembra di averti già visto» disse socchiudendo gli occhi.

«Non... non credo, signore.»

«Oh, puoi chiamarmi Guilly.»

«Guilly?»

«È un diminutivo di Guglielmo. Mi diede questo soprannome un amico spagnolo, tanti anni fa» disse con un'aria carica di gratitudine.

Intanto avevo scoperto che la scalinata si concludeva su un piccolo pianerottolo, dove c'era un'unica porta. Guilly tirò fuori una chiave dai pantaloni, la infilò nella toppa ed entrò. Lo seguii di nuovo e mi ritrovai nella casa più incredibile che avessi mai visto.

Era un ambiente unico in cui convivevano l'ingresso, il salotto e la cucina. Non c'erano muri, ma solo una porta – quella del bagno, immaginai. Sulla parete opposta rispetto all'ingresso, nell'angolo sinistro, vidi una scala a chiocciola che portava a un piano superiore.

Come nella sala comune del piano terra, la parete sulla destra era una vetrata che si affacciava sul bosco sottostante. Da lì si poteva ammirare tutta la città, e in lontananza anche il lago. Era come stare in una casa sull'albero che qualcuno aveva costruito in mezzo a quel bosco, in cima a quella collina. Inoltre la stanza era piena di luce. A quell'ora, con quella luce, sembrava di stare in un sogno.

All'ingresso c'era un grande tappeto rettangolare. Le trame richiamavano tempi antichi e facevano pensare all'estremo Oriente. Al centro della stanza, sopra un altro tappeto, rotondo, c'era un tavolino basso di legno nero finemente intagliato, ai cui piedi si trovavano dei cuscini rossi. Sopra, era appoggiata una teiera in ceramica bianca, vicino a una vecchia tazza anch'essa bianca.

Alla sinistra dell'ingresso, ecco la parte adibita a cucina.

Occupava praticamente tutta la parete opposta alla vetrata e sembrava quasi un laboratorio: gli scaffali erano stracolmi di spezie, barattoli e alimenti di ogni tipo. Mestoli, coltelli e altri utensili erano appesi a una sbarra di metallo tramite una lunga serie di ganci.

Per il resto era un ambiente estremamente spazioso e minimalista. L'opposto di casa di mia madre.

Mi colpì però una chitarra in legno chiaro appoggiata alla parete sul fondo, di fianco alla scala a chiocciola. Doveva avere trenta, quarant'anni, ma era tenuta benissimo. Mi chiesi se l'avrei mai sentita suonare.

Gli unici altri oggetti erano i libri, disposti in un'enorme libreria. Erano volumi certamente vecchi, ma per niente impolverati, disposti con cura. Tutto appariva in armonia, lì dentro. E io mi sentivo un intruso in un luogo così pulito, ordinato e curato.

«Fermo!» esclamò all'improvviso Guilly.

Mi bloccai come un animale che viene illuminato dai fari di un'automobile in piena notte.

«Sì…?» chiesi leggermente intimorito.

Lui sorrise e indicò i miei piedi.

«Le scarpe. Non si entra mai in casa con le scarpe.»

«Ah, okay» replicai imbarazzato. Mi piegai per togliermele. «Mi scusi, non sono abituato a farlo.»

«Vedi, per molte persone questo è un gesto di rispetto verso chi ti ha aperto le porte di casa sua. Ed è certamente vero, ma non solo: è anche un segno di grande rispetto nei tuoi stessi confronti.»

Aggrottai la fronte mentre, toltami anche la seconda Converse, rimanevo con i calzini.

«In che senso?»

Lui si girò ad ammirare il tramonto oltre la vetrata.

«Se ci pensi, le scarpe raccolgono tutto lo sporco che hai incontrato nella tua vita. L'usura delle tue suole è il simbolo della fatica e della sofferenza che hai affrontato, di tutte le salite che hai dovuto superare per arrivare dove sei ora. Perché ti vuoi portare questo peso dietro se puoi evitarlo?»

Lo guardai con un'espressione di totale smarrimento.

«Toglierti le scarpe quando entri in casa significa lasciarti alle spalle il peso del tuo passato. E vedi, una casa è un rifugio, un posto felice dove vivere con leggerezza. Se c'è un'atmosfera pesante, se non vedi l'ora di andartene e non vorresti mai rientrare, *se ci entri con le scarpe*, allora quella non è "casa". È qualcosa di più simile a una galera.»

Era esattamente il modo in cui intendevo la casa in cui vivevo con mia madre: una galera. Non un rifugio sicuro, non più almeno, ma un luogo che ormai mi soffocava. Mai come in quel momento mi resi conto di quanto desiderassi lasciarla, ma ancora di più di quanto volessi tornare a provare quella sensazione di "casa" di cui parlava lui e che da bambino avevo assaporato: leggerezza e felicità.

«Entreresti mai in un tempio buddhista con le scarpe?» insistette.

«Non credo... immagino sia un luogo sacro.»

«Eccome se lo è, ma non credere mai che una casa, una qualsiasi casa, lo sia meno. Ogni luogo è sacro, se chi ci vive lo considera importante e se ne prende cura. Anche una piccola stanza può essere un luogo sacro, se la ami. E, per iniziare ad amarla, fai questo gesto tanto semplice quanto significativo: ti togli le scarpe quando ci entri. Rispetti il tuo luogo sacro. Così anche il mondo e i suoi problemi, il tuo passato, la tua sofferenza e le tue preoccupazioni, tutto ciò che ti fa soffrire e ti ha fatto soffrire restano fuori» disse indicando la porta.

«E se ciò che ti fa soffrire è dentro casa?»

Non so perché lo chiesi così sfacciatamente, ma a quelle parole mi tornarono in mente gli ultimi mesi in cui i miei genitori avevano vissuto insieme. Le urla, le litigate, l'atmosfera sempre tesa. Le lacrime di mia madre, le fughe di mio padre. In quel caso, come si può trovare una sensazione simile?

«Allora quella non è casa» disse con decisione. «Sono solo quattro mura dentro cui dormi, mangi e passi del tempo. Sei a casa non quando sei in un certo punto del mondo, ma quando ti senti in un certo modo. E puoi sentirti in quel modo anche dall'altra parte del mondo rispetto a dove vivi. Dimmi un po', sei mai stato innamorato?»

Distolsi subito lo sguardo e sorrisi imbarazzato. Che razza di domanda era?

«Sì, credo di sì...» mormorai.

«Bene. Allora saprai che, quando sei davvero innamorato, la "casa" la senti ogni volta che abbracci la persona che ami, ogni volta che vai a dormire con la persona che ami, ogni volta che condividi un pasto con la persona che ami.»

Pensai a Valentina. Alle nostre serate a guardare serie tv in pigiama commentando tutto ciò che vedevamo sullo schermo. Insieme, nel nostro luogo sacro. A volte era la mia stanza a casa di mia madre, a volte il divano a casa dei suoi genitori. Aveva ragione, quel Guilly: "casa" non è il luogo, è la sensazione.

Sorrise e si girò verso la vetrata. Guardò il cielo con un'espressione colma di felicità, come se ne fosse estasiato. Il sorriso era più ampio che mai.

«Ah, che meraviglia essere innamorati» disse.

Poi si girò verso di me, mise una mano sulla mia spalla e mi guardò dritto negli occhi.

«Tu pensa, ragazzo: quando ami profondamente una persona, ti senti a casa ogni volta che i vostri sguardi si incrociano. Non è speciale? Cos'altro ti fa sentire così, se non l'amore? Non è forse una magia, questa?»

Sorrisi, imbarazzato ma anche stupito e incuriosito. Era strano, ma bellissimo, che un uomo di quell'età parlasse così apertamente dell'amore, un argomento che tra gli adulti mi era sempre sembrato un tabù. Come se, di amare, ci si dovesse vergognare.

Avevo intenzione di dirglielo, ma proprio quando feci per aprire la bocca, mi anticipò.

«Tuo nonno è morto, vero?»

23

Gli risposi subito, come se dovessi togliermi di dosso un peso fastidioso.

«Sì, è morto.»

«Si è tolto la vita?»

Aggrottai la fronte, sorpreso da quella domanda.

«No» risposi con decisione. Lo guardai negli occhi neri. Non sorrideva fino a quel momento, com'era normale che fosse, ma dopo la mia risposta, la sua espressione tornò serena e pacifica.

«Oh, molto bene!»

«Molto bene?»

«Che non si è tolto la vita.»

Restammo così, uno davanti all'altro, con il sole che ormai era praticamente sparito. Rimaneva solo un vago riflesso arancione sul lago, quasi l'acqua tentasse di trattenere, ancora qualche istante, un po' di quella meraviglia.

«Mi dispiace per la sofferenza che hai provato e stai provando» disse Guilly interrompendo il silenzio assordante che si era venuto a creare. Alzai lo sguardo e vidi che sorrideva.

«Sono venuto qui perché me lo ha chiesto lui» confessai. «Dopo essere morto, ha lasciato un testamento. Mi ha chiesto di venire a trovarla.»

«Ah sì?»

«Sì. E mi ha detto di consegnarle delle… cose.»

Feci per tirare fuori tutto dallo zaino, ma lui mi interruppe.

«Permettimi di offrirti un tè, prima.»

Andò al banco della cucina e prese un'altra tazza. Poi mi indicò il tavolino basso e si sedette a gambe incrociate in un movimento fluido, senza appoggiarsi con le mani al pavimento. Per essere un uomo di quell'età era in ottima forma. Quando mi sedetti io, mi sentii terribilmente goffo.

Prese la teiera di ceramica e versò il tè anche nella mia tazza. Ne bevve un piccolo sorso, tenendo la sua con entrambe le mani, quindi la riappoggiò sul tavolino.

«Ora puoi raccontarmi tutto.» Era come se con il tè avesse conquistato lo stato d'animo di cui aveva bisogno.

Ne bevvi un sorso anche io: era bollente, ma delizioso con un retrogusto legnoso.

«Ma… come facevi a sapere che sono suo nipote?»

«Vi assomigliate» disse semplicemente lui. «Emanate le stesse vibrazioni.»

«Ah.»

Bevvi giusto per fare qualcosa.

«Il nonno è venuto a mancare qualche mese fa» iniziai dopo. «Non stava bene, aveva una brutta malattia… nell'ultimo periodo non era più in sé. Ecco perché quando ha lasciato scritto di venire qui, da lei, nessuno in famiglia credeva che fosse lucido. Eravamo convinti che fosse la malattia a parlare.»

«Succede sempre così.»

«Cosa?»

«Quando qualcuno fa qualcosa con il cuore, gli si dà del pazzo. Si smette di credergli. È una brutta forma di discriminazione, non credi?»

Annuii, un po' spiazzato da quella riflessione.

Lui bevve un altro sorso. Era seduto dritto con la schiena, immobile. Io continuavo a muovermi da un punto all'altro del cuscino, irrequieto.

«Facendola breve, il nonno voleva che io le portassi delle cose. Innanzitutto questa» dissi tirando fuori dallo zaino la spessa busta gialla. Le ceneri gliele avrei consegnate solo alla fine. Per ora non mi fidavo abbastanza per dare a un perfetto sconosciuto i resti di mio nonno.

Guilly prese in mano la busta e la rigirò più e più volte.

«Non l'avete aperta» commentò.

«Certo che no.»

«Apprezzabile» aggiunse.

«Perché, credeva forse che lo avremmo fatto?» chiesi indignato. Cosa stava sottintendendo con quell'osservazione?

«Non credo nulla. Non ho aspettative sulle persone, né positive, né negative» replicò lui guardandomi negli occhi. Poi sorrise e disse: «Direi che ora è arrivato il momento di aprirla».

«Sì, direi di sì.»

Lo fece senza alcuna esitazione: strappò il lato superiore della busta e ne tirò fuori il contenuto. C'erano altre due buste, più piccole. Su una c'era scritto: "Per Guilly", sull'altra: "Per Davide". Guilly mi passò la piccola busta. Quando me la ritrovai tra le mani, il cuore batteva all'impazzata. "Cos'è, un gioco?" mi chiesi. "Quando finirà questa storia?"

Senza dire nulla, Guilly aprì la sua. Decisi di imitarlo, le mani tremavano. Dopo il rumore della carta strappata, ci fu un gran silenzio che durò per qualche minuto. Entrambi leggevamo la lettera che il nonno ci aveva scritto.

La mia era molto breve. Recitava così:

Caro Davide,
    grazie per quello che hai fatto. Ora che hai conosciuto Guilly e gli hai consegnato la busta, ti chiedo un ultimo favore: fai tutto ciò che ti chiede. Apriti con lui e fidati di lui. Ascoltalo. Nient'altro.
    Questo è molto importante per me. Ne capirai il motivo a tempo debito.
                                                    Il tuo nonno

Avendo finito prima, ebbi modo di osservare Guilly mentre leggeva. Si accarezzava la barba e la sua espressione era indecifrabile. A un certo punto vidi il suo sguardo tornare in cima al foglio per rileggere da capo. Lo imitai e ancora una volta fui più veloce di lui.

Quando terminò anche la rilettura, ripiegò la lettera e la mise dentro la busta ormai strappata. Lo fece con grande cura, nello stesso modo in cui aveva bevuto il tè. Come se ogni piccolo gesto fosse di estrema importanza. Poi sospirò profondamente e volse lo sguardo verso il cielo, oltre la finestra. Mi diede l'impressione che cercasse il nonno lassù.

«Dobbiamo partire» disse alla fine.

«Come?»

«Dobbiamo fare un viaggio. Io e te.»

«In che senso, un viaggio? E dove andiamo?»

«Questo non posso dirtelo.»

«E cosa andiamo a fare?»

Lui ci rifletté su per qualche secondo.

«Dobbiamo andare a prendere una cosa che apparteneva a tuo nonno.»

«Una… cosa? E cioè?»

Guilly sorrise.

«Credo che dovrai fidarti di me.»

Ero confuso e per nulla convinto di fronte a quella prospettiva. Anzi, quella risposta mi fece persino arrabbiare. Era l'ennesimo mistero e ne ero stufo.

«No, mi dispiace, ma se non so dove andiamo non vengo» dissi con decisione.

Credevo che avrebbe provato a convincermi. Ero pronto a ribattere, litigare, pretendere spiegazioni. Invece non lo fece: piegò la busta e annuì.

«Lo capisco» disse semplicemente. Poi bevve un piccolo sorso di tè.

«Voglio dire… così è una follia!»

«Una follia, certo» convenne.

«Chi mai partirebbe con un perfetto sconosciuto per un viaggio del genere?»

«Nessuno.»

«Esatto! Nessuno. Cioè, io non so se posso fidarmi di lei.»

«Io non mi fiderei» disse lui. Rise e mando giù un altro sorso.

«Chi me lo assicura che lei non mi voglia fregare?»

«Nessuno. Meglio essere prudenti.»

«Già…» dissi, più confuso che mai.

«Già» ripeté lui. Ancora un po' di tè.

Restammo in silenzio. Per me era un silenzio estremamente imbarazzante, ma non per lui, che continuava a bere a piccoli sorsi. Con la schiena dritta, la barba grigia tenuta lunga ma senza un pelo fuori posto, sembrava il ritratto della serenità.

Il silenzio si protrasse al punto che divenne insopportabile, almeno per me.

«E quindi?» chiesi.

«E quindi?» ripeté lui.

«Mi prende in giro?»

«Per nulla. Ti prendo molto sul serio.»

Altro silenzio. Bevvi un sorso di tè anche io, per temporeggiare. Non sapevo cosa fare, ero completamente in palla.

«E quindi ora che si fa?» insistetti.

«Tu cosa vorresti fare?» chiese lui.

«Di sicuro non partire per quel viaggio di cui non mi vuole dire niente.»

«Quella sarebbe una follia.»

«Sì…»

«Una vera follia.»

Altro silenzio. Stavo per chiedergli nuovamente: "E quindi?". Ma non lo feci. Mi fermai a riflettere sul perché fossi lì. La risposta riguardava mio nonno: volevo sapere di più su di lui.

«Come ha conosciuto mio nonno?»

Lui sospirò e si mise comodo, come se fosse pronto a fare una bella passeggiata nei ricordi.

«Lo conobbi qui, in Vietnam. In una fresca notte di primavera.»

«Mio nonno non ci ha mai detto di essere stato in Vietnam» ribattei.

Lui alzò le spalle.

«Questo non è un suo problema, vero?» chiesi in modo provocatorio.

«Infatti» disse lui. E bevve un sorso di tè. Rimasi colpito da quella risposta, l'ennesima diversa da come me la sarei aspettata.

«Come "infatti"? Ma che risposta è? Mio nonno si fidava di lei.»

«Di questo sono felice. Poche cose nella vita sono più importanti della fiducia.»

Restai per un attimo senza parole.

«Però, di quello che diceva o non diceva di lei, non le importa nulla?»

«Io non posso controllare cosa ha detto o non ha detto tuo nonno di me. Quella è una sua questione, non mia. Ti consiglio di fare lo stesso.»

«Cioè?»

«Preoccupati solo di quello che puoi controllare.»

Restammo in silenzio per un po', mentre riflettevo su quelle parole.

«Non riesco a capire come sia possibile che una persona come mio nonno avesse a che fare con uno come lei» commentai acido.

«Nemmeno io!» commentò lui. Poi rise e si mise a camminare con le mani dietro la schiena, fino a fermarsi dinnanzi alla grande finestra. Guardò fuori, verso il cielo. Anzi, sembrava guardare *oltre*.

«Mi vuole dire almeno come vi siete conosciuti?»

«Certamente» disse Guilly annuendo. «Tuo nonno voleva togliersi la vita.»

24

Non riuscii a dire nulla per almeno un paio di minuti. Aspettavo che aggiungesse qualcosa, ma lui era lì, fermo davanti a quella vista, come se i suoi occhi ne fossero calamitati.

«Cosa?» dissi alla fine in tono incredulo.

«Tuo nonno voleva togliersi la vita.»

«Mi sembra improbabile.»

«Questo è quello che mi disse.»

«E cos'altro le disse?»

«Tante cose.»

«Vorrei saperle.»

Lui si voltò verso di me e sorrise.

«Allora partiamo.»

«Gliel'ho detto, io non parto.»

«Va bene.»

«Allora? Me la vuole raccontare questa storia o no?»

«Mi dispiace, ci vorrebbe troppo tempo.»

«Io ho diversi giorni a disposizione per fermarmi qui» dissi con sicurezza.

«Io no, mi dispiace. Ora devo cenare, poi andrò a dormire presto, perché domattina devo partire.»

«E dove andrà?»

Sorrise.

«Questo non te lo posso dire. Ma se vuoi, puoi venire con me.»

Mi aveva fregato. Pur senza dirmi esplicitamente di andare con lui, era riuscito a ottenere il suo scopo. Ora, se volevo sapere la storia del nonno (e ovviamente lo volevo), dovevo andare con lui. Partire per quel viaggio di cui non conoscevo la destinazione.

«Chi mi dice che mi racconterà la verità?»

«Nessuno.»

«E allora come faccio a fidarmi?»

Alzò le spalle.

«Non devi fidarti di me. Dovresti fidarti dell'universo.»

«Senta…»

«Puoi darmi del tu, se lo vuoi.»

«Senti» ricominciai, «io sono venuto qui solo per due motivi: consegnarti la busta e sapere come hai conosciuto mio nonno. Piantiamola con queste stupidaggini. Il primo motivo lo devo a lui, il secondo alla mia famiglia.»

Guilly sorrise e tornò al tavolino. Bevve l'ultimo sorso di tè.

«Qual è il vero motivo per cui sei qui?» mi chiese guardandomi dritto negli occhi.

«Te l'ho detto» farfugliai, spiazzato da quella domanda. «Me lo ha chiesto il nonno.»

«Non è questo il motivo. Tu sei qui perché hai scelto di venire qui. Nessuno ti ha obbligato. Potevi non venire e invece hai scelto di farlo. Altri, al tuo posto, sarebbero rimasti a casa. Perché tu no?»

«Dovevo consegnare la busta gialla. Tutto qui.»

«Davvero?» mi chiese alzando il sopracciglio. «È davvero solo per questo che hai lasciato casa, hai preso un volo intercontinentale e hai viaggiato fino a qui senza sapere nemmeno chi fossi?»

«Sì, è per questo» dissi con convinzione. Ci guardammo per un attimo negli occhi, poi lui sollevò i palmi delle mani.

«Perfetto, allora. Ti ringrazio, la busta me l'hai consegnata. Ora puoi andare.»

Mi porse la mano. La guardai, poi guardai lui. Il suo volto pacifico era illuminato dalla serenità. Non gliela strin-

147

si e non dissi nulla. Lui la ritrasse e si alzò. Tornò davanti alla vetrata.

«Vedi, Davide, l'essere umano è un meraviglioso mistero all'interno del mistero ancora più grande che è la Vita» disse. «Tu non sei qui per un motivo preciso. Molto semplicemente, sei fatto così. Puoi tirare fuori tutte le risposte che vuoi, puoi parlarmi di tutte le giustificazioni del caso, ma la verità è che c'è una forza dentro di te che ti ha spinto verso questo luogo, e questa forza non la puoi spiegare. È la tua essenza più profonda. È ciò che ti porta a fare quello che non puoi spiegare, appunto. È ciò che sei davvero.»

«Io so spiegare tutto quello che faccio» replicai testardo. Volevo tenergli testa, non mi piaceva quel suo atteggiamento. Chi si credeva di essere?

Guilly rise di gusto, come se la mia fosse una battuta.

«E allora spiegami perché ti innamori di una certa persona. Perché a te basta guardarla negli occhi per sorridere, mentre a un altro quella stessa persona non fa alcun effetto. Dammi una spiegazione scientifica e ti crederò.»

Non seppi cosa rispondere.

«Dimmi per quale ragione scientifica tu hai certi pensieri e un altro ne ha di diversi; perché davanti a un tramonto ti emozioni e un altro no; perché certe piccole cose apparentemente insignificanti ti fanno sorridere e altri le trovano stupide; perché ami certi cibi, certa musica, certe persone, certi momenti e qualcun altro, invece, no.»

«Be'...» iniziai. Ma non sapevo come continuare.

«Non provare a dirmi che puoi spiegarmi scientificamente perché sei qui» riprese lui sorridendo. «Questo viaggio è una follia e una persona puramente razionale non l'avrebbe mai fatto. Un computer, analizzando tutti i dati a disposizione, avrebbe detto: "Non partire". Che tu voglia ammetterlo oppure no, se sei qui è perché hai deciso di assecondare il richiamo verso qualcosa di più grande. Forse, ora, bisogna solo avere il coraggio di proseguire su questa strada.»

Rimanemmo un po' in silenzio.

«Io voglio sapere di mio nonno. Di tutto il resto non mi interessa.»

Guilly sollevò lo sguardo, verso il cielo ormai scuro. Si accarezzò la barba.

«Ti racconterò di lui. Di quello che successe tra di noi. Ma solo se partirai con me.»

Sbuffai.

«Ma perché non subito?»

«Perché ora non capiresti. La conosci la storia di Buddha e dell'acqua?»

Sull'acqua conoscevo solo il proverbio zen che lui stesso mi aveva citato quando lo avevo incontrato.

«No.»

«Si dice che un giorno, durante un lungo viaggio, Buddha e i suoi discepoli giunsero nei pressi di un lago. Il sole era alto e faceva molto caldo. Buddha chiese al suo discepolo più giovane e impaziente di portargli un po' di acqua da bere. Egli obbedì e si incamminò subito verso il lago, ma quando vi arrivò notò che un carro trainato da buoi era appena passato, e che l'acqua era torbida. Pensò subito che non avrebbe potuto portare quell'acqua fangosa al Buddha, così tornò indietro di corsa. Disse: "L'acqua è fangosa, non credo sia giusto berla. Meglio andare altrove!". Buddha non rispose.»

Guilly si mise a camminare per la casa. Si avvicinò a una statua del Buddha appoggiata sulla libreria. La guardò, sorrise.

«Dopo un po', Buddha chiese al discepolo di andare nuovamente al lago a prendere dell'acqua da bere. Il discepolo acconsentì ma quando arrivò al lago vide che l'acqua era ancora sporca. Tornò e ribadì, stavolta con più decisione, che l'acqua del lago era imbevibile e avrebbero fatto meglio a raggiungere la città più vicina e chiedere agli abitanti di dargli da bere. Sai come reagì Buddha?»

Scossi la testa.

«Non rispose. Lo ignorò e continuò a meditare. Il discepolo fremeva, proprio come te. Voleva una soluzione e la vo-

149

leva subito. Girava in tondo, agitato e frustrato. Finalmente Buddha tornò a parlare, ma lo fece per chiedergli di nuovo di recarsi al lago. Il giovane si incamminò infastidito. Si chiedeva perché lo torturasse in quel modo. Proprio come te lo chiedi tu ora. Ma sai cosa successe una volta che fu giunto al lago? L'acqua era trasparente, cristallina, pulita. Il discepolo sorrise, felice, e riempì le borracce. Quando tornò indietro, Buddha gli domandò: "Dimmi: cosa hai fatto per pulire l'acqua?". E lui si sentì umiliato. Disse che non aveva fatto niente e abbassò lo sguardo. Buddha, allora, gli spiegò che non era così: "Hai aspettato" gli disse. "Ecco cosa hai fatto. Hai dato tempo al fango di depositarsi e grazie alla tua pazienza ora possiamo bere dell'acqua pulita."»

Si fermò un attimo, forse per farmi assimilare quell'insegnamento.

«Vedi, Davide, se io ora ti dicessi cosa andremo a fare, sarebbe come offrirti un bicchiere di acqua piena di fango. Tu lo butteresti via, infuriato. Se invece pazienti, potrò offrirti un bicchiere di acqua pulita, nel quale le risposte che cerchi saranno immediatamente visibili. Lasciamo depositare il fango e non dovrò nemmeno spiegarti il senso di questo viaggio, lo capirai da solo. Aspettiamo che l'acqua torni limpida. Che ne dici?»

«Domani non vado da nessuna parte» replicai con testardaggine.

Pensai che si sarebbe spazientito e invece mi rivolse un sorriso sincero.

«Va bene» disse alzando i palmi delle mani. Poi si avviò verso la cucina e iniziò a tirare fuori una padella, un tagliere, un coltello.

«Vuoi fermarti a cena?» mi chiese mentre prendeva un grande cavolfiore e lo appoggiava sul tagliere. «Preparo la mia zuppa di miso. Diciamo che è la mia specialità.»

«Cosa? Rimanere a cena? No... no, grazie» dissi più confuso che mai. Mi girai, aprii la porta e uscii.

Poi rientrai rapidamente, presi le scarpe e uscii. Stavolta per davvero.

25

La prima cosa che feci quando tornai in camera fu chiamare Luigi. Anche se avevo fame e sonno, anche se ero stanco e turbato, avevo bisogno di sentirlo e sapere cosa pensasse di quello che mi era successo.

«Cos'hai da perdere, amico?» mi chiese alla fine.

«Ma hai ascoltato quello che ti ho detto? Questo vuole portarmi a fare un viaggio! Senza dirmi dove andremo. E poi sembra mezzo matto, dice cose senza senso.»

«Tipo?»

"Tipo quelle che a volte dici tu" gli avrei voluto rispondere. Non lo dissi.

«È frustrante, Luigi.»

«Lo so, però ormai sei lì. Sai cosa ho fatto io l'altra sera?»

«Le consegne?»

«No, non ci sono andato.»

«E perché?»

«Sono stufo.»

Restammo in silenzio. Non aveva mai saltato un giorno e quella risposta non era da lui.

«Ho guardato un film. Si intitola *Braivart*.»

«*Braveheart*, dici?»

«Sì, bravo. Lo conosci?»

«Certo. Chi non lo conosce?»

«Ah. Be', io non lo avevo mai visto. È un bel film, vero?»

Sorrisi. Volevo proprio bene a Luigi.

«Sì, dà molta carica. E perché ti ha colpito?»

«Per il monologo che lui fa alla fine. Hai presente?»

«Sì, certo.»

«Ecco, quando tu mi dici che non ha senso rischiare di partire per questo viaggio, io penso a quello che ha detto lui. Sai qualcosa tipo...» Luigi si schiarì la voce e parlò con un tono più profondo e potente, imitando Mel Gibson: «Siete sicuri che un giorno, in punto di morte, non vorrete soltanto barattare tutti i giorni che avrete vissuto a partire da oggi per avere l'occasione, solo un'altra occasione, di tornare qui a urlare ai nostri nemici che possono toglierci la vita ma non ci toglieranno mai la libertà!».

«Sì, ho presente, Lù.»

«Perché ridi?»

«Niente, niente. Mi fai morire a volte. Vai pure avanti.»

«Ecco, dicevo... chi ti dice che, se ora prendi e te ne torni a casa, un domani, sul letto di morte, non penserai che invece avresti dovuto buttarti in questa avventura?»

«E non potrebbe succedere il contrario?»

«Cioè?»

«Che parto per questo viaggio e me ne pento.»

«No, amico. Se tu ora decidi di assecondare questa cosa, questa pazzia... al massimo avrai perso del tempo e un po' di soldi. E allora? Mica te ne pentirai mai, di questo. Ma di non sapere come sarebbe andata... io penso che quasi sicuramente te ne pentiresti.»

Con la sua semplicità, Luigi mi aveva dato un punto di vista prezioso. E mi aveva anche donato un po' di buonumore. Gli dissi che ci avrei riflettuto quella stessa sera e lo salutai. Uscii dalla stanza, scesi nella hall sperando di non incontrare Guilly, e quando iniziai a camminare sulla lingua d'asfalto che scendeva verso la città mi sentii nuovamente libero, lontano dai problemi e dalle preoccupazioni che questa storia del nonno mi stava dando.

Giunsi sulla strada principale, quella che attraversava il mercato e portava fino alla rotonda trafficatissima. Camminando mi guardavo intorno alla ricerca di un posto dove mangiare, e intanto riflettevo. Non mi piaceva quel Guilly, sembrava che si stesse prendendo gioco di me. Avrebbe potuto spiegarmi tutto senza fare tante sceneggiate o lanciarsi in grandi discorsi filosofici. Anche se era vero, dovevo ammetterlo, che io stesso avevo avvertito "qualcosa di più grande" in tutta quella storia. Quella forza interiore, inspiegabile ma netta, l'avevo percepita. Mi aveva portato fin lì. Perché un altro non sarebbe partito e io sì? Forse perché era quello il mio destino?

Scossi la testa e allontanai quei pensieri assurdi. Passai davanti a un ristorante sotto ai portici, coperto ma senza vetrate. Dentro c'era una bella atmosfera: ai tavolini erano seduti sia vietnamiti sia occidentali, su sedie in legno nere. Alle pareti color crema erano appesi quadri che ritraevano personaggi famosi ritratti in stile impressionista, ma assolutamente riconoscibili. Non c'erano pareti divisorie interne, solo colonne, anch'esse color crema. Era un bel posto e anche le porzioni sembravano abbondanti.

Mi sedetti a un tavolo, sentendomi leggermente a disagio perché ero l'unico cliente senza compagnia. Intorno a me, coppie e gruppi di amici, anche una famiglia. Poi c'ero io, solo. Non ne feci un dramma, in fondo avevo sempre creduto che fosse davvero meglio stare soli che mal accompagnati.

Ordinai un piatto che sul menu era segnalato come una specialità della Malesia: il *panang curry*. Non avevo mai mangiato niente di simile e quando me lo ritrovai davanti mi chiesi se non avessi commesso un errore: sembrava una zuppa, ma era densa, quasi come una passata. Credo a causa del latte di cocco. Ne presi una cucchiaiata, cercando di evitare i peperoncini che mi saltavano all'occhio, e quando mi ritrovai quel cibo in bocca mi chiesi per quale motivo avessi aspettato venticinque anni prima di provare qualcosa del genere. Era semplicemente delizioso, dentro c'erano delle spezie che non sapevo distinguere, ma il sapore dominante era di arachidi. Il tofu fritto, che non avevo mai assaggiato, era squisito: carnoso dentro, croccante all'esterno. Divorai quel *panang curry*, dicendomi che magari un giorno sarei andato a visitare la Malesia.

Finii di mangiare proprio mentre una band si apprestava a suonare dal vivo: tre uomini vietnamiti alle chitarre e alle tastiere, e alla batteria una ragazza piena di tatuaggi. Era seduta ma non riusciva a stare ferma: si batteva le bacchette sulle gambe tenendo il tempo di una canzone che sentiva solo lei, nella sua mente. Sorrideva, parlava con chiunque, sembrava non vedere l'ora di iniziare. Erano tutti in attesa di qualcuno, forse il cantante.

Quando finalmente arrivò, quasi sobbalzai sulla sedia: era Guilly. Aveva con sé la bellissima chitarra che avevo visto a casa sua ed era vestito nello stesso modo di prima. Qualcuno tra il pubblico applaudì e lui sorrise sornione. Si tolse i sandali prima di salire sul palco, si sistemò comodamente sulla poltrona al centro e regolò l'altezza del microfono. I suoi occhi neri luccicavano, i capelli bianchi erano mossi appena dalla brezza di quella serata fresca. Sembrava un uomo nel pieno controllo di se stesso e della situazione: non era affatto teso. Su quel palco era calmo esattamente come lo era davanti al tè che mi aveva offerto qualche ora prima.

«Buonasera a tutti» disse in un inglese perfetto. Poi aggiunse qualcosa in vietnamita, puntando il suo sguardo su coloro che erano seduti ai tavolini subito davanti al palco. Non mi vide, perché io ero solo e defilato, nella zona meno illuminata del locale.

«Questa sera voglio aprire con una canzone dedicata a un amico che non c'è più» disse con un velo di tristezza nella voce. Sgranai gli occhi, mentre i suoi erano sempre allegri e attenti, anche se lo sguardo si era fatto più profondo. «Una volta gli suonai questa canzone e lui disse che era la più bella che avesse mai sentito. Ora me lo voglio immaginare così: mentre percorre una scalinata verso il Paradiso.»

Iniziò a suonare le note inconfondibili di *Stairway to Heaven* dei Led Zeppelin. Per me, appassionato di musica datata, fu una bella sorpresa. Notai subito che Guilly non aveva il plettro, pizzicava direttamente le corde con le dita. Lo faceva con una maestria e una naturalezza che costringevano tutti i presenti a non staccargli gli occhi di dosso. Anche i membri della band, in attesa di inserirsi, lo guardavano ammirati. Ma fu quando si mise a cantare che rimasi sbalordito del tutto: la sua voce profonda aveva lasciato spazio a un falsetto angelico. Dopo un paio di minuti entrarono nel pezzo anche gli altri membri della band, creando quel climax che appartiene solo alle canzoni leggendarie. A un certo punto Guilly si lanciò in un assolo tutto suo, diverso da quello di Jimmy Page. Non altrettanto virtuoso, era un'impresa quasi impossibile, ma comunque vibrante ed emozionante. Era più lento, ma armonico e ogni nota contribuiva alla perfezione del momento.

Sembrava che la sua vita dipendesse da quella canzone. Aveva gli occhi chiusi e un'espressione che pareva al tempo stesso di puro godimento e lieve sofferenza. La canzone si prolungò ben oltre la durata dell'originale, sembrava che Guilly potesse andare avanti all'infinito. Non avevo mai assistito a un'esibizione del genere, avevo la pelle d'oca. Alla fine, cantate le ultime parole e suonata l'ultima nota, lui rivolse un sorriso verso l'alto. Fu come se tutto si fosse fermato. Sembrava di stare dentro un quadro: Guilly in mezzo al palco, al centro di tutto, la band immobile alle sue spalle, il pubblico senza parole, anch'esso immobile. Poi Guilly abbassò la testa ed esplose un applauso entusiasta. Tutto riprese a scorrere.

«Questo è per te, Vincenzo. Grazie per i ricordi e buon viaggio» disse Guilly al microfono, in italiano.

Anche se quasi nessuno aveva capito le sue parole i suoi occhi lucidi dicevano tutto, erano lo specchio di quello che provava dentro. Non c'erano filtri, i suoi sentimenti erano esternati così com'erano nati. Sorrideva, Guilly, anche in quel momento. Forse era capace di concentrarsi solo su ciò che di bello c'era stato e non su ciò che non poteva più esserci.

Le persone sedute ai tavoli continuavano ad applaudire

con entusiasmo, per lui e per il nonno. Misi una mano davanti alla bocca, stavo per piangere pensando a come sarebbe stato felice il nonno, che in vita sua non aveva mai desiderato alcuna celebrazione di sé. Non voleva mai che festeggiassimo il suo compleanno, specialmente da quando era morta la nonna. E se gli facevamo un regalo, diceva che non avremmo dovuto, che era meglio se i soldi li tenevamo per noi che eravamo giovani e avevamo tutta una vita da vivere. Ma se fosse stato lì, quella sera, ero certo che avrebbe amato quel momento. Perché il nonno non amava ciò che è convenzionale e forzato, ma apprezzava l'autenticità.

Nessuno aveva mai fatto qualcosa di così magico e bello per lui. La mente tornò al giorno del suo funerale in chiesa. Era stato tristissimo, senza musica, senza un sorriso, senza nessuno che applaudisse. Le parole vuote del prete rimbombavano dentro un luogo definito sacro ma lugubre e privo di gioia. L'espressione sul volto di Gesù in croce era piena di sofferenza e dolore, quella dei presenti andava dalla noia alla più profonda tristezza. E poi il prete, che parlava come se stesse recitando un copione. Senza neanche recitarlo bene. Come quando chiese che venisse accolto nel regno dei cieli "Vittorio, di settantaquattro anni". Aveva sbagliato sia il nome sia l'età. Ne avevo parlato con mia madre, mentre tornavamo a casa in auto, ero scioccato. Ma lei aveva alzato le spalle e detto: «Cosa ci vuoi fare? Il prete è anziano».

Anche Guilly era anziano. Più del prete. Eppure, in onore di mio nonno, aveva creato qualcosa di unico. Un'esibizione così era al pari di un dipinto, un poema, una scultura. Lo aveva fatto per mio nonno, perché lui ci teneva, più del prete, più dei parenti che non lo chiamavano mai eppure si erano presentati come uno sciame di api nel giorno in cui il nonno non c'era più, per una mera questione di apparenza e convenzione sociale. Più ci pensavo e più ero grato di essere lì e aver assistito a quell'esibizione meravigliosa.

Guilly alzò le mani e gli applausi si spensero lentamente. Le cameriere ripresero a servire ai tavoli.

«Ho una confessione da fare» disse al microfono in inglese. «In realtà tutte le canzoni, questa sera, sono dedicate al mio amico.»

Poi iniziò a suonare una canzone che non conoscevo, una ballata lenta e malinconica. Iniziava con parole molto tristi, sul non voler più provare niente e sul lasciarsi andare, ma poi nel ritornello c'era una metafora che mi colpì: a volte il nero lascia spazio al blu. E allora ci si può rilassare un po'.

Guardai attentamente Guilly mentre la cantava. Aveva gli occhi chiusi, era così concentrato che sembrava quasi soffrire, ma di una sofferenza bella, quella che provi solo se sei davvero vivo. Ero certo che, se anche fosse scoppiata una bomba in strada, lui non si sarebbe fermato. Nulla avrebbe potuto fermarlo. Era un tutt'uno con la musica, ed era in collegamento con mio nonno. Forse solo attraverso il sottile filo dei ricordi, forse attraverso una connessione più grande che io non conoscevo. Lo sentivo anche io, nonostante la mia razionalità assoluta.

C'erano tante cose che sentivo in quel momento, ma ne capivo a fondo ben poche. Una cosa, però, la sapevo: anche quella canzone la cantò come se l'avesse scritta di suo pugno per mio nonno. E quella metafora, il nero che lascia spazio al blu, era un messaggio di pura speranza. Guilly non poteva sapere che ero lì, eppure mi sembrava quasi che, con quella canzone, si stesse rivolgendo a me. Come a dirmi: "Tieni duro, prima o poi spunterà un puntino di luce in tutto questo buio che stai attraversando".

Quando concluse la canzone, il suo sorriso era pacifico e magnetico. Ti veniva voglia di chiedergli come avesse fatto a trovare quella serenità. Quando il bassista della band iniziò a suonare le note inconfondibili di *Stand by Me*, presi una decisione: il giorno successivo sarei partito con quello strano personaggio.

26

La mattina successiva mi svegliai nuovamente alle quattro e mezzo. Ormai era un'abitudine, avrei potuto non mettere nemmeno la sveglia. Speravo che con questo fuso orario passasse, e invece no. La stanza in cui soggiornavo aveva lo stesso stile del resto della guesthouse e dell'appartamento di Guilly all'ultimo piano: tutto in legno, pochi oggetti, tanto spazio e un'ampia finestra sul bosco sottostante. Sembrava di essere in una casa di montagna, calda e accogliente, dove leggere un buon libro davanti a una bevanda calda. E infatti, nell'incavo della parete dove solitamente negli hotel viene posizionato il televisore c'erano dei libri usati. Una targhetta recitava: "Prendine uno, lasciane uno. I libri ti salveranno la vita".

Non avevo alcun libro con me, quindi decisi di non prenderne nessuno, anche perché nei giorni successivi avrei sicuramente avuto poco tempo per leggere. Qualunque cosa sarebbe successa, ero certo che quel viaggio sarebbe stato impegnativo.

Rifeci lo zaino e me lo misi in spalla, poi scesi da basso. Non ci eravamo dati un appuntamento, ma Guilly aveva detto che saremmo partiti "presto", ed ero certo che prima o poi lo avrei trovato là sotto. A quell'ora nella hall, che avevo conosciuto la prima volta come un luogo pieno di gente e calore, non c'era nessuno, la reception era chiusa, le luci spente. Ero immerso nel più totale silenzio. Riuscivo a udire il battito del mio cuore, era regolare. I miei problemi erano lontani, il mio mare interiore era calmo. Mi sentivo bene.

«Già sveglio!»

Il cuore mi balzò in gola e mi voltai di scatto, con tutti i muscoli tesi, pronti a colpire o scappare. Finché mi resi conto che era Guilly. Ripresi a respirare.

«Scusi, ma che modi sono? Mi ha terrorizzato!»

«Dammi del tu, per favore, te l'ho già detto. Non era mia intenzione. È che di prima mattina sono sempre di ottimo umore. Che ne dici, andiamo?»

«Sì...» dissi con un po' di indecisione. «Però a una condizione: mi parlerai di mio nonno. Mi spiegherai perché voleva togliersi la vita e come vi siete incontrati.»

«Va bene» disse lui senza aggiungere altro. Io mi accontentai di quella risposta e annuii.

«Allora, dove dobbiamo andare?»

«Non *dobbiamo* andare da nessuna parte. Non siamo obbligati da nessuno a fare niente. La domanda giusta è: dove *vogliamo* andare?»

Lo guardai storto. Era prima mattina e già stava provando a spazientirmi.

«Non lo so, Guilly. Dove vogliamo andare?»

Lui fece quella risata che ormai mi era famigliare, quel suono di pura gioia. Poi uscì dalla guesthouse senza rispondere. Lo seguii chiedendomi in quale situazione assurda mi stessi infilando.

Guilly svoltò subito a destra e prese la strada che scendeva verso le vie trafficate di Da Lat. Lo raggiunsi e iniziammo a camminare fianco a fianco. Quel giorno indossava una camicia scura e una giacca marrone. Aveva la solita collanina di perle marroni e le mani erano sempre dietro la schiena. Faceva molto freddo, nonostante la giacca. Lui, comunque, appariva sereno come un uomo che passeggia dopo pranzo in una bella giornata primaverile.

«È un bene che tu sia una persona mattiniera» disse.

«Non è proprio così» ammisi. «In realtà mi piace dormire. Solo negli ultimi mesi mi è successa questa cosa... di non riuscire a dormire oltre le quattro e mezzo. E nonostante il jet lag, mi sta capitando anche qui.»

Si voltò verso di me, attentissimo a valutare la mia espressione. Quando ti puntava addosso quei suoi occhi neri, sembrava che per lui non esistesse altro. Era totalmente concentrato su di te.

«È la tristezza» sentenziò.

«La tristezza?»

«Già.»

Arrivammo in fondo alla ripida strada e svoltammo a destra, lasciandoci alle spalle il suono degli uccellini e la fitta vegetazione per immergerci invece nella parte più popolosa di Da Lat. Sui marciapiedi c'erano già alcuni venditori che sistemavano le loro bancarelle, pronti ad affrontare contrattazioni e attese.

«La tristezza? Che significa?»

«Hai dei problemi ai polmoni ultimamente? O alla gola?» mi chiese in tutta risposta.

Lo guardai con attenzione, per capire se fosse serio. La giornata stava già prendendo una piega assurda, ed eravamo solo all'inizio, ma ciò che più mi lasciò perplesso fu che, effettivamente, da diverso tempo soffrivo di quella tosse per cui il medico mi aveva prescritto delle pastiglie alla menta.

«Un po' di tosse... tosse secca.»

«Ecco» disse Guilly sottolineando con un gesto delle mani il fatto che aveva ragione.

«E cosa c'entra la tristezza?»

«In alcune zone d'Oriente, specialmente in alcune regioni della Cina, si pensa che svegliarsi tra le tre e le cinque del mattino voglia dire che dentro di te ci sono tristezza e dolore. Quando non ne sei pienamente consapevole, il tuo corpo ti sveglia per dirti: "Oh, che succede? Reagisci!".»

Rise di gusto, come se mi stesse raccontando una barzelletta.

«E la tosse che c'entra?»

«È l'altro segnale. Qualsiasi problema ai polmoni o alla

respirazione indica, in generale, che sei molto giù di morale. Forse persino depresso. Infatti la cura, sempre secondo la tradizione cinese, è basata su esercizi di respirazione.»

Chiuse gli occhi e si fermò in mezzo al marciapiede. Poi iniziò a respirare profondamente, seguendo con i palmi delle mani il movimento dell'aria che entrava e usciva dal suo corpo. Dal naso ai polmoni alla bocca. Mi vergognai per lui, ma poi notai che la gente intorno passava senza degnarlo di uno sguardo. Se lo avesse fatto per le strade della città in cui vivevo, sarebbe stato bersagliato delle occhiatacce di chi lo prendeva per pazzo.

«Sei triste, Davide?» mi chiese aprendo gli occhi all'improvviso e puntandoli nei miei.

«No» dissi secco. Mentendo.

«Perché, se tu sei triste, sono triste anche io» riprese senza nemmeno prendere in considerazione la mia risposta. «Io voglio che tu sia felice. Così sarò felice anche io.»

Distolsi lo sguardo, imbarazzato. Era normale dire una cosa del genere a una persona praticamente sconosciuta? Quale responsabilità mi stava dando? Cercai subito di spostare il discorso altrove.

«E se mi svegliassi ogni notte all'una?» chiesi in modo provocatorio.

«Fegato» rispose lui prontamente.

«Fegato?»

«Già. Un segnale che indica una grande rabbia repressa. Alle persone frustrate capita di svegliarsi tra l'una e le tre di notte e spesso hanno problemi al fegato.»

Riprendemmo a camminare.

«Mi dispiace, ma io non riesco a credere a queste cose.»

«Lo hai detto anche ieri sera.»

«E lo ribadisco anche ora.»

«Va bene. Non è mia intenzione convincerti di nulla.»

Restai in silenzio per un po', riflettendo su quelle parole. Guilly, intanto, salutava chi ci veniva incontro dicendo qualcosa come: "*Sin ciao*" o almeno così pareva a me. Immaginai che fosse il saluto vietnamita. Alcuni ricambiavano amichevolmente e gli rivolgevano una domanda, a cui lui rispondeva con quella sua voce profonda. A quel punto sia Guilly sia l'altra persona ridevano e poi si congedavano con un cenno della mano. Altre persone sembravano positivamente stupite dal saluto che ricevevano, e ricambiavano ripetendo le stesse parole e lo stesso sorriso. Mi chiesi se lui le conosceva, o semplicemente stesse salutando chiunque incrociasse il suo sguardo.

«È che non c'è una spiegazione razionale a quello che hai detto» insistetti.

«È vero» convenne.

«Se non c'è una spiegazione razionale, allora io posso credere a qualsiasi cosa.»

Guilly rise.

«Eppure quando una persona è arrabbiata o invidiosa si dice che si sta mangiando il fegato» riprese.

«Sì...» ammisi. «Qualcosa del genere, che hanno il fegato consumato.»

Rise ancora.

«Vedi, certe cose le capiamo istintivamente, senza bisogno di spiegarle. Senza dover cercare un motivo. Da sempre l'uomo associa la frustrazione a problemi al fegato. Eppure, se a te non lo conferma uno scienziato, non ci credi.»

Guilly salutò alcune signore intente a tagliare delle verdure: sedute su sgabelli bassi, con una cesta in mezzo alle gambe dove facevano cadere le bucce; indossavano il tradizionale cappello vietnamita e l'immancabile combinazione di ciabatte e calzini bianchi. Gli risposero con entusiasmo e gli dissero qualcosa che non compresi. Lui replicò e loro scoppiarono letteralmente a ridere. Prima di proseguire, Guilly giunse le mani davanti al petto e chinò leggermente la testa verso di loro.

«Cosa ti devo dire... se ci penso bene, non riesco a crederci» dissi.

«Sei proprio come tuo nonno.»

Lo guardai. Lui non se ne curò, continuò a camminare osservando il cielo.

«Cioè?»

«Hai bisogno di conferme, costantemente. Hai paura di perderti. Ma soprattutto, pensi troppo.»

Mi fermai, lo fece anche lui.

«È esattamente quello che mi ha detto il nonno qualche settimana prima di morire.»

Riprendemmo a camminare.

«Pensare troppo ti porta a vivere male. Ti rinchiudi nella tua mente dimenticando che la vita non è lì dentro, ma qua fuori» disse allargando le braccia. «Pensare troppo è una malattia.»

«Una malattia?»

«Proprio così. L'uomo occidentale ha posto la sua mente su un piedistallo, dimenticandosi che siamo anche altro. Siamo anche un corpo e un'anima. Siamo molto di più dei nostri pensieri. Questa malattia del troppo pensare, un tempo, era rara. Pochi se la potevano permettere, perché una persona comune si alzava all'alba, faceva colazione e andava a lavorare usando le mani, il corpo. Quando tornava a casa, era troppo stanca anche solo per pensare. L'unica cosa che voleva fare era soddisfare i suoi bisogni primari, gli unici davvero fondamentali: mangiare, riposarsi e riprodursi.»

«Be', ma se non ci fossero state persone in grado di pensare profondamente, l'umanità non si sarebbe mai evoluta.»

Guilly si fermò e mi guardò con un'espressione bonaria, quella di un padre che sta per spiegare qualcosa di semplice ma importante al proprio figlio.

«Sai qual è l'ingrediente fondamentale per una buona vita? È l'equilibrio. *In medio stat virtus*: la virtù sta nel mezzo. Prima dei latini lo diceva anche Aristotele, duemilatrecento anni fa. Con altre parole, lo diceva anche il Buddha. Nel buddhismo c'è un concetto meraviglioso: la Via di Mezzo. Chi la segue, non cade mai negli eccessi, perché negli eccessi si cela la sofferenza. La pace mentale, invece, è tutta nell'equilibrio. Il punto è questo: pensare è importante. La mente è uno strumento straordinario. Ma non è tutto. Se ti rinchiudi nella tua mente e ti dimentichi di vivere qui fuori, nel presente, inizi a soffrire. Quanti grandi pensatori hanno vissuto esistenze piene di dolore, depressione, solitudine, infelicità? Quanti sono morti miseramente, quanti si sono suicidati. E lo stesso vale per chi pensa troppo poco: chi è troppo impulsivo, si caccia nei guai molto facilmente. Arreca sofferenza a se stesso e alle persone che ama. L'equilibrio è tutto. Al giorno d'oggi, anche a causa della tecnologia, si pensa troppo e si vive poco.»

Riflettei su quelle parole, in particolar modo sulle ultime. Quante volte mi ero ritrovato a fare su e giù col polpastrello sullo schermo del cellulare, completamente isolato dalla vita reale? Guilly si riferiva a quello?

«La mente si nutre di pensieri negativi, spaventosi, orribili. Questo è dovuto all'istinto di sopravvivenza: immaginare scenari pericolosi era fondamentale per essere pronti quando si fossero presentati davvero. Ma oggi quali sono i pericoli? Non ci sono predatori in agguato, non ci sono nemici che ti attaccano alle spalle, molte malattie sono state debellate. Non abbiamo mai avuto un benessere maggiore di quello odierno. E allora cosa facciamo? Ce li inventiamo, i pericoli. Sono tutti nella nostra mente: scenari tanto terribili quanto improbabili. Non avendo più un nemico da combattere, siamo diventati noi il nostro stesso nemico attraverso questo inconsapevole, incessante e logorante pensare.»

Camminammo per un po' in silenzio, mentre anche quelle parole mi entravano dentro. Ciò che diceva era vero, almeno per me. Quante ore della mia vita avevo passato a rimuginare e immaginare. Intanto la vita andava avanti e io non avevo fatto che sprecare tempo. E, a quanto pare, soffrire.

«Scusa, ma se non pensi cosa fai?» mi venne d'istinto chiedere.

Lui rise, inclinando la testa indietro proprio come nella foto che avevo nell'agenda.

«Vivi, ecco cosa fai. Invece di rinchiuderti nella tua testa, vivi nel mondo intorno a te.»

«Cosa intendi precisamente?»

Si fermò e mi guardò sorridendo.

«Dimmi una cosa che ti rende felice.»

Quella domanda mi mandò in confusione. Farfugliai qualcosa e il suo sorriso si allargò ancora di più.

«Cosa sognavi quando eri un ragazzino? Dieci anni fa, cosa desideravi?»

Riflettei. Quando avevo quindici anni i miei genitori erano nel pieno della separazione. Era un periodo pieno di grande sofferenza per me, che cercavo di non riportare mai alla mente. Disegnavo, tantissimo. Ascoltavo la musica. E poi, ricordai, c'era quel sogno folle a cui non avevo mai dato troppa importanza: comprare una moto e andare lontano. Da loro, dalla scuola, da quella città. Guardavo le gare in televisione solo per cercare di imparare come si guidasse.

«Una moto.»

«Una moto?»

«Mi sarebbe piaciuto avere una moto.»

Il sorriso di Guilly si allargò ancora di più.

«E cosa hai fatto di concreto per poter realizzare questo sogno?»

«Ho preso la patente per le moto di alta cilindrata» dissi guardando altrove. Avevo capito dove voleva arrivare.

«Tutta teoria» disse lui. «Tipico di chi pensa troppo.»

«Cosa intendi, scusa?»

«Tu non hai fatto altro che *pensare* al tuo sogno. Lo hai trattenuto nella tua mente come un leone in gabbia. È rimasto pura immaginazione, un pensiero. Non lo hai vissuto. Hai preso la patente, non la moto.»

«E quindi cosa dovrei fare?» chiesi con un po' di risentimento.

«Smetti di pensare e vivi.»

Stavo per dirgli che la sua era una frase a effetto che però non voleva dire niente, quando lui prese a camminare un po' più spedito. Svoltò in un vicolo fino a fermarsi nei pressi di un negozio. Davanti sostava un uomo vietnamita magrissimo. Indossava una canottiera, aveva una sigaretta accesa in bocca e uno straccio sporco di grasso per catene tra le mani. Lui e Guilly si salutarono e presero a parlare animatamente. Io li osservavo a debita distanza, chiedendomi cosa sarebbe successo ora.

Al termine di quella che mi sembrò una vera e propria contrattazione, il vietnamita alzò le mani in segno di resa. Entrambi risero e mi sembrò che si accusassero a vicenda scherzosamente, qualcosa come: "Mi freghi sempre tu, maledetto", "No, sei tu che freghi me!".

L'uomo sparì dentro il suo negozio e io mi avvicinai a Guilly.

«Qualche problema?»

«Io pensavo di andare in treno.»

«Eh?»

«Il viaggio. Pensavo di farlo in treno.»

«E invece?»

Proprio in quel momento l'uomo con la sigaretta tornò. Portava con sé una bellissima moto custom, di quelle con la sella bassa e lunga, le ruote larghe e un grande fanale davanti. Era una moto da viaggiatore, anzi, da esploratore.

«Vuoi sapere cosa vuol dire pensare meno e vivere di più?» disse Guilly con un'espressione divertita. «Il viaggio che dobbiamo fare, lo facciamo in moto. E questa è la tua.»

27

«No, Guilly, non posso. Davvero.»

Lo ripetei una seconda volta, alzando le mani come a supplicarlo. Il vietnamita con la sigaretta in bocca rideva divertito, mentre io e Guilly discutevamo.

«Ma perché no? Perché non ti butti una volta tanto nella vita e fai qualcosa di folle? È attraverso i colpi di testa che ti ricordi di essere vivo!»

«Perché... non sono capace di guidare questa moto.»

«Ma se hai preso pure la patente! E poi che ci vuole? Queste moto si guidano da sole. Dài su, il nostro viaggio ci aspetta.»

«No, sul serio. Non me la sento. Non conosco le strade di questo Paese, è troppo pericoloso. Non sono all'altezza. Non voglio rischiare di cadere, farmi male o rovinare la moto...»

Guilly si parò davanti a me. Mi guardò negli occhi, i suoi brillavano di entusiasmo. Il sorriso gli illuminava il volto. Poi, d'improvviso, mi prese il volto tra le mani.

«Perché ti preoccupi di qualcosa che non è ancora successo e probabilmente non succederà mai? Perché stai pensando solo alle cose brutte che potrebbero accaderti?»

«Perché potrebbe andare male...»

«E se invece andasse maledettamente bene? Perché a questo non ci pensi?»

Non dissi nulla. Ero un pessimista, ecco perché.

«Segui il tuo cuore e vivi attimo dopo attimo. E prima di dire che è sbagliato, dimmi: ci hai mai provato? È un bel modo di vivere.»

«Va bene, allora» dissi allontanandomi dalla sua presa. «Lasciamo perdere gli scenari futuri e concentriamoci sui fatti: io non ho mai guidato una moto del genere e non ho mai guidato in Vietnam.»

«E allora?»

«Non mi sento all'altezza.»

«Per forza: se non ti metti mai alla prova al di fuori delle tue piccole e illusorie sicurezze, come puoi sapere quali sono i tuoi veri limiti? Come fai a capire di cosa sei capace se non provi mai niente di diverso da quello che fai da sempre? Tu sei coraggioso...»

«Io?» dissi con una risata che voleva essere sarcastica, ma era solo nervosa.

«... ma finché non farai qualcosa che richiede coraggio penserai sempre di non esserlo.»

Non seppi cosa rispondere. Scossi la testa. Guardai la moto. Poi guardai Guilly. Il vietnamita aveva le braccia incrociate sul petto e sghignazzava. Si stava godendo uno spettacolo di cui non capiva una parola.

Ripensai a quello che mi aveva scritto il nonno nella lettera: "Fai tutto ciò che ti chiede". Poi a quelle di Luigi: "Cos'hai da perdere?". Ma alla fine furono proprio quelle di Guilly a convincermi: pensare meno per vivere di più.

«E va bene» dissi a denti stretti. Lui mi fece trasalire alzando i pugni al cielo ed esultando, come se avesse appena vinto alla lotteria. Mi sentii in imbarazzo, ma quella sua assurda danza alleviò la tensione.

Passai la mezz'ora successiva a provare la moto in quello strettissimo vicolo con la gente che sbucava da ogni parte. Era potente e incredibilmente stabile, proprio come aveva detto Guilly.

«Com'è?» mi chiese allegramente lui quando scesi.

Non riuscii a trattenere un sorriso.

«Direi... perfetta.»

«Bene, allora adesso andiamo a prendere la mia.»

«La tua?»

«Certo. La mia fidata compagna di viaggio da quasi quarant'anni.»

«Guidi tu?»

«Ma figurati! Mi porti tu, ragazzo» disse ridendo. «Anche perché io guido solo Royal Enfield.»

«Credo di non aver capito.»

«Guido solo le moto della Royal Enfield. È uno dei marchi di motociclette più antichi al mondo.»

«Ah, non la conoscevo. C'è un motivo particolare?»

Guilly rise.

«Sempre a caccia di motivi, tu, eh? In questo caso sì, c'è.»

«Ah, davvero? Quindi anche tu ti affidi alla razionalità ogni tanto» scherzai.

«Sì, ma non so se questo è il caso. Tanti anni fa stavo percorrendo una strada strettissima sulle montagne del Kerala, in India. Non era più larga di questo vicolo, faceva freddo, pioveva e il terreno era tutto fangoso. Ebbene, mentre scendevo, mi scappò la marcia. Prima che me ne rendessi conto, stavo scendendo a una velocità folle. Il piede scivolava sulla pedana del cambio e la velocità aumentava. A un centinaio di metri la strada faceva una curva stretta: se non avessi fatto qualcosa avrei trovato il precipizio ad attendermi. Avevo due opzioni tra cui scegliere e mezzo secondo per farlo: fidarmi o non fidarmi.»

Sorrisi e scossi la testa. Era una storia adatta al suo personaggio.

«Fidarti di chi? Di te stesso?»

«No! Della moto. Potevo scegliere di non fidarmi, e in tal caso la soluzione migliore sarebbe stata buttarmi giù dalla moto e lasciarla volare giù per il burrone; oppure potevo scegliere di fidarmi, aggrapparmi ai freni e vedere se avrebbero retto.»

«E cosa scegliesti?»

«Frenai. L'universo mi è testimone: mi aggrappai al freno anteriore con tutte le dita della mano e a quello posteriore schiacciando il pedale come se ne dipendesse la mia vita... e in effetti era proprio così. Digrignavo i denti, probabilmente abbassai anche l'altro piede sul terreno per frenare, sai, come fanno i bambini in bicicletta.»

«Funzionò?»

Guilly guardò verso il cielo. Lo faceva sempre quando pensava al passato.

«Funzionò. Non so come, ma la moto non scivolò sul fango. Rallentò la corsa e io mi fermai a tanto così dal vuoto!» disse mostrandomi la distanza, davvero minima, con le mani.

«Incredibile... e dopo che hai fatto?»

«Che ho fatto? Ho girato la moto e sono tornato indietro.»

«Ma come?»

«Quello era un chiaro segnale dell'universo. Mi stava dicendo che non dovevo andare in quella direzione. Non era quello il mio destino.»

«Dài, dimmi che scherzi...»

«Per niente. Non dovremmo mai opporre resistenza al flusso della Vita: quando tutti i segnali ti dicono che non è la strada giusta, allora *non è* la strada giusta. Perché insistere? Una relazione, un lavoro, un luogo: se proprio non funziona, meglio mettere da parte l'orgoglio e cambiare direzione. Non è facile ammettere di essere sulla strada sbagliata, specie se ci hai investito tanto. Ma a volte è necessario. C'è poco da argomentare, certe cose le sai e basta. Da allora, comunque, ho promesso di guidare solo Royal Enfield. Andiamo ora, si sta facendo tardi.»

Risalii in moto e lui si sistemò dietro di me. Quando ci immettemmo nel traffico, per quanto non fosse quello infernale di Ho Chi Minh City, l'agitazione prese possesso di me: ovunque c'erano scooter, veicoli, carretti e persone e sembrava che tutto fosse lasciato al caso. Ogni mezzo secondo dovevo inchiodare perché qualcuno mi tagliava la strada e poi ripartire velocemente per evitare di essere travolto da chi arrivava alle mie spalle a tutta velocità.

«Stai andando alla grande» mi disse Guilly da dietro.

Lo cercai nello specchietto: sorrideva, come sempre.

28

Guilly mi aveva dato una sola indicazione prima di partire: «Seguimi». Non aveva aggiunto altro e poco dopo era partito a bordo della sua amata motocicletta nera. Era antica, ed era tenuta benissimo.

Lo avevo seguito per tre ore. Prima avevamo combattuto con il traffico di Da Lat, e quella era stata la parte più difficile, perché mi era parso di rischiare la vita almeno in un paio di occasioni. Guilly, invece, guidava esattamente come viveva: con lentezza e serenità. Sembrava in pieno, assoluto controllo.

Una volta fuori dall'area urbana, avevamo percorso una strada di montagna attraverso il bosco, lo stesso che si ammirava dalla guesthouse. L'aria era fresca e il silenzio era interrotto solo dal rumore delle nostre moto. I miei nervi si sciolsero e, per la prima volta da quando eravamo partiti, iniziai a godermi il viaggio.

"Che spettacolo, sono a bordo di una moto fighissima e sto viaggiando per il Vietnam" pensai. Non lo avrei mai ammesso con Guilly, ma era vero quello che aveva detto: buttandomi senza pensarci più di tanto mi ritrovavo a vivere un'esperienza straordinaria. E tutte le preoccupazioni che avevo avuto ora mi sembravano ridicole. I pericoli erano molto meno concreti di quanto credessi, adesso che vivevo attimo per attimo. Mi chiesi se fosse possibile vivere sempre così, in ogni situazione e fase della vita. Lui sembrava riuscirci.

La strada iniziò a scendere e così passammo dalle montagne alle campagne. Ci fermammo per fare benzina e Guilly mi propose di andare a pranzare da qualche parte.

«E dove? Qui non c'è niente.»

«C'è sempre qualcosa» disse lui sornione.

Risalimmo in moto e dopo pochi chilometri ci fermammo in un villaggio in mezzo al nulla: poche case, un piccolo mercato e un ristorantino. Guilly salutò tutti come aveva fatto a Da Lat, confermando la mia impressione: lo faceva con chiunque. Ci sedemmo sulle immancabili sedie di plastica e io chiesi se c'era un menu. Lui scosse la testa divertito.

«Non da queste parti» disse.

«Prendo quello che prendi tu, allora.»

Annuì, si alzò e andò a parlare con la signora dietro ai fornelli. Era tutto all'aperto, a vista. Si parlarono per un po', Guilly le spiegava qualcosa che lei non sembrava capire. Alla fine fece un'esclamazione che mi sembrò simile a un "Ah! Adesso è chiaro!", e accese la bombola a gas collegata alla piastra vecchia e sporca che aveva davanti.

«Cosa hai ordinato?»

«Un *pho* vegetariano. Qui mettono la carne dappertutto e spiegarlo non è sempre facile.»

«Non mangi la carne?»

«No, da quando ero un ragazzo. Assistetti alla macellazione di un agnello. Le persone ridevano mentre quella creatura veniva brutalmente ammazzata. Tanti anni più tardi, un monaco buddhista che incontrai per caso su un treno in Thailandia approvò la mia scelta. Disse che la carne contamina il corpo, annebbia la mente e fa sanguinare l'anima. Non so se sia vero, so che io sto benissimo così.»

«Non mangi neanche il pesce?»

«Nemmeno. Quello perché un giorno andai a pescare, era un'esperienza che volevo provare da tempo. Dopo un paio di ore abboccò qualcosa, tirai su ed ecco questo pesciolone. Lo presi in mano tutto contento, ma poi vidi che

172

non era altro che una povera creatura che stava soffocando e si dimenava, aggrappandosi alla vita con tutte le sue forze. La bocca si apriva e si chiudeva, potevo solo immaginare quanto soffrisse. E gli occhi... quegli occhi mi guardavano. Mi dicevano: "Ma che ti ho fatto io? Mi devi proprio ammazzare? Non hai proprio nient'altro da mangiare?". E così lo ributtai in acqua. Da allora ho smesso di mangiare cose che si muovono.»

Arrivarono le zuppe fumanti, la signora era tutta sorridente e onorata di avere due stranieri nel suo piccolo ristorante. Io le dissi: «*Thank you*», Guilly invece rimase in silenzio ma giunse le mani davanti al petto, chiuse gli occhi e chinò leggermente il capo. Lei rise e fece lo stesso.

«È il saluto tradizionale?»

«Non è più molto comune in Vietnam» disse sorvolando sulla mia domanda. «In altre nazioni, come la Thailandia, lo è ancora. Io trovo che sia bello ricordarsi di quei piccoli ma importanti gesti della quotidianità, come salutare, ringraziare, aiutare e scusarsi.»

Guilly prese delle bacchette da dentro la sua sacca, giunse le mani e le infilò tra pollice e indice. Chiuse gli occhi e sussurrò qualcosa, poi assaggiò la sua zuppa. La gustò con calma, come se stesse partecipando a una degustazione. Infine fece una smorfia di goduria. Si voltò verso la signora e disse qualcosa in vietnamita. Lei ringraziò, arrossendo un po'.

«Questo gesto...» riprese unendo i palmi davanti al petto «nasce da una forma di meditazione che si chiama Gassho. Giungi le mani davanti al petto, inclini verso il basso la testa, chiudi gli occhi e respiri. Nel tempo è diventato un gesto comune nella quotidianità dei popoli orientali. Nell'induismo significa "mi inchino a te", ma io preferisco il significato buddhista: la mano sinistra rappresenta te, la mano destra rappresenta la persona o l'entità con cui stai cercando di creare un contatto spirituale. Se compi questo gesto davanti a una persona significa che vuoi creare un legame pacifico e positivo con lui o lei. Se lo fai mentre preghi, significa che vuoi congiungerti a Dio.»

Annuii, affascinato da quella spiegazione. Il *pho* era delizioso. Mi tornò in mente un episodio.

«A Ho Chi Minh City ho provato a stringere la mano a una signora. Si è rifiutata gentilmente e invece mi ha fatto proprio questo gesto di giungere le mani e chinare la testa.»

«In Asia non è mai stato comune stringere la mano. Personalmente è un gesto che non mi è mai piaciuto. È spesso violento, invasivo e provocatorio. Alcuni ti stritolano la mano per provare a sovrastarti, per farti vedere quanto valgono e mettere subito in chiaro chi è più forte. È un modo di fare tipicamente occidentale: ogni situazione è una guerra, una lotta, un confronto. Quando invece non c'è nessuna guerra da combattere. La vita è armoniosa, siamo noi che ci inventiamo problemi che non esistono. Preferisco questo gesto orientale, perché è pacifico. Unendo i palmi delle mani, stiamo augurando del bene all'altra persona, ma stiamo anche mostrando di non avere cattive intenzioni: se hai le mani giunte e in bella vista, non puoi attaccare chi hai davanti. Puoi solo fare del bene.»

Guilly mangiava il *pho* come se non esistesse nient'altro di più importante. Gli dedicava la sua attenzione e ne gustava ogni boccone. Era calmo, lento e sereno.

«Sai qual è l'atto di ribellione più forte che ci sia al giorno d'oggi?» chiese quando finì di mangiare.

«No. Non saprei.»

«Essere gentili.»

Si alzò, andò dalla signora e la ringraziò nuovamente in vietnamita, ma soprattutto con il suo comportamento: giunse le mani e abbassò la testa tre o quattro volte, sempre sorridendo, con umiltà e gratitudine. La signora era il ritratto della felicità.

29

Decidemmo di fermarci per la notte a Nha Trang, una città sul mare. A Guilly non piaceva un granché, diceva che c'era "poco Vietnam lì". Però aggiunse che gli piaceva ancora meno guidare stanco, senza potersi godere il tragitto. Ci arrivammo intorno alle cinque del pomeriggio, trovammo un hotel a buon prezzo. Poi lui mi chiese se volessi accompagnarlo in una passeggiata sul lungomare. Ero molto stanco, ma acconsentii.

Poco dopo passeggiavamo fianco a fianco su una striscia di asfalto che correva tra la spiaggia e le palme. Il sole iniziava la sua discesa. Sulla spiaggia c'erano centinaia di persone che si godevano le vacanze. In quel momento, forse perché ero dispiaciuto di non poter godere di quella spensieratezza generale, provai il desiderio di sapere la verità su mio nonno.

«Prima hai detto che essere gentili è un atto di ribellione» iniziai.

Guilly annuì.

«Allora te lo chiedo con tutta la gentilezza e l'umiltà di cui sono dotato: per favore, mi racconteresti di mio nonno?»

Lui si fermò e mi guardò.

«E va bene. Sediamoci qui.»

Ci accomodammo su una panchina sotto alle palme. Davanti a noi il sole era sempre più basso. La gente era allegra e spensierata, c'era un bel clima. Era tutto molto pacifico, ma io ero agitato: quello era il momento. Stavo per scoprire la verità su una faccenda a cui non ero riuscito a non pensare dall'istante stesso in cui mi era stata accennata.

«Quello che ti racconterò potrebbe destabilizzarti» disse Guilly.

«D'accordo, va' pure avanti.»

«Non sto scherzando. A volte, niente fa più male della verità.»

Ci pensai per qualche secondo.

«Sono qui per conoscerla, la verità» dissi. «Sono pronto.»

Lui annuì. Ero contento che si fidasse di me. Si accarezzò la barba, come se fosse alla ricerca delle giuste parole, o forse del giusto punto di inizio. Per me quella suspense era fonte in parte di tensione, in parte di eccitazione: mi sentivo come quando al cinema finiscono le pubblicità e per qualche secondo lo schermo è nero, tutto è buio in attesa della primissima scena del film.

«Conobbi tuo nonno diversi anni fa. Era qui in Vietnam per lavoro, o almeno questo era ciò che disse. Una sera stavo suonando in un locale, c'era molta gente e a un certo punto mi si avvicina quest'uomo. Era un po' brillo.»

«Il nonno? *Mio* nonno?»

Guilly non rispose.

«Si avvicina e mi dice, biascicando, che vorrebbe che io suonassi al suo funerale.»

Non dissi nulla, mi limitai a guardare in basso.

«Gli risposi che lo avrei fatto con piacere, se non fossi morto prima io di lui» disse ridendo. «E lui mi rispose che era improbabile, perché se ne sarebbe andato presto. Io non gli risposi e lui fu stupito da quella reazione. Così mi prese da parte e mi disse che voleva togliersi la vita. E io non reagii in alcun modo, di nuovo.»

Quelle parole mi mettevano a disagio, ma il comportamento di Guilly mi incuriosiva. Se una persona mi dicesse che si vuole togliere la vita, non reagirei certamente in quel modo.

«Perché questa indifferenza?»

«Non è indifferenza. È che ogni cosa ha bisogno dei suoi tempi, e quando si tratta di argomenti così delicati è meglio non dire niente. Tuo nonno non doveva essere interrotto, né influenzato in alcun modo. Doveva essere lasciato libero di proseguire. Al giorno d'oggi le persone intendono il silenzio come indifferenza, perché ci siamo abituati ad alzare il tono, a urlare, a sovrastare gli altri facendo la voce grossa. Siamo ormai convinti di poter dare consigli a chiunque, di qualunque natura. Qui in Asia non è così: raramente sentirai qualcuno sbraitare. Qui il silenzio ha una valenza differente. Può voler dire tante cose, ma spesso significa semplicemente essere concentrati sull'ascolto.»

Quelle parole mi colpirono perché il nonno era proprio così. Quando gli parlavo restava in totale silenzio per ascoltarmi attentamente. Che avesse preso da quel tale? Che fosse tutto vero ciò che diceva?

«Dove eravate?» chiesi.

«In una piccola isola al Nord che si chiama Cat Ba.»

«Cosa ti disse mio nonno?»

«Uscimmo dal locale, l'aria era fresca. Andammo in spiaggia. Era buio, ma la luna si rifletteva sul mare e illuminava bene tutto quanto, anche il volto di tuo nonno. Era un uomo disperato e voleva farla finita.»

«Me lo hai detto, ma ... perché? Non capisco... forse era per la morte della nonna?»

Guilly si prese qualche secondo, poi annuì.

«Sai che cosa aveva organizzato tuo nonno per festeggiare la pensione?»

Fui io, stavolta, a riflettere.

«No, non ne ho idea. So solo che la nonna morì poco prima. Aveva... aveva organizzato qualcosa?»

Guilly chiuse gli occhi per alcuni secondi. Poi li riaprì.

«Tuo nonno era un uomo divorato dai sensi di colpa e dai rimpianti. Ecco perché voleva uccidersi.»

Quelle parole mi gelarono il sangue.

«Mio nonno?»

«Sì. Fu lui stesso a dirmelo. A raccontarmi di quella volta in cui aveva avuto la possibilità di cambiare vita e fare qualcosa per essere felice, ma ebbe troppa paura di provarci.»

Scossi la testa. Non poteva essere mio nonno. Prima della morte della nonna era sempre stato un uomo deciso e sicuro di sé. Dopo era diventato a tutti gli effetti un "nonno", un uomo gentile, dolce, pacifico e premuroso. Sensi di colpa? Rimpianti? Non capivo cosa c'entrassero con lui.

«Guilly, questa attesa mi sta uccidendo. Potresti dirmi cosa ti disse precisamente?»

«Certo» disse lui. «Ma ricordati che le parole sono importanti. Una parola sbagliata può rovinare la vita a un uomo.»

«Hai ragione. Prenditi il tuo tempo.»

Lui annuì e unì i palmi, per ringraziarmi.

«Partiamo dai rimpianti. Anzi, dal rimpianto più grande, quello che lo logorava.»

«Ti ascolto.»

«Tuo nonno mi confessò che tanti anni prima avrebbe voluto venire a vivere qui.»

Sgranai gli occhi.

«Trasferirsi qui? Ma qui dove?»

«In Oriente.»

«Sei sicuro di quello che dici?»

Guilly alzò le spalle.

«Sicurissimo, lui si aprì molto con me. Forse mi vedeva come l'amico che non aveva mai avuto o, più probabilmente, come spesso avviene quando si viaggia, come un confidente con cui parlare a ruota libera perché magari non lo avrebbe rivisto mai più.»

«Cosa ti disse di preciso?»

Avevo paura di quale sarebbe stata la risposta.

«Disse che lavorava troppo e passava pochissimo tempo con le sue figlie e con sua moglie. Si era stufato di fare quella vita, voleva darci un taglio: licenziarsi, prendere moglie e figlie e trasferirsi in Asia.»

Tirai un sospiro di sollievo all'idea che il nonno avesse sempre pensato di includere la sua famiglia in quel progetto.

«Mi raccontò che all'inizio degli anni Ottanta, quando le figlie erano adolescenti, era tornato dall'ennesima, lunga e faticosa trasferta all'estero con in testa un solo obiettivo: prendere tutti e trasferirsi in Oriente. Tuo nonno era molto affascinato da Singapore e aveva anche un piano: diventare un rappresentante di vini italiani per il mercato asiatico. Slegato da un contratto fisso, libero di muoversi, anche a livello lavorativo. Era sicuro che potesse funzionare, ma anche che così avrebbe anche potuto lavorare di meno. Era disposto a guadagnare meno pur di poter stare più tempo con sua moglie. Inoltre mi confessò che lei, da sempre, aveva il sogno di vedere il mondo.»

Avevo pochi ricordi di mia nonna, ma sapevo che era sempre stata una donna di famiglia. Non aveva fatto altro che occuparsi di noi e preoccuparsi che tutti stessero bene. Era stata una madre, e poi una nonna, prima di qualsiasi altra cosa. Mi si strinse il cuore a sentire quelle parole. A immaginarla, nei miei lunghi pomeriggi estivi di bambino, mentre giocavamo insieme, e intanto lei dietro al sorriso nascondeva il rimpianto per il suo sogno irrealizzato.

«Come hai potuto vedere, alla fine non è successo» proseguì Guilly.

«Già» dissi amaro.

«Sai perché?»

«No, Guilly. Non lo so» dissi sospirando.

«Tuo nonno aveva troppa paura di fallire. Era schiavo di certi meccanismi dell'ego. Prima ancora di aver fatto un passo in una nuova direzione, già immaginava tutto ciò che sarebbe potuto andare storto. Mi disse che era arrivato a tanto così dal parlarne a tua nonna, ma alla fine non lo aveva fatto. E sai perché? Perché temeva che lei lo giudicasse negativamente per quella pazza idea, ancora non sapeva del suo sogno segreto. E comunque sia nel suo profondo sapeva che non era così, sapeva che quella donna lo amava, e forse sapeva anche che lei non desiderava altro che stare più tempo con lui. Comunque sia, la paura lo paralizzò. E alla fine, a furia di generare pensieri negativi e dirsi che non ce l'avrebbe mai fatta, l'universo lo ha accontentato...»

«Cosa intendi?»

«Mi disse che l'occasione gli era capitata. In un certo periodo era in piena competizione con un collega per una prestigiosa promozione. Se non ricordo male, c'era in palio la possibilità di diventare il responsabile dell'intera rete vendita italiana. Questo significava ricevere un aumento di stipendio, ottenere l'auto aziendale e tanti altri benefit. Invece di essere sempre in giro a vendere vini, tuo nonno avrebbe avuto un ufficio elegante in un grattacielo in pieno centro, con una bella segretaria fuori dalla porta. Sarebbe stato visto da tutti come un uomo di grande successo.»

«Me ne ha parlato una volta mia madre. Fu una grande soddisfazione.»

«Non per lui!» esclamò Guilly facendomi quasi trasalire. Poi, con un tono di voce più basso: «Ricordati sempre che quello che è giusto per gli altri potrebbe essere completamente sbagliato per te. E questo tuo nonno lo visse sulla propria pelle. Lui non ne poteva più di correre, inseguire risultati, lavorare dalla mattina alla sera e vedere sua moglie e le sue figlie due volte alla settimana, per poche ore. Così decise di tirarsi fuori da quella corsa».

«Come, non capisco... eppure...»

Guilly sorrise amaro.

«Tuo nonno si disse che, non appena avessero assegnato la promozione al suo rivale, lui si sarebbe licenziato e avrebbe proposto a tua nonna di trasferirsi a vivere da un'altra parte e ricominciare da capo. Il problema è che aveva troppe paure nella sua testa e, quando ne hai così tante, va a finire che almeno una si realizza. La vita è una questione di energie e tuo nonno in qualche modo attirò su di sé qualcosa di assolutamente inaspettato. Forse non era una vera e propria sfortuna, forse era solo l'universo che lo metteva alla prova.»

Mi avvicinai un po' di più per sentirlo meglio.

«L'altro venditore, quello con cui era in competizione,

fece esattamente ciò che voleva fare tuo nonno: si ritirò dalla corsa. Anzi, si licenziò in tronco. Non so per quale motivo e non è nemmeno importante, quello che importa è che lo fece prima lui e tuo nonno si ritrovò davanti a una tentazione troppo grande. Non appena rimise piede in Italia, l'azienda gli comunicò ufficialmente la promozione. Davanti a sé aveva tutto ciò che voleva ripudiare: da una parte uno stipendio elevato, l'automobile aziendale, l'ufficio tutto suo e la segretaria; dall'altra, sempre meno tempo per sé e per la sua famiglia. Era tutto apparecchiato, tutto pronto per lui. Tuo nonno non ebbe la forza di dire di no. Non resistette alla tentazione del prestigio, dell'approvazione della società e dei soldi. Ma soprattutto non riuscì a superare la paura di fallire. La paura di prendere una decisione coraggiosa come quella di cambiare lavoro e trasferirsi all'estero, per poi magari ritrovarsi costretto a tornare indietro con la coda tra le gambe. Non riusciva a sopportare l'idea che la gente lo giudicasse negativamente, che gli dicessero: "Te lo avevo detto!". Alla sola prospettiva di potersene, un giorno, pentire, la paura prendeva il sopravvento. E così, alla fine, scelse la strada più facile: rinunciò al sogno e accettò. L'ufficio, l'auto aziendale, la segretaria. Tutto. Così, di fatto, scelse di continuare a vita su quella strada che lo aveva portato a essere la persona più stressata che conoscesse.»

Restammo in silenzio. Ero sconvolto, e Guilly lo capiva.

«L'ego è il nostro più grande nemico. È l'ostacolo più grande tra noi e la nostra felicità, perché ci fa credere che la vita sia molto più complessa di ciò che in realtà è. A tuo nonno bastava una sola cosa, ma lo capì troppo tardi. E questa consapevolezza generò i sensi di colpa.»

«Ti riferisci alla nonna?»

Guilly annuì.

«Che cosa aveva organizzato per la pensione? Riguardava lei?»

Annuì di nuovo.

«Mi disse che nel corso della sua vita aveva dedicato anima e corpo alla carriera. Per oltre quarant'anni aveva pensato esclusivamente a diventare uno dei migliori agenti di commercio nel settore del vino in Italia. Ci era riuscito: si era fatto un nome, aveva stretto centinaia di contratti in patria e all'estero, aveva guadagnato bene ed era diventato un punto di riferimento per chiunque lavorasse in quell'ambito. Aveva ottenuto quella promozione, che alla fine, come ti ho detto, generò solo un grande rimpianto.»

Guilly sospirò. Guardava l'orizzonte.

«Mi disse che tua nonna era sempre stata di grande supporto in questa sua ambizione. Si era occupata di crescere le figlie praticamente da sola, mentre lui era in viaggio per lavoro. E anche quando era in città, era comunque sempre occupato con il lavoro. La nonna aveva sopportato, sofferto e sacrificato se stessa per consentirgli di realizzarsi professionalmente. E tuo nonno, rispetto a molti uomini della sua epoca, ne era consapevole. Le era grato e riconoscente. Era troppo intelligente per non capire che, se non era stato costretto a scegliere tra l'avere una famiglia o l'avere una carriera prestigiosa, era stato solo grazie a sua moglie. Lei era stata il ponte che teneva uniti quei due mondi, altrimenti così distanti.»

Guardai per terra. Non avrei mai pensato che fosse stata quella la dinamica, il delicato equilibrio, del loro matrimonio.

«Tuo nonno mi confessò che voleva fare qualcosa di grandioso per ringraziarla. Qualche mese prima di andare in pensione, l'aveva portata fuori a cena e, seduti al tavolo del loro ristorante preferito, le aveva consegnato una busta. Dentro c'erano due biglietti per una crociera intorno al mondo.»

Rimasi senza parole. Davvero il nonno aveva organizzato una sorpresa del genere? Era meraviglioso. Ma allora perché… poi compresi da dove nasceva il senso di colpa.

«Tua nonna si era commossa. Non perché fosse un viaggio costoso, esclusivo e indimenticabile, ma perché quello era il grande sogno della sua vita. Non aveva mai visto niente al di fuori dell'Italia ma era da sempre affascinata dal mondo, e non glielo aveva mai confessato. Poi tua nonna morì, all'improvviso. E lui si ritrovò distrutto. Si sentiva in colpa per tutto il tempo che aveva dedicato al lavoro invece che a sua moglie. Era tormentato dall'idea che, se solo avesse avuto la possibilità di tornare indietro, avrebbe fatto ogni cosa diversamente. Si sarebbe licenziato, si sarebbe trasferito in Asia e avrebbe passato intere giornate con tua nonna. Ma indietro non si torna. E allora, lui non voleva più nemmeno andare avanti. Fu quello che mi disse, in lacrime, davanti alla luna, su una spiaggia di Cat Ba.»

Immaginando il nonno che piangeva dicendo quelle cose, venne da piangere anche a me. Respirai a fondo e alzai gli occhi al cielo. Era una storia tremenda, di cui nessuno aveva mai saputo nulla. Se l'era tenuta per sé, e lo capivo. Io avrei fatto lo stesso. Io avevo fatto lo stesso con la mia depressione, che infatti solo lui era riuscito a cogliere.

Guilly notò il mio sconforto e mi mise una mano sulla spalla. Non sorrideva, era serio.

«Lo sai perché ti dico tutto questo, vero?»

«Perché te l'ho chiesto io.»

«No, non è per quello. Te lo dico perché tuo nonno non voleva che tu facessi il suo stesso errore. Tuo nonno, nella lettera indirizzata a me, mi ha chiesto di raccontarti questa storia.»

Rimasi zitto.

«La sua storia ti insegna che si può fallire benissimo anche facendo la cosa *giusta*. Tuo nonno ha sempre seguito le istruzioni alla lettera, si è impegnato a rispettare tutte le aspettative della società, ha cercato di agire secondo il buonsenso. Ha cercato di accontentare tutti... e alla fine cosa ha ricevuto in cambio? Una casa grande e costosa? La stima dei colleghi? Tanti soldi? Cos'è tutto questo rispetto alla solitudine? Cosa te ne fai quando l'unica cosa che vuoi non c'è più e non puoi comprarla? Quando capisci che le cose che contano davvero nella vita non sono cose, spesso è troppo tardi. Fu questo il caso di tuo nonno. E lui ci teneva che non diventasse anche il tuo.»

Guilly era molto duro, ma capivo cosa stava cercando di fare.

«Nulla va mai come vorremmo, Davide. C'è sempre qualcosa che va storto. A volte è un ostacolo piccolo, a volte è insormontabile. A volte è colpa nostra, a volte no. Il punto è un altro: il fallimento è inevitabile. E allora non è forse meglio fallire seguendo i propri sogni? Facendo ciò che più si ama? In quel caso non è nemmeno un fallimento, è solo un'esperienza. La sofferenza c'è quando cadi mentre stai correndo in una direzione che non volevi nemmeno prendere!»

Scosse la testa. Poi si voltò verso di me e mi fissò dritto negli occhi.

«Davide, tu stai facendo quello che ami?»

Distolsi lo sguardo.

«Perché di questo si preoccupava tuo nonno. Temeva che ti fossi perso e voleva che ti buttassi nella direzione della tua felicità, anche a costo di rischiare tutto.»

Restammo a lungo in silenzio. Il sole, ormai, era tramontato.

«E tu cosa gli dicesti?»

Guilly si voltò verso di me.

«A mio nonno… cosa gli dicesti? Cosa successe tra di voi?»

Guilly fece un'espressione allegra, inaspettata, che mi lasciò spiazzato, visto il tono della conversazione.

«Gli dissi che l'universo ci aveva fatti incontrare. Era evidente, perché io potevo aiutarlo. Ed è ciò che feci.»

«E come?»

Cercavo il suo sguardo, ma lui guardava l'orizzonte, pieno di pace. Guardava il mare, le onde che si abbattevano sulla spiaggia. Il volto illuminato di arancione. La barba era leggermente mossa dal vento, gli occhi socchiusi al sole, che era una palla di fuoco proprio lì davanti a noi.

«Gli spiegai quali sono le non-regole di Taro» rispose.

Lo guardai, in attesa che andasse avanti. Non lo fece.

«E cosa sarebbero queste… non-regole?»

Guilly si alzò in piedi di scatto.

«Per oggi hai già tante informazioni da elaborare. In mezzo alle orecchie hai una macchina difficile da controllare, lo vedo. Non voglio sovraccaricarla.»

Risi a quella battuta.

«Ci vediamo domani, Davide. Buonanotte.»

Se ne andò lentamente, con le mani dietro la schiena. Erano solo le sette di sera.

30

Quella sera mangiai da solo al tavolino di un ristorante per turisti, riflettendo a lungo su ciò che Guilly aveva detto di mio nonno. Mai e poi mai avrei immaginato che avesse avuto il pensiero di togliersi la vita, ma ciò che davvero mi sconvolgeva era la motivazione. Ora la conoscevo, e faceva male come una pugnalata: i sensi di colpa verso la nonna e il rimpianto di non aver avuto il coraggio di rischiare... rischiare cosa, poi? Di essere felice. Questa era la conclusione a cui era giunto Guilly. Questo, anche se non lo avrei ammesso facilmente, era quello a cui avevo pensato ascoltando quella storia. E questo, evidentemente, era ciò che aveva pensato mio nonno.

Mangiai senza nemmeno rendermene conto. La mente era altrove, rivolta a un passato che non conoscevo e non avrei mai conosciuto nella sua interezza. Il nonno si era portato nella tomba più di una questione irrisolta, e diversi misteri. Ad esempio: come ci era finito in Vietnam? E perché non aveva mai parlato con nessuno di noi del suo sconforto? O eravamo stati noi a non capire cosa stava passando? Forse non eravamo stati abbastanza empatici, come invece era stato lui con noi negli ultimi anni.

Su quel pensiero, compresi che il grande cambiamento del nonno, quello che aveva lasciato a bocca aperta tutta la famiglia, era avvenuto proprio durante il viaggio in Vietnam in cui aveva conosciuto Guilly. Tutti quanti ci eravamo chiesti come avesse fatto a superare la tristezza infinita per la perdita della nonna e trovare quella pace, quel sorriso buono, persino quell'ottimismo che lo avevano caratterizzato da un certo momento in poi.

Ora avevo la risposta, me l'aveva fornita Guilly: il nonno ne era uscito grazie alle "non-regole di Taro". Cosa fossero e chi fosse questo Taro, non lo sapevo ancora, ma non ero preoccupato: sapevo che Guilly me lo avrebbe spiegato. Mi fidavo di lui. Gli avevo chiesto di parlarmi del nonno, ma stavolta con umiltà e cortesia, senza alzare la voce e senza astio come la prima volta. Gli avevo parlato con il cuore in mano, mettendo da parte l'orgoglio. E allora lui non aveva esitato ad accontentarmi. Ero certo che, se avessi portato pazienza, presto avrei scoperto di più. E poi c'era l'altro mistero: Guilly aveva detto che lo scopo di quel viaggio era andare a prendere una cosa che apparteneva a mio nonno. Già, ma cosa?

Tornato in camera, mi feci una doccia, poi mi sdraiai sul letto e chiamai mia madre. Il jet lag e tutti i chilometri percorsi in moto mi avevano stremato, ma non potevo andare a dormire senza prima porle una domanda.

«Ti ricordi se il nonno fece un viaggio dopo la morte della nonna?» le chiesi dopo i convenevoli.

Lei ci pensò per qualche secondo.

«Un viaggio? Mi pare di sì. All'estero. Ma era un viaggio di lavoro... sai, all'epoca si era buttato di nuovo sul lavoro per... dimenticare.»

«E ti ricordi per caso se fu proprio dopo quel viaggio che cambiò atteggiamento?»

«Cambiò atteggiamento? Cosa intendi?»

«Io ero piccolo, ma ricordo che il nonno era disperato per la morte della nonna, poi a un certo punto fu come se... fosse guarito. Da quel momento divenne molto mite, sempre presente per noi. Iniziò a telefonare ogni domenica sera. Capisci a cosa mi riferisco?»

Lei restò un po' in silenzio. Poi la sentii tirare su con il naso.

«Ma'… stai piangendo?»

«No, no…»

Chiusi gli occhi e mi massaggiai le tempie.

«Non volevo, scusami. Comunque era solo un dubbio, niente di che.»

«Perché me lo hai chiesto?»

Il cuore prese a battere forte. Dovevo trovare una scusa al volo.

«Così. A volte certi viaggi ti cambiano. Magari ti aiutano. Ma comunque, come ti dicevo, era solo un dubbio che mi è nato dalla frustrazione di non aver trovato nulla qui.»

«Va bene.»

«Senti, prima che vada… tu non ricordi se i nonni volevano fare una crociera da qualche parte?»

Mi parve quasi di vederla, con il cellulare all'orecchio e la fronte aggrottata.

«Una crociera?»

«Sì, esatto.»

«Davide, cosa succede?»

«Niente, niente… perché me lo chiedi?»

«Perché quello era sempre stato il sogno della nonna.»

Lo sapeva anche lei. Quindi Guilly non mentiva, e potevo fidarmi di lui. D'altra parte, se quella storia non era inventata, voleva dire che davvero il nonno aveva sofferto tanto. Abbassai la testa.

«Ah, ecco» mi affrettai a dire quando mia madre mi chiese se fossi ancora in linea. «Mi sembrava di ricordare qualcosa del genere, infatti. Te lo chiedevo perché oggi ho visto che qui dal Vietnam passano delle navi da crociera. Sai, sono qui per il nonno e ogni tanto mi viene in mente anche la nonna. Era solo una semplice curiosità.»

Poco dopo io e mia madre ci salutammo. Aveva capito che le tenevo nascosto qualcosa, non c'era dubbio. Le madri lo sanno, sempre, anche se sei dall'altra parte del mondo, anche se non sei più un bambino, anche se non ti possono guardare in faccia. Lo sanno e basta.

Mi sdraiai sul letto con mille pensieri in testa. Provai a distrarmi con lo smartphone, ma non ce ne fu bisogno: nel giro di dieci minuti stavo dormendo.

L'indomani mi svegliai, come sempre, alle quattro e mezzo. Mi tirai giù dal letto a fatica e quando uscii dal bagno provai una certa frustrazione nel dover rifare lo zaino. Quella vita perennemente in movimento era eccitante, ma anche scomoda, almeno per uno come me abituato a vivere sempre nello stesso posto e a fare sempre le stesse cose. Mi chiesi come riuscisse Guilly a essere così sereno, nonostante l'età, nonostante le ore di moto. Aveva lo spirito di un ragazzino e un corpo che sembrava assecondarlo in tutte le sue intenzioni.

C'erano tante cose, però, che non mi tornavano. Com'era possibile che fosse identico alla foto scattata tanti anni prima? Non era quello, tuttavia, che più mi incuriosiva. Ciò che mi affascinava di lui era la sua felicità. Non era quella rumorosa tipica di chi vuole farlo sapere a tutti, né quella falsamente perfetta che vedevo ogni giorno sui social network e che spesso mi portava, senza volerlo, al confronto, che era sempre impietoso: gli altri erano tutti perfetti, io facevo schifo. E questo mi portava addirittura a detestare delle persone che comparivano sul mio schermo e che non avrei mai incontrato dal vivo, e poi a deprimermi, perché mi rendevo conto di passare ore a invidiare gli altri invece di fare qualcosa di concreto per me, per stare meglio.

Con Guilly, invece, il discorso era completamente diverso. La sua era più che altro una forma di serenità, che mi metteva di buonumore. Forse perché non era legata alle apparenze inarrivabili, al denaro o al lusso sfrenato. Era pacifico, equilibrato, calmo. Quella risata che precedeva o concludeva le sue riflessioni era piena di... amore. Amore per la vita. Era bella la felicità di Guilly, perché ti faceva pensare che anche tu saresti potuto essere felice come lui. Senza dover diventare milionario, avere una ragazza bellissima al tuo fianco, essere famoso o avere un lavoro prestigioso. In fondo, chi era Guilly? Un uomo anziano con la barba lunga che girava a bordo di una vecchia moto con i sandali ai piedi e una sacca in spalla. Eppure quando rideva sembrava ricchissimo. Era un uomo semplice e semplicemente felice.

Decisi di scendere e andare a fare un giro in spiaggia. Avevo bisogno di aria fresca e silenzio, prima di iniziare una giornata in cui il rumore della moto mi sarebbe stato perennemente nelle orecchie. Uscii dall'hotel e mi incamminai verso le palme. In giro non c'era nessuno, faceva freddo e il cielo si era lasciato alle spalle il nero più profondo, ma era ancora blu scuro.

Giunsi al muretto oltre al quale si apriva la spiaggia e mi venne voglia di avvicinarmi al mare, a quel suo suono profondo, magnetico e potente. Feci qualche passo sulla sabbia, quando vidi un uomo seduto a gambe incrociate poco lontano da me. Sembrava dormire, pur avendo la schiena ritta. Feci qualche altro passo finché mi accorsi, nel buio, che era Guilly.

Mi fermai. Non sapevo cosa stesse facendo, ma non volevo disturbarlo. E poi ero uscito per stare da solo. Pensai di girare lentamente su me stesso e andarmene senza fare rumore, quando lui parlò.

«Buongiorno, Davide. Vuoi unirti a me?»

Mi chiesi come avesse fatto a sentirmi, visto che camminavo piano sulla sabbia, e soprattutto a sapere che ero io.

«Unirmi a te… nel fare cosa?»

«Intanto, per favore, togliti le scarpe» esclamò.

«È una fissa questa, eh?» chiesi leggermente scocciato.

Guilly rise.

«Chi cammina con le scarpe sulla sabbia commette un crimine contro la Terra e contro se stesso.»

«Capisco in casa, ma qui in spiaggia…»

«Il mondo è la tua casa. Lo sarà fino al tuo ultimo giorno. Prenditene cura. Questa spiaggia va rispettata più del pavimento dell'appartamento in cui vivi.»

Non replicai. Mi tolsi le scarpe, e poi i calzini, controvoglia. Però quando i miei piedi affondarono nella sabbia soffice e fredda della mattina, provai un brivido di piacere. Da quanto tempo non compivo quel gesto, così semplice eppure in grado di darmi una sensazione tanto bella?

«La vita è migliore a piedi nudi, non credi?»

«Va bene» dissi alzando i palmi in segno di resa. «Cosa stavi facendo a occhi chiusi?»

«Stavo meditando.»

«Ah.»

Non ne sapevo nulla di meditazione. Si venne a creare un silenzio che mi mise a disagio, e così feci la prima domanda che mi venne in mente.

«È da tanto che mediti?»

Guilly sorrise beato.

«Ho iniziato quando avevo più o meno la tua età.»

«Ah» ripetei. «Qui in Vietnam?»

«Non proprio. Il Vietnam c'entra in tutta questa storia, ma ho imparato a meditare in Giappone.»

«In Giappone?»

«Esatto. Ero ancora all'inizio del mio lungo percorso di guarigione.»

Gli rivolsi un'occhiata interrogativa.

«Eri… malato?»

Lui alzò le spalle.

«Soffrivo enormemente, questo è sicuro.»

«E… perché?»

Guilly sorrise con gli occhi socchiusi e annuì più volte, l'espressione di chi ci ha messo molto tempo a scoprire la verità.

«Una profonda depressione.»

Lo guardai, sconvolto. Quell'uomo così pacifico e felice? Proprio lui che sorrideva sempre e sembrava aver trovato il segreto per una serenità costante? Mi sembrava impossibile.

«Tu… eri depresso?»

«Depressione» disse lui scandendo le parole, con il mento in alto. «Questo è il nome che si usa in Occidente. È solo un nome.»

Continuava a sorridere, come fosse in pace con l'intero universo. Davvero si era ritrovato nella mia stessa situazione? O forse mi stava prendendo in giro?

«Io so solo che a un certo punto persi completamente la voglia di vivere, che ogni mattina mi alzavo dal letto e invece avrei preferito continuare a dormire. Chi desidera non essere cosciente oltre quanto necessario a un ragionevole riposo non ha amore per la vita. Cerca costantemente una fuga dalla realtà, perché la odia. Alcuni lo fanno con il sonno, appunto, altri con le droghe, altri bevendo fino a stordirsi, altri ancora mentendo, altri costruendosi vite immaginarie. Io ero così. Ero tutte queste cose.»

La luce iniziava a farsi strada tra le tenebre. Non vedevamo il sole, era alle nostre spalle, oltre i palazzi.

«Andai dai medici. Alcuni di loro erano genuinamente interessati ad aiutarmi, ma le loro soluzioni non potevano funzionare. Per diversi motivi, ma per uno su tutti: non erano interessati alla causa, solo alla soluzione. I loro sforzi, se così si possono definire, avevano l'unico obiettivo di non farmi più provare quel malessere interiore. Mi dicevano: "Prendi questa medicina e non avrai più certi pensieri". Ma io volevo capire perché li avessi. Altrimenti sai cosa sarebbe successo?»

Feci di no con la testa.

«Avrei pensato di essere sbagliato. Ogni giorno della mia vita. Avrei creduto che ci fosse qualcosa, in me, di malato, e se anche quei farmaci mi avessero aiutato a soffrire di meno avrei comunque provato un forte disagio esistenziale. Ma i medici dicevano che non aveva importanza. "Prendi la medicina" ripetevano. Era come se mi fossi piantato un chiodo nel piede e loro mi dicessero di prendere antidolorifici su antidolorifici. Io volevo togliere il chiodo, osservarlo, capire come ci era finito, lì. Persino diventargli amico.»

«Amico del chiodo? Cioè, amico della depressione?»

Guilly sorrise, con l'aria serena di chi ne ha passate tante ed è ancora qui.

«Proprio così. Ci hai mai provato?»

«A fare cosa?»

«A parlare alla tua tristezza come se fosse una vecchia amica.»

Mi chiesi se fosse così evidente che non stavo bene. Gli risposi scuotendo la testa, non avendo la minima idea di cosa intendesse.

«Provaci. Quando sei triste, invece di sprofondare in quella sensazione, siediti da qualche parte, respira profondamente e poi di': "Ciao, tristezza. So che non mi vuoi male, sei qui solo per farmi capire che qualcosa non va. Cerchiamo di capirlo insieme". Sembra una follia, vero?»

Sorrisi e annuii.

«Eppure funziona. Perché questo gesto, apparentemente così sciocco, ti porta all'accettazione del tuo malessere. E al tempo stesso lo allontana da te. Invece di continuare a identificarti con il tuo essere triste, come se fosse una tua caratteristica genetica, pensi che dentro di te ci sia un compagno di viaggio chiamato tristezza. È dentro di te, ma non sei tu. Non c'è nulla di sbagliato in te, c'è però questo peso che si è venuto a formare e ti porti dietro ogni giorno. Ponendo un distacco, inoltre, puoi imparare a conoscerla. La paura nasce quando dobbiamo affrontare qualcosa che non conosciamo. Ecco perché preferiamo non affrontare ciò che abbiamo dentro: non sappiamo cosa potremmo trovarci davanti.»

«E come si fa a... guardarsi dentro?»

«Ci vuole molto impegno, ma soprattutto tanto coraggio. Volgere la propria attenzione alla parte più profonda e nascosta della nostra persona è un atto eroico, specialmente in un mondo così pieno di distrazioni come quello in cui viviamo. È molto più facile concentrarsi su ciò che c'è fuori, trovare all'esterno sia la causa della propria sofferenza sia l'illusione di una soluzione. Ma questo significa, appunto, anestetizzare un piede in cui si è conficcato il chiodo. Per guardarsi dentro è necessario avere il coraggio di togliere il chiodo. E poi analizzarlo con attenzione.»

Restammo in silenzio per un po'. Lo guardai: era ancora con le gambe incrociate, nella posizione in cui stava meditando.

«La meditazione serve a questo?»

La domanda mi venne spontanea, e una parte di me sapeva che era proprio così.

«Esatto. La meditazione altro non è che osservazione. Di quello che hai dentro e di quello che hai intorno. Ed è una forma di osservazione pura: non giudichi quello che vedi, semplicemente accetti che c'è. Ecco la tua tristezza. Ecco la tua sofferenza. Ecco la tua felicità. Ecco il dolore che prova qualcuno intorno a te. Ecco quel pensiero che ti tormenta. Ecco un'alba sul mare» disse indicando davanti a sé. «La meditazione serve a vedere le cose come stanno. A liberarsi dai pregiudizi e dalle illusioni della mente. Una volta fatta questa profonda osservazione, conosci la realtà. E a quel punto, se la tua mente è ordinata e sotto controllo, puoi agire consapevolmente per sistemare quello che non va.»

Era un discorso molto affascinante, ma sapevo che ci avrei dovuto riflettere a lungo prima di capirlo a fondo. Se mai ci sarei riuscito.

«Quindi sei guarito… meditando?»

Guilly sospirò.

«È stato un lungo processo, in cui la meditazione ha svolto un ruolo chiave. Questo percorso di luce iniziò con quello che mi sembrò un vero e proprio segnale dell'universo. Un giorno vagavo per le strade della città in cui vivevo…»

«Dove vivevi?» lo interruppi.

«Non ha importanza. Ciò che conta è che mi sentivo completamente perso. Mi sedetti su una panchina, in un parco. Mi guardai intorno, più triste che mai. Cercavo un segnale, anzi, lo imploravo.»

Quel racconto mi ricordò di quando, il primo giorno da disoccupato, ero andato a sedermi su una panchina in un parco. Altrettanto disperato. O di quando avevo chiesto un aiuto alla luna, sdraiato nella mia cameretta perché l'ansia mi aveva piegato.

«Cosa successe?»

Guilly sorrise.

«C'era un giornale abbandonato. Era aperto su una fotografia che catturò subito la mia attenzione. Ritraeva un uomo che prendeva fuoco.»

«Prendeva fuoco?»

«Sì. Un monaco buddhista, seduto nella posizione del loto. Si era fatto versare della benzina addosso e poi aveva acceso un fiammifero. Era avvolto dalle fiamme, eppure era perfettamente immobile.»

Mi sembrava di averla già vista, forse sull'album di qualche gruppo rock. Non dissi nulla e Guilly proseguì.

«Quell'immagine attraversò i miei occhi e mi si fermò da qualche parte nella testa. Mi diede una scossa così forte che quasi iniziai a tremare. Fu una sconvolgente illuminazione. Rimasi a guardarla per un'ora, forse di più. Pensavo: "Quell'uomo sta prendendo fuoco! Eppure nella sua espressione non c'è paura, non c'è sofferenza. C'è solo... presenza".»

Spalancò le braccia come per ringraziare il cielo.

«E chi era questo monaco?»

«Thich Quang Durc» rispose. «Feci delle ricerche in biblioteca e mandai una lettera al giornale per saperne di più. Sai, all'epoca non c'era Internet. Scoprii che era stata scattata dal fotografo americano Malcolm Browne nel 1963. L'uomo ritratto era un monaco vietnamita che si era immolato per protestare contro un governatore del Sud del Paese, un fervente cattolico che voleva fare sparire il Buddhismo dal Vietnam, e così quel monaco, che proprio nel Buddhismo aveva trovato una ragione di vita, aveva dato la sua vita per far capire quanto fosse prezioso ciò in cui credeva. Quel gesto ebbe un risalto enorme nel Paese. Iniziarono proteste ovunque e alla fine il governatore dovette fare un passo indietro.»

Guilly restò in silenzio per un po', annuendo, come se stesse contemplando la forza di quel gesto.

«Rimasi profondamente affascinato da questa vicenda. Il monaco aveva deciso di morire per un ideale. Era qualcosa che un uomo occidentale come me, viziato, egocentrico, cinico, egoista e superficiale, non poteva che trovare sconvolgente e al tempo stesso affascinante. Io non riuscivo a individuare nemmeno un motivo per vivere, lui ne aveva uno così forte da decidere di morire. E poi quella sua espressione...»

«Come poteva bruciare vivo senza provare dolore?»

«Oh, il dolore lo provava eccome. Non puoi evitarlo. Però riusciva a non soffrire. Che è qualcosa di incredibile e magnifico.»

«Continuo a non capire come ci riuscisse.»

Guilly sorrise, poi si alzò e ci incamminammo.

«Era esattamente quello che mi chiedevo anch'io. Com'è possibile stare fermi e immobili mentre le fiamme ti inceneriscono la pelle, gli occhi, mentre l'odore della tua carne che brucia ti entra nelle narici! Quell'uomo, il suo gesto e il suo incredibile autocontrollo divennero un'ossessione per me. Una vera ossessione.»

Si fermò, guardò il mare, poi la sabbia. Si accarezzò la barba. Sorrise con uno sbuffo e poi riprese a parlare.

«Sai perché ne ero così ossessionato? Perché io in quel periodo soffrivo a causa di qualcosa che non potevo vedere o toccare, qualcosa che era dentro la mia testa. Quell'uomo invece aveva motivi direi molto concreti, per soffrire, urlare e disperarsi tra le fiamme. E invece riusciva a stare fermo e immobile. Il fotografo che scattò la foto raccontò in un'intervista che non si era mosso di un centimetro, fino a quando non si era accasciato senza vita. Quel particolare sconvolse tutti i presenti, che credettero di aver assistito a un evento soprannaturale. Alcuni piangevano, venerando i suoi resti come se appartenessero a una divinità. E invece quel monaco non era altro che un uomo. Come me. Come te. Ma allora come ci era riuscito? Doveva aver sviluppato un controllo della sua mente fuori da qualsiasi logica, qualcosa che andava oltre ogni spiegazione scientifica. E allora mi venne un dubbio, di quelli che ti tengono sveglio la notte. Mi dissi: "Questa sofferenza che provo, questa depressione, nasce nella mia mente. Ma se riuscissi a controllarla come faceva quell'uomo, riuscirei certamente a guarire dal malessere". Eccola, l'illuminazione: per stare bene, dovevo imparare a controllare la mia mente. Quell'idea, per quanto approssimativa, mi diede quel tanto di speranza che mi serviva per continuare a vivere.»

Ero estremamente incuriosito da quel racconto. Era incredibile quante similitudini ci fossero tra me e il giovane Guilly: la sofferenza di cui parlava era la stessa che provavo io. Sapevo quali erano le ragioni della mia, non quelle della sua, ma non aveva importanza. Avevo la sensazione che ciò di cui stava per parlarmi fosse universale, valido per chiunque.

«Iniziai a informarmi sul buddhismo e scoprii la meditazione. Lessi libri su libri, i pochi reperibili all'epoca. E così scoprii che il controllo della mente avveniva proprio attraverso quell'antica pratica, tramandata nei millenni. Scoprii, affascinato come non mai, la vicenda di Paramahansa Yogananda, un uomo che negli anni Cinquanta aveva praticato il *mahhasamadhi*.»

«Di cosa si tratta?»

«È un termine che significa "la grande unione". È l'ultima e più importante forma di meditazione, e avviene quando una persona decide consapevolmente di lasciare il proprio corpo.»

Aggrottai la fronte.

«In pratica… è un suicidio?»

«No» disse Guilly sorridendo. «Il suicidio è un atto violento, che viene compiuto a causa di una profonda mancanza di amore per la vita. Il *mahhasamadhi* è puro amore per la vita, ma non come lo intendiamo in Occidente: la casa, il lavoro, la famiglia, le cose, i soldi e via discorrendo. La "vita" intesa come esperienza che va oltre a questa nostra piccola realtà materiale. La vita intesa come Tutto, come universo, come dimensione cosmica infinita ed eterna. Quando riesci a vedere la vita in questo modo, sai che non esiste una fine, né un inizio. Tutto è in continua evoluzione e allora non hai paura della morte. Lasci il tuo corpo con gratitudine, perché capisci che, in fondo, ti era stato semplicemente concesso come un prestito.»

«In prestito?»

«Già. Tu nasci e l'universo dona alla tua anima un corpo. Quando muori, lo restituisci. È buona educazione restituirlo in buone condizioni, non credi?»

Guilly rise, io ero ancora troppo scosso da tutte quelle nuove informazioni.

«Chi vive con grande consapevolezza, può morire nello stesso modo. Scegliendo il momento preciso in cui riconnettersi con il Brahman, il cosmo, il Tutto.»

«E come si tolse la vita questo Para...?»

«Paramahansa Yogananda. Era stato invitato a un banchetto. Fece un discorso, poi alzò gli occhi al cielo ed effettuò il trapasso consapevole. Decise di lasciare il suo corpo.»

«Quindi morì? Così?»

«Si accasciò dolcemente e sì, morì.»

«Ma l'autopsia cosa stabilì? Di cosa era morto?»

Guilly rise e scosse la testa.

«La scienza non può spiegare il *mahhasamadhi*. Un'autopsia può dire perché il suo cuore smise di battere, ma non può spiegare la ragione per cui Paramahansa Yogananda aveva annunciato da settimane che sarebbe morto proprio quel giorno, proprio in quel modo.»

Lo guardai sbalordito.

Guilly si fermò e si sedette su una panchina. Mi sedetti al suo fianco.

«Capisci dove voglio arrivare? Un uomo che raggiunge la piena consapevolezza della vita, può vivere pacificamente in ogni situazione, anche quelle più difficili. Allo stesso modo può morire consapevolmente e in modo assolutamente pacifico. Quando scopri tutte queste cose, questa visione della Vita ampia e armoniosa, così distante da quella delle religioni che ci vengono imposte in Occidente, ti rendi conto che la soluzione a una depressione si trova lungo due strade: quella del controllo di sé e quella della consapevolezza che tutti noi facciamo parte di un Tutto più grande.»

«E, una volta capito questo, cosa facesti?»

«Decisi di partire per un viaggio. Proprio come hai fatto tu. E proprio come te, non c'era una spiegazione razionale: avevo una forza dentro di me che mi attirava a Oriente, nelle terre dove questi uomini così in controllo della loro mente erano cresciuti. Avrei tanto voluto venire qui, in Vietnam, ma c'era la guerra. Così andai in Giappone.»

«In Giappone?»

Guilly rise.

«Sì, è proprio così» confermò. «Hai presente il Cammino di Santiago? Feci qualcosa di simile, ma in Oriente. Si chiama il "Cammino degli ottantotto templi". È un viaggio a piedi di più di mille chilometri sull'isola di Shikoku. Il percorso si snoda appunto tra questi ottantotto templi buddhisti, uno più bello dell'altro, tutti immersi in una natura rigogliosa. Sai, a volte la disperazione è tua amica: ti porta a fare cose per cui, normalmente, non avresti abbastanza coraggio.»

«Eri disperato?»

Ancora una volta, mi sembrava impossibile che stessimo parlando della stessa persona che avevo davanti.

«Eccome se lo ero. Ero alla ricerca di insegnamenti, risposte, segnali. Pensai che l'attività fisica in mezzo alla natura avrebbe agevolato quel processo. Fu così. L'isola di Shikoku è ancora oggi uno dei luoghi più belli che abbia mai visto, con quelle sue colline verdissime, dove la vegetazione è così viva e rigogliosa da sembrare quasi pulsante. Ai pellegrini, poi, era concesso dormire nei templi buddhisti in cambio di una piccola offerta. Avrei quindi potuto osservare i monaci buddhisti da vicino, per vedere se ciò che avevo percepito da quella fotografia avesse un riscontro anche nella realtà. Fu così. Durante quel viaggio imparai la meditazione e feci un viaggio dentro me stesso. Un viaggio difficilissimo e pieno di ostacoli che io stesso avevo posto, in tutti quegli anni, tra me e me. Ma alla fine la trovai la mia essenza più profonda. La accettai. Grazie alla meditazione imparai anche ad accettare la natura della vita: l'impermanenza. Compresi che ogni cosa è in continuo divenire e la mia sofferenza derivava dalla mia incapacità di scorrere con il flusso eterno dell'universo. Tutta questa consapevolezza mi permise di trovare la pace» disse giungendo le mani davanti al petto, con il sorriso più beato che avessi mai visto.

Erano argomenti del tutto nuovi per me, però ero molto affascinato dall'idea che la meditazione fosse un'attività così potente.

«Tuttavia» proseguì Guilly, «mi mancava la capacità di applicare quello che avevo capito su me stesso e sulla vita. Ecco perché molti "illuminati" diventano asceti: perché credono che non ci sia modo di portare una consapevolezza così profonda in una vita normale. Mi mancava il ponte tra due mondi: quello che avevo sempre conosciuto e dove mi ero "ammalato" e quello nuovo e luminoso che avevo appena esplorato e dove ero "guarito". Rimasi con questo dubbio sul cuore fino alla parte conclusiva del cammino, quando successe una cosa straordinaria. Mentre mangiavo in un ristorante nella prefettura di Ehime, iniziai a conversare con un altro pellegrino. Fu lui a raccontarmi che un anziano maestro zen viveva sulle montagne a una decina di chilometri di distanza da lì. La popolazione locale lo venerava per la sua saggezza, così profonda eppure così comprensibile a chiunque. Si diceva che avesse più di cent'anni e fosse una delle persone più illuminate al mondo. Eppure era disposto a conversare con qualsiasi visitatore, perché era una persona umile e buona. E pensa un po': parlava persino in inglese! Aveva insegnato il buddhismo nelle università americane, finché non era scoppiata la guerra e aveva deciso di tornare in patria. Mi informai e scoprii che c'era davvero quella possibilità: mi avrebbe accolto nel suo tempio. Ma solo a una condizione. Ogni visitatore poteva porgergli una sola domanda. Una e una soltanto» disse Guilly mentre il sole cominciava a fare capolino all'orizzonte.

«Quale fu la tua domanda?» chiesi in preda alla curiosità.

Lui sorrise e si prese un po' di tempo prima di rispondere.

«Ci pensai a lungo. Alla fine gli domandai: "Maestro, quali sono le regole per vivere una vita serena?".»

Pensai che fosse stato furbo: con una domanda, avrebbe ottenuto tante risposte.

«Ora non puoi non dirmi cosa ti rispose» dissi sorridendo.

Guilly rise a sua volta.

«Mi illustrò quelle che avrei poi chiamato le "non-regole di Taro".»

Continuai a guardare Guilly finché non si girò verso di me. Restammo in silenzio, si sentiva solo il suono delle onde.

«Sono quelle che poi tu hai trasmesso a mio nonno?»

«Esatto. Il vecchio saggio si faceva chiamare Taro, ma dubito che fosse il suo vero nome. Il taro è un tubero amatissimo in tutta l'Asia. È la patata d'Oriente.»

Guilly rise di gusto.

«Comunque, mi disse che sarei dovuto tornare ogni giorno, alle sei del mattino in punto. E ogni giorno mi avrebbe trasmesso un insegnamento.»

«Che storia incredibile» mormorai. «E quante sono le non-regole?»

«Non ha importanza. Non hanno un ordine, non hanno un nome, non hanno regole, perché non sono regole. Sono semplicemente degli insegnamenti. Non contai quanti giorni passai da lui. A volte mi donava tre lezioni in una mattinata, a volte stava in silenzio a disegnare su un'ampia tela antichi simboli orientali con un grosso pennello, ignorandomi completamente. Di certo posso dire che Taro parlava molto poco. Lasciava che l'allievo giungesse da solo alla conclusione, perché questa è l'essenza dello zen. Io, comunque, trascrissi tutto quanto sul mio diario. Quando me ne andai dal suo tempio, misi subito in pratica i suoi insegnamenti. Non ho mai smesso. Non perché me li avesse forniti lui, un saggio. Ma perché li sentivo miei. Erano "regole" tanto spirituali quanto pratiche, tanto semplici quanto illuminanti. Quegli insegnamenti, uniti alla pratica della meditazione, mi salvarono la vita. E mi hanno permesso, in tutti questi anni, di trasformare la mia esistenza in un'esperienza meravigliosa.»

Si fermò un attimo, come indeciso se proseguire oppure no.

Se quelle parole le avesse pronunciate un'altra persona, non ci avrei creduto. Ma dette da lui, davanti a quell'alba, con quella sua espressione che valeva più di mille parole, non riuscivo a non crederci. Non avevo una spiegazione scientifica, lo sapevo e basta: stava dicendo la verità. Con quella certezza nel cuore, si accese una luce dentro di me. Un barlume di speranza, proprio come era successo a lui. Mi chiesi se quegli insegnamenti potessero aiutare anche me a uscire dalle sabbie mobili esistenziali in cui ero finito. A quanto pare avevano aiutato mio nonno.

«Posso chiederti quali sono le non-regole di Taro?»

Guilly sorrise. La vista era stupenda: il mare, la spiaggia, le nuvole in cielo. C'era quell'aria fresca che appartiene solo ai primi attimi di una giornata.

«L'acqua è ancora torbida» disse dopo un po'. «Ricordi la storia del Buddha e dell'allievo impaziente? Ecco, se ti dessi il bicchiere ora, lo rifiuteresti. Se lo vorrai, ti racconterò tutte le non-regole di Taro strada facendo. Intanto posso dirti qual è la prima di cui mi parlò. Fu anche una delle prime che diedi a tuo nonno.»

Si fermò, sorrise e poi indicò davanti a sé.

«Fermati a guardare l'alba o il tramonto ogni singolo giorno.»

31

Rimasi in silenzio.

«Tu hai mai ammirato l'alba?» mi chiese Guilly dopo un po'.

«Sì, è capitato.»

«È capitato?»

«L'ho vista un paio di volte quando ero adolescente, tornando a casa tardi dopo il sabato sera fuori.»

«Davide, io parlo di fermarti appositamente per guardare l'alba. Svegliarti presto per assistere a questo spettacolo.»

«Non l'ho mai fatto così, no.»

Guilly socchiuse leggermente gli occhi, come se cercasse l'orizzonte, ancora invisibile a quell'ora.

«Molti monaci buddhisti attribuiscono a questo momento della giornata la loro forza. Davanti al sole che sorge pongono le basi della loro pace interiore. Sono certi che la prima cosa che fai al mattino appena sveglio e l'ultima prima di andare a dormire abbiano un effetto fortissimo sul tuo stato d'animo.»

«Vuoi davvero dirmi che ti basta guardare l'alba per essere felice?»

Guilly rise. «Non pensi che la vita sia meravigliosa a quest'ora?»

Mi guardai intorno. Non potevo vedere molto, solo i contorni del paesaggio intorno a me. Proprio per questo motivo, forse, si stava così bene. Il suono delle onde, l'aria fresca, i piedi affondati nella sabbia. Nessun rumore fastidioso. C'era pace, tanta pace.

«Sì, hai ragione.»

«Ascolta il suono del silenzio. Dorme tutto a quest'ora: gli animali, gli uomini, anche il mare è più tranquillo. C'è un silenzio che non senti in nessun altro momento della giornata» disse con un'aria sognante. «Svegliarmi presto e guardare l'alba è una delle mie cose preferite. Sì, sicuramente è un'abitudine felice. Ma soprattutto è un ottimo modo per allontanare le paure e le preoccupazioni.»

Paure? Preoccupazioni? Ero tutto orecchie.

«In che modo un'alba può fare questo?»

«Non è una questione di alba o tramonto. È la Natura. Specialmente in questo momento della giornata ha il potere straordinario di farti sentire piccolo.»

«In pratica mi stai dicendo che per allontanare le mie paure devo sentirmi una nullità?»

«Per niente. Tu sei prezioso, ma ti sfugge il motivo per cui lo sei.»

«Non ti seguo infatti. Quale sarebbe?»

«La società in cui vivi ti pone su un piedistallo. Ti fa credere che tu sia più importante di una pianta, del mare, di un gatto, di un altro essere umano. Pensi di essere più importante di questo pugno di sabbia» disse prendendone un po' in mano. «Quando invece tu sei importante proprio perché fai parte di tutto questo.»

Allargò le braccia, alzò gli occhi al cielo e sorrise. Sembrava godere appieno di quel momento. Come se non esistesse nient'altro.

«Guarda il mare che da millenni bagna questa costa. Guarda la spiaggia che si perde a vista d'occhio. Guarda quella linea laggiù che chiamiamo orizzonte, che separa ciò che conosciamo da ciò che ci è ignoto. Guarda i raggi del sole che stanno spuntando e illuminano tutto quanto, te compreso. Guardati intorno e renditi conto che noi, in confronto a questa immensità, non siamo niente.»

«Un bagno di umiltà, insomma.»

«Sì, anche. È importante essere umili per essere felici.»

«Eppure le persone più felici che conosco non sono per niente umili» replicai.

Guilly si voltò e mi guardò negli occhi sorridendo.

«Sei proprio sicuro che siano felici? Oppure ostentano una felicità apparente?»

Mi fermai a riflettere. Ancora una volta ripensai a tutte le persone e i personaggi che mi passavano davanti agli occhi ogni giorno attraverso lo schermo del mio cellulare. Coloro che invidiavo e detestavo al tempo stesso.

«La vera ricchezza appartiene a chi sa essere felice con poco. Perché se ti basta poco per sorridere, sorriderai sempre, anche nelle situazioni peggiori. Se invece la tua felicità è complessa ed esclusiva, sarai felice solo in rarissime occasioni. Oggi l'umiltà è ripudiata in Occidente, quasi come se fosse qualcosa di cui vergognarsi. E invece è un pilastro della felicità, quella vera.»

«È per questo che è importante sentirsi piccoli di fronte alla natura?»

«È importante contemplare la natura perché è un antidoto efficace alla sofferenza causata dall'ego.»

Aggrottai la fronte. L'ego?

«Tutte le tue preoccupazioni derivano dal tuo ego» proseguì Guilly. «L'ego ti acceca e ti impedisce di accettare la realtà.»

«E quale sarebbe?»

«Che non sei altro che un granello di sabbia al vento, una goccia nel mare, una frazione di secondo nell'infinità del tempo. Dimmi la verità: a sentire queste parole non provi l'istinto di opporti e dirmi che non è così, che tu vali e sei importante?»

Sorrisi. Sì, era vero.

«Eccolo, il tuo ego. Chi conosce il proprio valore non ha bisogno che qualcuno glielo dica o che tutti lo riconoscano. Lo sa e basta. Chi invece pretende il riconoscimento altrui è perennemente preoccupato. Sotto sotto, è insicuro. Tu hai un valore netto e indiscutibile, puoi fare la differenza nel corso della tua vita, in infiniti modi. Puoi portare luce e gioia nella vita degli altri! Dovresti impegnarti in tal senso, ma senza mai dimenticare che non sei migliore di niente e di nessuno. Puoi essere il presidente degli Stati Uniti d'America o l'uomo più ricco del pianeta, ma sei arrivato su questo pianeta piangendo perché eri piccolo, indifeso e terrorizzato e te ne andrai come tutti gli altri, con il tuo corpo che, una volta svuotato di un'anima, varrà tanto quanto la sabbia su cui siamo seduti.»

«A cosa ti riferisci di preciso quando parli di... "sofferenza causata dall'ego"?»

«Oh, può essere di molti tipi. Lo stress è la più comune, questo mostro silenzioso e invisibile che si nutre delle nostre energie e ci toglie la gioia del vivere. Cammina per le strade di una qualsiasi grande città e guardati intorno. Guarda le persone, i loro visi pallidi e tesi, i loro occhi spenti, le occhiaie, il loro vivere costantemente dentro lo schermo di un cellulare. Guarda come vivono con il pilota automatico, senza nemmeno rendersene conto. Guarda come si animano e tornano vivi solo quando provano sentimenti negativi: la rabbia, l'invidia, l'odio. Guarda come sono tutti perennemente preoccupati per qualcosa. E quando non c'è davvero alcun motivo per esserlo, se ne inventano di sana pianta. Sai perché? Perché l'ego ci vuole così. Preoccupati, stressati, pieni di rabbia. Perché questo ci dà l'idea di essere importanti, quasi come se il nostro valore fosse determinato da quanto soffriamo. L'ego è la rovina dell'uomo. È ciò che rende le persone quello che sono oggi: individui che quando lavorano sono stressati perché lavorano; quando non lavorano sono stressati perché non sanno come riempire il tempo libero; quando si rilassano sono stressati perché si sentono in colpa.»

Istintivamente mi grattai sopra il sopracciglio destro, dove ormai da settimane avevo quell'irritazione. Mi sforzai di smettere e mi venne istintivo portare le unghie alla bocca. Infilai le mani nella sabbia per controllarmi.

«Non credi che tutto questo stress sia causato dall'altra gente? O dalle situazioni della vita?»

Guilly rise. «Quali sono le caratteristiche più comuni di chi è stressato? L'incapacità di fermarsi e rilassarsi, il volere sempre di più, la rabbia per le presunte ingiustizie che ha subìto, l'invidia e il confronto costante con gli altri, la morbosa ricerca dell'approvazione esterna e il tentativo costante e disperato di non deludere mai un'aspettativa. Tutto questo non dipende dagli altri. Se sei abbastanza forte e consapevole, puoi lasciare andare tutto questo. Il nostro ego ci rende orgogliosi e non ci consente di fermarci per paura di sentirci indietro.»

Quelle parole rimbombarono dentro di me. C'era tanto di mio in quella descrizione, cruda ma vera.

«L'ego ti fa credere che tu *debba* essere sempre preoccupato, come se questa fosse la tua condizione naturale.»

«Preoccupato di cosa?»

«Di non avere e non essere mai abbastanza. Qualunque cosa tu faccia, c'è sempre quella vocina dentro che ti dice: "Potresti fare di più. Potresti essere meglio di così". Questa sensazione di inadeguatezza ti rende stressato, teso, perennemente insoddisfatto e in lotta con il mondo intero. È una vocina che ti dice che tu non vai mai bene, mai. Anche se hai ottenuto tanto, anche se hai fatto del tuo meglio, anche se pensi che possa andare bene così, anche se hai seguito tutte le regole alla lettera… non è abbastanza. Ti è mai capitato di sentirti in questo modo? Come se fossi impotente, perché sai che puoi fare qualsiasi cosa, ma non sarà comunque sufficiente?»

Avevo un groppo in gola. Mi ero sentito così tantissime volte nella mia vita, soprattutto dopo aver perso il lavoro. E anche quando Valentina mi aveva lasciato. Mi sembrava di aver fatto del mio meglio, eppure non era bastato. E allora mi dicevo che era tutta colpa mia. Mi dicevo che non ero stato all'altezza e avevo fallito. Guilly, invece, mi stava dicendo che era colpa del mio ego. Come se in realtà potessi scegliere di non restarci male.

«Di che cosa ti preoccupi tanto?» esclamò Guilly aprendo le braccia.

E poi rimase in silenzio, sorridendo, in attesa di una risposta. Ma io non dissi nulla.

«Per quale motivo sei sempre di corsa? Perché hai l'ansia? Tu sei come un granello di sabbia. E i granelli di sabbia non hanno l'ansia. Solo quando non sei consapevole dello spazio che occupi, soffri. Se sai di essere una scintilla nell'universo, capisci che è stupido sprecare tempo a preoccuparsi. L'ego ti fa credere di avere il mondo sulle tue spalle, e questa è una responsabilità troppo grande per poter vivere serenamente. L'umiltà cancella il veleno dell'ego e ti porta alla consapevolezza che tu non sei al centro dell'universo, ma ne sei parte. E di questo c'è solo da essere grati e felici, ogni singolo giorno. Perciò è importante osservare l'alba. Aiuta a ritrovare la giusta prospettiva: c'era prima di te, ci sarà dopo di te. Tu sei qui, di passaggio, e invece di preoccuparti e ambire ad avere sempre di più, dovresti semplicemente goderti questa possibilità: una nuova giornata. Ventiquattro ore a tua disposizione. Ogni alba è la possibilità di rinascere.»

Prese in mano della sabbia, la strinse nel pugno.

«Un giorno sarai polvere al vento...» disse aprendo il pugno e lasciando andare la sabbia. «Perché non ti godi questa meravigliosa esperienza che chiamiamo Vita? Non è una guerra da combattere, quella è la visione corrotta del tuo ego. Vuole che tu sia l'attore protagonista di un film drammatico. Quando tu, come chiunque altro, hai tempo solo per una breve apparizione su questo meraviglioso palco. Non sprecare questa opportunità preoccupandoti. Goditi l'esperienza.»

Abbassai lo sguardo sulla sabbia in mezzo ai miei piedi. Quella metafora mi aveva colpito: effettivamente mi sentivo il protagonista di un film drammatico, di una storia tragica. Mi sentivo una vittima, un ragazzo che aveva un peso troppo grande da portare sulle spalle ogni giorno. Era davvero possibile lasciarlo andare? Dovevo concentrarmi sul diventare umile e grato? Sarebbe bastato?

«Alza lo sguardo, Davide» disse Guilly interrompendo i miei pensieri.

Lo feci: davanti a me il sole stava illuminando il mare, immenso e bellissimo. Erano i primi raggi della giornata, tutto era così leggero, così pacifico.

«Ammira questo spettacolo e pensa che tutto questo è molto più grande di te e dei tuoi piccoli problemi. Guarda questa meraviglia e renditi conto che qui c'è solo armonia e pace. Le tue preoccupazioni... nascono e crescono dentro di te. Non fanno parte di tutto questo. Fanno parte del tuo ego. Sono una sua invenzione. Lasciale andare e impara a vivere con leggerezza. Meriti di essere spensierato come queste nuvole» disse indicando il cielo.

«Grazie. Lo terrò a mente» risposi.

Poi, dopo un attimo di esitazione, gli posi una domanda che non riuscivo a trattenere: «Questo insegnamento ha aiutato il nonno a stare meglio?».

Lui si voltò per guardarmi negli occhi.

«Sì. Lo ha aiutato a capire che non tutte le cose brutte che gli erano capitate erano colpa sua. Quando ha realizzato di non essere al centro dell'universo, ha compreso che doveva lasciare andare una sofferenza generata dal suo ego. Sensi di colpa per cose che erano al di fuori del suo controllo. Non era colpa sua se sua moglie era morta. A te potrebbe sembrare ovvio, ma nella sua testa non lo era. L'ego lo faceva sentire protagonista e colpevole anche di quel dramma.»

Riflettei su quelle parole. Poi scossi la testa.

«Però mio nonno è sempre stato molto umile. Non aveva un ego ingombrante» dissi con decisione.

Lui restò un po' in silenzio.

«Vedi, Davide, rinunciare a fare ciò che si ama per paura di fallire non è umiltà. È credere che, se noi cadiamo, casca il mondo intero. È proprio l'ego che ti impone di non provarci mai, perché non accetterebbe l'umiliazione di un fallimento. Chi non ha un ego ci prova: mal che vada, torna alla sua vita di sempre. Tuo nonno, invece, credeva davvero che tutto dipendesse da lui, come se avesse il peso dell'intero universo sulle sue spalle. Per quello alla fine non si buttò e non propose a tua nonna di cambiare vita e ripartire da zero, dalla loro famiglia. In quegli anni, invece di rinchiudersi nel suo rimuginare, avrebbe fatto bene a svegliarsi presto per vedere l'alba.»

«E perché mai?»

Lui indicò davanti a sé, come se fosse ovvio.

«L'alba ti fa capire che, per quanto possa essere rumoroso il tonfo della tua caduta, domani il sole sorgerà lo stesso. Venire qui, ogni giorno, ti insegna che il mondo andrà avanti incurante dei tuoi piccoli o grandi fallimenti. E allora di cosa ti preoccupi tanto? Provaci, tanto vale rischiare. Perché un giorno sarai polvere al vento e, poco prima di diventarlo, vorrai solo poter tornare indietro e darti quella possibilità. La possibilità di essere felice.»

Si fermò un attimo e si accarezzò la lunga barba.

«Sai cosa facevano nell'antichità i maestri zen giapponesi quando un vaso cadeva e si rompeva?»

Scossi la testa.

«Incollavano i cocci e poi riempivano le crepe con oro colato.»

Feci un'espressione stupita. Poi chiesi: «E perché mai?».

«Perché avevano capito qualcosa che può tornare molto utile all'uomo di oggi: le crepe sono un valore, non una vergogna. Sono il simbolo del tuo percorso. C'è da essere fieri delle proprie cadute, non terrorizzati.»

Poi, prima che potessi chiedergli altro, scattò in piedi con un'agilità a cui faticavo ad abituarmi.

«Sai qual è un'altra cosa bella dello svegliarsi presto? Ci siamo fatti questa lunga chiacchierata, io ho anche meditato, eppure il sole non è ancora nemmeno sorto completamente. Svegliarti presto ti dona una sensazione impagabile: ti senti in orario con te stesso e in anticipo sul resto del mondo.»

Non mi diede il tempo di elaborare quelle parole, né di fargli una delle tante domande che avevo in mente.

«È ora di andare. Ci aspetta un lungo viaggio.»

«Almeno puoi dirmi quanti chilometri dovremo fare? Giusto per regolarmi.»

Mi guardò con un'espressione bonaria.

«La vita non è matematica, è poesia. Goditi il viaggio.»

Poi ammirò un'ultima volta l'alba, sospirò pieno di gratitudine, sorrise e si incamminò verso la strada con le mani dietro la schiena.

32

Guidammo sempre lungo la costa. Il paesaggio in quella zona del Vietnam era stupendo. Da un lato c'erano campi verdi, in lontananza le montagne. Alla nostra destra, invece, il mare cristallino e spiagge selvagge e semideserte. Non c'era molta gente nelle cittadine che attraversavamo, e neanche l'ombra di occidentali. Le nuvole si muovevano lentamente nel cielo, le onde erano basse e pigre e noi viaggiavamo senza fretta sulle nostre moto, apparentemente senza meta.

Guidammo per diverse ore, finché Guilly mi propose di mangiare qualcosa al volo. Gli dissi di sì, avevo una fame tremenda. Proseguimmo lungo un ponte lunghissimo che superava un fiume, forse il Mekong. Al di là c'era una città attraversata da una strada di nuova costruzione, con due corsie e in mezzo uno spartitraffico con una serie di alberi. Alcuni edifici erano coloniali, ma c'erano anche dei palazzi più moderni. C'era tanto verde, dappertutto.

«Questa è Quang Ngai» disse Guilly quando fummo scesi dalle moto. «È un bel posto dove fermarsi un po'. C'è un mare meraviglioso a pochi chilometri da qui.»

Annuii. Ero un po' giù di morale, ogni tanto affiorava in me la consapevolezza di sapere ben poco su mio nonno, e questo mi rendeva triste.

«Ehi, ragazzo» disse Guilly mettendomi una mano sulla spalla. «Mangiamo qualcosa e quel broncio ti passerà, vedrai.»

«Potresti farmi stare meglio subito, basterebbe che mi dicessi di mio nonno. Tutta la storia.»

«L'acqua è ancora torbida» replicò lui. «Ora farei più danni che altro. Tutto arriverà quando sarà il momento giusto.»

Poi prese a camminare, con le mani dietro la schiena come sempre. I suoi pantaloni svolazzavano a ogni passo. Lo seguii in una stradina piena di venditori ambulanti, che cucinavano guardandosi costantemente attorno, allarmati.

«Sono abusivi» spiegò Guilly. «Tutti i loro banchetti sono scomponibili e trasportabili, vedi? Così, se arriva la polizia, possono smontare tutto in fretta e andarsene.»

Ci fermammo davanti a una signora che stava preparando degli snack e dei panini.

«Non avrei mai pensato che in Vietnam mangiassero la baguette» dissi con lo stesso stupore che avevo provato a Ho Chi Minh City.

«Prima degli americani c'erano i francesi, qui. Oggi il Vietnam è una nazione aperta al mondo intero, ma già prima era il punto di incontro tra culture molto diverse tra di loro. Dove trovi un posto in cui puoi mangiare una deliziosa zuppa di noodles accompagnata da una baguette? Lo street food, qui, è una questione culturale. Il Vietnam è l'unico Paese dell'Asia dove le grandi multinazionali dei fast-food non riescono a sfondare, perché la gente ha già una scelta sconfinata semplicemente passeggiando per strada. E se può aiutare i connazionali, invece delle grandi aziende straniere, lo fa senza pensarci due volte.»

Ordinò qualcosa, ovviamente in vietnamita. Per me prese una baguette con dentro una frittata. Avevo così fame che diedi subito un morso: il pane era un po' molle ma il sapore era delizioso, merito anche del solito mix di spezie a me sconosciute che ormai catalogavo come "sapore di Vietnam". La baguette era così farcita che sembrava pronta a esplodere. Mi avrebbe dato abbastanza energia per guidare fino al giorno successivo.

Lui, invece, aveva ordinato un curry con verdure, tofu e degli spaghettini trasparenti. Se lo era fatto mettere dentro una ciotola ricavata da una noce di cocco, che aveva tirato fuori dallo zaino. Mi aveva spiegato che lo faceva perché in Vietnam, come in tutti i Paesi asiatici, c'è un consumo di plastica eccessivo.

«È solo una goccia nel mare, ma in fondo l'oceano di cosa è composto se non di gocce?» mi aveva detto con una strizzata d'occhio mentre tornavamo verso le moto. Si era seduto sulla sella, aveva tirato fuori un vecchio cucchiaio dalla sacca e si era messo a mangiare lentamente.

«Perché a me la baguette unta e farcita al punto di esplodere e per te gli spaghettini?» chiesi.

Lui rise.

«Perché io ho una certa età e devo fare molta attenzione al modo in cui nutro il mio corpo. Anche tu dovresti, ma ti vedo un po' troppo esile. Hai bisogno di energie, ecco perché ti ho preso il panino.»

Mi risentii un po' per quelle parole, forse perché sapevo che erano vere. Da quando era iniziato il mio periodo buio, mesi e mesi prima, avevo perso molti chili. Spesso saltavo i pasti e l'appetito se n'era andato insieme alla mia felicità. Avevo ripreso a mangiare di gusto proprio in Vietnam, viaggiando.

«Sei molto in forma» ammisi.

«Ti ringrazio» disse lui facendo una specie di inchino con la testa.

«Come fai? È raro trovare una persona della tua età così... attiva.»

«È molto semplice: amo la vita.»

«Tutti quanti la amano» replicai.

Lui rise.

«Ami la vita e ti imbottisci di schifezze? È un controsenso. Allora forse potrei dire di essere coerente: amo la vita e voglio vivere bene. Attenzione, non ho detto "a lungo", perché vivere non è una questione di *quanto*, ma di *come*.»

«È per questo che all'inizio della scalinata che conduce

alla porta di casa tua c'è scritto: "Solo se ti manterrai attivo, vorrai vivere fino a cent'anni"?»

«Mi fa piacere che tu l'abbia notato. Sì, esattamente. È un antico detto giapponese. Che senso ha allungare la vita il più possibile se poi non stai bene? Molti ti avranno certamente detto, e ti diranno, che la vita è un dono. Questo è vero solo se ti impegni a renderla una bella esperienza, piena di luce. La vita non ci accade, siamo noi a farla accadere. Se invece vivi senza impegno, totalmente in balia di quello che ti capita, allora è molto probabile che sarai una persona triste e sofferente. In tal caso, la vita è tutt'altro che un dono.»

«Mi sembra di capire che per te essere felici è una scelta.»

«Diciamo che ogni mattina, davanti all'alba, mi concedo almeno la possibilità di essere felice. Magari poi la giornata andrà storta, ma io quella possibilità me la sono concessa evitando di soffrire inutilmente.»

«E come si fa?»

«Mettendo a tacere l'ego, innanzitutto. Te l'ho spiegato stamattina. E poi prendendosi cura di sé. Nella società in cui sei cresciuto, l'amor proprio è scambiato con l'egoismo. Ti fanno sentire in colpa se vuoi essere felice, quando non c'è niente di più umano. Prendersi cura di sé significa mettersi nella posizione ideale per essere felici. Che a sua volta è la posizione ideale per aiutare e rendere felici gli altri.»

Mangiò una cucchiaiata di zuppa e alzò gli occhi al cielo per la goduria.

«Se non sai da dove iniziare, prenditi cura del tuo corpo. Il resto verrà da sé.»

Lo osservai mentre tirava su gli spaghettini trasparenti usando due bacchette in legno che la signora gli aveva dato insieme alla zuppa.

«Non ti sembra troppo leggera?» chiesi indicando il suo pranzo.

Lui inclinò la ciotola verso di me e indicò gli ingredienti con le bacchette.

«Qui ci sono proteine: tofu e piselli. Gli spaghettini sono

di riso: ecco i carboidrati. Il latte di cocco per i grassi. Non è né poco, né tanto: è il giusto.»

Ammirò per qualche secondo il contenuto della ciotola, come se fosse un capolavoro. Aveva posato le bacchette su un tovagliolo sopra la sella per poterla tenere con entrambe le mani. Sorrideva soddisfatto mentre ne odorava il profumo.

«Questo» disse indicando il suo curry vegetariano con un cenno della testa «si chiama "essenziale". Chi riesce a coglierne il valore, capisce che si può vivere una buona vita scegliendo la semplicità. Senza strafare.»

Lo osservai mentre mangiava. Era proprio quella sua semplicità, quel suo modo di essere felice anche senza fare niente e avere tanto, che mi aveva colpito di lui. Come se non fosse per nulla complicato vivere serenamente.

«Purtroppo ormai c'è questa mentalità così fastidiosamente diffusa per cui "semplice" significhi di scarso valore, mentre "complesso" voglia dire prezioso. Non c'è niente di più falso. Le cose migliori della vita non sono complicate, anzi. Sono semplici.»

Si fermò un attimo a contemplare il cielo azzurrissimo sopra quella cittadina nel Sud del Vietnam.

«Sei mai stato innamorato?» chiese sempre guardando il cielo, come in trance. Me l'aveva già fatta quella domanda.

«Una volta, sì» ammisi sempre con un pizzico di vergogna. Un sentimento ingiustificato visto che Guilly diceva cose strampalate, ma non mi aveva mai fatto sentire sotto giudizio.

«Bene, allora saprai benissimo che quando sei innamorato non ti serve niente se non l'altra persona. Se l'altra persona è lì con te, puoi anche non possedere nulla, eppure hai la sensazione di avere tutto ciò che conta davvero.»

Ripensai ai momenti più belli che avevo vissuto con Valentina. Era vero quello che Guilly diceva. Così vero che a un cuore spezzato quelle parole facevano un gran male.

«E questo vale per ogni cosa della vita, non solo per l'amore. Io ho girato il mondo su navi di lusso, ho suonato

in hotel a cinque stelle, davanti a platee composte da uomini ricchi e potenti. Eppure sai quali sono stati i momenti
migliori della mia vita? Quelli più poveri, durante i quali
dormivo su autobus notturni, mi spostavo su treni affolla-
tissimi, suonavo in mezzo agli artisti di strada e mangiavo
cibo semplice e delizioso. Perché alla fine la vera bellezza
della vita è tutta lì, nell'essenziale. Così come questo piatto contiene tutti i nutrienti che mi servono per avere energie e stare bene fisicamente, nella vita ci sono pochi semplici ingredienti fondamentali per essere felici.»

«E quali sono?»

Guilly sorrise e mangiò un boccone. Masticava guardando il cielo azzurro.

«Questa domanda rivolgila a te stesso.»

«In che senso?»

«Chiediti: "Quali sono le cose davvero importanti per
me? Che cosa mi rende davvero felice?".»

Abbassai lo sguardo e riflettei. Mi venivano in mente delle cose, delle attività, delle persone, delle sensazioni. Mi resi
conto molto rapidamente, e con una certa delusione, che
erano tutte legate al passato. I miei genitori, quando stavano ancora insieme. Valentina, quando stava insieme a me.
Il lavoro di architetto, quando ancora ce lo avevo. La mia
vita di prima, quando ero in forma, avevo degli amici, una
ragazza e dei progetti. Poi mi era stato tolto tutto.

«Niente?» mi chiese Guilly.

«No, no, c'è qualcosa» mi affrettai a dire. Non gli spiegai il mio problema, ovvero che tutto ciò che amavo fare
riguardava una vita che non c'era più. Magari gliene avrei
parlato più avanti, ora non me la sentivo ancora, di aprirmi così tanto.

«Bene, allora riparti da lì. Ciò che ti rende felice è essenziale. Tutto il resto è superfluo. E il superfluo è il male.»

«Addirittura?»

«È come se io prendessi questo piatto, che è sublime nella sua semplicità e genuinità, e ci mettessi sopra del cioccolato, solo perché posso farlo. Verrebbe fuori un disastro,

esattamente come la vita di milioni di persone che non sanno apprezzare l'essenziale e sono schiave del volere sempre di più. La felicità è semplice, perché complicarsi la vita invece di apprezzarla e basta?»

«Non significa accontentarsi?»

Rise divertito.

«Questo è ciò di cui vogliono convincerti affinché tu sia sempre produttivo, sempre "sul pezzo", sempre in competizione con qualcuno. Ti dicono che se ti fermi a prendere fiato e ad ammirare un tramonto sei uno scansafatiche, ti fanno sentire in colpa! Eppure la magia della vita non sta forse tutta in quei momenti? Il senso della vita non lo percepisci proprio quando guardi un tramonto e senza una spiegazione logica hai la pelle d'oca? Sei ancora giovane, Davide. Cerca di capire che il tuo tempo è prezioso e non puoi sprecarlo complicandoti la vita senza nemmeno sapere bene perché lo fai. Lascia la complessità a chi vuole rovinarsi la vita, a chi non ha sogni ma è schiavo delle aspettative altrui, a chi vuole sempre di più e non riesce ad apprezzare mai niente di quello che ha. Sai qual è il modo più immediato per essere felici?»

«No, svelami il segreto.»

«Smettere di essere infelici! Ti dicono, fin da bambino, che sarai felice quando avrai qualcosa che ora non hai. Ti fanno venire voglia di cercare sempre un "più": più soldi, più amici, più cose da sfoggiare, più risultati, più ambizioni. E il paradosso è che, per inseguire il "più", la maggior parte delle persone vive di meno, perché, quando arriva a casa alla sera dopo una giornata tutta spesa a correre, non ha tempo ed energie per fare niente di ciò che ama. Se solo la gente si concentrasse sul "meno"… meno paure, meno tensione, meno dubbi, meno rabbia, meno sofferenza. Ecco quello di cui ognuno di noi ha bisogno. Non qualcosa in più, ma qualcosa in meno.»

«Concentrati su ciò che ti fa stare bene ed elimina ciò che ti fa stare male» riflettei ad alta voce. «Questa è una lezione di Taro?»

«Esattamente. E sai come me l'ha insegnata? Attraverso la meditazione. Perché la meditazione non ti dà niente, ma ti toglie tante cose spiacevoli: lo stress, l'ansia, le preoccupazioni, le paure. E così ti lascia con l'essenziale: l'amore, il tempo e la libertà. Lì si trova la tua felicità. La vita dovrebbe sempre essere come questo curry: essenziale e quindi delizioso. Se da questo piatto togli qualcosa, lo impoverisci. Ma se tu qui dentro ci aggiungi qualcos'altro, solo perché puoi farlo, lo rovini.»

Mangiai l'ultimo boccone, mi tolsi le briciole dalle mani e bevvi un sorso d'acqua dalla borraccia.

«Qual è la destinazione finale?»

«Abbiamo tre possibilità: fermarci qui, arrivare a Hoi An e passare la notte là oppure spingerci ancora più su.»

«Hoi An, hai detto?»

«Sì, la conosci?»

«Per caso c'è un festival in questo periodo? Delle… luci?»

Lui mi guardò divertito.

«E tu come fai a saperlo?»

Me lo aveva detto Hang. Mi aveva spiegato che la sua famiglia aveva un ristorante a Hoi An e che lei sarebbe salita a dare una mano proprio in quei giorni.

«Fermiamoci a Hoi An» dissi.

«Ah, sì? E perché?»

«L'acqua non è ancora limpida. Sii paziente e potrai berla» dissi.

Poi accesi la moto, mentre Guilly rideva di gusto.

33

Arrivammo a Hoi An dopo altre due ore di viaggio. Era buio pesto, ormai, e il rumore delle nostre moto tagliava in due la notte, pur senza riuscire a sovrastare il suono del mare che era sempre lì, al nostro fianco. Su quelle strade piene di buche e senza guard-rail non ero propriamente a mio agio a guidare. Anche perché, fuori da paesi o cittadine, non c'era alcun tipo di illuminazione.

Finché, in lontananza, per quanto poche e flebili, vidi delle luci, e poco dopo Guilly mise la freccia. Su un cartello lessi "Hoi An" e tirai un sospiro di sollievo: iniziavo a essere stanco e avevo bisogno di una doccia. Guilly era imprevedibile, non potevo sapere se fosse intenzionato a guidare davvero per tutta la notte.

Hoi An era diversa da tutte le altre città del Vietnam che avevo visto. Il traffico era molto più blando e sui marciapiedi camminavano tantissime persone, per lo più stranieri. Le strade erano più strette, non c'erano grattacieli ma solo case similcoloniali basse, con i tetti a spiovente scuri, le facciate bianche e gli infissi in legno. Entrammo in città e percorremmo un paio di chilometri costeggiando un fiume. Era ampio, a giudicare dalla distanza delle luci sull'altra riva.

Ci fermammo davanti a un hotel, l'insegna era una scritta orientale. L'aspetto era un po' decadente, ma era defilato e le camere si affacciavano proprio sul fiume. Pensai che la notte sarebbe stata silenziosa e che l'indomani mattina mi sarei svegliato con una bella vista.

Dopo aver posato lo zaino ed essermi fatto una doccia, scesi nella hall. Guilly era lì, stava parlando con un distinto signore asiatico, il primo che vidi in giacca e cravatta. Discutevano allegramente di qualcosa, ma quando Guilly mi vide arrivare si congedò e venne verso di me.

«Non è il caso che tu mi stia sempre dietro, Guilly» dissi scherzosamente. «So cavarmela anche da solo.»

Lui non replicò, ma sorrise nel suo solito modo. Uscimmo senza che nessuno dei due dovesse specificare che stavamo andando a cena. Guidare per tutte quelle ore era più faticoso di quanto immaginassi e, quando concludevamo la giornata, volevo solo mettere qualcosa sotto i denti.

«Mi vuoi dire perché hai voluto fermarti qui a Hoi An?» chiese Guilly.

Aveva capito che c'era qualcosa sotto.

«Si sono invertiti i ruoli? Cosa sono tutte queste domande?»

Lui rise. Sembrava impossibile turbarlo.

«Questa è una città molto turistica, e io ho sempre evitato le zone turistiche. Ma è anche vero che a volte ciò che piace a tutti piace proprio perché è bello. Non ci sono altre spiegazioni, certe cose stuzzicano determinate corde che ognuno di noi ha dentro, in profondità. Come alcune canzoni. Anche Hoi An è così: sì, è piena di turisti, sì, è un po' costruita. Però c'è della magia, qui. Ha un fascino a cui è difficile resistere.»

Mi guardai intorno e compresi subito cosa intendeva dire. Tutto sembrava molto più curato e raffinato rispetto alle altre parti del Vietnam che avevo visto. I ristoranti, i negozietti di artigianato, le stesse strade avevano un tocco di classe che rendeva quel posto distante anni luce da Ho Chi Minh City o Da Lat. E poi, le lanterne: erano dappertutto ed erano la principale fonte di illuminazione. In questo modo la luce era soffusa e l'atmosfera molto rilassata. Sembrava che anche le persone parlassero a un tono di voce più basso, quasi come se si trovassero a teatro.

«Il centro storico di Hoi An è patrimonio dell'umanità dell'Unesco» disse Guilly. «È letteralmente un piccolo mondo a sé: qui, nel corso dei secoli, sono passati giapponesi, cinesi, olandesi, francesi, persino gli indiani, tutti per questioni commerciali. Venivano, si scambiavano merci e ripartivano, chi via terra, chi via mare. Lo vedi quel ponte?»

Indicò un piccolo ponte coperto.

«In passato Hoi An era divisa in due, come se ci fossero due città in un'unica città: una era dei vietnamiti e dei cinesi, l'altra dei giapponesi. In segno di amicizia, i mercanti giapponesi costruirono quel ponte coperto che collegava le due parti. E dentro vi posero una statua del Buddha, come buon augurio.»

«Si vede l'influenza giapponese. Non sembra il Vietnam, qui.»

«Infatti è poco vietnamita, questa cittadina, ma è un posto unico. Vale la pena di passarci la notte.»

«Mi sembra di averlo già visto, questo ponte» aggiunsi. Fin da quando Guilly me lo aveva indicato, mi era parso famigliare.

«Sui soldi. È sulla banconota da ventimila dong.»

«Ah, ecco.»

Camminammo per un po' finché non entrammo in una piccola strada piena di bancarelle di street food. Mi guardavo intorno come un cane affamato che gironzola ai piedi del padrone mentre cucina: c'erano profumi di ogni tipo nell'aria, e tutti i banchetti su cui posavo gli occhi sembravano offrire cibo delizioso. Ero piacevolmente stupito: pensai che fosse davvero incredibile che negli ultimi mesi non avessi quasi provato alcun appetito e invece adesso avevo una fame insaziabile. Era merito del viaggio? Da quando ero partito molti stati d'animo negativi erano spariti, come se per loro non ci fosse più spazio ora che ero impegnato a esplorare quella parte di mondo.

Mentre proseguivamo attraverso quel mercato pittoresco, illuminato da una serie di lanterne rosse appese a dei fili che correvano sopra le due file di bancarelle, mi cullai nel pensiero che quel viaggio fosse una sorta di terapia, per me, e che fossimo solo all'inizio.

Poi la vidi, e il cuore prese a martellarmi nel petto.

A dir la verità vidi prima suo padre, aveva la stessa espressione seria che ricordavo. Come qualche giorno prima, era impegnato dietro alle pentole fumanti.

Al suo fianco, ecco Hang. Stava parlando con una coppia di giovani turisti che avevano preso qualcosa da mangiare al loro banchetto e ora stavano pagando. Sorrideva con la testa leggermente inclinata, mentre quei due le raccontavano qualcosa, forse del viaggio che stavano facendo in Vietnam.

Era molto diversa rispetto a come l'avevo vista a Ho Chi Minh City. I capelli non erano sciolti, ma legati in alto con una pinza colorata a forma di farfalla. Niente pantaloni larghi e infradito, ma un vestito stretto, nero, con delle fantasie orientaleggianti. Era vestita come se fosse a una festa, evidentemente il festival delle lanterne era un'occasione molto importante per lei e la sua famiglia. Era bellissima.

«Vedo che abbiamo gli stessi gusti» disse Guilly.

Mi voltai di scatto verso di lui. Lui indicò nella direzione di Hang.

«Cosa… cosa intendi, scusa?»

«Il *pho*!» esclamò. «Stai puntando quel *pho* come se te ne fossi innamorato. Lo fanno anche vegetariano, direi che abbiamo trovato la nostra cena.»

Si avviò deciso verso il banchetto.

«No, Guilly… fermo» gli dissi prendendolo per il braccio.

«Che succede?»

«Niente. Però… non c'è un altro posto?»

Avevo timore di farmi rivedere da Hang. Non pensavo che l'avrei davvero mai rivista, la mia era stata una semplice fantasia. Ora che era lì, non mi sentivo a mio agio. Forse perché lei era così bella ed elegante, così impegnata nel fare il suo lavoro. Io, sporco e stanco dopo ore e ore di moto, un vagabondo senza meta. Come se non bastasse, non mi facevo la barba da quando avevo lasciato Ho Chi Minh City.

Guilly puntò i suoi occhi nei miei e fece un sorrisetto. Mi sentii letto come un libro aperto.

«Insisto: prendiamo il *pho*» disse con un tocco di malizia nella voce. E, prima che potessi provare a fermarlo, era già davanti al banchetto. Non lo seguii, ma adesso ero a disagio e non sapevo come comportarmi.

Hang lo accolse con il suo modo di fare elegante e luminoso inclinando leggermente la testa e sorridendo educatamente. Aveva proprio un bel sorriso. Guilly le disse qualcosa in vietnamita, gesticolando. Lei lo ascoltò attentamente e per un attimo rimasero entrambi fermi e immobili. Temetti che avesse detto una delle sue stranezze e invece Hang scoppiò a ridere. Si mise persino una mano davanti alla bocca per trattenere le risate. Sorrisi anche io, scossi la testa, divertito e teso come non mai. Poi mi avviai verso di loro.

34

Guilly aveva un sorrisetto che non mi piaceva. L'espressione di un bambino su quel volto anziano mi faceva pensare che stesse per combinare qualcosa.

«E così vi siete già conosciuti a Saigon, eh?»

Eravamo seduti a uno dei tanti tavolini bassi di fianco alla cucina mobile del padre di Hang, che si trovava a una decina di metri dal fiume. Sul molo in cemento c'erano decine di persone in ginocchio che sembravano impegnate a raccogliere qualcosa nell'acqua. In quel momento ero troppo preso a pensare ad altro per chiedermi cosa stessero facendo.

Quando Hang mi aveva visto era rimasta sorpresa, quasi spaesata. Gli occhi, piccoli e nerissimi, spalancati, la bocca aperta. Aveva detto: «*Oh, you!*». E poi aveva pronunciato il mio nome: «Da-vìde», aspirando un po' le vocali. Io ne ero rimasto affascinato e non ero riuscito a non sorridere. Maledizione, se era bella.

Quindi avevo abbassato lo sguardo e mi ero messo a studiare l'offerta, fingendomi incerto su cosa prendere. Ero ormai diventato tremendamente timido con tutti, e con le ragazze in particolare. Con quelle che mi piacevano, poi, non ne parliamo.

Fortunatamente, Guilly mi aveva tolto dall'impaccio ordinando qualcosa in vietnamita. Lei aveva segnato tutto. Avevano poi preso a parlare e a ridere, escludendomi dalla conversazione. Avrei voluto sapere cosa si dicevano, così magari avrei potuto fare anche io il brillante come lui. In fondo, però, sapevo di non avere la sua straripante personalità. Quell'uomo sembrava in grado di fare qualsiasi cosa senza fatica, senza dubbi, senza timore. Ogni suo gesto era naturale, spontaneo. E non lo scoprivo certamente in quel momento, mentre faceva ridere a crepapelle quella bella ed elegante ragazza asiatica. Anche solo il viaggio che stavamo facendo era già una dimostrazione concreta del suo essere una persona fuori dal comune.

«Sì, Guilly, ci siamo conosciuti a Saigon. Cos'è questo sorrisetto?»

Risposi così alla sua domanda. Lui bevve un sorso di tè, sempre con quel sorriso sul volto.

«Niente, niente» disse mostrando i palmi delle mani.

«Se hai qualcosa da dire, dillo» insistetti.

«Niente. È che sono fatto così: quando vedo l'amore, sono felice!»

«Ma che dici!» sibilai guardandolo negli occhi. Mi avvicinai di più al suo volto sorridente. «Ma quale amore, Guilly. Cosa stai dicendo?»

Lui rise.

«È sempre divertente.»

«Che cosa?»

«Viviamo in un'epoca assurda: ci si augura le cose peggiori e ci si insulta con una facilità disarmante, ma guai a dire di amare. Quasi come se fosse una cosa da deboli, di cui vergognarsi. Questo è forse il più grande fallimento dei nostri tempi.»

Bevve un altro sorso di tè.

«E non parlo solo dell'amore romantico» aggiunse indicando prima me e poi Hang, che stava servendo ai tavoli.

«Guilly, per favore…»

«Io parlo dell'amore in generale. La gentilezza, l'altruismo, l'empatia. Dove sono finiti? Sono stati schiacciati dal cinismo, che è figlio della troppa razionalità. Oggi tutti ragionano come te: se non posso spiegarlo, non ha senso. È così che si diventa freddi e si perde di vista la vera magia di questa esperienza straordinaria che è la vita: l'amore. Una cosa che non si spiega, si può solo vivere. È la cosa più bella che possa capitarti, eppure, guardati: te ne vergogni al punto che ti arrabbi se ti dico che sei innamorato! Se ti avessi insultato non te la saresti presa così tanto.»

«Ma cosa c'entra… mica sono innamorato.»

«Ho visto come l'hai guardata» replicò subito. «Quello sguardo lo conosco. Non si può fingere in alcun modo e non può voler dire nient'altro. Provi qualcosa per lei, e che io sia dannato se non è vero!»

«Abbassa la voce» sussurrai, anche se non ce n'era motivo, perché stavamo parlando in italiano. Mi avvicinai a lui, poi lanciai un'occhiata furtiva verso Hang, che stava consegnando l'ordine al padre. «Non sono innamorato e non so nemmeno come siamo arrivati a fare un discorso del genere» dissi imbarazzato, evitando il suo sguardo.

«Magari non lo sei, ma non è questo il problema.»

«E qual è allora?»

Fu Guilly ad avvicinarsi a me.

«Tu non ti concedi l'opportunità di amare. Questo è il problema. Non dai a te stesso la possibilità di innamorarti e vivere quella sensazione di leggerezza, evasione e stordimento che nemmeno la migliore delle droghe può darti. E ti assicuro che qualcuna, da giovane, l'ho provata…»

«Guilly…» iniziai, ma poi non riuscii a non ridere.

«Amare dà un senso a tutte le tue giornate» proseguì lui come se niente fosse. «Se ti neghi questa opportunità meravigliosa, i casi sono solo due: o non sei mai stato innamorato, e allora non sai che valore ha quello che ti stai perdendo; oppure sei stato innamorato e ne sei uscito con il cuore a pezzi, e quindi hai paura che succeda di nuovo.»

Mi dava terribilmente fastidio che riuscisse a cogliere così la verità. Mi guardai la punta delle scarpe e non dissi nulla.

«Come si chiama?» mi domandò.

«Chi?»

«La persona che ti ha spezzato il cuore.»

Sospirai e distolsi lo sguardo, puntandolo verso il fiume, dove c'erano tutte quelle persone inginocchiate davanti alla riva. Sentivo di avere gli occhi lucidi, forse perché quell'argomento non lo avevo mai affrontato con nessuno. Nessuno mi aveva mai chiesto niente riguardo la rottura, nonostante io e Valentina stessimo insieme da anni. Per tutti era un argomento imbarazzante, poi era arrivato quello strano personaggio con la barba e i capelli lunghi, una specie di motociclista zen con cui si poteva parlare di qualsiasi cosa senza la paura di essere giudicati. Alzai lo sguardo e Guilly mi mostrò un sorriso amichevole. Deglutii e guardai altrove.

«Valentina» dissi dopo un po'.

Lui annuì, restò in silenzio per qualche secondo, poi prese la sacca con cui viaggiava, ci infilò dentro la mano e ne tirò fuori un quadernetto. Lo aprì e ne strappò un foglio, con grande cura. Rimise il quadernetto al suo posto, ma non prima di togliere la penna che si trovava in mezzo. Scrisse qualcosa sul foglio, poi lo girò verso di me e lo spinse dalla mia parte del tavolo in metallo al quale eravamo seduti. C'era scritta, in un corsivo elegante, una sola parola: "Valentina".

Lo guardai chiedendomi se fosse uno scherzo. Lui, invece, era stranamente serio.

«Guarda attentamente questo foglio e pensa a lei. Immagina il suo volto. Ricorda quello che avete fatto insieme.»

Ricordai le parole del nonno: "Fai tutto ciò che ti chiede". Dopo un attimo di esitazione, pensai a Valentina. Il suo volto mi tornò in mente prima nell'insieme: il suo naso, i suoi occhi, i suoi capelli, la sua bocca. Poi arrivarono, tutti insieme, tanti dettagli: la ciocca di capelli castani che le spuntava da dietro l'orecchio e che si aggiustava continuamente, il neo sul collo, il suo profumo preferito, i pantaloni larghi che indossava quando cucinava la cena per entrambi. Dopo arrivarono i ricordi del tempo che avevamo passato insieme. Quasi solo i momenti belli, dolorosamente belli. Infine, quel giorno sulla nostra panchina, quando lei mi aveva detto che non mi amava più. Che non c'era un motivo, non avevo sbagliato niente. Semplicemente non c'era più alcun sentimento e lo aveva capito proprio ora che dovevamo andare a convivere. Provai una fitta di pura sofferenza.

Il flusso dei miei pensieri fu interrotto da Guilly, che mi strappò brutalmente dalle mani il foglietto. Lo guardai infastidito, ma lui non mi diede il tempo di dire niente, nemmeno di capire, perché si alzò e si avviò verso il fiume.

«Ma che fai?» protestai senza che potesse sentirmi. Mi guardai intorno, incredulo. Lanciai un'occhiata verso Hang, giusto per assicurarmi che non stesse per servirci. Vidi che era impegnata con altri clienti. Dopo un paio di secondi di esitazione, non potei fare altro che seguire Guilly.

Vidi che si era fermato proprio dove c'erano tutte quelle persone. Un paio di loro erano occidentali, le altre erano vietnamite. C'erano dei bambini con i loro genitori, ma anche diversi anziani. Solo quando giunsi alle loro spalle compresi cosa stavano facendo: i vecchi preparavano delle barchette con delle foglie di banano, poi ci posizionavano al centro una piccola candela. I figli e i nipoti le prendevano, recitavano delle preghiere e le mettevano sull'acqua. Infine, le guardavano allontanarsi. Restai senza parole dinnanzi al fiume, che si stava lentamente riempiendo di tutte quelle candele.

Guilly si avvicinò a un'anziana signora, sembrava avere cent'anni e nonostante le mani callose e deformate dall'artrite era comunque in grado di confezionare le lanterne galleggianti. Si scambiarono qualche parola, poi Guilly tirò fuori una banconota e gliela consegnò. La donna gli diede la lanterna che aveva appena ultimato.

Si girò verso di me, stavolta senza un sorriso. Aveva un'espressione molto seria. Mi diede il biglietto con su il nome di Valentina.

«Voglio che leggi ancora una volta quel nome. Pensa a lei, ancora una volta.»

Lo feci, me la presi con calma. Mi chiesi dove fosse e cosa stesse facendo in quel momento. Quello era stato un chiodo fisso nel primo periodo dopo la rottura, era da un po' che non ci pensavo. Mi chiesi anche se ogni tanto le tornassi in mente. Fu doloroso affrontare certi pensieri, ma lo feci. Alla fine, senza bisogno che Guilly me lo spiegasse, piegai in due il foglietto e lo posizionai al centro della lanterna. Guilly sorrise e me la consegnò in mano.

«Vai, il fiume ti aspetta» disse indicando la riva.

La barchetta era così leggera che non mi sembrava di averla in mano. Il foglietto era piegato e riuscivo a leggere solo una parte della parola: "Vale". Così la chiamavo. Così la ricordavo. Chiusi gli occhi, inspirai ed espirai. Poi mi avvicinai alla riva. Una giovane madre stava spiegando a sua figlia il significato di quel gesto. Non conoscevo il vietnamita, eppure mi parve di comprendere appieno il significato delle sue parole. Mi voltai verso Guilly, che era un paio di passi dietro di me. Mi guardava come un padre orgoglioso.

«Lascia andare, Davide» disse sorridendo. «Come dissi a tuo nonno, il passato è passato. Non ci pensare perché non poteva andare diversamente, altrimenti sarebbe andata diversamente. Doveva andare proprio così.»

Mi si avvicinò, sorridendo.

«Doveva andare proprio così» ripeté. «Non ci sono rimpianti, recriminazioni, sensi di colpa. Liberati di questo peso. Lascia andare.»

Mi voltai, mi piegai sulle ginocchia e appoggiai la lanterna sul corso del fiume. La trattenni ancora per qualche secondo, mentre percepivo la forza dell'acqua sotto alla foglia di banano. Lessi ancora una volta quelle quattro lettere: "Vale". Quindi la lasciai andare.

Mi alzai e guardai quella piccola luce unirsi a tutte le altre, fino a diventare indistinguibile. Mi asciugai le lacrime con il dorso delle mani, osservando quel fiume illuminato di speranze, buoni auspici, sogni e desiderio di rinascita.

35

Tornati al tavolo, io e Guilly avevamo mangiato il *pho* bollente godendoci ogni boccone. Ero meravigliato da quanto fosse buono, forse ero anche condizionato dallo stato d'animo che avevo acquisito lasciando andare la lanterna: mi sentivo come alleggerito di un grosso peso che avevo dentro, e che mi impediva di concentrarmi su piccoli dettagli. Dettagli che ora mi apparivano pieni di bellezza.

Guilly era meno stupito, perché riteneva evidente che per il padre di Hang quello non fosse un semplice lavoro, ma molto di più: una ragione di vita. Citò un termine in giapponese che non compresi, ma che a suo dire spiegava perfettamente il concetto, e aggiunse che me ne avrebbe parlato più avanti.

Quando finimmo, Guilly si alzò in piedi di scatto.

«Io vado» disse.

«Ma come? E dove vai?»

«A parlare con il mio amico, quello che hai visto nella hall. Non ci vediamo da tanto tempo.»

«Ma come...» farfugliai guardandomi intorno.

«Non lo hai detto tu che non hai bisogno che io ti guardi le spalle? E allora! Goditi l'appuntamento.»

«Guilly, non c'è nessun appuntamento. La saluto, per una questione di cortesia...»

«Goditi la serata. Meglio, così?»

Poi si avvicinò e mi sussurrò all'orecchio: «Solo una cosa, mi raccomando: non fare mai il gesto di incrociare le dita. Sai, quando uno dice: "Speriamo!" e poi incrocia indice e medio? Qui vuol dire un'altra cosa ... Diciamo che, se ti vede il padre di lei fare un gesto del genere, domani altro che *pho* vegetariano: ci finisci tu nel pentolone!».

Scoppiò a ridere, quindi, prima che potessi fermarlo, si allontanò rapidamente. Andò dal padre di Hang e si congratulò. Lui alzò appena lo sguardo dal pentolone e si limitò ad annuire. Poi Guilly disse qualcosa a Hang e lei rise, di nuovo. Il padre si voltò di scatto e lo fulminò con lo sguardo. Guilly non ci fece caso e si allontanò sotto tutte quelle lanterne, come sempre con le mani dietro la schiena. Era l'uomo più spensierato che avessi mai visto.

Mi ritrovai solo, in mezzo a tanti vietnamiti, senza avere niente da fare. I tavoli si stavano svuotando, la serata giungeva al termine. Erano le dieci passate. Non sapevo precisamente cosa ci facessi lì. Se ero ancora seduto, in attesa, era per parlare con Hang. Salutarla, come avevo detto a Guilly, perché così si comportano le persone educate. Nient'altro.

Non avevo idea di quanto avrei dovuto aspettare prima di incrociare di nuovo il suo sguardo per caso, così pensai fosse meglio alzarmi e andare subito a dirle qualcosa come: "Ciao, è stato un piacere rivederti". Mi sentivo un po' a disagio a stare lì, da solo, in attesa di un istante in cui non sapevo cosa sarebbe successo. Pensai di aggrapparmi al cellulare, come facevo spesso quando mi annoiavo o volevo evadere da una situazione scomoda. Però mi sembrava di cattivo gusto. Anzi, mi sembrava sbagliato, dopo tutto quello che Guilly aveva detto sul vivere fuori dalla mente. E poi l'atmosfera era bellissima, di quelle in cui il semplice non fare niente è già un piacere.

L'aria era riempita dal profumo di cibo cucinato sul momento, dalla musica dal vivo suonata da un locale poco distante e dal suono confortante delle chiacchiere e delle risate del gruppetto di ragazzi e ragazze che si stavano divertendo al tavolo di fianco al mio. C'era un venticello che teneva lontana l'afa e faceva ciondolare dolcemente la lanterna rossa appesa sopra la mia testa. Oltre quella fiammella, c'erano un'infinità di stelle che brillavano nel cielo oscuro.

Decisi di restare seduto a godermi quello spettacolo e attendere che Hang finisse. Ogni tanto la guardavo cercando di non farmi notare, ma un paio di volte se ne accorse e rispose con un sorriso. Non ci eravamo dati un appuntamento, non ci eravamo detti nulla. Però non era sorpresa, né sembrava infastidita, dalla mia presenza.

Fui l'ultimo dei clienti a rimanere, e a un certo punto vidi che Hang iniziava a sistemare le sedie, impilandole una sopra l'altra. Mi alzai istintivamente e le diedi una mano. Lei fece un'espressione stupita, ma anche vagamente spaventata.

«No, no, no» disse frettolosamente.

«Non ti preoccupare, ci mettiamo un attimo in due.»

«No, davvero» ribadì.

«Sei vestita così bene, non vorrei che ti si rovinasse il vestito» le dissi superando diverse barriere di timidezza.

Probabilmente arrossii, perché lei mi sorrise in modo dolce. Mi ringraziò, ma insistette per fare da sola, quasi come se fosse un sacrilegio che io le dessi una mano. Forse a quelle latitudini c'erano delle implicazioni culturali dietro al mio gesto di cui non mi rendevo conto. Mi fermai, non volevo essere irrispettoso.

«Sei sicura? A me farebbe piacere» feci un ultimo tentativo.

Lei tentennò un secondo, guardò rapidamente verso il padre, che era concentrato sulla cucina. Guardò me.

«Va bene, dài. Grazie.»

Nel giro di cinque minuti tutte le sedie erano impilate e i tavolini in acciaio erano ammassati contro la parete del vicolo. Hang prese un grosso telo di plastica blu e me ne porse un lembo. Lo poggiammo sopra i tavolini e le sedie, coprendo tutto quanto.

Quando finimmo, ci ritrovammo fianco a fianco, in silenzio, ad ammirare il nostro lavoro. Intanto la mia mente correva come un treno. Volevo chiederle di bere qualcosa insieme, ma quella proposta, nella mia testa, suonava esagerata. Cosa c'entravo io con lei, che aveva appena finito di lavorare ed era con i suoi famigliari? Ero quasi sicuro che avrebbe detto di no. Avrebbe fatto un'espressione stranita, mi avrebbe guardato dalla testa ai piedi e si sarebbe inventata una scusa. In fondo, chi ero io se non uno dei tanti clienti occidentali del ristorante di suo padre?

"Lascia perdere" mi dissi.

«È stato un piacere rivederti…» iniziai per congedarmi. Poi, però, mi tornarono in mente le parole di Guilly, come un lampo in piena notte: "Qualunque cosa succeda, domani il sole sorgerà lo stesso". E mi sembrò di vederlo mentre mi diceva: "Tanto vale provarci, no? Cos'hai da perdere?".

«… Senti, mi piacerebbe offrirti qualcosa da bere» le proposi tutto d'un fiato.

Si voltò verso di me. Si prese mezzo secondo in più per rispondere.

«Va bene» disse alla fine con un tono di voce basso che non mi sembrò particolarmente convinto. Si voltò verso il padre, che stava lavando energicamente il pentolone in cui aveva cucinato per tutta la sera. Poi verso di me. Sorrise.

«Bene, andiamo! Bevi… la birra?» le chiesi incerto. Non sapevo se le ragazze vietnamite fossero solite berla.

«Sì, ma niente di pesante. Conosci la Bia Hoi?»

«No.»

«Allora te la faccio provare.»

La seguii finché non si fermò davanti al padre. Restai due passi indietro. Gli disse qualcosa in vietnamita e lui mi guardò con uno sguardo severo e pieno di diffidenza. Mi venne in mente la battuta di Guilly sul *pho* dell'indomani, ma ora non mi faceva più tanto ridere: non capivo la lingua di quell'uomo, ma capivo il suo linguaggio del corpo. Non gli piacevo, per niente. Lei aggiunse qualcosa, col tono di chi stesse protestando. Lui riprese a pulire la pentola con la spugna di metallo, ma con ancora più energia di prima, sempre fissandomi. Sembrava fare a quel pentolone quello che avrebbe voluto fare a me. Hang protestò di nuovo e lui disse qualcosa, quindi riprese il suo lavoro. Hang lo salutò e riprendemmo a camminare. Provavo un formicolio sulla nuca: era lo sguardo che suo padre stava puntando su di me mentre ce ne andavamo.

Camminammo fianco a fianco, in mezzo a bancarelle che diventavano sempre più vuote. Forse era a causa delle lanterne, ma ora che eravamo soli l'atmosfera mi sembrava molto romantica. Anche troppo.

«È davvero bella Hoi An» dissi tanto per dire qualcosa.

Anche lei sembrava piuttosto timida, ma in quel modo tutto asiatico che stavo imparando a conoscere: non si chiudeva in se stessa come facciamo noi occidentali quando siamo a disagio, ma sorrideva con un po' di nervosismo quasi si sentisse in colpa. Non poteva sapere quanto fosse adorabile.

«Sono contento che ti piaccia» disse semplicemente.

«A te non piace?»

Si guardò intorno con quei suoi occhi piccoli e attenti.

«Non è che non mi piace... è che qui c'è tutta la mia famiglia e a volte non è facile. Mio padre mi vuole bene, ma è un uomo molto severo. So che tutto quello che fa lo fa per me, però a volte... è dura. A volte...»

«A volte?»

«A volte vorrei avere più libertà. Tutto qui.»

«Vorresti andare via da qui?»

Lei mi guardò per un attimo, forse per capire se quelle mie parole suonavano nella mia testa come risuonavano nella sua. Per me l'espressione "andare via" poteva avere un significato ben diverso dal suo. Era strano e interessante conversare con una persona che apparteneva a un mondo così diverso dal mio.

«Sì» disse. E non aggiunse altro.

Mi passò per la testa un'idea folle. Feci per scacciarla, ma poi ecco che le parole di Guilly risuonarono di nuovo dentro di me: "Domani il sole sorgerà lo stesso, di cosa ti preoccupi tanto?".

«Vuoi scappare via con me?» mi buttai. Non so che espressione avessi in quel momento. Dentro mi sentivo come se mi fossi appena buttato da un aereo senza paracadute.

Hang si fermò e mi guardò divertita. Entrambi sorridevamo, pensando a quella prospettiva irrealizzabile.

«Ho una moto» aggiunsi. Lei continuava a guardarmi. I suoi occhi erano pieni di energia, neri come i lunghi capelli.

«E con tuo nonno come fai?» chiese divertita, riprendendo a camminare.

«Mio nonno? Ah, Guilly. Non è mio nonno. Lui è… è una storia lunga.»

«Mi ha detto che state facendo un viaggio in moto fino a Ha Giang» disse lei.

Mi resi conto con un po' di dispiacere che non aveva risposto alla mia proposta.

Poi mi fermai.

«Fino a dove hai detto?» chiesi.

«Ha Giang.»

«Ah.»

«Non lo sapevi?»

«Non so nemmeno dove sia questo posto.»

«È un'area nell'estremo Nord del Paese. Fa freddo lassù e piove quasi sempre. Cosa ci andate a fare?»

«Una faccenda famigliare» le risposi. «Comunque non lo sapevo. Guilly non me lo ha voluto dire.»

Lei annuì, ma avrei scommesso che si stesse chiedendo che razza di storia fosse mai quella.

«Da dove vieni?» mi chiese.

«Io? Dall'Italia» dissi come se fosse scontato. Non lo era, effettivamente non gliel'o avevo mai detto. «Conosci l'Italia?»

Lei arrossì leggermente.

«Qualcosa…» disse.

«E cosa?» le chiesi incuriosito da quella strana reazione.

«Non molto. Io non conosco molto il mondo.»

Rimanemmo in silenzio. Mille dubbi mi tempestarono la mente. Temetti di averla messa in difficoltà o offesa con quella domanda apparentemente innocente. Mi resi conto tutto d'un tratto che ero dall'altra parte del mondo, in una nazione con una cultura completamente diversa dalla mia, a conversare con una ragazza che non conoscevo affatto. Intanto era calato un silenzio imbarazzante tra di noi.

"Di' qualcosa, di' qualcosa, di' qualcosa" pensai.

«Neanche io conosco il mondo» dissi. In fondo, era vero.

Lei sorrise e la sua espressione si distese un po'.

«Però sei qui, lontano da casa.»

«Sì, ma non ho mai viaggiato nella mia vita. Questo è il primo viaggio che faccio. E se non fosse per una serie di assurde situazioni non sarei nemmeno qui.»

«Ma tu puoi viaggiare. Se lo vuoi, intendo…»

Mi voltai verso di lei. Guardava per terra, l'aria sconsolata.

«Be', sì… certo. Perché, tu…»

Mi fermai. Avevo la tremenda sensazione di non rendermi conto di qualcosa che per tante altre persone sarebbe stato scontato. Mi sentii ignorante, e almeno mi dissi di essere umile. Così restai in silenzio.

«Per noi vietnamiti non è sempre facile viaggiare.»

Non dissi nulla. Era per una questione di soldi?

«Ad esempio, ho conosciuto una ragazza europea come te. Lei aveva vissuto in Australia, perché lì concedono un visto per i giovani.»

«Ah sì, ho presente. Lo hanno fatto alcuni miei amici. E tu… non puoi farlo?»

«Teoricamente sì. In pratica, è una lotteria. Per il Vietnam vengono messi a disposizione solo duecento visti all'anno. Ci sono migliaia e migliaia di candidature. Per molte altre nazionalità non ci sono limiti.»

«Ah, che ingiustizia. Mi dispiace.»

Pur non essendone responsabile, mi sentii in colpa.

«Non ti preoccupare. Se anche riuscissi a ottenere il visto, non potrei comunque partire.»

«Perché…?»

Lei alzò le spalle, con quell'aria desolata.

«Mio padre non mi lascerebbe partire.»

«Ah.»

Avrei voluto dire qualcosa, ma percepii la delicatezza dell'argomento.

«So che ti sembra strano» disse lei con un sorriso triste.

«Ma no, io…»

Non conclusi la frase. Certo che mi sembrava una follia, ma io non avevo la minima idea delle dinamiche della sua famiglia. Preferii non dire nulla.

«Tu con il passaporto italiano puoi andare ovunque nel mondo?»

Mi voltai di nuovo verso di lei. Ora mi guardava con un'espressione incuriosita, gli occhi brillavano.

«Sì… immagino di sì…» risposi farfugliando. Non le dissi che non ci avevo mai nemmeno pensato, avevo sempre dato per scontato che chiunque potesse viaggiare ovunque volesse, e l'unico limite fosse quello economico.

«E non ti viene voglia di viaggiare per tutto il mondo?»

«Eh, ma i soldi…» iniziai, ma mi fermai. Ero in Vietnam da abbastanza tempo per sapere che si poteva spendere pochissimo lì. La stanza di un hotel costava quindici dollari a notte, il cibo un paio di euro, la benzina era quasi regalata. Potevo davvero dire a quella ragazza che probabilmente, lavorando nel ristorante del padre, guadagnava meno di quanto prendessi io come rider in Italia, che era una questione di soldi? «No, non è tanto questo» mi corressi. «È che non ho mai pensato di viaggiare. Non mi è mai interessato. A te piace? Voglio dire… ti piacerebbe?»

«Sì tantissimo» rispose lei. Sembrava sognare a occhi aperti.

«E dove ti piacerebbe andare?» le chiesi divertito.

Lei ci pensò su. Maledizione, se era bella, mi ripetei.

«Singapore, sicuramente. E l'Italia. Perché no?»

«L'Italia?» le chiesi.

«Perché, non è bella?»

Alzai le spalle.

«Certo che è bella, però… probabilmente quando uno si abitua a qualcosa, dopo non ne vede più il valore. Magari a te succede con Hoi An, che invece tutti questi turisti adorano. Comunque, se mai dovessi venire in Italia, sarai mia ospite.»

«Grazie!» disse lei tutta contenta, facendo lo stesso gesto di Guilly: mani giunte davanti al petto e un leggero inchino con la testa. Poi si rabbuiò un po', forse perché sapeva che difficilmente ci sarebbe mai venuta.

«Allora, dove beviamo questa birra?» proposi.

Si guardò intorno, e indicò un piccolo locale, con gli immancabili tavolini in metallo e le sedie in plastica. Seduti, c'erano solo vietnamiti, solo giovani. Lì sarei stato l'unico occidentale.

«Va benissimo!» dissi prima di iniziare a pensare troppo e ritrovarmi sopraffatto dai timori. Quando lei sorrise e mi fece cenno di seguirla, mi dissi che forse avrei dovuto provare a vivere così, buttandomi. Forse lo avevo fatto la prima volta, per davvero, quando avevo deciso di partire per quel folle viaggio. E ora ero insieme a una ragazza asiatica che mi piaceva, in una cittadina che sembrava uscita da un romanzo. Quante cose mi ero perso nella mia vita.

Ci sedemmo a un tavolino d'angolo, il più isolato. Lei si tolse le scarpe eleganti e le posizionò con cura davanti allo sgabello, e si sedette a gambe incrociate, i piedi nudi: la stessa posizione in cui era quando l'avevo incontrata la prima volta a Ho Chi Minh City. Quindi si slegò i lunghi capelli neri e sul suo viso comparve un'espressione rilassata. Nonostante tutto, restava molto posata. Mi colpiva quella sua classe, perché non era minimamente ostentata: Hang era ordinata, educata, elegante. Era raffinata ma umile, preziosa ma semplice.

Notai che a terra era pieno di gusci di arachidi, ma non commentai, temendo di dire nuovamente la cosa sbagliata. Fu lei a ordinare. Il cameriere, un ragazzo che sembrava avere quindici anni, mi guardò incuriosito. Notai che anche altre persone presenti si erano voltate a guardarmi.

«Questo è un locale… diciamo così… frequentato dalla gente del luogo?»

«Diciamo di sì. Ma non hai niente da temere, sono solo curiosi.»

«Perché sono straniero?»

Lei distolse lo sguardo, sembrava un po' in difficoltà nel trovare una risposta.

«Forse perché siamo insieme.»

«Ah.»

Avrei voluto aggiungere: "E quindi?". Ma preferii evitare di mostrare la mia incapacità di interpretare le situazioni.

Poco dopo arrivarono le birre. Erano in due boccali alti e stretti ed era la birra più chiara che avessi mai visto. Quando la assaggiai, divenne anche la birra più leggera che avessi mai assaggiato. Però era buona.

Insieme alle birre, ci portarono una cesta piena di arachidi.

«Ora si spiega» dissi indicando il pavimento.

«È la tradizione: *Bia Hoi and peanuts*!»

Ridemmo e alzai il boccale per brindare. Lei mi guardò stupita, forse non era usanza brindare a quel modo, ma alla fine i due bicchieri si toccarono.

«La birra è molto leggera» commentai.

«Sì, infatti la beviamo a tutte le ore. Viene prodotta localmente, in casa. Non c'è un brand dietro, non ci sono fabbriche che la producono.»

«E quindi questa chi l'ha fatta?»

«La famiglia che possiede il locale. È una tradizione vera e propria qui in Vietnam, dalla sua produzione a quando la bevi.»

Annuii e bevvi un sorso. La apprezzai di più sapendo che c'era un'intera cultura, dietro a quella bevanda. Hang era davanti a me. Aveva accavallato le gambe. Le intravedevo la coscia attraverso il leggero spacco del vestito.

«Sei molto elegante stasera» dissi, distogliendo però lo sguardo.

«Oh... grazie» rispose lei un po' in imbarazzo.

«Questo festival è molto sentito in Vietnam?» chiesi subito dopo.

«Un tempo sì, ora lo si tiene più che altro per attirare visitatori. Però è comunque molto bello, ieri sera abbiamo fatto volare le lanterne in cielo.»

«Ah sì? Io ne ho messa una nel fiume poco fa.»

«Ma dài! E qual era il tuo desiderio?»

Mi fermai un attimo a pensarci.

«Lasciare andare una cosa del passato. Voi per quale motivo le fate volare in aria o le poggiate sul corso del fiume?»

«Per essere fortunati. In realtà questo festival è per metà vietnamita e per metà giapponese. I mercanti giapponesi che arrivavano qui, in passato, erano soliti porre le lanterne fuori dalle loro abitazioni perché convinti che portassero protezione e fortuna. Noi abbiamo adottato questa usanza e l'abbiamo unita alla celebrazione della luna piena, che è parte della nostra tradizione buddhista.»

Indicò il cielo e solo allora mi resi conto che, tra le foglie delle palme che coloravano di verde la strada e le lanterne rosso fuoco, si intravedeva una luna piena. Era enorme e luminosa.

«Stupenda» commentai. Lei annuì.

«Non è che mi vesto così tutti i giorni» disse poi abbassando lo sguardo, come se se ne vergognasse. Trovavo meravigliosa quella sua timidezza.

«Non c'è niente di male nel vestirsi così» dissi. «Anzi, stai benissimo.»

«Grazie» ripeté. «A me non piace molto, non amo essere al centro dell'attenzione. Però quando ci sono questi festival mio padre dice che è necessario. Qui ancora di più rispetto a Saigon, perché ci sono più turisti.»

Non dissi nulla. Mi sembrava un argomento in cui era meglio che non mi immischiassi.

«Che poi è un po' un controsenso» proseguì lei. «Perché mio padre non vuole che li frequenti.»

«Ah.»

«Sì, ma non ti preoccupare. Gli ho detto che siamo solo amici.»

«Certo» dissi bevendo un lungo sorso e facendo un sorriso imbarazzato. «Quindi è la prima volta che vai a bere una birra con un... viaggiatore?»

Definirmi in quel modo mi faceva ridere, ma era meglio di "straniero".

«Con un ragazzo... sì. Una volta ho conosciuto due ragazze francesi, due backpacker. Le ho portate a visitare il Distretto 2 di Saigon. Abbiamo passato il pomeriggio insieme. È stato bello.»

«Potremmo farlo anche noi» proposi.

«Perché no? Tu quando tornerai in Italia?»

Avevo un biglietto di ritorno prenotato, ma in quel momento del viaggio e della mia vita non c'erano certezze.

«Non lo so ancora. E se mi fermassi qui per sempre?»

Ridemmo entrambi, poi lei disse qualcosa che mi colpì.

«Tu che puoi viaggiare, viaggia anche per me. Vai a vedere il mondo. Dev'essere bellissimo avere questa libertà.»

Riflettei sul fatto che avevo sempre considerato il viaggio come un'attività per pochi appassionati e benestanti, un semplice capriccio. Poi ero partito, tra mille dubbi e dopo tanti tentennamenti, ed erano bastati pochi giorni per capirne il vero valore: si parte non solo per esplorare il mondo, ma anche per esplorare se stessi. Per capire se stessi mentre si capisce come funzionano le cose della vita.

E ora, davanti a Hang e ai suoi occhi pieni di sogni e voglia di scoprire il mondo, mi sentii un ingrato per aver sempre dato per scontato qualcosa di così prezioso. E soprattutto per tutte le lamentele per quanto fosse stata ingiusta la vita con me. Con me? Io che potevo fare quello che volevo e invece stavo tutto il giorno chiuso in camera a piangermi addosso? Io che ero stato così infantile da non voler più cercare un lavoro dopo la delusione dello studio di architettura? Ero solo un bambino viziato. La mia arrendevolezza, ora che la vedevo riflessa negli occhi decisi di quella ragazza che probabilmente lavorava dieci ore al giorno sotto lo sguardo severo del padre, eppure restava gentile con chiunque, mi disgustava.

Quante cose diamo per scontate finché non troviamo qualcuno che non può averle e non desidererebbe altro? Quella conversazione fu una doccia fredda di consapevolezza. Pensai che, se non fossi partito per quel viaggio, non l'avrei mai e poi mai capito. Sarei rimasto nella mia bolla di false convinzioni, una più stupida dell'altra, a deprimermi e sentirmi una vittima, quando le vere vittime sono ben altre.

«Disegni molto bene» dissi per cambiare argomento e portare la conversazione su qualcosa di più leggero.

«Disegnare?»

«La mappa che mi hai fatto... ricordi?»

Sorrise con eleganza e fece un gesto della mano per ringraziarmi. Aveva le dita sottili e le unghie senza smalto, ma perfette. Le mie erano tutte mangiate e spaccate a causa dello stress, che in quel momento sembrava appartenere a una vita passata, se non a quella di un'altra persona. I segni, però, erano ancora lì, sulla punta delle mie mani.

«Mi piace disegnare. Lo faccio fin da quando ero bambina. L'altro mio sogno sarebbe stato di studiare architettura.»

Subito non dissi nulla. Mi sembrava impossibile. Ancora una volta, mi sentii un ingrato. Sembrava quasi fatto apposta, come se l'universo volesse darmi una lezione.

«Io ho studiato architettura» dissi guardando altrove.

«Davvero?»

Mi osservava con gli occhi grandi, come se quella coincidenza fosse incredibile. Lo era, in effetti. Anche se ormai avevo smesso di credere alle coincidenze. Ci guardammo per un paio di secondi, molto intensamente. Mi sembrò che provasse a entrarmi dentro, a capire chi fossi davvero. Forse non ero il solito turista occidentale.

«Quindi anche tu disegni» disse alla fine. Bevve un sorso di birra e si aprì un'arachide.

«Un tempo... sì.»

«E ora no?»

«Ho smesso. Diciamo così.»

«E perché?»

Distolsi lo sguardo, feci una smorfia. "Come faccio a spiegartelo?" pensai.

«Ho avuto un problema sul lavoro e questo mi ha fatto passare un po' la passione. Diciamo così.»

Lei restò in silenzio per un attimo. Probabilmente una dinamica del genere era incomprensibile per lei. Ma non insistette e invece cambiò discorso. Mi piacque molto quella sua attenzione: aveva capito che era un argomento che non mi andava di approfondire e allora aveva deciso di non insistere. Era un atto di empatia, per nulla superficiale.

Per il resto della serata parlammo quindi di tutt'altro. Nessuno di noi due voleva essere triste. Hang mi disse quali erano i luoghi che non potevo proprio perdermi durante il viaggio verso il Nord e io le chiesi se potesse disegnare un'altra mappa. Lei rise, ma ero certo che, se non fosse stato così tardi, lo avrebbe fatto davvero.

Ci alzammo verso mezzanotte e le proposi di accompagnarla a casa.

«Meglio di no, c'è mio padre che mi aspetta.»

«Be', così può vedere che sono un bravo ragazzo.»

Lei rise e mi sfiorò il braccio con le dita della mano. Mi resi conto che era la prima volta che ci toccavamo. In Italia era comunissimo, mentre avevo notato che in Asia tutti mantenevano le distanze: non si stringevano le mani, non si abbracciavano, non si baciavano. E, su quel pensiero, mi chiesi che sensazione dovesse dare baciare una ragazza così diversa e lontana dal mio modo di vivere, pensare e comportarmi.

Passammo davanti al ponte giapponese di cui mi aveva parlato Guilly. Ci fermammo entrambi, quasi come se fosse la cosa più naturale del mondo. Il rosso delle sue pareti, illuminato da tutte quelle lanterne, era ancora più intenso. Sotto, il fiumiciattolo scorreva veloce, verso quello ben più grande su cui avevo posato la mia barchetta poco prima.

«Com'è dentro?» le chiesi.

Hang mi guardò divertita.

«È ancora aperto, vuoi andare a vederlo?»

Poco dopo varcavamo l'ingresso, che era più largo del ponte stesso. Insieme a noi, alcuni turisti che scattavano fotografie. La passerella e le colonne erano in legno e dal soffitto pendevano delle lanterne. Su una delle due pareti in cemento c'erano alcune porte. Mi chiesi dove portassero. Sull'altra, invece, si aprivano delle finestrelle da cui si potevano ammirare il fiume e una piacevole vista di quel quartiere di Hoi An. Io e Hang ci fermammo lì, appoggiandoci con i gomiti. Il cielo era pieno di stelle e una lanterna ci illuminava i volti. Mi resi conto di quanto fosse romantica quella situazione solo quando io e lei ci guardammo negli occhi.

Pensai che fosse stupenda. Mi guardava con quei suoi occhi curiosi e pieni di vita, sorrideva.

«È bellissimo» dissi.

Lei annuì guardandosi intorno. Ancora una volta provai il desiderio di baciarla, lì, senza esitazioni.

«Quando torni a Saigon?» le chiesi.

«Domattina presto.»

"Non ci vedremo più" pensai. "Rischio di non vederla mai più."

Era lì, di fianco a me, bella come quel cielo stellato. E incredibilmente pensai a Luigi. Mi tornò in mente la nostra telefonata, quando aveva citato il discorso di *Braveheart*. E mi dissi: "Sei sicuro che un giorno, tra molti anni, quando sarai agonizzante sul letto di morte, non sognerai di barattare tutti i giorni che avrai vissuto a partire da oggi per avere l'occasione, solo un'altra occasione, di tornare qui, dentro il ponte coperto di Hoi An, e provare a baciare questa ragazza?".

Il cuore batteva all'impazzata.

«Magari ci rivedremo, perché no?» disse lei sorridendo, ma senza malizia. Era un rebus. Non riuscivo a capire se provasse per me qualcosa di vagamente simile a quello che io provavo per lei.

«Già» dissi, e distolsi lo sguardo, lo alzai verso il cielo. Poi tornai a guardarla negli occhi e forse ci vidi qualcosa, un luccichio. Trattenni il fiato e mi buttai.

Mi avvicinai a lei. C'erano ormai solo un paio di centimetri tra le mie labbra e le sue, quando lei si allontanò con decisione.

«*No... sorry*» si limitò a dire. Alzò i palmi, come per sottolineare che proprio non ci eravamo capiti, e fece uno strano gesto con le dita indicando la sua bocca.

Io rimasi lì, a disagio come solo un uomo che si è visto negare un bacio. Feci un sorriso forzato.

«*No problem*. Anzi, scusa per quello che ho fatto» mormorai. «Sono un idiota.»

«No, non ti scusare, scusami tu se…»

«Sarà stata la birra, anche se era leggera» dissi per provare a sdrammatizzare.

Lei non rise, sembrava mortificata e così mi faceva sentire ancora più stupido. Mi venne voglia di andarmene, una parte di me si sentiva umiliata. Però non lo feci. Forse era già in atto, dentro di me, quel cambiamento radicale che solo certe prese di consapevolezza sanno innescare. Mi ero vergognato di essere un bambino, era ora di comportarsi da uomo.

«Comunque è stato un vero piacere conoscerti» le dissi porgendo la mano.

Lei la guardò, stupita. Poi la strinse leggermente.

«Anche… per me» rispose lei.

Poco dopo ci incamminammo verso la mia guesthouse, che distava poche centinaia di metri da lì. Avevo una tempesta nell'anima, ma cercavo di essere cordiale. Le stavo raccontando che il volo per venire lì era durato più di dieci ore, quando passammo davanti a un locale che sembrava palesemente fuori posto in quel contesto magico e romantico. Dall'insegna sgargiante alla facciata piena di scritte, dai tavolini ammassati e pieni di alcolici fino alla musica assordante che usciva dall'interno: tutto stonava con la bellezza e la classe di Hoi An. Anche la clientela era diversa: era composta solo da uomini occidentali di una certa età, tutti con un boccale di birra in mano e l'aria di chi ha bevuto più di quanto possa reggere. Intorno a loro, gruppetti di ragazze vietnamite con abiti corti e provocanti, in precario equilibrio sui tacchi altissimi.

Notai subito che Hang era fortemente a disagio. Non ne capivo il motivo, però mi dispiacque tremendamente: già l'avevo messa in imbarazzo io cercando di baciarla a quel modo, al solo ripensarci avrei avuto voglia di sotterrarmi.

Accelerammo il passo, ma proprio quando stavamo per lasciarci il locale alle spalle, uno degli occidentali sbraitò verso di noi.

«Ehi! Anche io ne voglio una così carina!» urlò biascicando e guardandosi intorno alla ricerca di consensi. Avrà avuto cinquant'anni, era grasso, con il volto arrossato per l'alcol. Sul bicipite flaccido faceva mostra di sé un tatuaggio sbiadito. Con un dito indicava me e Hang.

Subito non compresi cosa volesse da noi, però il suo atteggiamento non mi piaceva per niente. Hang abbassò immediatamente lo sguardo, a disagio. E questo bastò ad accendere una fiamma dentro di me: quell'uomo le aveva mancato di rispetto. Mi diressi verso di lui, Hang provò a fermarmi ma io proseguii lo stesso.

«Non ho capito» dissi minaccioso quando arrivai al tavolo dell'uomo. Da vicino sembrava ancora più rozzo, con quel sorriso beffardo e gli occhi annebbiati. Le ragazze, invece, mi guardarono con stupore e un po' di fastidio per l'ennesima seccatura.

«Ho detto…» disse l'uomo ciondolando. «Che anche io voglio una ragazza così carina.»

E puntò il suo dito grasso su Hang. Io e lei ci guardammo, poi lei incrociò le braccia davanti al petto e abbassò lo sguardo. I suoi occhi erano pieni di vergogna. In quel momento mi resi conto che aveva appena vent'anni, come le ragazze intorno al tavolo, ma non aveva la loro malizia. Per questo motivo soffriva particolarmente quella situazione.

«Dài, tesoro, unisciti a noi» urlò l'uomo.

Hang era diventata rossa come non mai, si guardava la punta delle scarpe. Quel vestito fasciante le stava benissimo, ma in quel momento, ne ero certo, avrebbe preferito indossare qualsiasi altra cosa.

«Avanti! Non fare la timida!» insisteva l'uomo. Le ragazze intorno a lui mi guardavano, imbarazzate e tese. Erano tutte magrissime e giovanissime. Lo guardai dritto negli occhi, la rabbia montava dentro di me come un fiume in piena.

«Senti…» dissi puntandogli il dito contro.

Hang si avvicinò immediatamente e mi prese il braccio.

«Lascia stare, è ubriaco...» mi implorò. «Ti prego, andiamocene.»

Mi divincolai, avevo il sangue alla testa.

«Ma cosa vuoi?» disse l'uomo. «Mica le puoi avere tutte per te! Belle così non le ho mai trovate e ho girato tanto... chissà quanto la paghi!»

Scoppiò a ridere e si tirò indietro contro lo schienale della sedia. Le ragazze lo sorressero affinché non cadesse, ma fu tutto inutile: mezzo secondo dopo gli ero saltato addosso ed eravamo tutti e due per terra.

36

Fu il caos.

Accecato com'ero dalla rabbia, non mi resi pienamente conto di ciò che stava accadendo. Sapevo per certo che mi ero lanciato su quell'uomo, il quale, in un barlume di lucidità, era riuscito a spostarsi a sufficienza per evitare la mia furia. Le ragazze intorno a noi avevano esclamato in coro e fatto un passo indietro con un sincronismo che sembrava frutto di anni di prove. Eravamo caduti entrambi per terra, lui di schiena, io di faccia.

Poi mi voltai e feci per colpirlo, ma vidi che era sdraiato con la bocca aperta, semisvenuto per tutto l'alcol che aveva in corpo. Mi bloccai: non volevo colpire un uomo incosciente. Ciononostante, la rabbia era così forte che non riuscii a trattenermi dal prenderlo per il colletto della camicia e insultarlo.

Non so cosa gli urlai, ma erano parole cariche di rabbia. Stavo facendo una vera e propria sceneggiata, ma non me ne rendevo conto: la rabbia mi stava isolando dal resto del mondo. Fortunatamente durò poco: dopo avergli rivolto l'ennesimo insulto, fui fermato e allontanato da mani forti e decise. Opposi resistenza, ma compresi rapidamente che non sarei riuscito a divincolarmi. Mi voltai per vedere chi fosse a trattenermi e rimasi senza parole quando scoprii che era Guilly.

Non c'era traccia del suo bel sorriso, il suo volto era serio. Sembrava molto deluso. Mi trascinò lontano, a una decina di metri di distanza.

«Guilly, hai visto cosa è successo?»

Lui non disse nulla ma continuò a tenermi per le braccia. Era molto più forte di quanto avrei mai potuto immaginare.

«Hai sentito cosa ha detto a Hang quel vecchio porco?»

Nessuna risposta, di nuovo. Stava lì, fermo davanti a me, tenendomi per le braccia. Gli occhi erano rivolti verso il luogo in cui era avvenuto l'incidente. Io ansimavo per la tensione, l'adrenalina e lo sforzo. Lui, invece, era impassibile. Quando finalmente mi guardò in faccia, non riuscii a reggere il suo sguardo serio e severo. Dovetti guardare altrove, oltre le sue spalle, e fu così che vidi Hang. Era davanti all'ingresso di un piccolo vicolo, proprio sotto a una di quelle splendide lanterne rosse che i commercianti giapponesi appendevano fuori dalle loro abitazioni a mo' di portafortuna. Me lo aveva raccontato lei solo poco prima, eppure sembravano passati anni.

Stava piangendo. Era con suo padre e questo mi gelò il sangue nelle vene. L'uomo era infuriato, sembrava la stesse rimproverando. A un certo punto mi lanciò un'occhiata e io temetti che mi venisse incontro per farmi a pezzi. Invece tornò a guardare Hang, indicò me e poi la trascinò via con sé, afferrandola per il braccio.

Feci per divincolarmi dalla presa di Guilly per raggiungerla, ma le sue mani erano una morsa.

«Lasciami andare» gli dissi.

«Non è il momento giusto. Questo è il momento di calmarsi» disse con la sua consueta pacatezza, anche se non sorrideva. «Gli chiederai scusa, ma non adesso.»

Lo guardai, sconvolto.

«Io dovrei chiedere scusa a lui?!» sbottai ad alta voce. «Io? Ma hai sentito cosa ha detto quel bastardo? Io l'ho solo difesa! Davvero pensi...»

«Riprendi il controllo di te. Trova la calma. Ne sei in grado» disse lui lentamente.

Mi divincolai dalla sua presa. Ero furioso, di nuovo, ma stavolta con lui. Come poteva pensare che fossi io nel torto? Come poteva dirmi che dovevo addirittura chiedere scusa? Proprio io, che volevo solo difenderla!

«Guilly, ma che diavolo stai dicendo? Le ha dato della prostituta!»

«Fermati, respira e calmati» ripeté lui. «Urlare il tuo messaggio non lo rende più forte, ma soltanto più difficile da comprendere.»

«Ma come puoi dire così?! Come puoi non capire che ho fatto la cosa giusta! Quell'uomo è un bastardo, se solo…»

Guilly si stancò della mia collera. Non lo disse, ma scosse la testa, deluso, poi si voltò e se ne andò, le mani dietro la schiena, ignorandomi completamente. Un comportamento che valeva più di mille parole.

Per un attimo rimasi di sasso, con il cuore che batteva all'impazzata.

«Bravo! Scappa!» gli urlai poi. «Tu e le tue stupidaggini zen! Scappa via, sì, tanto non ho bisogno di te!»

Pensavo che si sarebbe voltato e mi avrebbe detto qualcosa. Invece niente, proseguì finché non svoltò in un vicolo e sparì dalla mia vista.

Tirai un pugno all'aria. Dopodiché restai lì, con le mani sui fianchi e il fiatone. Ero solo e agitato, tutti mi stavano alla larga. Cercavo un contatto visivo, qualcuno con cui parlare per spiegare le mie ragioni, ma i pochi vietnamiti ancora in giro mi passavano di fianco come se non esistessi.

«Sapeste cosa le ha detto» bofonchiai guardandomi intorno.

Mi resi conto, con una fitta al cuore, che mi stavo comportando esattamente come il tizio ubriaco mentre diceva le sue sciocchezze e cercava l'approvazione altrui. Come nel suo caso, nessuno mi considerava.

Lentamente, la rabbia svanì. Il fiatone passò. L'agitazione lasciò il posto a un silenzio che non era soltanto fuori, ma anche dentro di me. Mi ritrovai a camminare in tondo, sul marciapiede, davanti alla saracinesca abbassata di un negozio di artigianato.

«Non è giusto» dissi sottovoce rivolgendomi a tutti e a nessuno. I miei occhi cercavano quelli di un altro essere umano. Qualcuno che capisse che la mia reazione era stata giustificata, in qualche modo. Mi resi conto che non c'era nessuno. Ero solo. Mi sentivo patetico.

Mi sedetti sul marciapiede e mi presi la testa tra le mani. Rimasi così per un po', pensando a tutto quello che era successo. Mi sentivo terribilmente in colpa per un'infinità di motivi diversi, molti dei quali non li volevo ammettere. Ad esempio perché era a causa mia se Hang era tornata a casa piangendo.

"Davvero sono riuscito a rovinare una serata del genere?" pensai.

Quando alzai la testa, Guilly era vicino a me, anche lui seduto. Mi chiesi come avesse fatto ad arrivare fin lì senza che lo sentissi, probabilmente ero troppo stanco pure per accorgermene. Una volta passata la rabbia, non mi era rimasto più niente, nemmeno un po' di energia.

Io e Guilly ci guardammo negli occhi per un attimo, poi io abbassai lo sguardo.

«Mi dispiace» dissi.

Dopo qualche secondo, lui mi mise una mano sulla spalla. Alzai la testa, sorrideva di nuovo, finalmente. Fu come se si fosse riaccesa la luce.

«La consapevolezza è il traguardo ultimo dell'essere umano. Chi non vive di illusioni, ma è consapevole di sé, del mondo e della vita, si è illuminato. Non importa cosa è successo, se ora sei pienamente consapevole di quello che è successo. Lo sei?»

Ci riflettei per qualche secondo.

«So di aver fatto soffrire Hang con il mio comportamento.» Guilly annuì.

«Vedi, qui in Asia c'è una cultura diversa rispetto a quella da cui provieni. In Occidente c'è il culto della forza, dell'orgoglio, del sovrastare gli altri, del vendicarsi. La violenza è tollerata, spesso è anche ammirata. Qui è diverso. Nei Paesi a maggioranza buddhista e induista, si cresce con il culto della pace interiore. Non è ammirato chi fa la voce grossa, ma chi riesce a essere calmo e consapevole in ogni situazione.»

«È per questo che nessuno mi considerava più? La gente mi passava di fianco come se non esistessi, anche se urlavo.»

Guilly annuì di nuovo.

«Questo è il loro modo di reagire. Se fossi stato in Occidente è probabile che qualcuno ti avrebbe detto di stare zitto. Tu avresti risposto con rabbia, lui con ancora più rabbia. Alla fine uno dei due avrebbe alzato le mani e sarebbe finita in rissa. Qui non funziona così. Chi è arrabbiato viene isolato. Viene usata un'arma molto potente per far capire a qualcuno che si sta comportando male: l'indifferenza. D'altronde la rabbia è un sentimento che si alimenta solo quando si può sfogare su qualcun altro. Se non hai nessuno intorno, la rabbia svanisce molto più rapidamente.»

«E quello che ti rimane è il vuoto che provo io ora» dissi disperato. Mi ripresi la testa tra le mani.

Restammo in silenzio per un po'.

«È che… se solo sapessi quello che ha detto a Hang» provai a giustificarmi.

«Non ha importanza» disse Guilly con decisione. «La rabbia non è mai una reazione accettabile, perché nulla di buono è mai nato dalla rabbia. Non risolve alcun problema, ne crea solo di nuovi. Sai quali sono i tre veleni dell'uomo secondo il Buddhismo?»

Scossi la testa.

«La cupidigia, ovvero il desiderio di avere sempre di più quando ognuno di noi ha già tutto ciò che gli serve; l'ignoranza, ovvero la mancanza di consapevolezza: credere che la vita sia diversa da ciò che è qui e ora; infine la rabbia, una condizione contraria a ogni forma di felicità.»

Cupidigia, ignoranza e rabbia: i tre veleni dell'uomo secondo il Buddhismo. Presi un appunto mentale, mi sarebbe servito.

«Ma come si fa a passare sopra a certe cattiverie?»

«Attraverso la consapevolezza, ovvero il contrario dell'ignoranza.»

«La consapevolezza… di cosa?»

«Del fatto che tu non hai il controllo su nessuno. Non puoi in alcun modo pretendere che gli altri si comportino come vorresti, perché loro sono loro e tu sei tu. Non puoi pretendere che qualcuno dica o non dica qualcosa. Tu hai il controllo su una sola persona: te stesso. E se sei una brava persona, lo sei sempre. Anche quando gli altri non lo sono. Se sei una persona pacifica, serena e calma lo sei sempre, anche quando la vita è ingiusta.»

Riflettei su quelle parole mentre guardavo la luna. Sembrava più vicina di prima, quasi come se cercasse di ascoltare meglio le parole di Guilly in quella calda nottata a Hoi An.

«Hai ragione» dissi alla fine. «Apprezzo molto che tu sia una persona sempre calma. Se non avessi reagito con violenza, ora non sarei qui a disperarmi, Hang non starebbe piangendo. Avrei dovuto comportarmi diversamente.»

Guilly non disse nulla.

«Però come mi sarei dovuto comportare, Guilly? Lasciare che le fossero rivolti quegli insulti?»

Lui si voltò verso di me. Poi guardò la luna. Rimase in silenzio per un po', prima di rispondermi.

«Un giorno di tanti anni fa, il Buddha stava meditando sotto a un meraviglioso albero di fichi insieme ad alcuni discepoli. A un tratto passò davanti a loro un uomo, che riconobbe il Buddha e iniziò a insultarlo. Pronunciò parole irripetibili, urlò in preda alla rabbia, minacciò di compiere atti tremendi. Gli allievi ne rimasero sconvolti. Alcuni scapparono, altri si alzarono, pronti a difendere il loro maestro. Buddha, invece, non fece una piega: continuò a meditare in totale serenità, come se quell'uomo non esistesse. Quando costui se ne andò, uno degli allievi chiese a Buddha: "Maestro, perché non hai replicato e non ti sei difeso dagli insulti? Come hai potuto permettere a quell'uomo di trattarti così?". Buddha gli rispose con un'altra domanda: "Se io ti regalo un cavallo e tu non lo accetti, di chi è il cavallo?". L'allievo ci pensò per qualche secondo, poi rispose: "Se io non lo accetto, resta tuo". Buddha, allora, concluse così: "Lo stesso vale per le cattiverie: se non le accetti, quel veleno resta sulla bocca di chi le ha pronunciate; se le accetti, il veleno entra nel tuo corpo e genera rabbia. E la rabbia genera sofferenza in te e nelle persone che hai intorno. Rifiuta le parole di odio e sarà come se nessuno le avesse pronunciate".»

Guilly sorrise guardando la luna. Poi si voltò verso di me.

«Ti capiterà moltissime volte di avere a che fare con elementi di disturbo, ovvero situazioni e persone che provano a turbare la tua serenità. Tu impegnati a essere calmo in ogni situazione e vedrai che sarai sereno, sempre. La vita ci mette costantemente alla prova e siamo tutti bravi a mantenere il controllo quando le cose vanno bene. Riuscirci quando vanno storte, quando subisci un'ingiustizia, quando succede qualcosa che reputi sbagliato: ecco la vera forza. Tutto parte dalla consapevolezza che non puoi controllare quello che dicono o fanno gli altri, puoi solo controllare come reagire, come comportarti. Vuoi essere una brava persona? Vuoi essere un signore? Vuoi essere un uomo educato, equilibrato e pacifico? Allora lo devi essere sempre, senza eccezioni.»

Restammo lì a guardare la luna in silenzio finché, senza dire nulla, ci alzammo entrambi e tornammo alla guesthouse.

37

Hoi An era tranquilla anche al mattino, per gli standard delle città vietnamite. Certo, mancava la magia del festival delle luci sotto quel cielo grigio, e molte delle bancarelle di artigianato che alla sera avevano riempito i vicoli erano state sostituite dai banchi del mercato locale. C'erano più scooter e automobili nelle strade e meno turisti sui marciapiedi. Ciononostante, la vita sembrava scorrere comunque più lentamente, lì. Non c'erano la fretta tipica di Ho Chi Minh City, né il rumore delle persone che avevo notato a Da Lat.

Quello che era successo la sera precedente mi sembrava incredibile. Più ci pensavo e più mi chiedevo se fosse accaduto davvero oppure se non fosse stato tutto un sogno: avevo bevuto birra con Hang, avevo provato a baciarla dentro un piccolo ponte al coperto, ero stato rifiutato e poco dopo avevo aggredito un uomo che le aveva mancato di rispetto. Tutto in una sera, dall'altra parte del mondo.

Raccontata così poteva sembrare un'avventura da romanzo. In verità, al mattino, mi svegliai con un mal di testa atroce e un ancora più doloroso senso di colpa. Stavo male ogni volta che pensavo a Hang, perché puntualmente mi tornava in mente l'immagine di lei che piangeva mentre il padre la sgridava.

Mi aggrappavo alle parole di Guilly per risollevarmi il morale: aveva detto che, se ero consapevole del mio comportamento, non aveva senso essere triste, perché non lo avrei ripetuto in futuro. Mi sembrava un giusto ragionamento ed ero certo che non avrei mai più reagito così a una provocazione. Ammirando la luna, avevo promesso che sarei sempre stato una persona calma, in ogni situazione. E intendevo impegnarmi a mantenere quella promessa.

La mattina ci eravamo alzati più tardi. Dopo il check-out Guilly era andato a fare colazione, mentre io ero rimasto nella hall a guardare il vuoto e a rimuginare. Quando eravamo risaliti in moto, gli avevo chiesto di seguirmi. Lui aveva annuito, come se avesse già capito tutto.

Poco dopo ci fermammo a un semaforo, sopra di noi una serie di lanterne appese a un filo. La sera prima lì c'era il ristorante mobile del padre di Hang. Ora non c'era nessuno. Le sedie e i tavolini di plastica erano ammassati contro la parete, sotto al telo scuro. Li avevamo posizionati così io e Hang, solo poche ore prima.

«Vuoi fermarti ancora un po' a Hoi An?» mi chiese Guilly.

Lo ringraziai con lo sguardo.

«No, possiamo andare» risposi malinconico.

Poco dopo eravamo nuovamente su quella lingua d'asfalto che passava tra mare e alberi. Ci lasciammo alle spalle la città delle lanterne e il cielo grigio, perché ora era nuovamente azzurro, solcato dalle grandi nuvole bianche che ci avevano accompagnato in tutto il nostro viaggio.

La strada salì verso le montagne e lì fu davvero come guidare nel verde più assoluto. Gli alberi erano alti, con foglie scure e fitte che rendevano la boscaglia misteriosa. Guilly andava piano perché la carreggiata, pur strettissima, era a doppio senso e alla nostra destra si spalancava un dirupo. In lontananza, la costa sabbiosa e il mare blu. Poi, dopo una serie infinita di tornanti, che da un lato mi agitavano e dall'altro mi elettrizzavano, scendemmo di nuovo sul livello del mare. Il nostro compagno di viaggio era di nuovo lì, con le sue onde instancabili.

Guidammo per quasi tre ore, finché non entrammo in

una città che si chiamava Hue. Era grigia, rumorosa, con palazzi vecchi e bassi che sembravano in piedi per miracolo e disposti a casaccio. Non c'era niente che mi affascinasse particolarmente lì e mi aspettavo che Guilly tirasse dritto. Invece rallentò fino a fermarsi. Lo imitai e poco dopo eravamo entrambi in piedi vicino alle moto.

«Che ci facciamo qui?» chiesi con voce mogia e rassegnata. Il mio morale era sotto terra: non riuscivo a pensare ad altro che a Hang e al modo tremendo in cui ci eravamo separati.

«Vieni, voglio mostrarti una cosa» disse.

Camminammo fianco a fianco su un marciapiede mal tenuto. In quella città, o almeno in quella zona della città, non c'erano negozietti di artigianato con famiglie al completo nel pieno della produzione. Non c'erano turisti e non c'era nessuno che suonasse musica dal vivo per loro. Non c'erano le signore con le ciabatte e i calzini bianchi intente a pulire fagiolini e non c'erano i loro mariti impegnati a cucinare con wok giganti e usurati. Non c'erano le studentesse con la loro divisa, gonna blu e camicia bianca, né gli studenti con camicia bianca, pantaloni e cravatta blu. Neanche l'ombra degli alberi e dei parchi che avevo visto ovunque nelle città vietnamite, anche e soprattutto nella caotica Ho Chi Minh City. Il traffico, poi, era veloce, come se nessuno volesse davvero fermarsi in quella città.

Non c'era assolutamente niente in quella strada di Hue. Se non alcuni anziani seduti sugli sgabelli appena fuori dall'unico ristorante aperto. Erano lì, immobili e in silenzio, con la schiena dritta e l'aria seria. Bevevano il caffè zitti, guardando semplicemente davanti a sé. La strada, forse. Quel pezzetto di mondo che trovavo quasi spettrale.

«Cosa vuoi mostrarmi?» chiesi a Guilly.

«Questo» disse lui facendo un segno con le mani per indicare ciò che aveva intorno.

«Ma qui non c'è nulla.»

Guilly annuì amaro.

«Hai notato quanti americani ci sono in Vietnam?»

«Sì, effettivamente sì.»

Ne avevo visti dappertutto: nei bar, nelle guesthouse, in viaggio.

«Ci pensi che qui, solo qualche decennio fa, gli americani massacrarono almeno un milione di vietnamiti?»

Ci avevo pensato, ma non più di tanto. Era una delle tante cose, in quel viaggio, che non mi spiegavo. Non dissi nulla.

«Ogni volta che vedi un vietnamita, che sia un uomo o una donna, vedi una persona che, a causa degli americani, ha perso un nonno, un genitore, un fratello, uno zio, un amico o un conoscente.»

Riflettei su quelle parole senza dire nulla.

«Sai perché ho deciso di trasferirmi qui, tanto tempo fa?»

Lo guardai. Era molto serio. Scossi la testa.

«Per due motivi. Il primo è che da anni viaggiavo per l'Asia e, ogni volta che mi fermavo a parlare con la gente del luogo, tutti mi dicevano che nessun popolo era come quello vietnamita.»

«Cioè?»

«Chiedevo ai thailandesi, ai laotiani, ai malesi... e tutti mi dicevano che i vietnamiti sono il popolo più intelligente, ingegnoso e forte che ci sia. L'ammirazione che vedevo negli occhi di quelle persone mi convinse a vedere come fosse questo Vietnam e come fossero queste persone. Ora posso dire che avevano ragione: i vietnamiti sono un esempio straordinario di resilienza. Un popolo che ha combattuto per secoli contro l'invasore e non ha mai indietreggiato di un passo. Quando arrivarono gli americani, che erano nel pieno della Guerra Fredda e avevano la tecnologia militare più avanzata del mondo, i vietnamiti continuarono con la loro resistenza senza alcuna paura. Sapevano che era una lotta impari, ma non ci pensarono, e si concentrarono sulla vera essenza della resilienza: fare del proprio meglio, ogni giorno. Se ti comporti in questo modo, il risultato non ha importanza: non puoi avere rimorsi, rimpianti o sensi di colpa, perché più di quello che hai fatto non potevi fare.»

Continuammo a camminare.

«La guerra fa schifo» disse Guilly dopo qualche attimo di silenzio. «Io sono contro ogni forma di violenza e qui, di violenza, ce n'è stata tanta da entrambe le parti. Il mio non è nemmeno un discorso politico. Non sto dicendo che qualcuno ha ragione e qualcun altro no. A me interessano le persone. L'essere umano è affascinante e i vietnamiti, per me, lo sono stati fin dal primo momento per questo loro modo di vedere la vita come un rebus da risolvere. Per il loro impegno, ovviamente, quella resilienza di cui ti parlavo prima. Ma soprattutto per un altro motivo: per quanto orgogliosi, i vietnamiti sono stati in grado di andare avanti.»

«Andare avanti?»

«Pensa a quanti americani ci sono qui, e a come vengono accolti con il sorriso e la gentilezza, nonostante quello che rappresentano. Sono convinto che, se i vietnamiti non fossero stati il popolo che sono, sarebbero stati necessari dei secoli per porre fine all'odio verso lo straniero. Pensa a quanti conflitti ci sono nel mondo perché due popoli si odiano a causa di qualcosa che è successo mille anni prima. A quante forme di odio resistono nel tempo per una pura questione di orgoglio. E questo vale ancora di più per le questioni personali, individuali. Ci sono milioni di persone che ogni giorno si svegliano e soffrono per qualcosa che gli è successo dieci anni prima. Non danno a se stessi l'opportunità di essere felici perché si sono ormai completamente identificati con quello che gli è accaduto e, quindi, con il loro essere vittime. Ciò che amo di questo popolo è che è riuscito a mettere da parte l'orgoglio ed è andato avanti. Oggi il Vietnam è una nazione aperta al mondo intero, nonostante per secoli e secoli abbia subito attacchi da ogni parte. Hai notato quante coppie ci sono in cui una delle due persone è vietnamita e l'altra è occidentale, magari proprio americana?»

Era vero. Molte di queste coppie erano formate da donne vietnamite e uomini occidentali, ma avevo anche visto diverse donne occidentali insieme a uomini vietnamiti. Una coppia, in particolare, mi aveva colpito a Ho Chi Minh

City: lui era il tipico vietnamita in ottima forma fisica, con la schiena dritta, i capelli ordinati e nerissimi e lo sguardo cordiale ma deciso; lei era alta, biondissima, con gli occhi azzurri. Si tenevano per mano mentre passeggiavano in un parco. Ridevano, erano felici. Subito non ci avevo pensato, ma dopo aver ascoltato le parole di Guilly, il loro amore mi sembrava speciale.

«Quante persone conosci che, dopo anni e anni di tradimenti e cattiverie subite dagli altri, riuscirebbero ad aprirsi comunque al mondo perché consapevoli della propria forza?» chiese Guilly riprendendo il discorso. «C'è chi ti toglie il saluto se fai una semplice battuta, ci sono fratelli che non si parlano più per questioni di soldi, genitori e figli separati per delle banali incomprensioni…»

Iniziai a capire dove volesse arrivare Guilly.

«E c'è chi ha paura di amare perché ha paura di un rifiuto. Perché l'ego non può sopportare una tale umiliazione. Un "no": che tragedia, vero? La fine del mondo…» disse Guilly ridacchiando.

Non risposi. Camminammo in silenzio, mentre io pensavo se dire quello che pensavo oppure tenerlo per me. Alla fine mi buttai.

«Capisco quello che intendi, ma quando perdi il lavoro, la fidanzata e il nonno nel giro di qualche mese, anche voler vivere diventa impossibile. Credo che sia normale chiedersi: perché proprio a me?»

Guilly non si scompose. Era come se sapesse già tutto quello che mi era successo prima di arrivare in Vietnam.

«Se parti da questo presupposto, sei destinato a soffrire. È come chiedersi: perché viene la notte? Perché non può esserci sempre il sole? Non è così che funziona la vita. Certe cose sono al di fuori del nostro controllo e noi possiamo solo decidere se accettarle oppure continuare a soffrire.»

«È impossibile accettare qualcosa che non meritavi» insistetti.

Guilly si fermò e si guardò intorno. Poi mi indicò con un cenno della testa un uomo anziano che stava uscendo da un locale. Non aveva una gamba e si spostava a fatica. Si fermò sull'uscio, si aggrappò alle stampelle e si tirò su il cappuccio. Guardò verso il cielo, come per cercare di capire se si sarebbe messo a piovere. Poi uscì e prese a camminare sul marciapiede deserto.

«Credi che quell'uomo meritasse, quarant'anni fa, quando era nel pieno della sua vitalità di perdere una gamba in guerra? Perché questo è ciò che gli è successo, quasi sicuramente. Credi che gli altri meritino gli avvenimenti dolorosi che gli capitano? Non c'è alcun merito o demerito quando succede qualcosa al di fuori del nostro controllo. Succede e basta.»

Guilly si fermò a riflettere, accarezzandosi la barba. Poi esclamò: «Scendi dal piedistallo, Davide!».

Lo guardai con un'espressione piena di stupore. Lui sorrise e riprese a camminare e a parlare.

«Tutti quanti soffrono. Tutti hanno i loro problemi, i loro drammi, le loro preoccupazioni. Ed è un bene che sia così, perché senza tutto questo non ci sarebbe l'altra faccia della medaglia. Osserva la Natura, maestra straordinaria: una farfalla bellissima esiste solo perché prima era un bruco, i fiori più meravigliosi sbocciano solo dopo un lungo inverno, non esisterebbero gli arcobaleni senza la pioggia, nessuna tartaruga potrebbe raggiungere il mare senza soffrire le pene dell'inferno per uscire dal guscio. Tu mi parli di giusto e sbagliato, ma il punto è un altro: accetta la sofferenza e l'incertezza, perché sono intrinseche alla vita. Anzi, amale. Perché senza le incertezze non avresti nessuna certezza e senza sofferenza non avresti alcuna gioia. Tutto è vita. Tutto, anche le cose più dolorose, contribuisce a rendere possibile questa esperienza.»

Per un po' non dissi nulla. Mi aveva colpito molto una frase in particolare: "Tutto è vita".

«Ma come fai ad accettare certe cose…?» mormorai, come se riflettessi ad alta voce.

«Bisogna capire che non tutte le tempeste vengono per rovinarti la vita. Alcune arrivano per ripulire la tua strada» rispose lui. «La maggior parte delle opportunità nella vita arrivano sotto forma di problemi e drammi.»

«Che opportunità potrà mai celare la perdita del lavoro?» sbottai.

«Ti permette di capire se eri sulla strada giusta oppure no. D'altronde, come fai a scoprirlo se non ne hai mai provate altre?»

«E quando la tua ragazza ti lascia senza un motivo, senza che tu abbia fatto nulla di sbagliato?»

«Dovresti ringraziarla» disse semplicemente.

«Ringraziarla?»

«Lasciandoti, ti ha donato la libertà da una relazione senza sentimento, che non avrebbe avuto un futuro luminoso ma solo tanti dubbi, tanta sofferenza, tanto tempo sprecato a inseguire un'illusione. Ti ha regalato la possibilità di trovare la persona giusta.»

Non avevo mai considerato quelle due perdite in quel modo. Mi immaginai a ringraziare il proprietario dello studio, poi Valentina. Mi faceva un effetto stranissimo anche solo pensarci.

«E mio nonno, che muore all'improvviso senza un briciolo di dignità? Dov'è l'opportunità qui?» chiesi cercando il suo sguardo.

Guilly non si tirò indietro e mi guardò dritto negli occhi. Poi indicò intorno a sé.

«Eccola, l'opportunità. Sei qui, in Vietnam. Stai diventando una persona più forte e matura. Stai crescendo. Ti stai avvicinando ogni giorno di più alla luce che hai dentro. Stai guarendo. Stai trovando risposte alle tue domande e stai iniziando a portene altre, fondamentali. Tutto questo è successo perché tuo nonno è morto. Altrimenti non sarebbe successo. Almeno, non così.»

«Però... è triste pensare che mi stia succedendo qualcosa di bello perché il nonno è morto» commentai. Ormai stavo pensando ad alta voce, senza filtri.

«Alt!» esclamò Guilly. «Tu non sei responsabile della morte di tuo nonno. Tu sei responsabile solo del modo in cui hai reagito alla sua morte. La vita è solo in piccola parte quello che succede al di fuori del tuo controllo; in gran parte è come reagisci a quello che ti succede.»

Annuii, quasi involontariamente. Era un bel modo di intendere le cose della vita. Ed era motivante: ti faceva venire voglia di amarla nella sua interezza, invece di aspettare che ti succedesse qualcosa di bello.

«Forse la verità è un'altra, Guilly.»

Lui non disse nulla, attese che andassi avanti.

«Forse la verità è che non riesco a superare la morte del nonno. Perché smettendo di soffrire per lui mi sembrerebbe quasi di… dimenticarlo.»

Guilly si voltò completamente verso di me. Mi guardava con un'espressione decisa.

«Andando avanti non stai lasciando indietro nessuno, stai solo seguendo il flusso della vita. Quando perdi una persona che ami, l'unica cosa sensata che tu possa fare è continuare a vivere anche per lei che non può più farlo. Tuo nonno muore due volte se tu smetti di voler vivere.»

Erano parole forti, soprattutto le ultime. Ma era ciò che ci voleva. Non avevo mai preso in considerazione quella prospettiva: un buon motivo per continuare a vivere era che io avevo il privilegio di farlo, mentre il nonno non più. Sembrava quasi che Guilly intendesse dire che ora era mio dovere apprezzare il dono della vita anche per rispetto nei suoi confronti.

«C'è una visione distorta della morte in Occidente» riprese lui accarezzandosi la barba. «Intanto perché sembra che molti siano convinti che sia evitabile. Altrimenti non si spiegherebbe lo stupore e la disperazione che provano quando una persona, specialmente di una certa età, lascia questa Terra. Anche in questo caso, basterebbe un contatto più frequente con la Natura per capire che la morte è parte integrante della vita, anzi, è un evento necessario affinché ci sia vita. Sono due facce della stessa medaglia. E allora, dinnanzi alla morte non dovremmo mai commettere l'errore di fermarci e rinchiuderci nel nostro dolore; al contrario, dovremmo rispondere alla morte vivendo con ancora più forza. Senza sensi di colpa, perché non siamo colpevoli di nulla: la morte è al di fuori del nostro controllo. Il modo in cui viviamo il tempo a nostra disposizione, invece, dipende solo da noi.»

Annuii. «Forse questa mentalità rende più facile superare un lutto» commentai.

Fu Guilly ad annuire. Poi rise.

«Ti racconto una storiella. Si dice che tanti anni fa un maestro zen stesse transitando per un villaggio. Gli abitanti stavano festeggiando la nascita di un bambino e chiesero umilmente al maestro se avesse qualcosa di bello da augurare alla famiglia. Lui si fermò e disse semplicemente: "Prima muore il nonno. Poi il padre. Poi il figlio". Tutti rimasero sconvolti dalle sue parole, ma il suo è in realtà un bellissimo augurio: la morte è inevitabile, ma che almeno la vita possa seguire il corso naturale. Che non muoia prima un giovane di un vecchio, prima un figlio di un nonno. Questo possiamo sperare, ma non certamente di essere immortali.»

Sorrisi pensando che fosse un modo di ragionare incredibilmente distante da quello a cui ero abituato. E anche se non glielo dissi, provai molta gratitudine nei confronti di Guilly. Forse non sapeva che con quelle parole mi aveva appena fatto capire che accettare la morte è il primo passo per imparare a vivere meglio.

«Prima hai parlato di sofferenza per la morte di tuo nonno» riprese. «Sai qual è uno degli insegnamenti di Taro che più amo?»

Scossi la testa.

«Il dolore è inevitabile, la sofferenza è una scelta. Potrei spiegartela come fece lui con me, ma la spiegazione migliore ce l'hai davanti ogni giorno. I vietnamiti, che tanto hanno sofferto, hanno scelto di non soffrire più. Tra l'odio e l'amore, hanno scelto l'amore. Che poi vuol dire *in primis* amare se stessi: quando metti da parte l'orgoglio e l'ego, non diventi più debole, ma più forte. Tutti sanno odiare e lamentarsi per quello che hanno subito. Pochi sanno andare avanti. Questo sì che è coraggioso e valoroso. Ed è anche l'unica strada per smettere di soffrire. Imparare ad amarsi, poi, piano piano, tornare ad amare gli altri, aprendosi. E infine amare tutto questo, la Vita.»

«Ma come si fa?» chiesi abbassando lo sguardo. La sera precedente, lasciando andare la lanterna avevo provato una splendida sensazione di libertà e leggerezza. Ma era successo su un piano emotivo, quasi viscerale. A livello razionale, non riuscivo a capire come fare.

Guilly sorrise.

«Innanzitutto è importante avere sempre a mente che il passato è passato e non tornerà più. Basta pensarci, basta tornare indietro con la mente. Non poteva andare in modo diverso, doveva andare proprio così affinché tu fossi qui, ora. Quando un giorno sarai felice, lo dovrai anche a quel passato. Nel momento in cui sei pienamente consapevole di questo, dovresti smettere di identificarti con quello che ti è successo.»

«Cosa significa?»

«Se hai affondato le radici della tua identità in qualcosa che non esiste più, temi che, lasciandolo andare, perderai anche te stesso, smetterai di esistere. Ecco perché le persone tendono ad aggrapparsi così disperatamente al passato. Ad esempio, nella tua mente ora tu sei "Davide, quello a cui hanno spezzato il cuore". E se togliamo questo appellativo, cosa ti resta? Solo Davide. E chi è Davide? Non è facile rispondere a questa domanda. Rischi di non sapere chi sei nel profondo e andare in crisi. Ci vuole coraggio a guardarsi dentro, e allora meglio identificarsi con il proprio passato e con la propria sofferenza, mentre si spreca il proprio presente... vero? In realtà perdi te stesso proprio quando concentri la tua attenzione su qualcosa che non tornerà mai più, invece di concentrarti su ciò che hai e sei ora. Fatta tua questa consapevolezza, smetti di soffrire.»

Continuammo a camminare in quel quartiere desolato. Non avevo mai visto marciapiedi così deserti in Vietnam, sembrava di essere in una città del Nord Italia a Ferragosto.

«Ma la sofferenza non dipende solo da noi...»

«Quello è il dolore. In parte ne abbiamo già parlato. Se mentre stai cucinando ti tagli un dito, se cadi dalla moto e ti spacchi una gamba, se un dente inizia a farti male, provi dolore. E il dolore non è una scelta: è una sensazione che non puoi controllare, la provi e basta. Questo per la stragrande maggioranza delle persone. Alcuni, come Thich Quang Duc, il monaco buddhista che si diede fuoco e morì senza emettere un lamento, hanno un tale controllo sulla loro mente da riuscire persino a isolarla dal dolore. Ma questo non ti riguarda, per ora. Il punto è che la sofferenza fa parte della vita. Se perdi una persona che ami, è normale stare male. Ma se sono passati dieci anni e tu sei ancora triste, questa è una tua scelta. Non è una condanna. Non è colpa della vita, del destino o di chissà chi altro. La sofferenza è una tua scelta.»

A un incrocio Guilly si fermò.

«Ti ho portato qui, perché in questa città, nel gennaio del 1968, ci fu la più sanguinosa battaglia della guerra in Vietnam. Morirono migliaia di persone, gente del posto e tanti americani. Non importa chi la vinse, quale bandiera fu issata. Importa che c'erano carrarmati e sangue per le strade, la disperazione regnava sovrana e la paura era una presenza costante. Quello, era dolore. E anche la sofferenza era assolutamente inevitabile.»

Lasciò la frase a metà, svoltò l'angolo e ci infilammo in una strada che portava a un incrocio.

«Questa, invece, è una scelta» concluse Guilly.

Davanti ai miei occhi c'era la classica strada vietnamita piena di negozietti, bancarelle di street food e soprattutto persone. C'era gente ovunque, rumorosa nel senso più bello del termine. Ed erano vietnamiti, certo, ma c'erano anche tantissimi turisti da ogni parte del mondo. Tra di loro, ne ero sicuro, anche qualche americano i cui nonni o genitori, forse, erano stati lì a combattere contro i nonni o i genitori delle persone che ora, con il sorriso sulle labbra, cucinavano un *pho* per lui.

«Sii come loro» disse Guilly sorridendo. «Metti da parte l'orgoglio, perché la sofferenza dopo un po' diventa una scelta. Concediti la possibilità di essere felice oggi. Guardati intorno: la vita non è quello che è successo ieri. È qui e ora.»

38

Io e Guilly decidemmo di fermarci a Hue per riposarci in vista della lunga giornata di viaggio del giorno successivo. Andammo a visitare un complesso di templi che sembrava fuori dal tempo. Era immerso nel verde, in una posizione elevata e lontana dal centro. C'erano lunghe passerelle, scalinate e archi. Alcuni templi erano molto piccoli, altri erano imponenti. Alcuni erano posizionati su piccole alture, altri si affacciavano sul fiume. Passammo davanti a una scalinata sui cui corrimano erano posizionate delle teste di dragoni. Guilly si fermò, sorrise e si accarezzò la barba.

«Si narra che un tempo, in Cina, ci fosse un uomo che venerava i dragoni» raccontò. «Li amava al punto di disegnarli ogni giorno e poi appendeva i disegni in casa sua. Le pareti erano tappezzate di dragoni. Non parlava di altro. Un giorno, un dragone venne a sapere di quest'uomo e rimase colpito dalla sua ammirazione. Così decise di fargli visita per ringraziarlo. Arrivò alla casa dell'uomo di notte, entrò e si posizionò alla base del letto. Quando l'uomo aprì gli occhi, si trovò di fronte questa creatura spaventosa e si mise a urlare. Il dragone provò a spiegargli che era lì per ringraziarlo, ma l'uomo era troppo terrorizzato. Prese una spada e colpì il dragone, che scappò via senza più fare ritorno.»

Complice la stanchezza per tutti i chilometri in moto,

alla fine della storia mi ritrovai semplicemente a guardare Guilly con un'aria piena di confusione. Lui rise.

«È una storia che racconta il modo in cui tante persone si approcciano al Buddhismo: leggono, studiano, si informano, ne diventano i primi ammiratori, ne sono quasi ossessionati. Ma poi, quando si trovano davanti alla possibilità di illuminarsi, scappano terrorizzati. Serve a ricordarci che la teoria, senza la pratica, non serve a nulla. In altre parole, quello che ti ho già detto più volte: non pensare troppo, ricordati anche di vivere. E soprattutto di vivere in coerenza con i tuoi pensieri.»

Avremmo potuto visitare tutti i templi buddhisti nelle vicinanze, ma eravamo entrambi a corto di energie e decidemmo di fermarci da qualche parte, prenderci un pomeriggio di riposo e ripartire il giorno successivo. In fondo potevamo fare tutto ciò che desideravamo. Non c'erano limiti, non c'erano regole da seguire.

Guilly non voleva dirmi dove saremmo andati e io decisi che non gliel'avrei più chiesto. Mi sarei lasciato trasportare dagli eventi, provando a vivere quell'esperienza con una leggerezza che non mi era mai appartenuta.

Quel suo discorso sul lasciare andare il passato mi aveva colpito profondamente. Ancora di più, adesso, in riferimento all'ego. Avevo sempre pensato di essere una persona umile, ma forse ero solo arrendevole. Forse, proprio come il nonno, avevo talmente paura di fallire che non rischiavo mai. E così rinunciavo a vivere, temendo di ricevere un altro no.

Mi ero arreso tante volte, ora che ci pensavo. Con l'amore dopo Valentina, con il lavoro dopo la delusione per la mancata assunzione nello studio. Forse con il mondo intero dopo il divorzio dei miei genitori.

Se prima di partire mi avessero detto che ero schiavo del mio ego, avrei detto che era impossibile. E invece era proprio il mio ego a generare quella paura primordiale di cadere che poi mi impediva di correre, inchiodandomi alle mie stesse insicurezze. Una persona senza ego non ha paura di ciò che gli altri possono dire o pensare di lui. Per questo motivo vive con leggerezza. Guardai Guilly e mi resi conto che lui era proprio così: eravamo seduti nel giardino della guesthouse dove avremmo passato la notte. O almeno, io ero seduto su una sedia, lui era sdraiato su un telo che aveva steso sul prato. Indossava solo tre cose: gli occhiali da sole scuri, la sua immancabile collanina e le mutande. Aveva le mani intrecciate dietro la testa e si godeva i raggi del sole con un'espressione di totale beatitudine.

Con quella barba sembrava Babbo Natale in versione "motociclista di una gang" e il bello era che non gliene fregava niente di quello che gli altri avrebbero potuto pensare di lui. E, quasi come ne fosse una naturale conseguenza, a nessuno sembrava importare che fosse sdraiato in mutande nel giardino della guesthouse. Era solo un caso oppure era vero che, se ti preoccupi tanto per ogni piccola cosa, ecco che quella tensione la trasmetti anche a chi hai intorno?

«Guilly?» lo chiamai.

«Dimmi» rispose senza muoversi di un millimetro.

«Come fai a fregartene di quello che gli altri pensano di te?»

Lui si abbassò leggermente gli occhiali scuri e mi guardò per un attimo negli occhi, con un'espressione divertita. Poi tornò nella sua posizione, disteso sotto al sole come una lucertola.

«Vedi, Davide, se tu hai paura di ciò che gli altri pensano di te, quella paura la attacchi anche a loro. E, se loro sono spaventati, tendono naturalmente a giudicarti, perché il giudizio negativo è il primissimo segnale di diffidenza tra gli esseri umani. Così nascono i conflitti. Se tu invece sei tranquillo, trasmetti tranquillità agli altri. Nessuno si spaventa, nessuno ti giudica e tutti vivono felici e contenti.»

«Quindi secondo te le persone felici non giudicano gli altri?»

«Non giudicano le loro scelte e il loro modo di essere. Chi è felice non ha tempo per queste cose. Vuole solo godersi la vita.»

«E se ora passasse una persona qui e ridesse di te?» insistetti.

«Perché dovrei preoccuparmi di qualcosa che non è successo e quasi sicuramente non succederà?» mi chiese, sollevando nuovamente gli occhiali per guardarmi. «Tu pensi troppo. Vivi di più e stai tranquillo: a nessuno importa di te. Se ne faccia una ragione il tuo ego.»

Sorrisi e non aggiunsi altro. Fu lui, dopo qualche secondo, a riprendere il discorso.

«Ricordati solo questo: se tu non stai facendo del male a nessuno e qualcuno ha un problema con ciò che fai, quello è un suo problema, non tuo. Non concedere mai a nessuno la possibilità di farti sentire piccolo o grande, bello o brutto, forte o debole, giusto o sbagliato. Esiste solo un'opinione che dovresti sempre tenere in forte considerazione: quella della persona che vedi allo specchio. Se non piaci a lei, è un problema. Se piaci a lei e non piaci agli altri, nessun problema.»

Era davvero una persona strana, ma solo perché sembrava aver capito qualcosa che a me e a tutti coloro che conoscevo era sfuggito.

«Invece di farmi queste domande, perché non vieni qui e prendi un po' di vitamina D con me?»

«Vitamina D?»

«Il sole! Quando stai sotto il sole, il tuo corpo produce la vitamina D. Senza bisogno di fare niente! La vita è semplice, non complicarla. Vieni qui, dài.»

Rimasi lì a guardarlo per un attimo, chiedendomi se fosse il caso di sdraiarmi. Non c'era motivo per non farlo e così lo imitai. All'inizio mi sentivo a disagio, poi, però, dopo qualche secondo il sole fece la sua magia e le mie difese crollarono. Mi ritrovai concentrato solo sulla sensazione del sole che mi scaldava la pelle, dei fili di erba che mi accarezzavano le dita. Ero come un pupazzo di neve che si scioglie: tolti tutti gli strati superficiali, rimanevo io. Semplicemente io.

«Dio mio, che meraviglia» dissi quasi in uno stato di estasi. Avevo gli occhi chiusi e la bocca un po' aperta. Mi sarei volentieri addormentato, considerando anche che tutte quelle ore in moto iniziavano a farsi sentire.

«Pensa, c'è chi è convinto che per rilassarsi sia necessario andare a chiudersi da qualche parte, quando invece il trucco è stare all'aria aperta» disse Guilly sempre senza muoversi dalla sua posizione. «Questa è una terapia per l'anima, Davide, ed è gratuita e accessibile a chiunque. Il sole è qui fuori ogni giorno, per ognuno di noi: ricchi, poveri, uomini, donne, anziani, bambini, bianchi, neri. La natura non conosce distinzioni. È l'uomo che se l'è inventate.»

«E quando il sole non c'è perché è una giornata nuvolosa?» mormorai.

Era una domanda stupida, ma non riuscivo a concentrarmi più di tanto su quello che dicevo perché il sole sulla pelle mi faceva sentire troppo bene. E se stavo bene era perché non riuscivo a pensare intensamente a niente.

«Se piove, vai comunque fuori e respiri un po' di aria buona. D'autunno la natura è altrettanto meravigliosa.»

«E se vivo in una città dove ci sono solo grattacieli, traffico e smog?»

«Ci sarà pure un parco in questo posto infernale, o no?» Risi.

«Sì, ma immaginalo pieno di gente che ti guarda male se ti metti a contemplare il cielo come stiamo facendo ora. Che si fa in quel caso?»

Guilly si voltò verso di me e ancora una volta abbassò gli occhiali da sole. Mi fissò con quei suoi occhi neri.

«Sei per caso un albero, Davide?»

«Come?»

«Tu, sei un albero?»

«No...»

«E allora non hai radici che ti trattengono dove sei cresciuto. Se non ti piace dove sei, vai da un'altra parte.»

«Mah... voglio dire, lì vivono tutti, amici, genitori...»

«La tua vita non dipende da loro. Tu non sei loro. Tu sei tu» disse con decisione Guilly, girandosi a guardarmi, come a sottolineare l'importanza del concetto. «Tu non sei quello che mamma e papà volevano per te, né tantomeno quello che vedeva in te un professore o una fidanzata. Perché tu non sei il figlio o il fidanzato di qualcuno: tu sei tu. E sei una storia unica e potenzialmente straordinaria.»

«Potenzialmente?»

«Dipende tutto da te.»

«E come si fa ad avere una vita straordinaria?»

«Immagina una classe piena di bambini. Devono svolgere un tema il cui titolo è: "Come vuoi che sia la tua vita?". Ora immagina che a ognuno di questi bambini vengano consegnati due fogli: uno è bianco, l'altro è un tema già scritto dalla maestra. Possono scegliere di presentare quello già pronto e prendere una sufficienza. Oppure rischiare e scriverne uno di loro pugno. Rispondere alla tua domanda è semplice: se sei tu a scrivere la storia della tua vita, essa sarà straordinaria perché sarà unica, tua e di nessun altro. Se invece permetterai agli altri di decidere come devi vivere, allora la tua vita sarà ordinaria perché uguale a quella di tutti gli altri. Cosa c'è di speciale in una vita uguale identica a quella di tutti gli altri?»

«È così semplice?»

«È tutta una questione di libertà. Le persone libere hanno vite straordinarie. E per essere libero non devi diventare un miliardario. Molti credono che, una volta ricchi, saranno liberi, ma i soldi sono il modo più difficile per liberarsi e il più semplice per diventare schiavi. La vera libertà è nei piccoli gesti di ribellione della vita di tutti i giorni. Avere il coraggio di non stare zitto quando è ora di parlare, avere la forza di restare in silenzio quando ogni parola sarebbe superflua. Ogni volta che non rinunci alla tua essenza più profonda per rinchiuderti nella sicurezza dell'omologazione, ti stai ribellando. Chi non ha paura di andare controcorrente è libero. Che sia ricco o povero, uomo o donna, anziano o giovane, nomade o sedentario, c'entra ben poco. La libertà è uno stile di vita. È una scelta che puoi compiere in ogni momento.»

Era da giorni che volevo fargli una domanda. Quello sembrava il momento giusto.

«Ma tu… cosa hai fatto nella tua vita?»

Guilly rise.

«Non ha importanza. Ma se vuoi conoscere una storia di vita straordinaria, apri il portafoglio.»

Lo guardai stupito e confuso.

«Apri il portafoglio» ripeté lui sorridendo. «E prendi una qualsiasi banconota.»

Lo feci. Tirai fuori una banconota da ventimila dong, quella su cui era ritratto il ponte di Hoi An. Mi venne in mente Hang e provai una fitta da qualche parte, dentro.

«Lo vedi quel signore che si trova su tutte le banconote del Vietnam?»

Girai la banconota. Sull'altro lato era stampato il volto di un uomo anziano, magro, con baffi sottili e un lungo pizzetto. Mi ricordava vagamente il maestro zen di *Kill Bill*. Contrariamente a quel personaggio, che era incredibilmente severo, quest'uomo appariva molto sereno. Sul suo volto c'era un sorriso appena accennato, che dalla bocca si estendeva fino agli occhi.

«È Ho Chi Minh. È l'eroe nazionale del Vietnam. Fu un grande rivoluzionario. Come tutti i rivoluzionari, nella sua vita ci furono luci e ombre, ma questo aspetto non ha importanza ora. La sua storia umana è affascinante, non solo perché ha dedicato gran parte della vita a liberare il Vietnam e a lottare per gli oppressi ma perché, prima di tutto questo, visse un'esistenza straordinaria. Proveniva da una famiglia umile, e suo padre fu perseguitato per le sue idee. A ventun anni, Ho Chi Minh colse al volo un'occasione: un piroscafo francese giunto in Vietnam era alla ricerca di personale e lui si propose come aiuto-cuoco. Sapeva parlare francese e fu preso a bordo. Lasciò quindi la sua nazione senza sapere dove sarebbe andato, né se sarebbe tornato. Girò il mondo e cambiò nome più volte, sempre svolgendo i lavori più faticosi.»

«Incredibile» commentai. «Non lo sapevo. Però mi sembra molto coerente con ciò che mi hai detto di questo popolo. Del loro essere… resilienti.»

Guilly sorrise e annuì.

«In ogni luogo in cui si fermava a lavorare, Ho Chi Minh notava le profonde ingiustizie sociali che caratterizzavano l'Occidente. Visse per anni in America. Negli anni Dieci del Novecento, dopo essere stato a Marsiglia, si imbarcò su una nave che sbarcò a New York. Lì prima fece il panettiere a Brooklyn e poi entrò a far parte della servitù di una ricchissima famiglia americana. Viveva nella povertà e nel degrado e fu proprio grazie a questa condizione che nacque in lui il desiderio di tornare in patria e liberare una volta per tutte il suo Paese dagli invasori, che fossero francesi, cinesi o americani. Perché in quelle grandi e prestigiose nazioni occidentali, vedeva qualcosa di ben diverso rispetto ai concetti di libertà e democrazia che tanto venivano sbandierati a fini propagandistici, specialmente quando era necessario giustificare un'invasione. Ho Chi Minh vide gli afroamericani schiavi dei bianchi in America, gli irlandesi oppressi dagli inglesi, gli immigrati sfruttati e ghettizzati in Francia. Erano loro i "giusti"? Si convinse di no, tornò in patria dopo quasi trent'anni di assenza e divenne il condottiero della rivolta che avrebbe portato alla liberazione e all'indipendenza del Vietnam.»

Restammo in silenzio per un po'.

«Ma non è questo il punto. Ti ho raccontato la sua storia perché lui avrebbe potuto avere una vita ordinaria. Rimanere in Vietnam, con la sua famiglia. E invece si imbarcò su un piroscafo di passaggio. Rischiò, si mise in gioco, fece qualcosa di spaventoso, e quindi di non ordinario. Pensa a cosa non ha vissuto l'uomo sorridente che vedi su quella banconota. Pensa solo al fatto che ha lavorato come uno schiavo per anni in America, e poi è tornato qui a vincere una guerra contro gli stessi americani. Pensa a quanti posti ha visto, a quante persone ha incontrato, a quali pensieri ed emozioni lo hanno attraversato. E tutto è partito da un atto di ribellione, perché è così che ci si costruisce una vita straordinaria: smettendo di vivere per tradizione e abitudine. Ribaltando i tavoli.»

«Ribaltando i tavoli?»

«Ogni tanto le persone intorno a te apparecchiano un tavolo pensando solo ed esclusivamente al proprio gusto, a quello che sta bene a loro. Se a te non piace ciò che vedi, devi ribaltare il tavolo. Ti sembra di cattivo gusto? Ricordati che questa è la tua vita, non la loro! Così fece Ho Chi Minh quando decise di tornare nel Vietnam, perché con i nuovi occhi che aveva acquisito viaggiando vedeva delle ingiustizie insopportabili. È molto più facile sederti e mangiare quello che gli altri hanno preparato per te, è la cosa più sicura. Ma bisogna rischiare nella vita, altrimenti il rischio, quello vero, è di sprecarla, la vita, facendo quello che è giusto per gli altri ma non per te. Se non ti piace dove vivi, vai da un'altra parte. Il mondo è grande e pienissimo di opportunità.»

«Ci vuole tanto coraggio» commentai.

Guilly mi rivolse un sorriso benevolo. Aveva l'aria di uno che aveva detto tutto ciò che doveva dire e ora voleva solo tornare a prendere il sole.

«Vedila così: hai più paura di cambiare o di non cambiare?»

«Non ti seguo.»

«Quando ti senti in una situazione di stallo e pensi di non avere abbastanza coraggio per prendere la decisione che anche tu sai essere quella giusta, fai questo gioco di immaginazione: tra dieci anni la tua vita sarà identica a com'è ora. Come ti fa sentire questo?»

Mi immaginai a trentacinque anni con lo stesso lavoro da rider, sempre in quella città, sempre a casa di mia mamma, sempre con la sensazione di essere perennemente fuori posto.

«Male. Spero proprio di no.»

«Chi è felice e soddisfatto della propria vita spera che, tra dieci anni, non sarà cambiato molto. D'altronde, è felice così. Chi reagisce con orrore come hai appena fatto tu, invece, è senza dubbio una persona che deve mettere in atto un grande cambiamento. E allora sfrutta questa paura di non cambiare per sovrastare la paura di cambiare.»

«Ma il coraggio dove lo trovo?»

«È già dentro di te, però te ne rendi conto solo quando ti butti. Se non rischi mai, se ti circondi di sicurezze e comfort, a cosa ti serve il coraggio? E allora pensi di non averlo! Quando esci dal tuo piccolo cerchio di vita, dove tutto è scontato, quando ti butti e senti il vuoto sotto i piedi, ecco che invece il coraggio viene fuori. È come un meccanismo di sopravvivenza.»

«Interessante.»

«Sii tu a scrivere la tua vita. Non sei condannato a farne una che non ami. Te l'ho detto, se non ti piace dove sei, non c'è scritto da nessuna parte che ci devi restare.»

«E le persone che lasci?» chiesi. Pensai che mia madre sarebbe impazzita se le avessi detto che volevo trasferirmi all'estero o anche solo provare una lunga esperienza lontano da casa. Mio padre, pur avendo un'altra famiglia ormai, si sarebbe certamente opposto.

«Se ti amano davvero, ti lasciano andare. Anzi, ti supportano. Se ti ostacolano, non ti amano davvero. Magari pensano di possederti, come fanno molti genitori. Ai miei tempi alcuni padri minacciavano i figli dicendo: "Io ti ho dato la vita e io te la tolgo!". È una visione superata, violenta, paternalistica e assolutamente distorta del rapporto tra genitori e figli. Magari un tempo, in altre condizioni, poteva essere tollerata, ma oggi no. Oggi fare figli è una scelta e tutti dovrebbero essere ben consapevoli che i figli non sono una proprietà di chi li ha messi al mondo. Sono vite. Non sei condannato a niente. Tu sei il tuo stesso destino.»

Quelle parole, ne ero certo, non le avrei dimenticate mai. Sorrisi e guardai Guilly. «Perché non vuoi dirmi cosa hai fatto tu, nella vita?»

«Perché non voglio che copi il mio tema» disse sorridendo. «Scrivi il tuo. Sarà perfetto.»

Tirò su gli occhiali e tornò a godersi il sole.

39

La mattina successiva mi svegliai di buonumore. Non capitava da mesi. Non fu nemmeno la sveglia, che avevo puntato alle otto, a farmi aprire gli occhi. Avvenne naturalmente e senza alcun trauma. E non certo alle quattro e mezzo.

Mi alzai, andai nel bagno dell'ennesima camera d'hotel e mi sciacquai la faccia. Mi guardai allo specchio e notai con stupore e sollievo che il brutto sfogo sopra l'occhio che mi accompagnava da mesi era quasi sparito. Mi sentivo bene, fisicamente e mentalmente. Ero pieno di energie e scalpitavo all'idea di salire sulla moto e guidare. Non ero eccitato né depresso. Stavo semplicemente bene.

Quando scesi nella hall, dopo aver preparato lo zaino (cosa che ormai facevo automaticamente, come un rito), trovai Guilly già in attesa.

«Hai detto che svegliarsi alle quattro e mezzo significa essere tristi» gli dissi.

«Esatto.»

«E se uno si alza senza sveglia a un orario sempre differente cosa significa?»

Rise e alzò le spalle.

«Probabilmente che è felice! E quando sei felice, non chiederti perché. Non pensarci troppo. Sii felice e basta.»

Quel giorno, proseguendo sempre sulla stessa strada, alternammo mare e le spiagge alle città e alla montagna, dove c'era il verde più verde che avessi mai visto.

A un certo punto, guidavamo già da quattro ore circa, si mise a piovere, proprio mentre la strada diventava più stretta e piena di tornanti. Stavamo salendo e la mia moto, in un paio di occasioni, vibrò spaventosamente in curva, dandomi l'impressione che la ruota posteriore slittasse un po' sull'asfalto bagnato. Attivai rapidamente il faro anteriore per segnalare a Guilly di fare una sosta. Ci fermammo, le moto ancora accese, sul bordo della strada, sembrava che non ci fosse un essere umano nel giro di chilometri a parte noi: tutto intorno c'era solo giungla, fittissima. Il verde delle foglie era ancora più scuro adesso, con la pioggia. Erano solo le tre del pomeriggio, poi, ma il cielo era coperto da nuvoloni neri.

«Fin dove arriviamo oggi?» chiesi ad alta voce per sovrastare il suono dei motori.

«Nel parco nazionale di Phong Nha-Ke Bang» mi rispose.

«E quanto manca?»

Lui si guardò da una parte e dall'altra, poi si alzò sulle punte dei piedi per provare a vedere oltre al dorso della strada, che saliva e scendeva.

«Direi mezz'ora» rispose.

Io annuii e inserii la marcia per partire, ma lui spense il motore. Quando lo guardai stupito mi fece cenno di spegnere anche il mio. Lo feci a malincuore, non avevo voglia di stare lì, sotto la pioggia. Volevo solo arrivare a destinazione, fare una doccia bollente e cenare. Quando entrambi i motori furono spenti, mi resi conto che non c'era alcun rumore se non quello della pioggia scrosciante. Eravamo immersi nel silenzio.

Guilly alzò gli occhi al cielo. Le gocce di pioggia gli bagnarono il volto, andandosi a perdere nelle rughe e nella barba. Aveva un'aria estasiata, come se stesse ricevendo un massaggio dal cielo.

«Lo senti?» mi chiese.

«Che cosa?»

«Il suono del silenzio. Non senti quanto è rilassante?»

Mi concentrai sul suono della pioggia. Era diverso da quello che sentivo in città. Lì le gocce cadevano sugli alberi, sui campi coltivati, sulle montagne. Quel suono era avvolgente, caldo e rassicurante. Dopo un attimo di esitazione, anche io alzai la testa e chiusi gli occhi. Restammo così, a prenderci la pioggia in faccia, per qualche secondo. Poi Guilly riaccese il motore.

«Vedrai che spettacolo questo posto. Qui la Natura è dominante.»

Partì e io lo seguii. Dopo qualche chilometro e diversi stretti tornanti, superammo un'altura e proprio quando iniziammo la discesa vidi qualcosa che mi mozzò il fiato: alla mia sinistra, oltre la carreggiata, c'era una distesa immensa di praterie, fiumi e colline. Sembrava di essere sul set di *Jurassic Park*, solo che quel posto era reale ed era lì, davanti ai miei occhi.

Ciò che più mi colpì fu l'immensità che avevo davanti: mi sentii piccolo, proprio come aveva detto Guilly. Non avevo mai avuto vista più ampia in tutta la mia vita. Non c'erano grattacieli, palazzi, case, fabbriche, autostrade o altre costruzioni dell'uomo, era tutta Natura. Capivo cosa intendeva Guilly dicendo che era "dominante".

La strada prese a scendere finché non ci ritrovammo al livello delle praterie che poco prima vedevo dall'alto. Lì proseguiva dritta come una spada, tagliando in due quel paesaggio al contempo rigoglioso e brullo, senza anima viva se non qualche mucca che mangiava l'erba incurante del diluvio. Di tanto in tanto c'erano delle intersezioni sulla nostra destra, che portavano chissà dove. A un tratto Guilly mise la freccia e, poco dopo aver svoltato, notai su una collina rocciosa un grande cartello: "Phong Nha-Ke Bang". Eravamo arrivati.

O almeno così credevo, perché a un certo punto la mia moto prese a scivolare sulla parte posteriore. Rallentai bruscamente, ma fu un grave errore, perché a quel punto la ruota posteriore slittò sull'asfalto bagnato, rendendo il mezzo incontrollabile. Staccai la mano dal freno e lasciai che il mezzo proseguisse fino a fermarsi, perché tanto non c'era nessuno che arrivava in senso opposto, e nemmeno avevamo qualcuno alle nostre spalle. Intorno, non c'era altro che campi, coltivati o abbandonati a se stessi. In lontananza, delle colline imponenti e maestose. Poi solo verde scuro, pioggia torrenziale dal cielo e fango per terra. Eravamo sulla strada più desolata del Vietnam.

Mi sembrò di guidare sul sapone, eppure riuscii a non perdere il controllo. La moto si fermò, abbassai i piedi e quando toccai per terra feci un sospiro di sollievo. Mi appoggiai al manubrio, stravolto. La pioggia, intanto, continuava a bagnarmi. Alzai lo sguardo quando udii il rumore della moto di Guilly.

«Ehilà, che succede?» mi chiese. Sorrideva, anche sotto quel diluvio inarrestabile.

«Temo di aver bucato.»

Senza dir niente, mise il cavalletto e si avvicinò alla mia moto. Osservò attentamente la ruota. «Un chiodo.»

«Un chiodo?»

«Conficcato nello pneumatico. Così in profondità che ci devi aver fatto almeno una decina di chilometri.»

«Merda» dissi. «Ma perché tutte queste sfighe capitano sempre a me?»

Guilly rise e io lo fulminai con lo sguardo.

«La vita è un fiume. Scorriamo con essa!» esclamò allargando le braccia e il sorriso.

«Eh?»

«Dobbiamo fluire, Davide! Con questa pioggia, questa strada, questo chiodo infilato nella tua ruota. Assecondiamo il nostro destino, perché chissà che questo incidente non sia l'inizio di qualcosa di bello.»

Lo guardai per un po', mentre una pioggia forte e incessante mi stava bagnando dalla testa ai piedi. Quel giorno, Guilly indossava un improbabile impermeabile marrone che sembrava avere cinquant'anni. Un fulmine illuminò il cielo, seguito dal boato spaventoso di un tuono. Iniziavo a preoccuparmi: la Natura era davvero dominante lì. Non c'era un riparo, non c'era nessuno. E lui, sotto a quella pioggia torrenziale, continuava a sorridere e parlare di… amare il destino?

«Che si fa ora?» chiesi. Cominciavo a perdere la pazienza.

«Credo che tu possa farcela, a guidare fino al centro della cittadina» rispose lui.

«Perché, quanto manca?»

Fece una smorfia, si guardò intorno.

«Credo che non abbia importanza.»

«Come no?»

Dovevo quasi urlare per farmi sentire sotto lo scroscio della pioggia. Un altro fulmine, un altro tuono, stavolta meno forte.

«L'alternativa qual è?» chiese Guilly.

«Guilly, tagliamo le stronzate, per favore. Davvero» dissi. Ero stanco, stufo e completamente zuppo. Non c'era un centimetro del mio corpo che non fosse bagnato.

«Inizia a fare buio e ho freddo…» mi lamentai.

«Appunto» mi interruppe lui. «Vuoi restare qui, sotto la pioggia? A volte non importa quanto ci metti, né dove stai andando. A volte importa solo andare, muoversi. Questa è un'altra non-regola di Taro: non essere una roccia, sii il fiume.»

«Sii il fiume?»

Guilly rise. Nel farlo alzò la testa al cielo e il cappuccio gli coprì il volto fino al naso. Vedevo solo la sua bocca aperta.

«Se ti fermi, nulla può cambiare. Se ti muovi, qualcosa succederà. Questo vuol dire. Sta già piovendo abbastanza dal cielo, non ho intenzione di stare qui a piangermi addosso» disse.

«Ma dove vado con una gomma a terra?»

«Non è a terra. Il chiodo si è infilato bene nello pneumatico. Una fortuna nella sfortuna. Hai visto? Puoi farcela per qualche chilometro, te lo assicuro. Puoi fare molto più di quello che credi.»

«Ma Guilly…» iniziai.

Lui rise, saltò sulla sua moto, accese il motore e partì senza indugi. Lo osservai, sconvolto. Poi, per paura che mi lasciasse davvero lì, solo in mezzo al nulla, riaccesi anche io e ripartii a bassa velocità.

La moto sbarellava, era come un cavallo imbizzarrito. Andando piano, però, riuscivo a portarla avanti: la strada sembrava essere stata spianata solo per noi, tanto era deserta. Dopo un paio di chilometri percorsi con il cuore in gola, Guilly mise la freccia e girò a destra. Poco dopo toccò a me svoltare e cercai di farlo senza inclinare la moto: a dieci all'ora, teso in avanti con il corpo. Se qualcuno mi avesse visto in quel momento, avrebbe pensato che fossi un completo idiota. Fortunatamente non c'era anima viva.

Continuai a seguire Guilly per una ventina di minuti, finché non intravidi, in lontananza, un centro abitato. Esultai e l'urlo rimbombò dentro il casco. Continuammo a guidare così, lenti lenti, Guilly con la sua moto perfettamente stabile e io con la mia che slittava come se fossimo sulla neve e invece della ruota posteriore avessi uno sci, finché non superammo una collina.

Tirai un sospiro di sollievo, quando entrammo nella cittadina. Lì c'erano persone, negozi, ristoranti, le immancabili guesthouse. Pregustai il momento in cui mi sarei buttato sotto l'acqua bollente della doccia e mi sarei lavato di dosso quella maledetta pioggia.

Guilly indugiò nella ricerca di un posto per la notte più di quanto ritenessi necessario. In quel caso avrei scelto volentieri il primo, ma lui sembrava cercarne uno specifico. Ogni tanto rallentava e si alzava in piedi sulla moto, come un pilota che ha appena vinto una gara e sta festeggiando. Lo avevo notato varie volte, quel suo gesto, lo faceva per guardarsi meglio intorno, ma solo in quel momento mi resi conto di quanto fosse assurdo, e pericoloso, che un uomo della sua età si comportasse in quel modo.

Finalmente accostò, ma non davanti a una guesthouse o a un hotel. Bensì a un ristorante, pieno di gente del luogo vestita con pesanti cappotti, cappelli e guanti. Alcune signore avevano addirittura le scarpe chiuse, una cosa mai vista fino a quel momento. Dovevamo essere in una parte del Vietnam parecchio fredda e piovosa.

Accostai di fianco a Guilly e lo guardai con aria interrogativa.

«Hai fame?» mi chiese lui.

«Guilly... non possiamo prima trovare una stanza? Fa freddo, sono tutto bagnato.»

Lui non mi diede retta e spense la moto.

«In questo momento abbiamo due problemi» disse. «Dobbiamo trovare un meccanico e una stanza. Se non ci fermiamo a mangiare, ne avremo uno in più: la fame. Invece, se ci fermiamo qui, magari risolviamo uno dei primi due. O magari li risolviamo entrambi.»

«In un ristorante?»

«I ristoranti come questo» disse indicando il locale dove una ventina di persone erano impegnate a bere caffè o a mangiare zuppe bollenti per consolarsi dal freddo «sono pieni di gente. E quindi pieni anche di opportunità.»

Lo seguii in silenzio dentro il locale. Come in molti ristoranti vietnamiti non c'erano vetrate o porta d'ingresso: era tutto sotto un portico, all'aperto, nonostante il freddo. C'erano solo vietnamiti lì dentro, fatta eccezione per un ragazzo dagli occhi azzurrissimi seduto in un angolo. Davanti a lui una birra troppo scura per essere la Bia Hoi che mi aveva fatto assaggiare Hang.

Quando entrammo, temetti che ci guardassero male. Eravamo stranieri, sporchi, stanchi e inzuppati dalla testa ai piedi. Invece nessuno ci degnò di uno sguardo, una cosa che stavo iniziando ad apprezzare molto, degli asiatici.

Ci sedemmo e ordinammo da mangiare. Entrambi prendemmo un *pho* caldo, con quel clima era quanto di meglio si potesse desiderare. La cameriera, come in tutti i posti in cui avevo mangiato in Vietnam, non aveva la divisa né un grembiule. Era una ragazza in jeans e maglietta. Se non si fosse avvicinata a noi con in mano il tradizionale bloc-notes a quadretti delle cameriere, avrei pensato che si trattasse di una cliente.

Guilly si guardava intorno, come studiando la situazione. Non lo disturbai e nel frattempo mi tolsi giacca e felpa, che erano zuppe. Rimasi in maglietta, approfittando della vicina torretta incandescente, che mi regalava vampate di aria calda da pelle d'oca.

Ora che c'era un po' di calore, avevamo un tetto sulla testa e a breve avremmo anche avuto del cibo nello stomaco, mi sentii in colpa per come mi ero comportato con Guilly: ero stato ingiusto a urlargli contro.

«Senti Guilly, scusa per prima.»

Lui sorrise senza dire nulla.

«Ho avuto una reazione isterica. Mi dispiace di averti trattato male.»

Ancora una volta rimase in silenzio, ma giunse le mani davanti al petto e abbassò la testa, sorridendo.

Restammo in silenzio per un po'.

«Hai detto di essere il fiume e non la roccia nel fiume...» ripresi.

«Uno dei concetti base del Buddhismo è che tutto è in continuo mutamento. Tutto cambia, sempre. Nulla resta mai uguale a se stesso. Cambiamo noi e cambia la realtà intorno a noi. Per questo motivo, la vita è un fiume. Scorre in una sola direzione, in avanti, e non c'è modo di far scorrere la sua acqua indietro. Il fiume è il simbolo del continuo mutamento, perché non resta mai uguale. In ogni attimo, è diverso. Il fiume non si può fermare, qualunque cosa tu faccia, esso continuerà a scorrere. Se pensi di poterlo fermare, ti stai semplicemente illudendo» disse Guilly.

Arrivarono i *pho* fumanti. Lui non li degnò nemmeno di uno sguardo. Ringraziò la cameriera e riprese a parlare.

«Questa è la vita: un fiume. Ora, tu puoi avere due atteggiamenti nei suoi confronti. Essere una roccia, ovvero conficcarti nel suo letto e opporti allo scorrere dell'acqua. Il che implica sforzo, sofferenza, tensione e stress. Proprio tutto ciò che provavi prima, là fuori, sotto la pioggia. Oppure puoi scegliere di assecondare quel flusso infinito e scorrere insieme all'acqua. Questo vuol dire farsi trasportare dagli eventi della vita senza opporre alcuna resistenza. Accettare che tutto cambia, sempre. Vivere con leggerezza, in completa armonia con il costante divenire. Chi impara ad amare l'incertezza trova la chiave per la serenità. Perché la vita è piena di incertezza. C'è un antico proverbio buddhista che dice: "Non temere, *nulla* è sotto controllo". Fare tua questa consapevolezza significa diventare tu stesso il fiume. Diventare una sola cosa con l'essenza più profonda della vita.»

«Per caso è quello che stiamo facendo qui?» mi venne da chiedere.

Guilly sorrise, prese le sue bacchette dalla sacca, le infilò tra le dita, chiuse gli occhi e sussurrò la sua preghiera.

«Sì, è proprio questo il motivo per cui siamo qui» disse quando ebbe concluso. Prese un po' di noodles con le bacchette, lentamente.

«Se vuoi diventare il fiume, devi imparare a perderti» continuò poi.

«Perderti?»

«Già, perché tutto ciò significa farsi trasportare dal flusso della vita. Non pianificare nulla, ma affrontare le situazioni strada facendo. Questo è il modo migliore per crescere come essere umano, perché il fiume ti porterà sempre in posti nuovi, dinnanzi a sfide ogni volta diverse. E così ti permetterà di godere di molteplici panorami, invece della solita vista sempre uguale che ha la roccia, ferma e cocciuta nell'opporsi al continuo mutamento della realtà. Le cose più belle della vita accadono quando ti perdi.»

«Dici?»

«Pensa a quando ti sei innamorato la prima volta: lo avevi programmato? No, hai deciso di perderti negli occhi di quella persona e vedere cosa sarebbe successo. Le persone hanno una paura tremenda di perdersi, perché la società occidentale ci ha convinti che sia quanto di più spaventoso. Ci ha detto che la nostra vita dev'essere una piccola gabbia sicura e noi lo abbiamo accettato, rifiutando di vedere cosa c'è là fuori. Ci siamo ormai abituati all'idea che perdersi sia rischioso, quando invece è solo emozionante. Quando ti batte il cuore perché non sai cosa succederà, ecco, quello è il momento in cui ti senti vivo. È quando diventi il fiume e confidi nell'universo. E, qualunque cosa troverai lungo il corso del fiume, la amerai.»

Mentre pronunciava quelle parole pensavo al mio ultimo periodo. Buio, disastroso, problematico, tristissimo. Mi ero mai perso in tutti quei mesi? No, mi ero proprio rinchiuso nella gabbia di cui parlava Guilly. Anche se mi deprimeva. Forse mi sarei dovuto soltanto perdere? Il dubbio che avesse ragione era forte. D'altronde, tutto quel mio viaggio era stato proprio una questione di lasciare le sicurezze e la strada battuta per addentrarmi nell'ignoto. Ed effettivamente non ero mai stato meglio di così.

«Se fossimo andati subito a chiuderci in una stanza di hotel perché infreddoliti e stanchi, avremmo scelto di essere una roccia. Entrare qui vuol dire essere il fiume. E ora dobbiamo solo attendere, essere pazienti. Prima o poi incontreremo qualcuno o finiremo coinvolti in una situazione. Se faremo del nostro meglio, otterremo quello che vogliamo. Anzi, anche di più.»

Mangiammo il nostro *pho*. Quella zuppa bollente e saporita fu un toccasana. Quando finimmo, Guilly pulì le sue bacchette e le mise via. Poi iniziò a guardarsi intorno. Quando incrociava lo sguardo di qualcuno, gli sorrideva. Il ragazzo occidentale rispose allargando il suo sorriso e sollevò la birra, come per fare un brindisi. Guilly alzò la ciotola vuota di *pho*, e poi scoppiò a ridere. L'uomo lo imitò. Poco dopo, si avvicinò al nostro tavolo portando la birra. Si sedette senza dire nulla e ci guardò per qualche secondo. Guilly sorrideva, come se in qualche modo sapesse quello che sarebbe successo.

«Non si vedono molte facce nuove in questo posto. Solitamente i turisti vanno nelle caffetterie, non nei ristoranti per la gente del luogo» disse in un inglese dall'accento strano, che non avevo mai sentito.

«Sei irlandese?» chiese Guilly, ma sembrava più che altro un'affermazione.

«*Yay*» disse quello. E abbozzò un sorriso. Bevve un sorso di birra e tornò a guardarci. Sembrava volerci studiare.

«Cosa state cercando?» ci chiese avvicinandosi a noi, come se il nostro fosse un incontro clandestino tra criminali.

«Un meccanico» disse Guilly con tutta la naturalezza del mondo. «Per una moto.»

Il tizio sorrise, come se fosse uno scherzo. Quando capì che non lo era, rimase immobile per un attimo.

«State scherzando? Io ero un meccanico!» esclamò tutto contento.

«E ora cosa sei?» chiese Guilly.

«Ora ho una guesthouse con mia moglie.»

«Qui a Phong Nha?»

L'uomo annuì.

«Dov'è la moto, vado subito a dare un'occhiata!» disse tutto contento.

Guilly fece un cenno con la testa, indicando le nostre moto parcheggiate fuori, sotto la pioggia torrenziale. Lui si alzò di scatto, ma Guilly lo fermò alzando una mano. Lo guardò dritto negli occhi, con un'espressione seria e concentrata.

«Ti ringrazio» disse alla fine. E giunse le mani davanti al petto.

L'irlandese sorrise e si allontanò. La cameriera venne a prendere le ciotole vuote. Guilly la ringraziò, poi si rivolse a me, in italiano.

«Credo che abbiamo appena risolto tutti e tre i nostri problemi.»

«Abbiamo solo avuto una bella fortuna» commentai.

«No, Davide. Abbiamo assecondato il flusso della vita, anche in un momento di difficoltà. Siamo stati il fiume e non la roccia. E la vita, allora, ci ha portati esattamente dove avremmo voluto.»

40

Il ragazzo irlandese si chiamava Sid e la sua guesthouse si trovava nella parte più settentrionale della cittadina, affacciata direttamente sulla lunga strada che tagliava i campi annacquati. Aveva dato un'occhiata alla moto e anche lui aveva detto che ero stato fortunato perché si era incastrato proprio bene, quel chiodo, impedendo alla gomma di sgonfiarsi completamente. L'aveva caricata sul suo pick-up e ci aveva detto di seguirlo.

Poco dopo eravamo di fronte all'ingresso della sua guesthouse, un edificio di tre piani, bianco, con gli infissi in legno marrone e il tetto spiovente. Sembrava un hotel di montagna, di quelli che raggiungi dopo chilometri di salita e tornanti. Avevo visto molti edifici con quello stesso stile in quel paesino nel parco nazionale di Phong Nha. Niente traffico, niente caos. Faceva freddo, pioveva e c'era un gran silenzio.

«Se cercate anche un posto dove dormire, qui abbiamo delle stanze» disse Sid, ancora a bordo del furgone, con quel suo inglese-irlandese, indicando la sua guesthouse con evidente orgoglio.

«Siamo ben lieti di soggiornare qui» rispose Guilly.

Sid spalancò un sorriso genuino, felice e soddisfatto. Sembrava proprio contento di aver trovato due occidentali con cui conversare.

«Allora entrate, ci sarà mia moglie, alla reception. Dite-le che siete miei amici.»

«Sarà fatto» concluse Guilly.

Sid tirò giù la moto e la portò verso il retro. Me lo imma-ginai là dietro, dentro un'officina che odorava di copertone e grasso per le catene, mentre smontava la ruota.

«Aspetta» dissi prima che sparisse. Lui si girò e mi guar-dò con un'aria interrogativa. «Quanto ti devo?»

Rimase immobile per un paio di secondi.

«Niente.»

«No, davvero, ci tengo.»

«Lo faccio volentieri, *brotha*. Se non ci aiutiamo tra noi.»

Feci per insistere ma Guilly mi fermò con un cenno del-la mano. E Sid approfittò di quell'indecisione per sparire nel vicolo.

«Ma perché? Il lavoro si paga» protestai.

«Questo non è lavoro. Questa è un'altra cosa. Questi ge-sti non li paghi, li *ripaghi*.»

«Ma che vuol dire?»

«Andiamo» disse Guilly senza rispondermi.

La hall era molto accogliente. Sulla parete di sinistra c'e-ra il bancone del bar. Era in legno scuro ed era lungo e stret-to, con quattro sgabelli davanti e tre ripiani pieni di bot-tiglie di alcolici dietro. Sulla parete opposta, invece, c'era un bancone bianco, dietro il quale era appesa una grande mappa del mondo con tante puntine piantate dentro. Forse erano i posti che Sid e sua moglie avevano visitato? O forse quelli da cui provenivano gli ospiti della loro guesthouse?

«Benvenuti. Da dove venite?»

Ci voltammo e ci ritrovammo davanti la moglie di Sid. Era una delle donne più belle che avessi mai visto. Sembra-va in tutto e per tutto Hang, ma con una quindicina di anni in più. Aveva i lunghi capelli scuri legati in una semplice coda alta, gli occhi nerissimi, curiosi e magnetici, un sorri-so perfetto e un'eleganza innata, un tratto che stavo notan-do sempre di più nelle donne orientali. Indossava un abi-to lungo, bianco. Il suo atteggiamento era molto cordiale, da perfetta padrona di casa. Sorrideva, si teneva le mani e aveva la testa leggermente inclinata.

Guilly la salutò in vietnamita, per poi inchinarsi appena, prenderle delicatamente la mano sinistra e baciargliela per una frazione di secondo. Non avevo mai visto nessuno fare di persona un baciamano.

L'espressione della donna si fece sorpresa, ma il suo corpo non si ritrasse. Era stupita e lusingata. Niente a che vedere, ahimè, con il modo in cui aveva reagito Hang al mio tentativo di baciarla.

«Arriviamo da Hue» disse Guilly con la sua solita compostezza.

«Un lungo viaggio per giungere qui. E di che nazione siete? Così posso mettere il segno sulla mappa» disse indicando la mappa. E per la prima volta piantò il suo sguardo su di me.

Farfugliai qualcosa in inglese, rapito dalla sua bellezza.

«Ah, io non lo ricordo più» intervenne Guilly. «Ho vissuto in troppi luoghi per ricordare da dove vengo! E il mio amico qui, invece, viene dall'Italia.» E mi fece l'occhiolino.

Lei disse che amava l'Italia e le sarebbe piaciuto visitarla, un giorno. Le indicai più o meno dove mettere la puntina, la posizionò molto più a Sud di dove vivevo ma non la corressi. Poi ci chiese se avessimo già conosciuto suo marito, Sid. Le rispondemmo di sì e le spiegammo tutto quanto.

«Vi ha già chiesto degli *scones*?» ci chiese a un certo punto scuotendo la testa divertita.

«No, non ci ha detto niente» risposi.

«A mio marito manca solo una cosa dell'Irlanda: gli *scones*» disse esasperata, ma sempre sorridendo.

Feci per chiederle cosa fossero, perché li avevo solo sentiti nominare, ma Guilly parlò prima di me.

«E qual è il suo ripieno preferito?»

Che razza di domanda era? pensai.

«Con la marmellata di fragole» rispose lei sorridendo, ma un po' stranita. Forse lo aveva pensato anche lei.

«Ottimo! È stato un piacere conoscerti» concluse Guilly.

Le disse qualcosa in vietnamita e il sorriso di lei si allargò ancora di più. Io mi limitai a un semplice e poco convinto *"bye"*.

Quando fummo soli, davanti alla scalinata, Guilly mi prese per un braccio.

«Davvero le hai detto *"bye"*?»

«Sì... perché?»

«Cosa sei, un americano? La nostra lingua suona divinamente ed è molto affascinante, specialmente da queste parti. Dille "buonasera" in italiano. Si ricorderà di te.»

Lo guardai perplesso.

«Hai un debole per le donne asiatiche» disse lui in risposta alla mia espressione. Non era una domanda, ma un'affermazione.

«Guilly... per favore.»

«Non è colpa mia se stai lì impalato con la bocca aperta!» disse lui, ora incapace di trattenere le risate.

«Ma smettila...»

«Non c'è niente di male. È una donna bellissima, affascinante. Ci sarebbe da vergognarsi se di fronte a lei non provassi nulla, come se stessi guardando un pezzo di legno. E purtroppo oggi il mondo è pieno di persone così, che dinnanzi alla meraviglia restano indifferenti.»

Guilly prese a salire gli scalini.

«Ora dirai che mi sono innamorato pure di lei?» chiesi.

«No, no. È evidente che in lei rivedi Hang...»

Non avevo la forza di replicare. Mi limitai a sorridere per quel suo modo di parlare d'amore senza alcuna vergogna.

Davanti alla porta delle nostre camere, che erano al secondo piano, e confinanti, Guilly mi chiese: «Ci vediamo sotto più tardi?».

«Sì... ma abbiamo già cenato con quel *pho*.»

«Meglio ancora. Facciamo due chiacchiere con Sid e la sua dolce metà. Sembrano due brave persone.»

«Va bene.»

Sorrise e fece per entrare nella stanza.

«È che...» iniziai.

Si fermò a metà del movimento, un piede dentro e uno fuori. Mi guardò con un'aria interrogativa.

«È che avrei voluto fare le cose diversamente.»

Non disse niente, in attesa che andassi avanti.

«Con Hang, intendo. Forse se avessi fatto le cose diversamente sarebbe anche andata diversamente.»

Lui sospirò.

«Non poteva andare diversamente.»

«Perché no?»

«Perché altrimenti sarebbe andata diversamente. Te l'ho già spiegato. È andata così, esattamente come doveva andare. Non essere una roccia, tanto non puoi opporti al corso del fiume. Lasciati trasportare dall'acqua. Vai avanti e vediamo che succede. Sii il fiume.»

Si fermò un attimo a guardarmi, sorridendo. Poi entrò nella sua camera, canticchiando una vecchia canzone italiana su quanto fosse meravigliosa la vita.

41

«Vorrei raccontarti una storia.»

Guilly era seduto su una delle poltrone nella zona comune della guesthouse. Sul tavolino davanti a noi c'erano una teiera e due tazze. Di Sid o di sua moglie nessuna traccia. Intorno a noi, però, diversi viaggiatori e viaggiatrici. C'era anche un gruppetto di ragazzi e ragazze della mia età che stavano programmando la visita, il giorno successivo, al parco nazionale. Fuori, il diluvio universale continuava imperterrito. Faceva freddo, ma il ragazzo che ci aveva portato il tè aveva assicurato che presto avrebbero acceso il camino.

«È una storia che forse può farti capire cosa sbagli nel tuo atteggiamento verso Hang, e non solo. Verso tutto il peso che porti dentro» disse Guilly.

Drizzai le orecchie e mi sedetti meglio, leggermente proteso verso di lui.

«Ti ascolto.»

«La storia racconta di due monaci buddhisti che un giorno si misero in cammino per raggiungere il monastero in cui avrebbero vissuto. Dopo alcune ore, furono sorpresi da una tempesta molto violenta e si ripararono sotto un albero. Quando smise di piovere e ripresero a camminare, videro una donna bellissima. Era disperata perché una pozzanghera si era formata lungo la strada e lei aveva paura di infilarci i piedi. Quando vide arrivare i due monaci, la donna chiese se potessero aiutarla in qualche modo. Il più giovane scosse la testa imbarazzato e rivolse subito il proprio sguardo altrove. Era quasi offeso da quella richiesta. Il più vecchio, invece, non ci pensò due volte: prese la donna in braccio e la portò dall'altra parte. Quando la lasciò andare, la donna lo ringraziò con un inchino e si allontanò in un'altra direzione. Il monaco riprese il suo cammino come se nulla fosse.»

Guilly si fermò e bevve un sorso di tè. La colonna sonora di quella storia era lo scrosciare della pioggia. Ci fu anche un lampo, che illuminò il suo volto, sereno come sempre. Poco dopo il ragazzo della reception mantenne la sua promessa: posizionò della legna nel camino e accese un fuoco.

«I due monaci ripresero a camminare. Quello anziano contemplava la natura, rigogliosa dopo tutta quella pioggia. Si concentrava sulla meraviglia che aveva intorno. Si sentiva leggero e pacifico, felice di potersi godere i raggi del sole o la vista di una farfalla che si poggiava leggiadra su un fiore di loto» disse Guilly con un sorriso pieno di felicità.

Poi cambiò espressione e tono.

«Il monaco giovane, invece, camminava a testa bassa. Era turbato, perché non riusciva a togliersi dalla testa quello che aveva visto. Era arrabbiato, indignato, sconvolto. Un arcobaleno sarebbe potuto spuntare all'orizzonte e lui non se ne sarebbe nemmeno accorto, preso com'era dalle sue riflessioni.»

Guilly si fermò di nuovo per bere un sorso di tè, lentamente.

«Solo alla sera, quando intravidero il monastero, il giovane monaco ruppe il silenzio. Si fermò, guardò negli occhi il suo compagno di viaggio, gli puntò il dito contro e disse: "È sbagliato toccare una donna! Prenderla in braccio in quel modo, sentire il suo corpo premuto contro il tuo, permetterle di mettere le sue mani intorno al tuo collo. Come ti sei permesso? Noi siamo monaci, quello che hai fatto è sbagliato e dovresti vergognartene!".»

Guilly accennò una risata, come se stesse pregustando il gran finale di una vecchia barzelletta.

«Il monaco anziano si prese qualche secondo prima di

rispondere. Alla fine disse: "È vero, io ho trasportato quella donna per qualche metro. L'ho fatto per aiutarla, perché anche questo significa essere un monaco. Poi, però, l'ho lasciata andare. Mi sono dimenticato di lei nel momento esatto in cui ho ripreso a camminare. Invece tu, ragazzo, l'hai portata nella tua mente per tutto il giorno. L'hai trasportata con te molto più a lungo di quanto abbia fatto io. Da quando l'abbiamo incontrata fino a questo momento… ed è probabile che la porterai con te anche stanotte!".»

Guilly scoppiò a ridere.

«Sai qual è la grande differenza tra il monaco anziano e quello giovane? Il primo vive, il secondo pensa e basta. E così è pieno di tristezza, rabbia e insoddisfazione perenne.»

Guilly volse lo sguardo verso la porta d'ingresso e la pioggia che veniva giù dal cielo.

«Questa è una non-regola del maestro Taro: la vita non va spiegata, va vissuta. Ed è la regola che tuo nonno faticava maggiormente ad accettare.»

Anche io non riuscivo a comprenderla fino in fondo, e quindi ad accettarla.

«Tuo nonno era come il monaco giovane: non faceva altro che pensare. Pensava sempre a quello che avrebbe potuto fare, a quello che sarebbe potuto succedere. La sua mente passava continuamente dal passato al futuro, dal ricordo all'immaginazione. Questo è vivere? Sì, ma è un vivere *in teoria*. È un'esistenza puramente astratta.» Guilly avvicinò l'indice alla sua tempia. «Vivere veramente significa uscire da qui. E imparare a vivere qui» concluse allargando le braccia e guardandosi intorno. «Il monaco più giovane non vive nella realtà, ma in un mondo astratto e inesistente, fatto di paure, paranoie, dubbi, scenari improbabili, tristezza e ansia totalmente immotivati. La sua mente è la sua prigione. Non essere come lui, Davide. Ho notato che troppe volte ti incanti nei tuoi pensieri e così ti perdi la vita vera, che è una sola: è quella che sta accadendo adesso, ora, in questo preciso istante. Tutto il resto non è reale, è un'illusione che porta alla sofferenza.»

«Lo vorrei, davvero. Ma come si fa?»

«Tuo nonno mi fece la stessa domanda» disse sornione. «Ma parliamo di te, ora. Di te e Hang, ad esempio. Io non so cosa sia successo di preciso con lei, ma immagino che ti sia fatto avanti e lei ti abbia rifiutato. Giusto?»

Annuii.

«Va bene. Se tu non ti fossi fatto avanti, avresti passato il resto dei tuoi giorni a… pensare. Avresti pensato a cosa sarebbe successo se avessi avuto quel coraggio, avresti pensato alla possibilità che lei ti rifiutasse, ma anche a quella che lei ricambiasse il tuo sentimento. Ti saresti fatto cullare da un mare di scenari, belli o brutti, ma comunque falsi perché non reali. Ti saresti chiuso qui, nella tua testa. Mentre la vita è qui, intorno a te» disse ripetendo i gesti di poco prima.

«Però, magari, così avrei sofferto di meno.»

«Ma la vita è anche sofferenza!» esclamò lui alzando le mani. Il gruppetto di viaggiatori seduti dietro di noi si voltò a guardarlo. Lui non se ne curò e quelli tornarono a parlare delle loro escursioni.

«Questa tua affermazione» riprese «è la dimostrazione che ti sei rinchiuso nella tua mente, dove hai costruito un mondo perfetto che non può esistere. Nel tuo film mentale ci siete tu e Hang, state insieme, siete felici, fate l'amore. Tu sei perfetto in quello scenario, lei ti adora ed è disposta a tutto per te. Hai un lavoro che ami, sei bello, sei in forma, tutti i tuoi cari stanno bene e non esistono problemi. In quel mondo inventato, non c'è sofferenza. Be', Davide, questa non è altro che un'illusione. Ne abbiamo parlato a Hue. La vita è fatta anche di momenti negativi… e per fortuna! Perché senza di essi non potrebbero esistere quelli positivi. A volte va bene, a volte va male. A volte sei felice, a volte sei triste. La vita non è giusta o sbagliata: è così e basta. E lo è per tutti, con sfumature differenti. Tu questo non riesci ad accettarlo e così preferisci vivere nell'illusione. La storia d'amore che ti sei creato nella tua testa non sarà mai reale. Ma chi lo sa, magari un giorno ne vivrai una imperfetta e proprio per questo molto più intensa. Perché quella è vera.»

«Non lo so, Guilly. A volte penso che non avrei dovuto provare a baciarla.»

Lui alzò le mani al cielo. Sorrideva ma era esasperato.

«Se dici questo, significa che invece di vivere preferisci immaginare. E crogiolarti in una felicità inesistente, quella della tua mente, invece di provare a conquistarti quella vera, fatta di momenti positivi di cui godere al massimo e di momenti negativi da affrontare in modo da essere poi fiero di te. Nel Buddhismo, ogni tentativo di convincersi che la realtà sia diversa dal "qui e ora" si chiama ignoranza. Ed è considerato uno dei veleni più pericolosi per l'essere umano. È fonte di enormi sofferenze e problemi di ogni tipo.»

Si fermò, si guardò intorno e bevve l'ultimo sorso di tè.

«È una tragedia» disse con un tono di voce più basso, scuotendo la testa.

«Che cosa?»

«Non rendersi conto che la vita, qui, fuori dalla nostra testa e dal nostro pensare ossessivo, è un'avventura imperfetta e straordinaria. Tu non puoi goderti questo viaggio se vivi di ricordi e proiezioni, desideri e paure, nostalgia per un passato che non tornerà e sogni per cui non lotterai mai. La sofferenza a cui vuoi tanto scampare non è qui fuori! È dentro la tua testa.»

Quelle parole, l'ultima frase soprattutto, lasciarono il segno. Percepivo la sua riflessione come vera, assolutamente vera. Nessuno mi aveva obbligato, quando ero a casa, ad autodistruggermi. Certo, il lavoro perso e la rottura con Valentina avevano contribuito, ma ora il punto di vista di Guilly mi sembrava il più sensato: la sofferenza l'avevo scelta, non me l'aveva imposta nessuno. Era nata dentro la mia testa. E allora forse poteva anche morire lì dentro?

«Guardati intorno, ora» disse Guilly come se mi leggesse nel pensiero. «Esci dalle ragnatele della tua mente e chiediti: c'è sofferenza qui intorno? C'è dolore? C'è qualcuno che ti sta facendo del male o qualcosa che ti turba? No, non c'è niente del genere. Ci sono delle persone pacifiche che vivono la loro vita, c'è una tazza di tè che si sta raffreddando, ci sono un tetto sulla nostra testa e un pavimento sotto i nostri piedi. C'è un leggero aroma di caffè nell'aria, lo senti? E poi c'è il rumore della pioggia che accompagna la conversazione che stiamo avendo.»

Mi soffermai su tutto ciò. Mi concentrai su ogni suono, ogni aroma, ogni cosa che vedevo.

«C'è sofferenza qui intorno?» mi chiese ancora Guilly, sussurrando.

«No» ammisi.

«E allora, se soffri è per colpa della tua mente. Nient'altro. Non ci sono altri colpevoli, la vita non è ingiusta e tu non sei vittima di nulla. Non c'è nessuna sofferenza nel momento presente. La vita non è quello che è successo ieri e non è quello che potrebbe succedere domani. La vita è qui e ora. Duemilaseicento anni fa, Lao Tzu rispondeva in questo modo a chiunque gli dicesse di soffrire: "Chi vive nel passato è depresso; chi vive nel futuro è ansioso; chi vive nel presente è felice". Ecco cosa significa che la vita non va spiegata, ma vissuta. Non ci sono domande a cui rispondere ogni secondo, ragioni da scovare, problemi da risolvere. C'è solo da vivere.»

Restai in silenzio a lungo. Il mio tè si era raffreddato, ormai. Non mi importava.

«Voglio farlo.»

«Sì?»

Guilly tornò a sorridere divertito.

«E allora fallo.»

«Come devo fare? Mi insegnerai a meditare?»

Lui mi guardò con attenzione.

«Se lo vorrai davvero, te lo insegnerò. Ma c'è un altro ottimo modo per entrare nel momento presente senza dover stare fermo e in silenzio.»

«E qual è?»

«Fare qualcosa che vorresti fare, ma che non hai il coraggio di fare.»

«Ad esempio?»

«Questo me lo devi dire tu: cosa ti piace fare?»

«Disegnare» dissi subito. «Era la mia più grande passione.»

«Lo è anche ora» disse Guilly.

«Non disegno nulla da mesi.»

«Non importa. Se ami qualcosa, l'amore è sempre lì. Il tempo non se lo porta via.»

Si alzò in piedi e iniziò a guardarsi intorno, mentre si accarezzava la barba sul mento. In quell'istante entrò nella hall, in tutta la sua bellezza, la moglie di Sid. Aveva dei sacchetti della spesa con sé e i capelli erano leggermente bagnati dalla pioggia. Guilly la notò subito, proprio come me. Mi guardò e io ebbi paura di qualsiasi cosa stesse pensando.

«Vedi, un ottimo modo per vivere nel presente è fare qualcosa che catturi tutte le tue attenzioni. Immagina una gazzella inseguita da vicino da un leone: può in alcun modo pensare a ieri o a domani in una situazione del genere? No, corre e basta, qui e ora. Lo stesso meccanismo può essere replicato in qualunque momento. Trova un'attività che ti faccia entrare nel momento presente, che ti impegni e ti riempia di adrenalina, e non esisterà altro.»

Sorrise, poi si mosse verso una piccola libreria posta vicino al bancone del bar. Frugò su uno scaffale, poi dentro un portamatite. Quando tornò, mi mise tra le mani un blocco di fogli bianchi, una matita e un pennarello nero.

«Falle un disegno» disse indicando la moglie di Sid.

Lei ci vide e ci sorrise. Avrei voluto scomparire all'istante.

«Guilly... ma cosa dici?»

«Dedicale un disegno.»

«No, Guilly, ma che disegno...»

«Perché no?»

«Perché... perché...»

«Perché... perché... perché...» disse lui scimmiottandomi. Mi strappò un sorriso.

«Okay, ti spiego perché: cosa le disegno?»

«Scemotto!» esclamò, stavolta facendomi proprio scoppiare a ridere. La situazione era surreale. «Disegni lei, ovviamente!»

Si fermò un attimo, poi aggiunse: «Tanto si vede che ti piace il soggetto».

«Guilly!»

Ridacchiò.

«Ma poi con cosa disegno? Con una matita e un pennarello?» esclamai mostrandogli gli unici due strumenti che mi aveva fornito. «E poi cosa le dico? "Ciao, ecco il disegno che ti ho fatto"?»

«Perché ti stai già preoccupando di cosa ci farai dopo? Perché non lo fai e basta?»

Capivo dove voleva arrivare. Capivo che voleva farmi vivere senza pensare più di tanto. Ma io non riuscivo a non ragionare su quello che avrei dovuto fare. E poi disegnare era più di una semplice attività. Un tempo era una passione sconfinata, per me, quasi una ragione di vita. Da quando avevo perso il lavoro da architetto, era come se avessi deciso di smettere di disegnare. Era troppo doloroso.

«Non posso...»

«Sì che puoi. È solo una tua scelta» disse lui.

Abbassai lo sguardo su quel foglio A4, ancora bianchissimo. Poi sulla matita e il pennarello, nero con il tappo bianco.

«Stai pensando» disse Guilly. «Hai perso. Hai bisogno di una spintarella: ora vado da lei e le dico che le stai facendo un disegno.»

Non feci in tempo a fermarlo che già si era avviato verso la moglie di Sid. Mi aggrappai ai braccioli della sedia, indeciso se alzarmi o no.

«Che diavolo fai, Guilly?» sussurrai a denti stretti.

Li vidi iniziare a parlare. Guilly le spiegava qualcosa, lei annuiva cordiale. Poi mi indicò e lei puntò i suoi occhi piccoli e attenti su di me. Sorrise e inclinò la testa, come a dire: "Che tenerezza!". Io feci un sorriso mezzo storto, poi guardai altrove, in totale imbarazzo. Quando rialzai lo sguardo, Guilly stava uscendo dalla guesthouse. Fuori diluviava, chissà dove stava andando a quell'ora.

Feci un sospiro. Glielo aveva detto davvero e ora non potevo più tirarmi indietro. Appoggiai il foglio al tavolino davanti a me, presi il pennarello e diedi una rapida occhiata alla moglie di Sid. Era impegnata a sistemare qualcosa dietro il bancone. Provai a fare mie le parole di Guilly: la vita va vissuta. E allora mi concentrai sulla straordinarietà di quel momento: se me lo avessero raccontato solo qualche tempo prima, che mi sarei ritrovato nel bel mezzo del Vietnam, dentro una guesthouse nel cuore di un parco nazionale, con il diluvio universale là fuori e una bellissima donna a cui fare un disegno, ci avrei mai creduto? No, perché avrei pensato che lo straordinario capitasse sempre agli altri. E invece ero lì, a viverlo in prima persona.

Quello fu il mio ultimo pensiero. Perché poi iniziai a disegnare e fu come essere risucchiato in un vortice di felicità. La concentrazione era tutta su di lei e sulla linea che usciva dal pennarello. Non disegnavo da mesi. Lei era bellissima, una delle donne più affascinanti che avessi mai incontrato nella mia vita. Ma tornare a disegnare era un'emozione unica, ancora più grande. Era quasi commovente. Ed era l'unica cosa che esisteva. Non c'era niente oltre a quel momento. Non ero rinchiuso nella mia mente, ero lì, presente, con tutto me stesso.

Tornare a disegnare era come indossare una vecchia maglietta che non metti da anni, ma che scopri calzarti sempre a pennello. Non perché sia tua, ma perché la *senti* tua.

42

Si chiamava Binh e aveva trentacinque anni, esattamente dieci più di me. Me lo raccontò quella sera dopo che le diedi il disegno che le avevo fatto. Quando glielo avevo mostrato non avevo temuto una sua reazione negativa. Non perché fosse bello, era improvvisato e molto minimalista, ma perché sentivo che lo avrebbe apprezzato. Evidentemente aveva ragione Guilly: certe cose le sai e basta, non le puoi spiegare. Lei lo aveva guardato con la bocca aperta, poi aveva spostato lo sguardo su di me. Gli occhi le erano diventati più grandi.

«Posso abbracciarti?» mi aveva chiesto. Ed ero rimasto stupito, perché avevo notato, e Guilly me lo aveva confermato, che gli asiatici non sono soliti abbracciare o cercare il contatto fisico.

«Sicuro!» avevo risposto.

Lei mi aveva abbracciato leggermente e poi si era subito ritratta, per ammirare di nuovo quel disegno banalissimo. Quindi lo aveva appeso di fianco alla mappa del mondo, non prima di avermelo fatto firmare. Avevo scritto semplicemente: "D.", pieno di felicità.

Avevamo chiacchierato del più e del meno, come due vecchi amici, e non avevo provato alcuna tensione, nessuna ansia. Non è che mi sentissi all'altezza della situazione, ma non mi sentivo nemmeno al di sotto delle aspettative.

È che non ci pensavo. Ero totalmente immerso nel flusso, in quel momento, nel presente.

Poi era arrivato suo marito. Era tutto bagnato, come se avesse corso sotto la pioggia. Si stava pulendo le mani sporche di grasso con una pezza. Arrivò al bancone, guardò prima me, poi Binh. Lo sguardo era di chi si stava chiedendo cosa stesse succedendo.

«Mi ha fatto un disegno» disse lei con l'espressione di una bambina. Glielo mostrò.

Lui guardò sua moglie, poi me. E per un attimo temetti che mi prendesse per il collo con quelle sue braccia muscolose e mi sbattesse fuori dalla sua guesthouse. Invece i suoi occhi di ghiaccio si illuminarono e mi sorrise.

«Ma è fantastico!» esclamò, anche lui contento come un bambino. Poi mi mise le braccia intorno al collo, ma per abbracciarmi. Maledizione, se era forte.

Poco dopo arrivò Guilly, leggero e silenzioso. Aveva due grandi buste di carta marrone con sé. Ci guardò sorridendo, giunse le mani davanti al petto e piegò leggermente la testa.

«Phong Nha è davvero meravigliosa» disse. «Sono passato da queste zone almeno dieci volte, ma ogni volta è una riscoperta. Anche sotto questa pioggia.»

«Vi fermate un po', sì?» chiese l'irlandese.

«Purtroppo non possiamo» disse Guilly. «Abbiamo un lungo viaggio che ci aspetta.»

Ovviamente io non ne sapevo niente. Mi sarei fermato volentieri lì ancora per un po'.

«La buona notizia è che la tua moto è pronta» disse Sid.

«Oh, grazie! Fantastico. Senti, ma ci tengo proprio: dimmi quanto ti devo» insistetti.

Lui alzò la mano come a dire: "Ma figurati!". Feci per prendere il portafoglio, perché ci tenevo davvero a pagarlo, era stato gentilissimo. E Guilly, ancora una volta, mi fermò. Mi guardò negli occhi e mi disse in italiano: «Basta, Davide. Metti via il portafoglio».

«Perché invece non ci beviamo una birra tutti insieme, visto che domani ripartite?» disse Sid.

Poco dopo eravamo seduti a uno dei tavoli nella reception. Mentre aspettavamo che Sid e Binh si sedessero con noi, Guilly mi guardò sorridendo.

«Che c'è?»

«Sei felice?»

Non trattenni un sorriso.

«Sì, Guilly. In questo preciso momento sono felice.»

«Anche per questo dovresti imparare ad amare tutto quello che ti accade. Anche gli avvenimenti dolorosi. Perché senza di essi, tu ora non saresti qui. Se ora stai bene è solo grazie a tutto quello che ti è successo. Tutto, tutto quanto. Sai quando Valentina ti ha lasciato spezzandoti il cuore? Sai quando è morto il tuo amato nonno? Hai presente quando Hang ti ha rifiutato? E quando abbiamo scoperto che c'era un chiodo nel tuo pneumatico? Tutto questo ti ha portato a essere felice, qui e ora. Ama tutto quello che ti succede, perché tutto fa vita. Ogni cosa che ti succede contribuisce a tenere viva la fiamma della tua esistenza. Ogni singolo attimo.»

Poco dopo arrivarono Binh e Sid portando due birre, per me e Sid, e due tè caldi, per Binh e Guilly. Passammo una bella serata a chiacchierare di viaggi, vita e Asia. Sid ci spiegò di aver fatto un viaggio in Vietnam da backpacker quando aveva ventisette anni e di aver incontrato Binh in un night market a Hanoi. Lavorava lì con la sua famiglia, e tra di loro era stato un colpo di fulmine. Per quanto mi sforzassi di non vivere nella mia mente, quelle parole mi fecero pensare a Hang. Avrei voluto che tra di noi fosse andata proprio in quel modo.

«E non avete pensato di trasferirvi in Irlanda insieme?» chiesi.

«Oh, no» rispose Sid con un cenno della mano. «Amo la mia patria, ma qui... qui la vita scorre più lentamente. La gente è pacifica, non sono tutti perennemente incazzati, sospettosi e desiderosi di fare vedere agli altri di essere meglio di loro. Sai, sono sempre stato una testa calda...» disse abbassando lo sguardo.

Avrei potuto dirgli che si intuiva, ma rimasi zitto.

«In Irlanda non facevo altro che bere e ficcarmi nei guai. Lavoravo come meccanico in un'officina dove regnava la tensione, dal momento in cui alzavamo la saracinesca a quello in cui la tiravamo giù. Era un continuo urlarsi ordini, insultarsi, competere. Sembrava che tutto fosse sul punto di scoppiare, sempre. Quella tensione non mi faceva bene. Ero diventato una persona aggressiva, che sfogava la tristezza che aveva dentro con la rabbia» disse, con lo sguardo sempre rivolto in basso.

Invidiai il modo in cui Binh gli accarezzò la schiena muscolosa per consolarlo, ma ancora di più il modo in cui lo guardava. Era uno sguardo che diceva: "Io so cosa hai passato e sono fiera di te".

«Poi, grazie a Dio, ho trovato lei» proseguì Sid sorridendo e appoggiando una mano sulla coscia di Binh. «Lei mi ha salvato la vita. Mi ha fatto capire che tutta l'energia che avevo potevo usarla anche per qualcosa di buono, non solo per farmi del male. E così abbiamo aperto questo posto, dove faccio un po' di tutto. Dal barman all'uomo delle pulizie, al cuoco... al meccanico!»

Ridemmo, tutti insieme.

«L'amore ha questo potere» disse Guilly beato.

«Puoi dirlo!» esclamò Sid tutto felice. In quel momento mi sembrò una specie di Luigi muscoloso: era semplice e buono, un uomo che voleva solo vivere tranquillamente la sua vita.

A mezzanotte io e Guilly li salutammo e tornammo in camera. Davanti alle porte di ingresso delle rispettive stanze, Guilly mi augurò di dormire bene, poi fece per entrare. Lo fermai.

«Mi puoi spiegare cosa intendevi oggi pomeriggio dicendo che alcuni gesti non li paghi ma li ripaghi? E perché mi hai fermato ogni volta che volevo pagarlo per il suo lavoro?» chiesi. «In fondo Sid, per riparare la mia moto, avrà speso dei soldi per cambiare il copertone, no?»

Guilly sorrise.

«Quello non è lavoro, te l'ho detto» ribadì Guilly.

«E allora cos'è?»

«Il lavoro è quando scambi il tuo tempo e le tue energie in cambio di denaro. Lui non lo ha fatto per i soldi. Il suo gesto era un gesto di amore. Voleva solo aiutarci. Uno degli errori più grandi che tu possa fare nella vita è di ripagare l'amore con i soldi. L'amore si ripaga con l'amore.»

«E quindi cosa dovrei fare, secondo te?»

«Donargli quello che lui ha donato a te: il tuo tempo.»

Sorrise ed entrò in camera. Poco dopo mi buttai sul letto, stravolto, e, mentre mi domandavo cosa intendesse Guilly di preciso, crollai in un sonno rigenerante. Sono certo che sarei riuscito a dormire a lungo, se alle quattro in punto non avessi sentito bussare alla porta.

Era Guilly, con delle buste della spesa in mano.

«Che succede?» gli chiesi con gli occhi gonfi e la mente incapace di connettere.

«Andiamo a preparare gli *scones*» disse lui tutto allegro.

Poco dopo eccoci nella cucina della guesthouse di Sid e Binh, prima ancora che sorgesse il sole.

«È una di quelle cose che qualsiasi essere umano conosce nel profondo: il tempo non torna indietro, non si recupera, non si può comprare» riprese il discorso Guilly. «Quindi, non esiste dono più prezioso del tempo che qualcuno ti dona. Non ci sono regali materiali o somme di denaro paragonabili. Ti sei mai chiesto perché certi imprenditori miliardari donano in beneficienza gran parte del loro patrimonio, eppure non riescono a farsi amare dalla gente? Mentre invece il ragazzo che aiuta la vecchietta ad attraversare la strada è un simbolo di gentilezza pura? Eppure il primo ha tirato fuori un sacco di soldi, il secondo neanche un centesimo! Il motivo è da ricercare nel nostro essere umani: nel profondo, ognuno di noi sa che accompagnare la vecchietta significa donarle il proprio tempo, il che vuol sempre dire regalare le proprie attenzioni e il proprio impegno. A strappare un assegno, un miliardario ci mette due minuti, poi torna a farsi gli affari suoi. Non è la stessa cosa. Visceralmente, lo capisce chiunque: un regalo che viene dal cuore vale più di un regalo che viene dal portafoglio.»

Annuii, ora avevo capito.

«Quel ragazzo ti ha donato il suo tempo e il suo impegno e tu vuoi dargli dei pezzi di carta che puoi tirare fuori comodamente dal portafoglio? Dov'è lo scambio? Da una parte c'è qualcosa di umano e meraviglioso, un favore, un atto di pura gentilezza e fratellanza... dall'altra qualcosa di freddo e distaccato. Certe cose non si possono comprare. Se ci tieni a ricambiare il suo gesto, donagli il tuo tempo e il tuo impegno.»

«E questo è il motivo per cui siamo qui a fare gli *scones*» ripetei per essere certo che fosse tutto vero, che ci fossimo davvero intrufolati nella cucina del ristorante della guesthouse prima dell'alba per cucinare qualcosa che non sapevo nemmeno che forma avesse.

«Esatto» ripeté Guilly mentre tirava fuori dalle buste il necessario. «Ho comprato tutto ieri, sai, mentre tu eri impegnato ad ammirare sua moglie...»

Scoppiammo a ridere, dopodiché mi spiegò come mischiare i vari ingredienti per gli *scones* che, scoprii, erano dei piccoli biscotti ripieni di marmellata.

Prendemmo due ciotole in acciaio e ci mettemmo al lavoro. Io seguivo le sue istruzioni alla luce fioca della piccola lampadina appesa al soffitto. Oltre le grate della finestrella, la pioggia era sempre incessante.

«Dove hai imparato a fare queste cose?» gli chiesi.

«Tanti anni fa ho lavorato per un periodo come pasticciere.»

«Ah sì? E dove?»

«Non ha importanza. Sono stato in tanti posti.»

«Ma... precisamente cosa hai fatto nella vita? Dove hai vissuto?»

«Magari un giorno te lo racconterò» disse lui.

«Perché non ora?»

«Perché ora stiamo facendo gli *scones* per Sid e Binh. Concentriamoci su di loro. Quando fai qualcosa per qualcuno, non dovresti pensare ad altro. Il cibo, in particolar modo, assorbe le energie di chi lo prepara. Perché si ha così tanta nostalgia della cucina della nonna? Perché tutti noi sentivamo che quel cibo era fatto con amore.»

«Va bene. Mi hai convinto» dissi.

Finimmo di mischiare gli elementi e ci trovammo davanti due piccoli impasti giallognoli e molli.

«Posso dirti questo: io la mia vita l'ho sempre considerata così» disse Guilly sollevando l'impasto.

«Come... un impasto?»

«Precisamente. La società, invece, ha provato a convincermi che la vita fosse già pronta, come le brioche dentro la plastica che trovi sugli scaffali del supermercato. Quelle che vengono prodotte nelle fabbriche e hanno un retrogusto di alcol; che durano per anni e costano poco... perché *valgono* poco.»

Annuii.

«Per fortuna esiste un'alternativa: la vita la si può considerare anche così, come questo impasto. Pensando di essere artigiani della propria vita, e non semplici consumatori.»

«Artigiano della propria vita... è una bella espressione. Eppure non è per niente facile riuscirci. Anzi, quasi tutte le persone che conosco sono piene di rimpianti» dissi.

«I rimpianti esistono perché non ci provi. E se non ci provi è sempre per quella questione sull'ego di cui abbiamo già parlato: la prospettiva di fallire ti terrorizza al punto che preferisci non rischiare mai. Questo significa essere un consumatore: prendi la vita che qualcun altro ha creato e la fai tua. Essere un artigiano è una bellissima avventura, invece. Certo, ogni tanto sbagli ingredienti, altre volte li fai bruciare. Però, sai cosa? Alla fine ogni prodotto che esce dal forno è tuo. Magari non è delizioso, certamente non è perfetto, ma è autentico. Diverso da tutti gli altri, unico e quindi speciale. Può sembrarti una cosa da poco, ma non lo è. Sapere di averci messo le mani tu e solo tu, nel tuo impasto, ti dona una serenità rara: ti porta alla consapevolezza di aver vissuto la tua vita, e non quella di un altro.»

Stendemmo l'impasto e lo tagliammo. Poi Guilly mi fece

vedere come dare la forma agli *scones*. Ne erano venuti fuori una ventina. Accese il forno e aspettammo che si riscaldasse. Mentre eravamo lì a goderci il tepore che ne usciva, quanto mai piacevole in quella fredda mattinata di pioggia, ripensai al nonno. Con lui non avevo mai fatto niente del genere. Pensai che gli sarebbe potuto piacere e mi dispiacque di non avverglielo mai proposto.

«Ma tu hai davvero salvato la vita a mio nonno?» gli chiesi d'istinto, senza riflettere. Quando quelle parole uscirono dalla mia bocca quasi me ne vergognai.

Guilly aveva le mani dietro la schiena dritta, quella era la sua posa. Mi guardò, poi tornò a osservare il forno.

«No, non gli ho salvato la vita.»

«Ah.»

«Nessuno ha questo potere. Solo tu puoi salvare te stesso. Tu sei la tua unica certezza. Gli altri ti possono aiutare o ostacolare, ma alla fine dipende tutto da te. Nessuno può salvare un uomo che vuole togliersi la vita. Solo lui può farlo. E può farlo solo in un modo: trovando un motivo forte e travolgente per vivere.»

Restammo in silenzio. Si sentiva soltanto il suono della pioggia scrosciante.

«Quale fu il motivo di mio nonno?»

Guilly si girò verso di me.

«Tuo nonno è stato forte, Davide» disse appoggiandosi al bancone metallico. Con il dorso della mano spazzò via un po' di farina.

«Forte e coraggioso» aggiunse. «Perché non c'è niente di più doloroso dei sensi di colpa. E lui è riuscito a superarli con la forza dell'amore.»

«L'amore?»

«Te ne parlerò per bene più avanti. Ora è ancora presto.»

Prima che potessi dire altro, Guilly aprì lo sportello del forno. Un profumo delizioso riempì la piccola cucina. Prese la teglia con una mano e la posò sul tavolo metallico.

«Ma non era bollente?» chiesi sconvolto. Non aveva nemmeno indossato un guanto, il forno era a centottanta gradi.

Lui mi guardò per un attimo dritto negli occhi.

«Sono abituato, ormai» disse.

Prese uno dei nostri dolcetti in mano e lo annusò. Sorrideva. Era soddisfatto del risultato finale.

«Sappi questo, per ora» disse poi. «Quando si parla di amore, si pensa sempre e solo all'amore romantico, ma quella è solo una delle forme dell'amore universale. Chiunque può amare perché la gentilezza è un atto di amore. Sid che ripara la tua motocicletta, noi che gli prepariamo gli *scones*. Anche questo è amore. Anche questo dà un senso alla vita.»

43

Sid e Binh apprezzarono enormemente il nostro regalo. Ne furono meravigliati e ci ringraziarono con affetto, dicendoci che la loro sarebbe sempre stata anche casa nostra. Purtroppo non riuscimmo a fermarci per pranzo, perché aveva smesso di piovere e dovevamo sfruttare quell'opportunità per ripartire.

Un altro rimpianto era di non poter visitare le grotte di Phong Nha: avevo letto su un dépliant trovato nella hall che erano patrimonio mondiale dell'Unesco. Le fotografie erano incredibili, ma percepivo un po' di urgenza in Guilly e così ripartimmo. L'asfalto era ancora bagnato, c'era molta umidità nell'aria e tutta quella Natura intorno a noi sembrava quasi pulsare, da quanto era rigogliosa.

L'obiettivo, per quella giornata, era di giungere a Ninh Binh, una grande città che si rivelò piena di traffico e palazzi. Non sapevo perché Guilly avesse scelto di fermarsi proprio lì e non glielo chiesi, anche per una questione di stanchezza: dopo tutte quelle ore in sella, mi sentivo stravolto e volevo solo cenare e buttarmi nel letto.

«Domattina ce la prendiamo con calma» disse quando uscimmo dalla guesthouse alla ricerca di qualcosa da mangiare. Pioveva anche a Ninh Binh, meno rispetto a Phong Nha, ma lì la pioggia era fastidiosa perché intorno non c'era tutto quel verde, che di quell'acqua si nutriva, ma quasi solo cemento.

E ovviamente persone: tante attività a conduzione famigliare, banchetti dello street food, scooter ovunque e vietnamiti di ogni età impegnati nelle più disparate attività. Guilly aveva ragione, i vietnamiti erano davvero operosi. Perfino i bambini lo erano, impegnati fin da piccolissimi ad aiutare i genitori.

Ci fermammo a un semaforo, e notai, per esempio, una bambina di cinque o sei anni che portava due grossi sacchetti della spesa. Era di fianco al padre, anche lui con diverse buste nelle mani. Non so quanto pesassero o cosa contenessero, ma di sicuro non erano leggeri. Eppure la bambina era più tranquilla che mai.

«Qui i bambini sono considerati dei piccoli adulti» disse Guilly, come sempre leggendomi nel pensiero.

«Lo vedo. I genitori non sono affatto apprensivi.»

Poi, però, pensai a Hang. Mi aveva detto che non poteva viaggiare anche perché il padre non glielo avrebbe permesso.

«Il padre di Hang sembra un padre-padrone, però. Non credi?»

Guilly scosse la testa.

«Questo non posso saperlo. Quello che so è che si tratta di un uomo che ha conosciuto il Vietnam quando non era quello attuale.»

«Cosa intendi dire?»

«C'è stato un periodo, tra gli anni Ottanta e Novanta, in cui il Vietnam si è aperto al mondo. La popolazione era ancora logorata da decenni di guerre e la povertà era molto diffusa. Allora non era per niente facile per le ragazze. L'uomo bianco entrava nuovamente in Vietnam, ma stavolta dagli aeroporti, scendendo da aerei commerciali. Con gli spiccioli di un uomo bianco, ci viveva per una settimana un'intera famiglia vietnamita. Questa disparità portò inevitabilmente a tante situazioni di degrado.»

Pensai che Hang avrebbe potuto essere una di quelle ragazze e mi si strinse il cuore.

«Io l'ho visto con i miei occhi questo degrado. Ho visto ragazzine prostituirsi per consentire ai fratelli e ai genitori di mangiare. Il padre di Hang ha visto tutto questo e probabilmente il suo atteggiamento è volto a proteggerla. In fondo, hai visto anche tu che il degrado c'è ancora oggi. Le ragazze intorno all'uomo che hai attaccato a Hoi An erano cambogiane, ma cambia ben poco. In futuro non saremo più divisi in bianchi e neri, atei e credenti, schiavi e padroni. Sarà tutta una questione di ricchi e poveri.»

Camminammo in silenzio per un po', sotto una pioggia leggera e per nulla fastidiosa.

«E quale potrebbe essere la soluzione?» chiesi.

Guilly non rispose subito. Continuò a camminare, guardandosi intorno. Finché si fermò e indicò un piccolo ristorante di strada. Pensai che volesse fermarsi a mangiare lì, ma mi sbagliavo.

«Ecco» disse. «Questa è la soluzione.»

«Non ti seguo.»

«Guarda attentamente quella signora.»

Lo feci. Mi resi conto che era molto anziana, forse aveva più di ottant'anni. A un'occhiata superficiale non lo avrei detto, mi aveva ingannato la sua energia: prendeva gli ingredienti, li tagliava, li gettava nel wok bollente che poi alzava e scuoteva con l'energia di chi è nel fiore dei suoi anni. C'era poi un altro elemento: il sorriso. Sorrideva in un modo splendido e raro. Era difficile descriverlo, ma Guilly mi venne in soccorso.

«Quella donna ama profondamente ciò che fa.»

Era vero. Restammo lì davanti, sotto la pioggia, a osservarla ammirati. Ogni movimento era un piccolo atto di amore nei confronti del suo lavoro.

«Sembra quasi che non stia lavorando» commentai.

Guilly si voltò verso di me.

«È proprio questo il punto. Quella donna è riuscita in qualcosa di incredibilmente difficile in Occidente: amare il processo.»

«Amare il processo?»

«Esatto. Significa smettere di vivere in attesa delle cinque del pomeriggio per poter uscire dall'ufficio. Smettere di vivere in attesa del weekend per non dover lavorare. Smettere di vivere in attesa delle ferie ad agosto e della pensione. Smettere di attendere e iniziare ad amare ciò che si fa ogni singolo giorno. Il futuro non esiste. Esiste solo questo momento e noi possiamo sempre scegliere se amarlo o detestarlo.»

«È un bellissimo discorso» ammisi. «Però se uno ha la possibilità di cambiare, perché non farlo?»

Guilly si accarezzò la barba.

«Perché a volte, nella vita, cambiare non è concretamente possibile. Se sei rinchiuso in una cella e vorresti essere là fuori, non puoi farlo. Se hai una malattia terminale e vorresti vivere fino a cent'anni, non puoi farlo. Se sei una madre da sola, hai tre figli da mantenere e vorresti solo cambiare lavoro, non puoi farlo. A tutti capita, prima o poi, di ritrovarsi con le spalle al muro. Ma sai qual è il problema dell'Occidente? È credere che l'unico vero cambiamento avvenga fuori.»

«Non ti seguo.»

«È credere che essere liberi significhi stravolgere la propria vita. Cambiare lavoro, cambiare città, cambiare partner, amicizie, convinzioni. Tutto questo è importante e straordinario, se fatto con consapevolezza. Ma la vera libertà non è questa. Non riguarda il luogo in cui vivi o il modo in cui ti guadagni da vivere. La vera libertà te la insegna lei» disse indicando la vecchina, che intanto stava facendo saltare dei noodles mentre scherzava con un cliente. Il bicipite destro era muscoloso e tendeva la pelle raggrinzita. In testa aveva una bandana blu che le teneva fermi i folti capelli grigi.

«Persone come questa donna non hanno avuto la possibilità di essere artigiane della propria vita. A loro è stato detto: "Datti da fare, spaccati la schiena, lavora dodici ore al giorno, oppure morirai di fame"» disse Guilly.

«In pratica non aveva la possibilità di scelta» commentai.

«Oh, sì che ce l'aveva. Perché ognuno di noi, in qualsiasi

momento e in qualunque situazione, può sempre scegliere se amare quello che fa oppure odiarlo. Lei ha scelto di amarlo. E ora guardala: avrà novant'anni ed è ancora qui a spadellare. Anche se magari potrebbe farne a meno. Questo non è più un lavoro, per lei. Questa è vita.»

Restammo in silenzio a osservare lo spettacolo che ci offriva la signora. Era un vulcano di energia.

«La gente non va in pensione in Vietnam?» chiesi, forse ingenuamente.

«Non ha importanza» rispose Guilly. «Se anche ci fosse, lei non ci andrebbe. Te lo dico io. L'essere umano è operoso di natura, è fatto per lavorare, fare cose, restare attivo. Se ami quello che fai e puoi farlo dignitosamente, non vuoi andare in pensione. La gente vive in attesa di quel momento, quando l'unico momento che conta è questo. Qui e ora. La pensione è l'illusione che un domani sarai libero, quando la vera libertà la ottieni scegliendo di amare il processo.»

La vecchietta consegnò una ciotola di zuppa bollente a una cameriera. Le diede delle raccomandazioni che la ragazza ascoltò con la massima attenzione. Poi la congedò e riprese a cucinare canticchiando.

«Probabilmente questa signora, da giovane, si disse che era meglio affrontare un lavoro così duro con passione e con il sorriso. L'alternativa era morire lentamente, giorno dopo giorno, in attesa di un miracolo che le avrebbe salvato la vita. E invece se l'è salvata da sola. Sai come? Trovando uno scopo in quello che avrebbe fatto ogni giorno. Magari anche solo quello di preparare cibo delizioso per la comunità. Se non trovi uno scopo, non hai motivazioni. Se non hai motivazioni, dopo un po' ti chiedi che senso abbia vivere.»

Quelle parole mi gelarono il sangue. Mi sembrava tanto che si riferisse a me. O forse parlava del nonno? Non riuscii a chiederglielo, perché la donna si accorse di noi e ci rivolse un sorriso splendido. Guilly le disse qualcosa in vietnamita e lei rise inclinando la testa all'indietro. Poi urlò qualcosa a una cameriera e si rimise a cucinare.

«Cerca sempre di fare quello che ami. Quando proprio non puoi, cerca di amare quello che fai» disse guardandomi negli occhi.

Poi mi fece un cenno con la testa. Quella sera non avevamo dubbi su dove mangiare.

44

La mattina successiva, Guilly era venuto a bussare alla mia porta alle quattro e mezzo. Di nuovo. Avevo sperato che la stanchezza lo facesse dormire un po' di più, perché io, in quei giorni, avrei potuto dormire tranquillamente fino a tardi. L'ansia mattutina, quella che mi strappava il sonno, era del tutto sparita.

«Sto andando a vedere l'alba da un tempio per me speciale. Se ti va…» mi aveva detto a bassa voce quando gli avevo aperto la porta. Era tutto allegro e pieno di energia. Lo avevo guardato con gli occhi gonfi per qualche secondo, in stato confusionale. Poi avevo annuito. Mi ero vestito ed eravamo usciti.

Fuori non pioveva, per fortuna. Però faceva freddo ed era buio.

«Forse ho bisogno di un po' di caffè per svegliarmi» dissi uscendo dalla guesthouse.

Mi guardavo intorno alla ricerca di una delle caffetterie ambulanti che avevo visto dappertutto in Vietnam: un semplice bancone su un carrello, una serie di bicchieri di carta impilati e una macchinetta del caffè vietnamita, composta da un filtro in acciaio appoggiato su una grossa caraffa in vetro. Il caffè scendeva dal filtro goccia dopo goccia.

Guilly rise di gusto.

«Il sole sarà il tuo caffè. L'aria fresca del mattino sarà il tuo caffè. Il suono del mondo che si risveglia sarà il tuo caffè.»

«Non dirmi che sei una di quelle persone a cui non piace il caffè… eppure ti ho visto berlo.»

«Io amo il caffè» disse Guilly mentre saliva sulla moto. «Amo prepararlo, sentire il suono inconfondibile della caffettiera che borbotta e l'aroma che si diffonde per la stanza. Amo bere un buon caffè mentre leggo un libro, in un pomeriggio piovoso. Oppure mentre mi godo i raggi del sole seduto su un prato, in una mattina senza nuvole.»

«Ma allora… perché non berlo ora?»

Lui mi guardò come se fosse ovvio.

«Ora non c'è tempo!»

«Per un caffè? Ci mettiamo due minuti.»

«Ah, ma allora tu non vuoi un caffè» esclamò lui un po' indignato. «Tu vuoi una scorciatoia. E il caffè, come lo intendi tu, è solo l'ennesima scorciatoia.»

«Scorciatoia?»

«Certamente. Tu non vuoi un caffè, vuoi solo una scorciatoia per svegliarti più in fretta. Al giorno d'oggi sembra che qualcosa abbia un valore solo se è utile, se serve a qualcosa di pratico, perché in questo mondo è tutta una questione di numeri, calcoli e programmazione. Ma la vita non è matematica, è poesia! Io voglio poter gustare ogni caffè della mia vita. Per farlo, devo essere presente e quindi non avere fretta, preoccupazioni, stress. Proprio perché amo il caffè voglio dare valore a questo momento. Voglio prendermi del tempo per fare solo quello. Ora abbiamo un appuntamento con l'alba e non c'è tempo per fare entrambe le cose. Finiremmo per farle entrambe male. Sai qual è una delle non-regole più semplici ma utili di Taro?»

«Non ne ho idea.»

«Fai una cosa per volta. È anche uno dei più antichi insegnamenti zen. D'altronde, puoi pensare a due cose nello stesso momento? Puoi avere due emozioni nello stesso momento? Puoi concentrarti su due cose diverse nello stesso momento? No, non puoi! L'unico modo per vivere consapevolmente è fare una cosa per volta. Non berremo un caffè con la mente che affoga nella tensione per il poco tempo che abbiamo a disposizione. Facciamo una cosa per volta e le faremo entrambe per bene.»

Solo a quel punto mise in moto. Poco dopo eravamo sulle strade semideserte di Ninh Binh ed effettivamente l'aria fresca del mattino era un ottimo modo per svegliarsi. Guidammo per una ventina di minuti nella città, passando lentamente in mezzo a tanti edifici vecchi e bassi con le facciate giallastre e scrostate. Le insegne dei negozi erano solo in vietnamita, una caratteristica che ormai associavo ai quartieri poco turistici. Passammo anche per un quartiere più moderno e trafficato, dove c'erano alcuni ristoranti occidentali, ovviamente ancora chiusi, vista l'ora. Prendemmo una stradina costeggiata da alberi e alcuni palazzi moderni, poi attraversammo un ponte e ci ritrovammo in una zona ampia, senza abitazioni. Il paesaggio, a quell'ora, era lunare: in giro non c'era nessuno e tutto era buio o grigiastro. Stavamo lasciando la città.

Durante quel viaggio avevo imparato ad ascoltare il silenzio, oltre al suono del motore della mia moto. Non sapevo ne ero in grado, però riuscivo a distinguere nettamente il rumore dal non-rumore. Me ne resi davvero conto in quell'istante, e questo mi diede una sensazione stranissima: mi sentivo totalmente collegato alla realtà a me circostante. Completamente immerso nel momento presente.

Davanti a me avevo Guilly, scorgevo la punta dei suoi capelli grigi che spuntavano dal retro del casco. L'aria li faceva svolazzare. A sinistra, la luce era sempre più nitida, il sole cominciava a far intravedere la sua potenza. A destra, l'oscurità e le risaie appena visibili, ma che sapevo estendersi fino all'orizzonte. Ne percepivo in qualche modo la vastità.

Sorrisi. Non sapevo perché e non volevo nemmeno pensarci. Mi sentivo leggero, pieno di pace. Non avevo pensieri negativi in testa. Volevo solo vivere quel momento. Ero felice. Allargai ulteriormente il sorriso.

Lasciammo la strada principale e ci ritrovammo su un piccolo sentiero sterrato che passava in mezzo alle risaie. Lì era davvero buio e il cerchio di luce proiettato dal mio fanale anteriore si spostava continuamente da un punto all'altro a causa degli scossoni al manubrio. Non avevo mai guidato sullo sterrato e cercai di fare attenzione a tutte le buche per evitare un altro problema alla moto. Provavo a imitare lo stile di guida di Guilly, ma era impossibile: lui aveva una padronanza del mezzo che non mi sarebbe mai appartenuta. Ogni tanto si alzava leggermente sulle pedane, a volte si sporgeva in avanti. Era un tutt'uno con la moto. Io, invece, non facevo altro che frenare e accelerare a scatto. Ogni dieci metri temevo di cadere rovinosamente e finire nell'acqua delle risaie.

Giungemmo finalmente davanti a un vecchio cancello rosso, era aperto. Guilly spense la moto e lo imitai. I primi secondi dopo aver spento i motori furono un momento di pura pace. Le mie orecchie, senza quel rombo costante, erano incredibilmente sensibili a qualsiasi piccolo rumore. Mi resi conto che scorreva un fiume nelle vicinanze, era ancora tutto troppo buio per vedere dove fosse, lo sentivo. Dalle risaie arrivava un gracidare basso ma potente, di tante voci, tutte insieme.

«Andiamo» disse Guilly.

«Ma dove? Non si vede niente.»

«Conosco la strada, non ti preoccupare.»

Varcammo il cancello a piedi. Vedevo a malapena Guilly davanti a me, però mi fidavo di lui, anche perché sembrava sentirsi a casa lì. Oltre il cancello partiva una stradina con la ghiaia. Ora il suono dominante, nelle mie orecchie, era quello dei sassolini schiacciati dai nostri piedi. Mi parve di vedere, alla mia sinistra, un grosso edificio in pietra, un tempio, ma non ne ero sicuro. E c'erano moltissimi alberi, sembrava il giardino di una grande villa.

Guilly camminava sicuro di sé, anche quando passammo dal sentiero con la ghiaia all'erba e infine alla terra e al fango. Faceva freddo ma adesso il sole mi permetteva di vedere sempre meglio attorno a me: eravamo in uno spiazzo, simile a un parcheggio, ma senza auto né scooter. Alla mia destra c'erano le risaie, distanti un centinaio di metri. Alla mia sinistra una lunga fila di alberi. Davanti a noi, una di quelle colline rocciose ricoperte di vegetazione che avevo visto ovunque in Vietnam. E proprio in quella direzione un grande cartello. Non riuscivo a leggere cosa ci fosse scritto, era il momento della giornata in cui tutto è blu, un intervallo di pochi minuti tra il buio della notte e la luce del giorno.

Presi il cellulare e attivai la torcia. C'era scritto: "Viewpoint – 200 m". Indicava la strada per salire su per la collina. Seguivano delle scritte in vietnamita.

«Noi andiamo di qua» disse Guilly incamminandosi a sinistra.

«Ma qui dice…»

«Quella è la strada più veloce» disse fermandosi. Gli illuminai il volto: sorrideva, come sempre.

«Eh… appunto.»

«Io diffido di tutto ciò che è veloce. Solitamente è anche illusorio, effimero e nocivo. Preferisco sempre prendere la strada panoramica.»

Lo osservai per qualche secondo in silenzio. Avevo freddo, avevo del sonno arretrato e iniziavo anche ad avere fame. Davvero voleva prendere la strada più lunga?

Lui lesse il mio disappunto e rise.

Poi, senza aggiungere altro, riprese a camminare. Non potei fare altro che seguirlo, ma lasciai la torcia attiva per vedere dove mettevo i piedi. Guilly stava seguendo un vecchio sentiero che saliva vertiginosamente ed era stato quasi del tutto coperto da arbusti che crescevano indisturbati. A volte saltava per superare dei rami caduti lungo il percorso, a volte si appoggiava alla parete, altre volte, invece, camminava dritto senza timore, come se conoscesse quella strada alla perfezione. Io, che avevo la torcia, non riuscivo a fare un passo senza prima essermi assicurato di non finire nel dirupo alla nostra sinistra.

Camminammo così per mezz'ora, sempre in salita. Era

faticoso e pericoloso, l'unica consolazione era il sole, che stava sorgendo donandoci un po' di calore e di luce. Quando finalmente arrivammo in cima, avevo il fiatone. Spensi la torcia, non serviva più. Guilly era davanti a me, con le mani dietro la schiena, non mostrava alcun segno di fatica. Aveva l'espressione di un bambino che ha ritrovato un giocattolo che aveva nascosto.

«Vieni qui» mi disse.

Mi avvicinai e lui mi mise un braccio intorno alla spalla. Con l'altra mano indicò un punto verso il basso.

«Guarda, là è dove saremmo arrivati con la strada più veloce. Perché quella è fatta per i turisti e nessuno vuole che un turista si faccia male. Quindi, meno li fanno salire e meglio è. Prendendo questa strada, invece, ci possiamo godere uno spettacolo unico. Saliamo ancora un po'.»

«Più di così?» chiesi. Mi sembrava che fossimo praticamente in cima alla collina, c'era un vento forte.

«Lassù c'era un tempio. Ora sono rimaste solo le rovine. Ma quello, te lo assicuro, è il vero viewpoint.»

Mi fece l'occhiolino e prese a salire, stavolta camminando letteralmente sulla parete di roccia.

«No, Guilly, ma che fai?»

«È l'unico modo per arrivare in cima!» disse mentre faceva un salto e per poco non cadeva all'indietro.

Si aggrappò con una mano a un piccolo albero e poi riprese a camminare, tutto piegato in avanti, con le mani che toccavano il terreno. Non era impossibile arrivare in cima, lo comprendevo, ma il rischio di scivolare e cadere giù era concreto e lì non c'era nessuno che potesse aiutarci in caso di difficoltà. E poi lui era un anziano!

«Ci sarà un motivo se non c'è più un sentiero! Ma che fai, sei pazzo?»

Lui si girò verso di me, aggrappato al tronco di un albero.

«Se fosse facile salire lassù, ci andrebbero tutti. Le cose belle della vita te le devi conquistare.»

Riprese a salire. E io, ancora una volta, non potei fare altro che seguirlo.

Ci mettemmo un paio di minuti. Solo una volta rischiai sul serio di cadere: sentii il terreno scivolarmi sotto il piede destro, quello su cui avevo appoggiato tutto il peso del mio corpo. La suola della scarpa slittò sulla terra e per una frazione di secondo temetti di cadere giù. Fortunatamente, riuscii ad aggrapparmi a un arbusto. Quando ripresi a salire, mi resi conto di essermi tagliato leggermente il palmo della mano. Non me la presi, perché poco dopo eravamo davvero sulla cima della collina. E non era solo il sollievo di avercela fatta a farmi passare il fastidio. Era la vista. Guilly aveva ragione: tutta quella fatica e quei rischi erano ripagati.

45

Davanti a noi c'era una vallata piena di colline verdi come quella su cui ci trovavamo, ma più basse. In mezzo, un fiume maestoso scorreva lento e inarrestabile tra le risaie. E, sopra, il cielo infinito. La luce del sole di prima mattina, che spuntava fra le creste delle colline, quel misto di giallo, arancione e blu, si rifletteva sul corso del fiume. Non c'era un rumore lassù, se non quello del vento e quello, lontano e placido, dell'acqua che scorreva. Forse era anche per la stanchezza e il sollievo di avercela fatta, ma la vista mi sembrò così straordinaria che per poco non mi commossi.

«Sediamoci qui» disse Guilly con un'espressione soddisfatta.

Alle nostre spalle c'erano le rovine di cui mi aveva parlato lui. Erano di un piccolo tempio, costruito chissà come, chissà quando. Ci sedemmo su quelli che un tempo dovevano essere gli scalini di ingresso. Riprendemmo fiato, riempiendoci gli occhi di quella meraviglia.

«È pazzesco questo posto. Non sembra nemmeno reale» dissi.

Guilly annuì soddisfatto.

«Questi momenti, nella vita, li ottieni solo se sei disposto a investire il tuo tempo. Questa è una non-regola di Taro: non esistono scorciatoie, tutto ciò che conta richiede tempo.»

«Un invito alla pazienza, insomma.»

«Esattamente. Ed è più attuale che mai perché oggi si tende a volere tutto e subito. Eppure ci vuole pazienza per le cose belle, altrimenti diventano inafferrabili e irraggiungibili. Se forzi le tempistiche, ti ritrovi con qualcosa di falso e privo di valore. Un fiore non fiorisce in un'ora e non c'è somma di denaro in grado di velocizzare quel processo. Ci vuole pazienza, nient'altro.»

«Questo è un punto dolente per me. Io non ho un briciolo di pazienza. Quando ho perso il lavoro, mi sono rifiutato di cercarne un altro perché sapevo che ci avrei messo delle settimane, o dei mesi.»

Guilly mi guardò negli occhi.

«La vita non è una gara. Non è una questione di arrivare per primi a destinazione, ma di godersi il viaggio. Perché hai fretta di arrivare?»

Non risposi. Non sapevo perché fossi sempre così agitato.

«Prova a vederla così, magari ti aiuta: qual è la destinazione finale della vita? È la morte. Vuoi arrivarci in fretta o vuoi goderti il viaggio?»

«Ovviamente preferirei godermi il viaggio.»

«Non è così scontata come risposta. Lo è in teoria, ma se poi guardi come tutti vanno di corsa tralasciando la cura del proprio corpo e della propria mente, dei propri interessi e dei propri cari, dei propri sogni e della propria felicità, a me sembra che invece tutti vogliano morire il più in fretta possibile. E infatti ce ne sono tante di persone che hanno vissuto solo per lavorare e avere sempre di più: dopo aver fumato due pacchetti di sigarette e aver bevuto dieci caffè al giorno per trent'anni, collassano sulla scrivania dell'ufficio. Muoiono senza aver mai vissuto come avrebbero voluto, perché hanno impostato tutta l'esistenza con un unico obiettivo: velocizzare il viaggio e arrivare a destinazione. E alla fine sono stati accontentati e sono arrivati alla stazione finale prima del previsto...»

Quella frase mi mise i brividi. Quante volte avevo pensato che a vivere con tutto quello stress addosso non avrei vissuto a lungo? Nel profondo lo sapevo, che mi stavo consumando.

«Hai un consiglio da darmi per essere più paziente?»

«È necessario stravolgere completamente la tua prospettiva. Smetti di credere che la vita sia una gara. La vita è come un viaggio. Ci sono migliaia di tappe. Ora ti trovi seduto sugli scalini di questo tempio, sulla cima di una collina, ad ammirare l'alba sulla vallata di Ninh Binh. Io sono il tuo compagno di viaggio. Questa è la tua realtà, qui e ora. Ed è l'unica cosa che conta. Non pensare alla tappa successiva, né a quelle che verranno ancora dopo. Non pensare a ciò che hai già fatto e visto, perché questo viaggio si muove in una sola direzione: avanti. Goditi questa tappa del tuo viaggio, apprezza ciò che hai e quello che sei adesso. C'è tanta gente che viaggia lungo la linea della propria vita con l'ossessione di una tappa ben precisa. Per alcuni è finire la scuola, per altri è la pensione, per altri ancora è fare figli. Hanno gli occhi puntati solo laggiù e non si rendono nemmeno conto di tutta la meraviglia che gli passa a fianco, di quanta bellezza si stanno perdendo lungo la strada. Se vuoi essere più paziente, smetti di pensare a ieri e a domani e impara ad amare quello che sta succedendo, qui e ora.»

«E se non sta succedendo niente?»

«Sta sempre succedendo qualcosa. Il fiume scorre sempre» disse indicando il corso d'acqua là in basso. «Lo vedi come prosegue inarrestabile? Scorri con la vita, non ti impuntare, non ti opporre. Capirai che sta sempre succedendo qualcosa di meraviglioso, sempre. Magari sei tu che non lo vedi, perché sei accecato dai pensieri che hai nella testa.»

Guardare il fiume scorrere mi dava una sensazione di pace.

«Tu sei sempre stato così?» chiesi a Guilly.

«Così come?»

«Paziente.»

«Per niente. Cosa ti ho detto prima? La vita è un viaggio, un'evoluzione continua. E, come dice un vecchio proverbio cinese, chi torna da un viaggio non è mai la stessa persona che era partita.»

«E chi ti ha insegnato la pazienza?»

«L'hai vista la mia chitarra, a Da Lat?»

Mi tornò in mente la chitarra stupenda, di legno chiaro, che Guilly aveva suonato in onore di mio nonno. Lui non lo sapeva che c'ero anche io in quel ristorantino, quella sera.

«Sì, mi pare di sì.»

«È un'opera d'arte» disse con gli occhi che brillavano. «Sai quanto tempo ci è voluto prima che la tenessi tra le mani?»

Sorrise e guardò verso l'orizzonte.

«Quando suonavo sulle navi da crociera» proseguì, «capitava spesso di sostare in parti del mondo dove non avrei mai pensato di andare. Una volta la nave ebbe dei problemi e fummo costretti a fermarci al porto di Malaga. Ci diedero il pomeriggio libero e ne approfittai per fare un giro in città. Mentre camminavo per quei vicoli stretti e antichi, in mezzo a casette di pietra basse e rustiche, ecco che udii il suono di chitarra più sublime che avessi mai sentito. Lo seguii e mi ritrovai davanti alla piccola bottega di un liutaio. La stava accordando, e solo pizzicando distrattamente le corde riusciva a produrre un suono che mi entrava nell'anima. Gli chiesi subito quanto costasse una delle sue chitarre e lui non rispose. In realtà non mi degnò nemmeno di uno sguardo, continuò ad accordare lo strumento. Insistetti e comparve il figlio, il quale mi spiegò che il padre era muto. Poi, senza tanti complimenti, mi disse che non potevo permettermi le sue chitarre acustiche, che erano richieste ovunque nel mondo. Lo implorai di costruirne una per me e quello per poco non mi cacciò a pedate, ma poi il padre smise di accordare la chitarra e alzò una mano. Prese un foglietto e vi scrisse il prezzo. Lo lessi e lo rilessi dieci volte, perché non pensavo che potesse costare così tanto. Gli chiesi umilmente la matita e gli scrissi ciò che potevo spendere, che in realtà era molto più di quanto avessi. Ma pur di avere quello strumento, ero disposto a risparmiare ogni centesimo. Lui lesse la cifra e poi annuì verso il figlio. Quello si mise a protestare, ma il vecchio non fece una piega. Alzò una mano, però, per indicare il numero quattro.

Chiesi: "Devo tornare tra quattro mesi?". E il figlio, che ormai ce l'aveva con me perché in qualche modo ero risultato simpatico a suo padre al punto di accordarmi quel folle prezzo, mi disse di tornare dopo quattro anni.»

«Quattro anni?»

«Esatto. C'era una lunga lista di clienti prima di me. Comunque, anche solo per mettere da parte quella cifra, ci misi proprio quattro anni.»

«Chissà che emozione, quando finalmente te la consegnò.»

«Non puoi capire» disse lui accarezzandosi la barba.

Restammo un po' in silenzio, mentre il sole inondava di luce la vallata ai nostri piedi.

«Posso farti una domanda?»

Guilly annuì, sempre guardando l'orizzonte con il sorriso sul volto.

«Cosa hai fatto in quei quattro anni in cui aspettavi la chitarra? Come hai fatto ad avere tutta quella pazienza?»

Si appoggiò con la schiena agli scalini e distese le gambe. Il volto era illuminato dagli ultimi raggi del sole.

«Ho guardato l'alba ogni giorno» disse indicando il panorama davanti a noi.

«Tutto qui?»

Rise.

«La Natura ci offre tutte le risposte di cui abbiamo bisogno, basta tornare a osservarla. Guardi un tramonto e capisci cos'è la morte, guardi un'alba e comprendi la possibilità di una rinascita. E, se lo fai ogni giorno, capisci che non c'è inizio e non c'è fine, perché è tutto un ripetersi infinito di albe e tramonti, di nascite e morti. E allora non devi nemmeno temere la morte, perché la tua fine sarà solo l'inizio di qualcosa che ancora non comprendi. Che serenità ti dà questa consapevolezza.»

Sorrise beato con lo sguardo immerso nell'alba.

«Tanti anni fa ero in Giappone e assistetti alla fioritura dei ciliegi. Me l'avevano descritta in tanti modi, ma quando camminai sotto questi alberi dipinti da un'infinità di petali rosa restai senza parole. Posso descrivere quel processo di fioritura solo in un modo: un atto di amore per la vita. Sai cosa mi insegnò? A lasciar andare. I dubbi, le paure, il dolore... lasciarli cadere come foglie secche. Cadranno anche i sensi di colpa, il rancore e la tristezza. E quando lasci andare, rinasci. Come gli alberi in primavera.»

Si fermò di nuovo. Quando riprese a parlare, il suo tono di voce era più basso.

«Contemplando la Natura, impari a essere paziente. Perché ti rendi conto che non puoi velocizzare la crescita di un albero, non puoi accelerare il corso di un fiume, non puoi costringere il sole ad arrivare prima, non puoi far smettere la pioggia. E allora non c'è da correre, c'è solo da *scorrere*, al ritmo naturale della vita. Hai mai camminato a piedi nudi sull'erba? Hai mai chiuso gli occhi sotto la pioggia? Ti sei mai lasciato galleggiare sul mare? Ti sei mai fermato a contare le stelle nel cielo?»

Scossi la testa.

«Prova a farlo e capirai che non c'è fretta. Puoi rilassarti, puoi respirare, puoi sorridere, puoi essere felice. Perché ogni processo richiede i suoi tempi. E capirai anche che non devi aspettare che ti succeda qualcosa di bello. Qualcosa di bello sta già accadendo, ora: sei vivo.»

Appoggiai i gomiti a quel vecchio scalino e mi sdraiai, come Guilly. Poi ci gustammo tutta la meraviglia dell'alba sul fiume, sul verde, sulle risaie, su di noi.

Dopo un tempo indefinito, perché lassù sembrava che scorresse in modo diverso rispetto al mondo ai nostri piedi, Guilly si alzò. Lo fece lentamente, come se non volesse andarsene.

«È meglio se ci mettiamo in moto» disse semplicemente.

«Dove andiamo?» chiesi pensando che non mi avrebbe risposto. E invece lo fece.

«Andiamo a Hanoi. La penultima tappa del nostro viaggio.»

46

Hanoi non distava più di due ore in moto da Ninh Binh. Fu il tratto più breve del nostro viaggio, e anche il più malinconico. La sensazione di totale leggerezza che avevo provato guidando al mattino presto era sparita. Non parliamo della pace che mi aveva trasmesso osservare l'alba sulla vallata, con la luce del sole riflessa su quel fiume. E le parole di Guilly? Mi erano entrate dentro e mi avevano fatto sentire meno sbagliato. Mi avevano fatto stare bene, ma ora era tutto svanito.

Sapere che fossimo giunti alla penultima tappa del nostro viaggio mi aveva annientato. Ero consapevole, fin dall'inizio, che prima o poi quel viaggio sarebbe finito, ma non ero ancora pronto a fermarmi. Non volevo farlo. Volevo continuare così, sulle strade del Vietnam, per sempre. Un desiderio irrazionale, eppure finché Guilly non lo aveva detto ad alta voce dentro di me avevo covato la speranza che quel momento non sarebbe mai arrivato.

Non era solo perché era stato un viaggio incredibile e assolutamente inimmaginabile. Non era solo per i luoghi, gli incontri, le emozioni, le scoperte e quella sensazione di pura libertà che provavo ogni volta che accendevo il motore e ci immettevamo sulla strada, senza nemmeno sapere dove ci saremmo fermati.

In parte era a causa di Guilly. Mi ero affezionato a lui,

era diventato un amico, un nonno, un maestro e una fonte inesauribile di positività e gioia. Il semplice stargli vicino mi metteva di buonumore. Aveva una risposta per tutto, e anche se a volte diceva cose che non comprendevo a fondo, ascoltarlo era rassicurante. E, per quanto insolite, tutte le cose che diceva mi rimanevano in testa. Quando ascolti qualcosa e ti torna in mente più volte durante la giornata, significa che è prezioso.

Mi dispiaceva lasciarlo. Dentro di me, chissà perché, pensavo che una volta salutati, non ci saremmo più rivisti. Anche questo era un pensiero irrazionale, ma era un altro soffio sulla fiamma della mia agitazione interiore.

Il vero motivo per cui sentivo un peso sull'anima era però un altro: non volevo tornare alla mia vita di prima. Guidando in moto per tutte quelle ore non facevo altro che pensare, e spesso la mia mente mi portava a osservare il mio passato con la spiacevole consapevolezza che rappresentasse una sorta di anteprima del mio futuro. Non volevo tornare in quella città grigia dove avevo sofferto così tanto; non volevo tornare a vivere nella cameretta a casa di mia madre, chiuso tra ricordi dell'infanzia e dell'adolescenza che ora mi facevano sentire già vecchio e fallito; non volevo tornare a fare le consegne per una manciata di euro all'ora, rischiando la vita e la salute mentale per le attese logoranti davanti al cellulare; non volevo tornare nei luoghi in cui avevo amato Valentina, né riaprire l'armadio e trovarmi davanti alle pile di disegni e progetti risalenti al breve periodo in cui avevo lavorato nello studio di architettura. Non volevo tornare, eppure era lì che ero diretto. Avrei solo voluto guidare la moto ed esplorare il mondo. Non volevo fermarmi, ora che sentivo di aver costruito, dentro di me, qualche fragile sicurezza. Era come partire per il mare aperto con una barchetta di assi di legno, tutta scricchiolante. Era troppo presto.

Entrammo a Hanoi dopo aver superato una serie di ponti e ponticelli. In quella zona del Vietnam c'era acqua ovunque: quella che scendeva dal cielo, quella che animava i fiumi e quella che ristagnava nei laghi. Faceva freddo, quel giorno. A parte l'immancabile verde scuro delle foglie degli alberi, intorno a me tutto era grigio. C'erano nuvoloni, là in alto, simili a quelli che avevo dentro.

Ma Hanoi non aveva colpe. Ero io ad avere una patina di tristezza davanti agli occhi, quella città era invece piena di persone e di vita. Era grande e caotica, ma ne percepivo la sua storia. Era una città antica. C'erano tante statue e mausolei dedicati agli eroi nazionali, ma anche molti più templi di quanti ne avessi visti nelle altre zone del Paese. Alcuni erano stretti, alti e rossi. Mi chiesi se fossero buddhisti e immaginai di sì, pur non avendone mai visitato uno.

Arrivammo nel cuore della città, e ci trovammo nei pressi di un grande lago, probabilmente artificiale come quello di Da Lat. Nonostante facesse freddo e il cielo minacciasse di piovere, il viale alberato che gli faceva da perimetro era pieno di persone che passeggiavano spensierate, tra i turisti che scattavano fotografie, banchetti che vendevano arachidi e caffè e gruppetti di vietnamiti che facevano attività fisica. Mi colpirono alcune signore di una certa età che danzavano con un ventaglio rosso in mano sotto il fitto fogliame degli alberi. Le osservai attentamente mentre eravamo fermi a un semaforo: per l'età che avevano, i loro movimenti sembravano straordinariamente fluidi. Si piegavano sulle ginocchia, ruotavano le spalle, alzavano il viso verso il cielo. Guardai Guilly, in sella alla sua moto, e mi chiesi se fosse l'aria del Vietnam a rendere gli anziani così attivi.

Stavolta Guilly non si mise a cercare una guesthouse, ma puntò con decisione verso un edificio stretto e alto. Quando entrammo, salutò affettuosamente il ragazzo dietro il bancone e i due si misero a parlare in vietnamita, ridendo e scherzando. Io mi guardai intorno: ero nella hall più piccola che avessi mai visto. Quell'edificio pareva costruito completamente in verticale e, quando Guilly si incamminò sulla scalinata in legno con in mano le chiavi di entrambe le nostre camere, ebbi l'impressione di trovarmi dentro una torre. Ero bagnato, infreddolito e mi sentivo anche un po' soffocare salendo quegli scalini, che emettevano a ogni passo un suono sinistro e fastidioso.

Così rimasi molto colpito quando aprii la porta e vidi che la stanza al contrario era ampia, con finestre alte e strette sui cui vetri scendevano lentamente le gocce della pioggia. L'arredamento non mi faceva sentire in Asia: un piccolo divano, il parquet, un letto a due piazze contro la parete, una scrivania in legno, i pomelli delle porte in ottone. Mi sembrava di essere finito in una casa da qualche parte in Francia, e di aver già lasciato il Vietnam.

Tutto ciò non aiutava il mio stato d'animo. Cercai una distrazione nel cellulare e pochi minuti a guardare lo schermo furono sufficienti per anestetizzare la mia mente irrequieta, già tutta proiettata al futuro. Poi decisi di fare un giro di telefonate. Mi sdraiai sul letto e cominciai con mia madre. Le avevo detto, qualche giorno prima, che avevo rinunciato a cercare Guilly e che avrei fatto passare il tempo in attesa del volo di ritorno. Mi dispiaceva mentirle, ma sentivo che era la cosa migliore: se anche glielo avessi spiegato, non avrebbe mai capito a fondo una persona come Guilly. Si sarebbe solo agitata a sapermi in giro per il Vietnam con quell'anziano, per di più in sella a una moto. Mi chiese una decina di volte se stessi bene e io la rassicurai, dicendole che ero calmo ma rassegnato: quel viaggio era stato un flop.

«Be', dài, almeno tra qualche giorno sarai di nuovo qui» disse lei a un certo punto. Quella frase mi tagliò il fiato, mi metteva dinnanzi alla verità.

Chiamai Luigi, che in quel momento si era appena svegliato. Il suo tono di voce nasale era ancora più accentuato. A lui avevo detto di Guilly, del viaggio e di tutto il resto. E gli dissi anche di quel desiderio di non tornare alla vecchia vita, ma di stare lì e farmi trascinare dagli eventi.

«Ti capisco» rispose lui.

«Sì?»

«Sì. Qui è tutto uguale a sempre. Sembra che non cambi mai nulla.»

Sentirglielo dire mi fece stare male: anche io sarei rimasto quello di sempre, se fossi tornato a casa? Come se tutto ciò che avevo imparato da Guilly e dal Vietnam fosse stato inutile, come se non mi fosse rimasto dentro nulla.

Salutai Luigi e rimasi per un po' sdraiato sul letto. I pensieri mi assalirono e iniziai a sentire un po' di ansia. Quel viaggio era stato quanto di più speciale avessi mai fatto nella vita, ma aveva anche rappresentato la possibilità di osservare un mondo nuovo, un modo di vivere diverso. Per uno che non aveva mai viaggiato, era stato un po' come uscire per la prima volta di casa. Mi era capitato spesso, mentre guidavo la moto sulle strade del Vietnam e ancora di più quando passeggiavo per le sue strade, di guardarmi intorno ammirato e incuriosito, ma anche con un lieve imbarazzo: per più di vent'anni avevo creduto che non esistesse altro al di fuori del mio piccolo angolo di mondo. E invece il mondo era più grande e variegato di quanto potessi anche solo immaginare.

Come potevo tornare alla vita di prima, ora? Probabilmente Guilly mi avrebbe detto che la vita è come un fiume, che tutto cambia e noi non dobbiamo opporci. Forse mi avrebbe detto che l'unico modo per non tornare a vivere come prima era smettere di vivere come prima. Ovvero, cambiare. Ma come si può cambiare dopo anni a pensare, vivere e credere in un certo modo?

Mi dissi che gliene avrei parlato a pranzo. Finché avevo la possibilità di fare quattro chiacchiere con lui sulle cose della vita, l'avrei sfruttata al massimo. Mi alzai dal letto, sempre con quella strana agitazione dentro.

Poi il cellulare suonò, brevemente. Era un'email. Quando lessi l'oggetto mi si gelò il sangue nelle vene. Il cuore prese a martellarmi nel petto e mi fermai, pietrificato, in mezzo alla stanza.

C'era scritto: "Proposta lavorativa". Il mittente era il proprietario dello studio in cui avevo fatto lo stage, la stessa persona che mi aveva comunicato che non mi avrebbero proposto il contratto promesso. Lessi il testo dell'email tutto d'un fiato: mi chiedeva se fossi interessato a sostenere un colloquio la settimana successiva. Diceva che si era aperta una posizione nello studio e aveva subito pensato a me.

Era appena successo quello che da mesi avevo sperato ogni singolo giorno: avere una seconda opportunità. Ora ce l'avevo, era lì davanti a me, sullo schermo di quel cellulare. Stava succedendo davvero e il fatto che fossi in Vietnam non era nemmeno un problema, perché il colloquio era fissato per il giorno successivo al mio ritorno in Italia.

Era tutto come lo avevo immaginato in quelle mie fantasie che ritenevo irrealizzabili. Solo che nella mia testa quell'email avrebbe dovuto scatenare una reazione di totale entusiasmo. Allora perché, ora, tutta quell'ansia? Era divampata subito dopo aver letto l'ultima riga del messaggio e adesso sentivo un peso sul petto che non mi permetteva di respirare. Presi a camminare per la stanza, in tondo, mentre quel parquet assolutamente fuori luogo in quella parte del mondo scricchiolava sotto i miei piedi nudi e freddi.

La mia mente era satura di pensieri di ogni tipo, ma soprattutto negativi: "Come devo prepararmi per il colloquio?", "Cosa mi chiederanno?", "Mi offriranno un contratto a tempo indeterminato?", "E se sì, con che retribuzione?", "Dovrò aprire una partita Iva? E se sì, come si fa?", "E se invece non mi dovessero prendere?", "Se invece dovessi sbagliare tutto, andare in palla, fare una figuraccia?", "Se dovessi fallire miseramente, di nuovo, cosa succederà?", "Come potrò mai risollevarmi da una batosta del genere?".

Pensai che ero un idiota a trovarmi così lontano da casa. Che diavolo ci facevo in Vietnam, in moto, mentre un'opportunità del genere mi aspettava a migliaia di chilometri di distanza? Una parte di me non voleva essere lì; un'altra non voleva tornare. Ero totalmente in crisi.

Mi resi conto che stavo trattenendo il respiro. Ripresi a respirare, ma il ritmo era affannato. Cominciarono a tremarmi le mani. Il fiato divenne cortissimo. Mi sembrò di vederci meno bene, come se ci fosse del fumo, in quella stanza. Ero agitato come non mai.

Finché sentii bussare alla porta e mi girai di scatto. Mi avvicinai e l'aprii. C'era Guilly, sorridente, con un gilet nero che non gli avevo mai visto prima e una camicia bianca, linda. Si era fatto una doccia, si era dato una sistemata. Sembrava fresco come una rosa.

Mi studiò per mezzo secondo e comprese subito che c'era qualcosa che non andava.

«Cosa ti agita così tanto?» mi chiese con un po' di apprensione.

«Sono solo… non lo so…» risposi velocemente, con un sorriso nervoso. «Ho ricevuto… una mail» bofonchiai guardandomi intorno. Improvvisamente quella stanza sembrava minuscola. Avrei preferito stare là fuori, sotto la pioggia, al freddo, dovunque ma non lì dentro.

Guilly restò fermo e immobile, davanti a me, ad assistere a quel brutto spettacolo.

«Che cosa ti agita?» mi richiese, con calma.

«Ho ricevuto una proposta di lavoro.»

Non disse nulla.

«Lo studio dove lavoravo, pare che mi vogliano di nuovo» dissi appoggiandomi con una mano alla porta aperta.

«Questa non è una buona notizia?»

«Sì… o forse no. Non lo so. È una prospettiva che mi agita tantissimo. Forse perché ho paura di fallire di nuovo. Se il colloquio andasse male, io non potrei reggere un'altra delusione del genere. Sarebbe la fine. Però se andasse bene… avrei ottenuto esattamente quello che più desidero da mesi. Avrei dato qualunque cosa per avere questa opportunità. E ora ce l'ho, ma non so se ne sono all'altezza. Mi viene anche il dubbio di non meritarmela…»

Guilly mi scrutò in silenzio per qualche secondo, come un dottore che cerca di individuare il problema di un paziente.

«Posso?» chiese poi indicando il cellulare che avevo in mano.

Lo guardai stupito e annuii, porgendoglielo. Lui lo prese e se lo rigirò tra le mani più volte, come se fosse un oggetto misterioso. Quindi se lo mise in tasca.

«Ora andiamo» disse sorridendo.

Lo guardai sbigottito.

«Andiamo? E dove andiamo? E poi, il cellulare…»

«Il cellulare è fonte di sofferenza per te.»

«Ma non è vero» protestai. «È solo uno strumento.»

Guilly rise.

«Non credere: soltanto perché sono vecchio non significa che non sappia quanto questi aggeggi siano influenti nella vita della maggior parte delle persone. Sono un ottimo osservatore.»

«E questo cosa vorrebbe dire?»

Guilly mi sorprese di nuovo. Invece di rispondermi entrò nella stanza e iniziò a sistemare le mie cose dentro lo zaino. Lo guardai sbigottito mentre piegava con cura i vestiti che avevo lasciato sul letto.

«Significa che ti ho osservato e so che per te questo è tutt'altro che un semplice strumento. Lo tiri fuori ogni volta che sei a disagio, ogni volta che ti annoi, ogni volta che vuoi evadere dalla realtà.»

«Mi sembra un'esagerazione» bofonchiai guardando altrove e chiedendomi quanto fossi sicuro di ciò che avevo appena detto.

«Vuoi sapere una cosa?» disse lui alzandosi in piedi, con una mia canottiera tra le mani. Mi fissava dritto negli occhi. Mi limitai a fare un cenno come a dire: "Vai avanti". Lui allora posò la canottiera ed estrasse il cellulare dalla tasca.

«Quello che hai detto è vero, in teoria. Questo è solo uno strumento» disse mostrandomi lo smartphone, il cui schermo si accese quando prese a ruotarlo. «Ma gli strumenti rimangono tali solo finché ne abbiamo il controllo. Quando sono loro a controllare noi, allora diventano padroni e noi diventiamo i loro strumenti.»

Aggrottai la fronte.

«Vuoi dirmi che lo smartphone mi controlla?»

«Se quando squilla tu non riesci a non prenderlo in mano, chi è al comando? Tu o lui?»

«Dài, Guilly…»

Lui riprese a ordinare le mie cose nello zaino.

«Sai cos'altro è solo uno strumento? La tua mente. Ma, proprio come il tuo cellulare, se non sei in grado di controllarla sarà lei a controllare te. È esattamente quello che ti è successo poco fa, quando eri così agitato che non riuscivi nemmeno a respirare. Qualcosa nato nella tua testa aveva un impatto devastante sul tuo corpo, sulle tue funzioni vitali. Quando la mente prende il sopravvento in questo modo, diventa una padrona tremenda, una dominatrice crudele.»

Restammo in silenzio per un po', mentre riflettevo su quelle parole.

«Scusa, Guilly, ma se ricevo una notizia importante, che mi riguarda, è naturale preoccuparmi.»

Lui fece una risatina.

«Non è per niente normale, invece.»

«Quindi se io ho un problema non devo preoccuparmi?»

Alzò lo sguardo e mi guardò dritto negli occhi, con quella sua aria buona e pacifica.

«Tu hai un solo problema: voler controllare ciò che non puoi controllare. Risolvilo e starai bene.»

Aggrottai di nuovo la fronte, chiedendomi come facesse a dire cose così strampalate che però mi sembravano anche giuste, quasi indiscutibili.

«E come si risolve questo problema?»

Guilly si prese qualche secondo per rispondere.

«L'unico modo per riuscirci è imparare a tenere a bada la scimmia impazzita.»

Mi chiesi se avessi capito bene. Prima che potessi chiedere spiegazioni, chiuse lo zaino e me lo porse.

«Voglio portarti in un posto dove capirai cosa significa.»

«E quindi non ci fermiamo a Hanoi?»

«Non ora. Ci torneremo.»

«Ma scusa, non dovremmo andare a Ha Giang?»

«Quante domande!» sbottò Guilly ridendo. «E poi chi te lo ha detto che andiamo a Ha Giang?»

«Hang» risposi.

Lui sorrise, come se non avessi capito che la sua era solo una domanda retorica. Poi uscì dalla camera fischiettando. Lo sentii dirigersi verso la sua stanza. Io rimasi in mezzo a quella strana stanza, solo con mille dubbi, vecchi e nuovi.

47

Mezz'ora dopo essere arrivati a Hanoi, eravamo nuovamente in viaggio. Ero nuovamente sulla moto, con lo zaino legato al portapacchi e i capelli svolazzanti di Guilly a guidarmi nel traffico immutabile del Vietnam.

Come sempre, fuori dalle grandi città il Vietnam offriva spazi immensi, risaie, montagne, fiumi e una vegetazione fitta. Ci fermammo a mangiare in un piccolo locale con il tetto in lamiera, situato ai piedi di un promontorio roccioso. Chiesi a Guilly spiegazioni, ma lui era un maestro nello schivare le domande. Spesso rispondeva a una domanda con un'altra domanda, un modo di fare che mi avrebbe certamente innervosito se fosse stato chiunque altro a comportarsi così. Ma lui, con quel suo costante sorriso e l'aria rilassata, era una persona con cui era impossibile prendersela.

Invece di soddisfare la mia curiosità, passò tutto il pranzo a raccontarmi curiosità sul popolo vietnamita. Mi disse che molte persone sono ancora convinte che mettere il casco a un bambino rischi di bloccare la crescita del cervello, motivo per cui lo indossano solo gli adulti. Mi spiegò che non dovresti mai regalare un oggetto nero a un vietnamita perché per loro questo colore è portatore di grandi sfortune. Eppure, mi spiegò, per quanto molto superstiziosi, i vietnamiti sono uno dei popoli più acculturati d'Asia. Mi disse che l'analfabetismo è inferiore al tre per cento e che, di tutti i popoli che aveva avuto modo di conoscere, erano coloro che leggevano di più.

«Le cinque punte della stella rappresentano il popolo» disse Guilly alla fine del pranzo. Voleva spiegarmi il significato della bandiera vietnamita, una stella gialla su sfondo rosso, e ne aveva disegnata una stilizzata su un tovagliolo. «Ovvero i contadini, coloro che sfamano la nazione intera; i lavoratori e gli artigiani, il motore del Paese; i giovani, perché questo è un popolo che rispetta con orgoglio la tradizione ma guarda sempre al futuro; i soldati, coloro che hanno protetto il Vietnam dagli invasori per secoli; infine, gli intellettuali, perché non serve a nulla avere un corpo forte senza avere una mente forte.»

Guardai ammirato il disegno, annuendo.

«Ti sei proprio innamorato di questo Paese, vero?»

Guilly sorrise e ancora una volta non rispose. Poco dopo eravamo in moto, nuovamente. Prendemmo l'uscita per Haiphong, come lessi su un cartello. Guilly si diresse senza esitazioni verso il porto, dove migliaia di persone si muovevano freneticamente in ogni direzione.

«Dobbiamo prendere una nave?» chiesi ironicamente. Ero tornato di buonumore, adesso che eravamo *on the road*. Mi sembrava quasi di aver lasciato l'agitazione nella stanza di Hanoi, ma sapevo che era solo una sensazione temporanea.

«Esatto» si limitò a rispondere Guilly.

«Ma come? Una nave? E dove andiamo?» chiesi, ma poi alzai le mani come a dire che avevo capito.

Un'ora dopo eravamo a bordo di un traghetto, le moto erano nella stiva. Ormai era pomeriggio inoltrato, si avvicinava l'ora del tramonto. La nave si muoveva lentamente, lasciandosi alle spalle il Vietnam continentale. Io e Guilly eravamo seduti a prua, con il vento in faccia e una sensazione di leggerezza che, ne ero certo, accomunava entrambi.

Volevo chiedere tante cose a Guilly, ma non lo feci. Mi limitai a guardarmi intorno, ammirando in silenzio lo spettacolo della natura: il traghetto tagliava in due l'acqua immobile illuminata dal sole di fine giornata. Intorno a noi, faraglioni alti e ricoperti di vegetazione sembravano osservarci con attenzione, quasi come fossero i protettori del mare. A un certo punto il motore del traghetto si spense.

«Lo spengono sempre qui, perché questa è un'area protetta» mi spiegò prontamente Guilly.

Il traghetto ora proseguiva lento, per inerzia, così piccolo rispetto all'enormità dei faraglioni. Il silenzio era avvolgente, gli unici suoni erano l'infrangersi delle onde contro l'imbarcazione e il canto di qualche uccello lontano. Mi guardai intorno e vidi che tutti i presenti avevano un'aria incantata.

Dopo una decina di minuti di navigazione silenziosa, il motore fu riacceso e ci ritrovammo in un tratto di mare più aperto: alla nostra sinistra la costa, alla nostra destra l'orizzonte dietro cui il sole spariva lentamente. Guardai per un secondo Guilly: il tramonto si rifletteva nei suoi occhi scuri, la barba e i capelli svolazzavano liberi. Mi chiesi quante cose straordinarie avesse da raccontare. Mi chiesi se mi avrebbe mai raccontato del nonno. Poi tornai a guardare il mare.

Dopo circa un'ora, il traghetto si diresse con decisione verso un'isola.

«È la nostra destinazione?»

«No, quella è Cat Ba» disse Guilly.

«Dov'è che l'ho già sentita…» iniziai.

Di colpo mi venne in mente: era l'isola su cui Guilly e mio nonno si erano incontrati. Su una di quelle spiagge, mio nonno gli aveva confessato di volersi togliere la vita.

Guilly annuì.

«Però non ci fermeremo.»

«E dove andremo?»

Sorrise e non rispose.

Poco dopo stavamo guidando per uscire dal porticciolo di Cat Ba, dopo essere passati con le nostre moto su un piccolo ponte sferragliante. Ci immettemmo sulle stradine di quell'isola piena di vegetazione. Era buio e in alcuni tratti non c'erano nemmeno i lampioni. Dopo un paio di chilometri, compresi che Guilly aveva deciso saggiamente di seguire un autobus a debita distanza, utilizzandolo come apripista. Guidammo con molta cautela su quella striscia di asfalto delimitata, da un lato, dalla parete verde scura della giungla, e dall'altro dalla spiaggia.

Ero stravolto quando finalmente arrivammo in un centro abitato. Guilly si fermò davanti a un hotel pieno di turisti. Una scelta anomala per uno come lui. Mi aveva abituato a dormire in piccoli alberghi a conduzione famigliare, mentre ora ci apprestavamo a soggiornare presso una struttura di una grande catena internazionale.

«In realtà ci serve solo un parcheggio» disse quando ci avvicinammo al bancone della reception.

Poi sfoderò il suo sorriso migliore e iniziò a parlare in vietnamita. Ci fu una conversazione concitata con il ragazzo dietro al bancone, che alla fine prese la cornetta, chiamò qualcuno e, dopo qualche breve scambio di battute, mise giù e annuì. Guilly sorrise e fece il suo solito gesto di unire le mani.

«Ci lasciano parcheggiare le moto qui anche se non soggiorniamo» disse Guilly facendomi l'occhiolino.

«Perché, dove andiamo?»

«Andiamo a Monkey Island.»

48

Più tardi scoprii che ci trovavamo nella baia di Ha Long, uno dei luoghi più belli del Vietnam, patrimonio Unesco dell'umanità. Caratterizzata dai faraglioni che avevo già ammirato dalla barca, la baia aveva solo milleseicento abitanti, dislocati nei quattro principali villaggi di pescatori. Delle duemila isole, moltissime erano disabitate. Ce n'erano poi alcune, come Cat Ba, molto moderne e turistiche. Altre, come Monkey Island, aperte al turismo, ma solo di giorno. Dopo le sei di pomeriggio, l'isola restava un'esclusiva dei pochi residenti.

Guilly mi spiegò tutte queste cose mentre raggiungevamo comunque l'isola a bordo della barchetta a motore di un pescatore, a cui lui aveva allungato qualche banconota. D'altronde dopo le sei, appunto, non avremmo dovuto trovarci lì. Era buio pesto e ogni scossone mi faceva pensare che sarei finito in mare. Dopo un'ora di tensione, finalmente, sbarcammo su questa "isola delle scimmie". Guilly mi aveva già detto che non c'era alcuna illuminazione elettrica, così non mi stupii quando vidi la spiaggia illuminata flebilmente da grosse fiaccole. Dietro le fiamme, solo il contorno di un promontorio in mezzo all'oscurità.

Da lì proveniva una specie di grugnito, mi accorsi quando la barchetta del pescatore si allontanò. Erano forse le scimmie? Sembrava di stare dentro un film dell'orrore.

«Dove mi hai portato, Guilly?» gli chiesi. «Credevo volessi tranquillizzarmi, non agitarmi ancora di più. È una specie di chiodo-scaccia-chiodo?»

Lui rise e anche nel buio vedevo i suoi occhi brillare.

«Sei in un posto speciale, dove i turisti non possono venire a quest'ora.»

«Ci sarà un motivo…»

E Guilly rise, di nuovo.

«Dài, vieni» aggiunse prima di mettersi a camminare con decisione verso l'oscurità.

Lo seguii facendo del mio meglio per non perderlo di vista. L'unica fonte di illuminazione erano la luna piena e le stelle. Solo dopo qualche passo mi accorsi che ci avvicinavamo a quello che pareva un casolare abbandonato. Mi aspettavo che Guilly provasse a entrarci, e invece si diresse verso il retro, dov'erano posizionate due grosse torce ardenti. Sembravano la soglia di un cammino che conduceva, attraverso una scalinata, dentro la giungla.

«Che si fa?»

«Si cammina» disse lui con la luna riflessa negli occhi, e s'incamminò sul primo scalino.

Ogni quattro o cinque metri delle torce ci consentivano di vedere dove mettevamo i piedi. I gradini erano irregolari, non ce n'era uno uguale a un altro. Nonostante ciò, la scalinata aveva un'armonia intrinseca, sembrava dinamica, quasi come se danzasse in mezzo agli alberi e alle torce. Mi aggrappai a uno dei due alti corrimano in legno immaginando che fosse una salita breve, visto anche l'orario. E invece ci impiegammo quasi venti minuti ad arrivare in cima.

Dopo l'ultimo scalino, ero così stravolto che feci cadere per terra lo zaino. Respirando con la bocca, le mani sui fianchi, mi guardai intorno per capire dove fossi e rimasi completamente rapito dalla vista che c'era alla mia sinistra: da lassù si vedeva tutta la meraviglia della baia di Ha Long in piena notte. Il mare calmo sembrava un lago e la luna riflessa sulle onde basse era come una pennellata di bianco sul blu più scuro. In lontananza si intravedevano i faraglioni imponenti e le luci di Cat Ba. E poi il cielo, infinito, decorato da milioni di stelle. Rimasi incantato di fronte a quello spettacolo e mi fermai a godermi la brezza che mi accarezzava il viso, mentre il suono delle onde, lontano, mi infondeva una calma profonda.

«Che spettacolo» dissi senza nemmeno pensarci.

Guilly si voltò verso di me e sorrise. Aveva le mani dietro la schiena e non era per niente affannato, mentre io quasi faticavo a stare in piedi. Quell'uomo era un vero mistero.

«Stanotte dormiremo qui» disse voltandosi.

Solo a quel punto mi resi conto che alle nostre spalle, immerso nella vegetazione, c'era un piccolo tempio bianco con il tetto triangolare rosso e due possenti colonne all'ingresso, illuminato da due torce accese, proprio come quelle che avevamo trovato lungo il sentiero.

Guilly si incamminò verso l'ingresso e dopo aver superato i tre scalini si tolse le scarpe e le posizionò con cura dietro la colonna. Lo imitai. Poi, senza alcuna esitazione, spalancò la doppia porta di legno. Dentro c'era una grande sala senza alcuna illuminazione, ma Guilly, ancora una volta, si diresse con decisione verso destra. Se non fosse stato per i nostri passi, il silenzio, lì dentro, sarebbe stato totale. Aprì un'altra porta e ci ritrovammo in un corridoio più stretto, dove si affacciavano una serie di porte. Si fermò davanti alla prima e mi sorrise.

«Questa è la tua stanza» disse.

Guardai la porta, poi guardai lui. Mi fece un cenno per invitarmi ad aprirla, quindi si voltò ed entrò nella porta successiva, sparendo alla mia vista. Rimasi un attimo lì, a cercare di capire come fosse stato possibile ritrovarmi in una situazione simile. Poi poggiai la mano sulla maniglia ed entrai.

La stanza era piccola e minimalista. Mi ricordava la casa di Guilly. C'era una grossa finestra, da cui entrava la luce della luna. Era sufficiente a mostrarmi un piccolo materasso poggiato sul pavimento, un tavolino e un appendiabiti. Una porticina portava a un bagno, anch'esso col minimo indispensabile.

L'atmosfera, dentro quella stanza, era difficile da spiegare. Era come se la pace aleggiasse nell'aria. La luce fioca della luna, il silenzio quasi assoluto e, pur trovandomi in un posto così piccolo, tutto quello spazio intorno a me. Mi sentivo tranquillo, e quando mi sdraiai sul letto e guardai il cielo stellato, provai gratitudine. Stranamente, non avevo pensieri per la testa. Nemmeno uno. Non mi interessava capire perché ero lì, né dove fossi, né cosa sarebbe successo. Ero così tranquillo che non c'era alcun motivo per cui dovermi preoccupare di qualcosa.

Mi addormentai dolcemente e in quella stanzetta, dentro un tempio in cima a un promontorio sull'isola delle scimmie, in Vietnam, dormii come mai mi era successo nella vita.

49

La mattina successiva, a svegliarmi fu la luce del sole. I primi raggi della giornata entrarono dalla grande finestra e mi fecero riaprire gli occhi dolcemente, proprio nello stesso modo in cui mi ero addormentato. Mi alzai lentamente, mi stiracchiai, poi andai in bagno e mi accorsi che non c'era la doccia, la sera prima non me n'ero accorto. Forse ce n'era una in comune per tutti gli ospiti?

Ora che la vedevo di giorno, la stanza sembrava più grande. Non era spoglia, era semplicemente essenziale. Feci per prendere il cellulare, ma mi resi conto che ce lo aveva ancora Guilly. Pensando al telefono ripensai anche al motivo per cui mi ero agitato così tanto: il colloquio, rientrare in Italia, tornare alla vita di prima. Riaffiorarono i dubbi, le paure, le profonde insicurezze. Le mani ripresero a tremare un po', il fiato a farsi corto. Non stavo male come la mattina precedente, ma non stavo nemmeno bene come quando mi ero coricato sul materasso.

Quasi come se avesse percepito la mia agitazione, Guilly bussò alla porta. Sapevo che era lui. Aprii e lo trovai sorridente, le braccia allargate. Quel giorno era vestito completamente di bianco, camicia e pantaloni leggeri, piedi scalzi e capelli sciolti. La barba, come sempre, era perfettamente curata.

«Andiamo» disse.

E io non gli chiesi dove o perché. Dopo aver attraversato un paio di corridoi, ci ritrovammo sul retro del tempio, in quello che sembrava a tutti gli effetti un giardino zen. Era diviso in due metà perfette: da un lato c'era un prato verde tagliato all'inglese, dall'altro c'era della sabbia su cui era disegnato un grande e meraviglioso mandala. Al centro, proprio dove passava la linea di pietre nere che delimitava le due metà del giardino c'era una piccola fontana da cui sgorgava lentamente l'acqua, e poco più in là una struttura in legno quasi completamente ricoperta da piante rampicanti. Una in particolare aveva dei fiori bellissimi, simili a rose bianche.

Oltre al mandala, disegnato sulla sabbia con grande precisione (il mio occhio di architetto notò che le proporzioni erano perfette), ciò che più catturava la mia attenzione era un albero. Si ergeva in un angolo del giardino, quello con l'erba, aveva il tronco sottile e alto e i rami pieni di foglie di un colore a metà tra il verde e il giallo. Molte erano cadute, colorando il prato.

«È un Ginkho biloba» disse Guilly. «È l'albero più antico al mondo. Era su questa Terra duecento milioni di anni fa, ben prima dell'uomo. È anche uno dei più longevi: alcuni di questi esemplari hanno mille anni. Quelle bellissime foglie hanno molte proprietà straordinarie. È tutta una pianta straordinaria.»

Proprio mentre ammiravo quello spettacolo della Natura, comparve una donna anziana, forse dell'età di Guilly. Era orientale, ma non sembrava vietnamita. Aveva la testa rasata e indossava la tunica arancione dei monaci, al collo una collanina di perle. Ci guardò attentamente e poi ci rivolse un sorriso pieno di amore e cordialità.

Guilly fece il suo solito saluto con le mani giunte e io lo imitai. Lo fece anche lei, in risposta, sempre con quel sorriso che avrei potuto definire in tanti modi, uno su tutti "luminoso". Lei e Guilly si misero a parlare in vietnamita. Ogni tanto lui mi indicava dicendole qualcosa, forse le spiegava chi fossi. Io sorridevo e abbassavo leggermente la testa. La loro conversazione si concluse con una bella risata, poi la donna ci indicò un tavolino basso, nella parte con il prato, invitandoci a sederci.

«Chi è questa donna?» chiesi a Guilly accomodandomi. Lui alzò le spalle.

«È difficile spiegartelo. Non c'è una definizione per lei. Posso dirti che mi ha aiutato tanto, nel corso della mia vita.»

«È stata una tua… maestra? Come Taro?»

Guilly sorrise.

«In un certo senso sì. Ma lei non ha mai espresso un insegnamento a parole. Lo ha sempre fatto con il suo comportamento. Una caratteristica molto zen.»

Poco dopo la donna era nuovamente lì da noi, sorridente. In mano aveva un vassoio con la colazione, preparata appositamente per noi: del riso bianco, tofu, latte di soia, uova sode e due tazze di tè. Lasciò il vassoio ma non si fermò a mangiare. Al contrario, giunse le mani davanti al petto e si allontanò. La rividi, con un rastrello in mano, rastrellare le foglie sul prato.

Io e Guilly iniziammo a mangiare. La giornata era splendida, il cielo era limpido e azzurrissimo. Da lassù si vedeva il mare, oltre la fitta vegetazione dell'isola.

«Vedi, Davide. Una delle lezioni di Taro che meno riuscii a comprendere è anche una delle più importanti. Lui, all'epoca, mi disse semplicemente queste parole: "Hai un solo problema". Io passai molto tempo a cercare di interpretarle correttamente. Confrontandomi con tante persone, riuscii a comprendere cosa intendeva: ognuno di noi ha un solo problema e cioè voler controllare ciò che non può controllare.»

«Capisco, ma mi sembra impossibile smettere di farlo.»

Guilly sorrise.

«Fu così anche per me, all'inizio. Ecco perché oggi ti ho portato qui.»

Lo guardai con un'aria interrogativa.

«Non credo di aver capito.»

«Guarda questa donna» disse indicando con un cenno la monaca. «La conosco da molto tempo. È uno degli esseri umani più sereni, pacifici e felici che abbia mai incontrato. Vive qui da cinquant'anni e per molti la sua è una vita solitaria. In realtà, non è mai sola: ha le sue piante, il suo orto di cui prendersi cura, i suoi gatti, le sue galline. Di tanto in tanto ospita qualche pellegrino, come fece con me tempo fa. Osserva attentamente il suo volto: non è luminoso? Non è il riflesso di un'anima priva di preoccupazioni e paure?»

Quella descrizione, pronunciata quasi con un sussurro, mentre ci trovavamo in quel giardino curatissimo in cima a un'isoletta nella baia di Ha Long, diede molta pace anche a me.

«Sì, è vero.»

«Ebbene, quella donna sta per morire.»

Mi voltai di scatto verso Guilly.

«Ma… cosa dici?»

Guilly smise di guardare l'orizzonte e spostò il suo sguardo sui fili d'erba davanti a noi.

«È così. È malata gravemente e non c'è cura per il suo male.»

Guardai quella signora anziana che stava rastrellando allegramente le foglie dell'albero. Sembrava anche in ottima forma fisica.

«Guilly, ma sei sicuro?»

«Sicurissimo. Qui, in questo tempio, ogni tanto si fermano monaci provenienti da Hanoi. Un gruppetto di loro l'ha convinta ad andare in ospedale a seguito di un problema fisico. Per i medici non ci sono dubbi: non ha alcuna possibilità di sopravvivere.»

Non riuscivo a staccare gli occhi dalla donna. Mi si strinse il cuore, ma una parte di me non riusciva ad accettare le parole di Guilly.

«Se è vero quello che dici, c'è solo una possibilità: lei non sa di essere malata. Altrimenti come potrebbe essere così serena?»

Guilly sorrise.

«È proprio questo il punto. Ti ho portato a conoscere questa donna perché è la dimostrazione vivente della possibilità di applicare la non-regola di Taro.»

«Non ti seguo.»

«Questa donna è consapevole di essere malata. Sa che presto morirà. Come può, allora, essere così serena e felice? Ci sono due ragioni. La prima è che è consapevole che nulla ha inizio e nulla ha fine nella vita. La morte non è il capolinea, è solo una nuova rinascita, sotto un'altra forma. Quando capisci che questa è la realtà della vita, non hai più paura della morte. In un contesto del genere, a strettissimo contatto con la Natura, è molto facile riuscirci. Tutto nasce, muore e rinasce in continuazione. Hai notato quel bellissimo mandala disegnato sulla sabbia?»

Annuii. Era impossibile non notarlo.

«Bene. Lei disegna ogni giorno sulla sabbia. E guarda cosa fa ora...» disse Guilly indicando la donna con un cenno.

La osservammo per un paio di minuti, mentre rastrellava le foglie. Quando ebbe finito, guardò verso di noi e ci rivolse un sorriso, che noi ricambiammo con entusiasmo. Poi l'anziana donna si mosse con decisione verso la parte del giardino con il mandala disegnato sulla sabbia. Aveva con sé il rastrello. Si fermò sulla linea di pietre nere, come ad ammirare la sua creazione. Restò immobile, leggermente appoggiata al rastrello, per almeno un minuto. Poi giunse le mani davanti al petto, mi parve di udire una preghiera appena sussurrata. Infine, prese il rastrello e distrusse il suo mandala.

Mi scappò un'esclamazione di stupore. Guilly ridacchiò.

«Ma no... perché? Perché distrugge una cosa così meravigliosa?»

Guilly si avvicinò al mio volto e mi guardò dritto negli occhi.

«Perché questa-è-la-vita» disse scandendo le parole, con un sorriso largo e pacifico.

«Ma... ci avrà messo un sacco di tempo a disegnarlo...» dissi io, quasi protestando.

«Esatto. E lo rifà ogni singolo giorno. E ogni singolo giorno lo distrugge.»

Rimasi senza parole mentre la donna muoveva la sabbia con grazia per cancellare le forme armoniose di quell'antico simbolo orientale. Ero confuso e non riuscivo ad accettare quello che stava facendo. Guilly lo notò e riprese a parlare.

«Questa è la vita: bellissima, ma destinata a finire. Non per sempre, solo per rinascere con un'altra forma. Oggi, dopo pranzo, questa donna disegnerà un mandala diverso. Altrettanto bello, ma diverso. Tra i monaci buddhisti è pratica comune quella di creare mandala – chi sulla tela, chi sulla sabbia – e poi distruggerli. Gli serve a tenere a mente il concetto di impermanenza: nulla resta, ogni singola cosa è destinata a cambiare. Tutto nasce, vive e muore. Per poi rinascere, rivivere e morire nuovamente. Questa donna lo sa. Ne è pienamente consapevole. Ecco perché è così serena: sa che tutto andrà come deve andare. Inutile angosciarsi. Questa è la vita.»

Restammo in silenzio a riflettere su quella grande verità. Il suono del rastrello della donna era ritmico, quasi ipnotico.

«Visto e considerato quanto ti sei agitato ieri quando hai ricevuto quella comunicazione, è importante che tu tragga un insegnamento dal comportamento di questa donna» riprese Guilly. «Non preoccuparti di ciò che non puoi controllare. Se risolvi questo problema, li hai risolti tutti.»

Restai in silenzio, riflettendo su quelle parole.

«Vuoi dirmi che riesce davvero a vivere serenamente pur sapendo di star per morire?»

Guilly annuì.

«Alcuni monaci mi hanno raccontato che il giorno in cui tornò dall'ospedale sapendo di avere una malattia terminale non versò una lacrima. Invece prese il suo rastrello, lo stesso che ha in mano ora, e iniziò a rastrellare il prato del tempio. Poi diede da mangiare alle galline e alla fine andò a prendersi cura dell'orto. Raccolse le verdure, entrò in cucina e si mise a tagliarle come se nulla fosse. Dopo pranzo si sedette a cantare, mentre i suoi gatti le facevano le fusa nel grembo. La sua reazione a quella notizia tremenda fu continuare a fare esattamente quello che aveva sempre fatto.»

«Ma com'è possibile? Non le importa di avere una malattia mortale?»

«Certo che le importa ma lei è una donna piena di consapevolezza. Sa di non poter controllare la malattia. Sa di non poterla rallentare. Sa che la morte è al di fuori del suo controllo. Però sa che la vita, la sua vita quotidiana, è nelle sue mani. Sa che ogni mattina, alzandosi dal letto all'alba, può decidere se avere un giardino in ordine o trascurarlo, se sfamare le galline o lasciarle affamate, se piangersi addosso oppure sistemare l'orto e decidere cosa preparare per pranzo. Sa che può sempre scegliere: preoccuparsi di ciò che non può controllare e quindi soffrire, oppure occuparsi delle tante cose che può controllare? Lei ha scelto. E sono sicuro che fino all'ultimo giorno si alzerà al mattino, mediterà, preparerà la colazione, darà da mangiare alle galline, si prenderà cura dell'orto, accarezzerà i suoi gatti e rastrellerà il prato sotto al suo magnifico albero. Lo farà perché, tenendo ordinato il suo piccolo mondo, terrà ordinata anche la sua mente.»

Guilly accarezzò l'erba con il palmo della mano. Sorrise, poi tornò a guardare il cielo.

«Pre-occuparsi vuol dire "occuparsi in anticipo". Ovvero soffrire per qualcosa che non è ancora successo. E che forse non succederà mai. Perché sì, è vero, lei ha una malattia mortale e incurabile. Ma non è detto che morirà di quello. Magari lascerà questa terra in un altro modo. Ci sono tante persone paralizzate dalla paura di morire al punto di smettere di vivere. Altre ancora che rimandano continuamente la loro felicità al domani. Poi, magari, un giorno esci di casa e un balordo ti travolge con l'automobile. Il futuro non è altro che una nostra illusione. Niente va mai come immaginiamo, nel bene e nel male. E allora non è forse meglio smettere di torturarsi con tutti questi pensieri sull'avvenire? Prendi esempio da questa donna, così consapevole da sapere che abbiamo solo il presente. Nient'altro.»

«Nient'altro» ripetei sottovoce, quasi senza rendermene conto.

«Questa donna sa di essere malata, ma non sa precisamente quando morirà. Nessuno lo sa, sappiamo solo che prima o poi succederà. Come, dove, quando... non possiamo saperlo. E allora, perché pensarci? Perché preoccuparsi della morte, quando abbiamo una vita da vivere, qui e ora? È questa la forza dell'insegnamento di Taro. Questa è la realtà della vita: ci sono cose che possiamo controllare e altre che dobbiamo semplicemente accettare. Se ci occupiamo delle prime, vivremo una vita serena. Se pensiamo sempre alle seconde, vivremo pieni di sofferenza.»

Rimasi in silenzio. Ero profondamente colpito da quelle parole.

«Tutto dipende solo da te» riprese Guilly. «Non puoi controllare se gli altri ti aiuteranno, ma puoi scegliere di essere una brava persona. Non puoi sapere quando e come morirai, ma puoi scegliere di mantenerti in forma. Non puoi sapere se i tuoi progetti si realizzeranno, ma puoi fare del tuo meglio ogni giorno. Non puoi controllare se la tua giornata andrà bene oppure no, ma puoi scegliere di avere una casa ordinata e pulita ad accoglierti al tuo rientro. Non puoi controllare cosa dicono gli altri di te, non puoi decidere chi vorrà essere tuo amico, chi si innamorerà di te, chi ci sarà nei momenti di difficoltà. Ma puoi imparare a stare bene da solo e a non far dipendere la tua felicità da nessuno. Ricorda: perdi te stesso ogni volta che ti allontani dalla tua essenza più profonda nel tentativo di avvicinarti a qualcuno.»

«Non posso controllare se mi prenderanno al colloquio» dissi dopo un momento di silenzio. «Ma posso controllare come prepararmi.»

Guilly si voltò verso di me. Sorrideva soddisfatto.

«Non puoi controllare quello che succederà domani. Non puoi controllare quello che è successo ieri. Puoi controllare quello che sta succedendo ora» disse.

Poi allungò le gambe e si sdraiò sul prato. Aveva le mani dietro la testa, guardava il cielo e sorrideva. Non era più necessario che gli chiedessi spiegazioni, tutto era chiaro: per Guilly esisteva solo quel momento. E stava facendo del suo meglio per goderselo appieno.

50

Più tardi, quel giorno, Guilly mi portò a fare una passeggiata nella giungla. Proseguimmo sul sentiero che avevamo percorso la sera precedente per una mezz'ora, finché ci fermammo nei pressi di un fiume che scorreva tra gli alberi alti. Ci sedemmo e sentii una specie di urlo furioso. Sollevai lo sguardo e mi resi conto che decine di scimmie scatenate stavano saltando da una liana all'altra.

«Ecco perché la chiamano Monkey Island...»

Guilly annuì.

«Quest'isola, per molto tempo, è stata in mano alle scimmie. Pian piano l'uomo è riuscito a insediarsi, ma restano comunque loro le padrone di casa.»

Ridemmo. Poi decisi di porgli una domanda che avevo in mente fin da quando mi aveva raccontato la storia della monaca.

«Io capisco quello che dici. Esiste solo questo momento, questo attimo. Il presente. Tutto vero, tutto giusto. Però come faccio a impedire alla mia mente di andare verso il passato e verso il futuro?»

«E non solo» disse Guilly. «Anche impedirle di avere pensieri negativi!»

«Eh, appunto. Come si fa?»

«È questo ciò che intendevo quando ti ho detto che è

importante tenere sempre sotto controllo la tua scimmia impazzita.»

«La mia mente sarebbe la scimmia impazzita?»

«Prima di risponderti, dobbiamo partire da una grande verità comunemente sottovalutata» disse Guilly. «Tu non sei la tua mente.»

Quelle parole risuonarono dentro di me. Dopo qualche secondo capii il motivo: me le aveva dette il nonno, al telefono, durante una delle nostre chiacchierate domenicali. Non lo dissi a Guilly. Deglutii e aspettai che andasse avanti. Il nonno non era riuscito a spiegarmi cosa intendesse.

«Tu hai cinque sensi e una mente. Tu puoi guardare, ascoltare, toccare, gustare e annusare. Al tempo stesso puoi anche pensare, grazie alla tua mente, elaborando gli stimoli sensoriali oppure viaggiando per conto tuo, lontano da ciò che hai intorno. Quando sei ansioso, com'eri ieri a causa della faccenda del colloquio, ti dimentichi di avere un corpo e diventi solo mente. Potrebbe passarti sotto il naso un aroma delizioso, potresti avere davanti agli occhi qualcosa di una bellezza sconvolgente, il miglior pianista del mondo potrebbe suonare una melodia sublime, potresti mangiare del cibo preparato con amore e cura, potresti toccare la mano delicata di un neonato... e nemmeno te ne accorgeresti. Se sei schiavo della tua mente e dei tuoi pensieri, non riesci a percepire nient'altro. È come se ti rinchiudessi nella tua testa, e questo è tremendo e sbagliato, sotto tanti punti di vista.»

Guilly si fermò un attimo a riflettere. Poi sorrise.

«Una volta ho fatto un ritiro di meditazione silenzioso in un posto simile a questo» disse allargando le braccia. «Era un tempio completamente bianco, in Cina. Fu un'esperienza al tempo stesso difficile e illuminante. Per sette giorni non potevamo parlare, mai, nemmeno una parola. Ci era concesso solo di ascoltare il maestro. La sveglia era all'alba, c'erano due ore di meditazione, poi una colazione leggerissima, ore e ore a meditare, quindi la cena alle cinque del pomeriggio, altra meditazione, e infine tutti a dormire prima che calasse il sole. Non esistevano distrazioni, perché lo scopo di quel ritiro era di costringerci a sviluppare l'attenzione.»

«L'attenzione? E a cosa?»

Guilly era concentrato come se non esistesse niente di più importante della nostra conversazione. Lo capivo dai suoi occhi e dalla cura con cui selezionava le parole.

«Il monaco buddhista che ci accolse, il primo giorno, ci spiegò che l'attenzione va allenata come un muscolo. E per farlo non devi concentrarti su ciò che ti interessa, perché così è troppo facile. Se vuoi avere il controllo sulla tua mente, devi essere capace di concentrarti su ciò che ritieni assolutamente inutile, perché la tua mente opporrà resistenza alla noia e tu dovrai tenerla a bada. Quel primo giorno, e per tutti gli altri, mi portò dietro al monastero. C'era un fiume, proprio come questo qui. Il maestro mi disse: "Guarda il fiume. Concentrati completamente sull'acqua che scorre. Non ti distrarre". Dovevo farlo per due ore, nella posizione del fiore di loto, senza fare nient'altro: tutta la mia attenzione doveva essere concentrata sull'incessante scorrere dell'acqua. Non ti nego che fu durissima, mi sembrava di impazzire. Poi però...»

«Però?» lo incalzai. Quei vecchi racconti sapevano di Asia, di viaggi straordinari e grandi scoperte personali. Amavo quando Guilly mi parlava della sua vita.

«Mi resi conto di quanto fosse stato potente quell'allenamento solo quando tornai alla vita di tutti i giorni, a Chengdu, una metropoli piena di gente e rumore, simile a Hanoi. Camminando per quelle strade mi sorpresi ad avere molto più controllo sulle mie emozioni. Riuscivo a prestare attenzione a ciò che desideravo e non cadere nelle tentazioni delle distrazioni. Mi sentivo più... presente.»

Annuii. La mia attenzione era calata tragicamente negli ultimi anni. Ne ero consapevole, pur non volendolo ammettere.

«Fu sempre durante il primo giorno del ritiro che il monaco buddhista disse una cosa che catturò la mia attenzione: "Se non impari a controllarla, la tua mente diventa una scimmia impazzita"» disse Guilly indicando le tante scimmie che saltavano ovunque nel pezzo di giungla davanti a noi. «Immagina che la tua mente sia come una di queste scimmie. Urla, si dimena e non riesce mai a stare ferma: salta continuamente da una liana all'altra. E la scimmia non è solo pazza: è anche ubriaca, quindi è violenta e molesta. Ma non solo: è stata punta da uno scorpione velenoso, quindi è confusa e incattivita. In questa condizione, la scimmia è incontrollabile: distrugge tutto quello che trova, urla e continua a saltare di qua e di là. Sai qual è l'unico momento in cui la scimmia si ferma?»

Scossi la testa.

«Quando collassa perché non ha più energie. A quel punto la scimmia crolla in un sonno profondo ma comunque agitato, perché la follia, l'alcol e il veleno sono ancora dentro di lei.»

«E la mia mente sarebbe come questa scimmia?»

«Proprio così. Pensaci: quando ti agiti come hai fatto ieri mattina, non stai forse saltando da un pensiero all'altro come fa la scimmia tra le liane? Non ti sei forse ubriacato di pessimismo, sorso dopo sorso, come la scimmia fa con l'alcol? Non sei forse stato avvelenato in tutti questi anni dall'ansia e ora pensi che ogni cosa sia sempre destinata ad andare male? E soprattutto: non è forse vero che l'unico momento in cui la tua mente si calma è quando non ha più energie? Ad esempio quando arrivi alla sera così stravolto che non ti reggi in piedi e crolli in un sonno profondo ma per nulla rigenerante. Pensa a tutte quelle persone che lavorano dodici ore al giorno e poi scoprono di avere un qualche tipo di problema: c'è chi ha le palpitazioni, chi ha una paralisi, chi non riesce più a dormire, chi perde i capelli. Vanno dal dottore e quello dice che hanno avuto un esaurimento nervoso. È molto più semplice di così: la loro scimmia impazzita non aveva più energie ed è crollata. Ma crollare non significa risolvere il problema, anzi. Bisogna avere la consapevolezza che ognuno di noi, prima o poi, deve fermarsi e riposare. E ci sono due modi: scegliere di farlo nel pieno controllo della nostra mente e del nostro corpo, oppure lasciarci fermare dallo stress, dal troppo dolore, dalla stanchezza totale.»

Abbassai lo sguardo. Quelle parole mi sembravano vere, ancora una volta. Però era anche vero che...

«Smettila!» esclamò Guilly ridendo. «Smettila di pensare troppo. L'ansia nasce quando nella testa non ci si ferma mai e col corpo si è sempre fermi: questo contrasto distrugge la meravigliosa armonia naturale tra mente e corpo. Pensa agli animali in Natura: la loro mente collabora con il corpo, non lo umilia rendendolo un suo schiavo. Mente e corpo sono amici, non in competizione. Quella dei pensieri è una schiavitù.»

«E come si fa a liberarsene?»

«Generando la consapevolezza, appunto, che tu non sei solo la tua mente. Tu sei molto, ma molto di più: un corpo, un'anima. Togli la mente dal piedistallo. Tu sei tante cose, più di quanto tu possa comprendere. Ogni volta che ti senti agitato, confuso o arrabbiato, devi allontanarti dalla tua mente.»

«Davvero non capisco come si possa fare» ripetei.

«Concentrati sul tuo corpo. Cosa stai vedendo in questo preciso istante? Su cosa sei seduto? Che suoni stai ascoltando? Che gusto hai in bocca? Che odori entrano nelle tue narici? Tu non hai solo una mente, hai anche cinque sensi, te l'ho detto. E allora, rivolgi la tua attenzione lì, a quello che stai sentendo con il tuo corpo. Non è per niente facile riuscirci, e sai perché? Perché le percezioni sensoriali sono molto più noiose rispetto ai pensieri. Con la tua immaginazione tu puoi creare pensieri intensi, a cui è facile prestare attenzione. Inoltre, quando entri in un vortice di pensieri negativi la tua scimmia si eccita perché può finalmente saltare da uno all'altro e dare sfogo alla sua follia. Non farà nulla per farti smettere, anzi, si fermerà solo quando collasserà.»

«Credo di capire. Concentrarmi sulle mie percezioni sensoriali è il modo giusto di placare la scimmia?»

«Proprio così. Prova a osservare il corso di questo fiume con concentrazione: dopo un minuto non ce la farai più. La tua scimmia si lamenterà, si annoierà a morte e tenterà di distrarti. Di spostare i tuoi occhi altrove, di captare suoni diversi, ti farà venire voglia di tormentarti le dita, di mangiarti le unghie, di battere il piede. Soprattutto, proverà a portarti nel passato e nel futuro, per allontanarti da quel presente noioso. Ma la noia è una sua invenzione e il passato e il futuro non esistono: bisognerebbe chiamarli "memoria" e "immaginazione". Esiste una sola cosa: questo attimo che stai vivendo. Tu devi essere in grado di trattenere la tua attenzione qui, ora, sull'acqua che scorre. Se ci riesci diventi forte e impari ad ascoltare i tuoi cinque sensi, non solo la tua mente. E allora la tua mente sarà sotto controllo e non ci sarà più alcun motivo di soffrire.»

Guilly si fermò un attimo, poi rise di gusto.

«Sai cosa mi raccontò il monaco buddhista al termine del ritiro? Quando aveva dieci anni, viveva in un monastero zen insieme ad altri bambini. Durante la meditazione, il vecchio maestro passeggiava alle loro spalle e ogni tanto tirava una bastonata sulla testa di uno di loro.»

«Ma è tremendo!»

Lui rise di gusto.

«Sì, ma spesso loro la riuscivano a evitare. Era proprio quello che voleva vedere il maestro: diceva che, se sei completamente concentrato sul momento presente, i tuoi sensi sono talmente all'erta che puoi sentire il suono del bambù che fende l'aria. Se non lo senti, è perché la tua concentrazione è interrotta dalla mente e dai suoi pensieri. Sei distratto, pensi ad altro. Non sei immerso nel qui e ora. Un peccato così grave che per quel maestro valeva una bastonata sulla testa. Comunque, anche senza essere tanto estremi, più sposti la tua attenzione sull'attimo che stai vivendo e più la tua scimmia si calma. Non ha più niente a cui aggrapparsi e allora si ferma e si rilassa un po'. Questo succede alla tua mente quando smetti di alimentarla con altri pensieri e poni invece la tua attenzione su ciò che vedi, ascolti, odori, gusti e tocchi. Non ieri, non domani, ma ora. Qui e ora.»

«Ma quindi dovrei smettere di pensare?»

«No, perché questo è un obiettivo troppo grande e abbandoneresti immediatamente. Vince la scimmia, se sei così drastico. Se arrivano dei pensieri, tu osservali senza giudicarli: non chiederti perché stai pensando a qualcosa, semplicemente annota tutto quanto sul taccuino della tua memoria. Se non gli offri un terreno in cui piantarsi, i pensieri volano via. Questa è la cosiddetta meditazione Śamatha.»

«Quindi, quando la mia… scimmia impazzisce, io mi fermo e… sento?»

Guilly annuì.

«Tutto qui?»

Rispose con una bella risata.

«Ti sembra poco? Blaise Pascal scriveva che tutti i problemi dell'essere umano nascono dalla nostra incapacità di stare seduti in una stanza vuota per mezz'ora senza fare niente. E lo scriveva secoli fa, quando non esistevano i cellulari e tutte le distrazioni del giorno d'oggi. Ti dirò qualcosa che potrebbe sembrarti esagerato, ma per me non lo è: chi, oggi, riesce a restare concentrato su una sola cosa per quanto tempo vuole è una sorta di superuomo. In un mondo sempre più distratto, chi ha dalla sua l'attenzione vede cose che gli altri non vedono. Mentre gli altri soffrono nelle illusioni, chi è concentrato sul presente… diventa illuminato.»

Annuii. Un po' dell'illuminazione di cui parlava mi era entrata dentro. Ora capivo molte cose, innanzitutto perché soffrivo così tanto: non avevo alcun controllo sulla mia mente. Era una scimmia impazzita che non faceva altro che farmi soffrire.

Io e Guilly tornammo al tempio buddhista. Per tutto il tempo, cercai di concentrarmi sul mondo intorno a me: la luce del sole che filtrava tra le foglie degli alberi, la terra sotto i nostri piedi, i suoni della Natura. Diedi la massima attenzione alle parole che Guilly pronunciava, una per una. Mi concentrai sul mio corpo, su quello che sentivo e sui messaggi che provava a trasmettermi. Solo in quel modo mi resi conto che lo sfogo che avevo sopra l'occhio aveva anche smesso di prudermi. Era sparito. Non c'era più.

Quando tornammo in giardino, scoprimmo che l'anziana monaca ci aveva preparato una zuppa per pranzo. Era una donna dolcissima e quanto mai ospitale. Io e Guilly la ringraziammo di cuore e sono certo che lui le disse qualcosa come: "Non dovevi disturbarti per due come noi". Ma lei lo faceva con il cuore, era evidente. Non era un disturbo, era un altro atto di luce nella sua vita illuminata.

Ero affamato e normalmente mi sarei messo a mangiare come un forsennato. Ma, dopo le parole di Guilly, decisi di tenere a bada la scimmia impazzita. Osservai attentamente la zuppa. Notai che c'erano tantissimi ingredienti lì dentro, molti più di quanti pensassi. Delle erbette verdissime, per esempio, in pezzi minuscoli. Notai delle piccole macchie di olio che galleggiavano sull'acqua. La forma squadrata del tofu, il gomitolo di spaghettini di riso. Bevvi un sorso del brodo, lentamente. Mi concentrai sui miei polpastrelli che toccavano la ceramica della ciotola, sui diversi sapori sulla mia lingua, sull'odore che entrava nelle mie narici. Sentivo l'aroma del pepe nell'aria, non lo avevo mai notato fino a quel momento. Non mi aggrappai a quel pensiero, lo registrai e lo lasciai volare via. Intanto respiravo, ero consapevole dell'aria che entrava e usciva dal mio corpo. La mia attenzione era tutta su quel momento.

«Bravo, Davide» disse Guilly interrompendomi.

Mi voltai verso di lui: aveva uno splendido sorriso.

«La tua scimmia è sotto controllo, finalmente. Ora l'acqua è limpida e puoi berla.»

«Cosa intendi?»

«Sei pronto. Possiamo concludere il viaggio.»

51

Tornammo a Hanoi il giorno successivo e tutta la desolazione che avevo provato la prima volta che ero stato lì era sparita. Gli insegnamenti di Guilly, specialmente gli ultimi, mi avevano cambiato nel profondo. Era una visione della vita che non contemplava nessun Dio onnipotente e severo, pronto a giudicarti e punirti, di fronte a cui vivere nel terrore; al tempo stesso, non era una visione atea e puramente materiale, in cui il caos regna sovrano e vivi nella terrorizzante sensazione che presto tutto sarà finito. La sua non era una religione, ma un approccio spirituale e al tempo stesso pratico. Gli ero grato per tutto quello che aveva fatto per me. Ma sentivo che, solo nel tempo, avrei compreso appieno l'importanza del nostro incontro.

Arrivammo in città nel pomeriggio. Guilly disse di avere delle questioni in sospeso da risolvere e io risi di fronte a quella frase. Non mi sembrava proprio da lui. Poi ci salutammo. Decisi di esplorare Hanoi e di farlo senza alcuna fretta. Era una sensazione stupenda poter fare quello che volevo del mio tempo, una prospettiva che all'inizio del viaggio quasi mi spaventava, mentre ora mi dava grande gioia. Forse perché ora sapevo di non dover fare chissà che cosa. Dovevo solo essere consapevole e presente. Avevo capito che basta questo per non sprecare il nostro prezioso tempo e che non è necessario sforzarsi di far succedere qualcosa di meraviglioso. Perché, come diceva Guilly, succede sempre qualcosa di meraviglioso. Non ieri, non domani. Qui e ora.

Mi sedetti a un ristorantino di strada e ordinai un caffè. Rimasi lì per una decina di minuti. Seduto, con le mani nelle tasche della giacca, intento solo a guardarmi intorno. E di cose da vedere ce n'erano eccome, perché Hanoi era una città viva. C'era il solito traffico incessante del Vietnam, ma c'erano anche moltissime persone a piedi, arrivate da ogni parte del mondo. Se mi concentravo, sentivo decine di lingue e dialetti differenti.

Era un piccolo mondo nel mondo, e me ne resi sempre più conto riprendendo a camminare. Da un lato c'erano negozi con le insegne sgargianti e i nomi a me incomprensibili, dall'altro l'architettura europea che dava un'identità famigliare ai palazzi. Da un lato i vietnamiti, sempre occupati a fare qualcosa, quasi compulsivi nel loro essere incapaci di stare fermi; dall'altro i turisti occidentali, tra cui qualche famiglia e tanti viaggiatori con lo zaino in spalla, che passeggiavano lentamente come me. Trovavano nel viaggio quella possibilità straordinaria di fermarsi e godersi le piccole cose, una prospettiva così lontana dalla loro vita ordinaria scandita magari da scadenze sempre troppo ravvicinate. Da un lato i banchetti dello street food all'aperto, con i wok bollenti che scoppiettavano sulle piastre usurate da anni e anni di fuoco, dall'altro le caffetterie calde e piene di persone impegnate a leggere o a lavorare al computer.

C'erano taxi e tuk-tuk, scooter ovunque, artisti che esponevano le proprie opere fuori dai loro studi, ogni prodotto possibile e immaginabile in vendita nell'infinità di negozi e negozietti che affollavano ogni strada. Mi fermai in uno che vendeva solo semi e frutta secca, in sacchi di plastica trasparente che sembravano sul punto di esplodere. Un vecchio era dietro al bancone e stava mangiando distrattamente dei semi di colore verde scuro. Quando mi vide entrare, alzò gli occhi, schermati da grosse lenti da vista. Mi offrì uno dei semi che stava mangiando semplicemente allungando la mano. Assomigliava alla punta di una freccia.

Gli chiesi cosa fosse e lui non rispose, né cambiò espressione del viso. Sorrisi e presi quel piccolo seme e imitai quello che faceva lui: lo aprii in due con i denti e poi ne mangiai il contenuto. Non aveva un gusto particolarmente intenso, era difficile definirlo. Ringraziai il vecchio con il gesto delle mani giunte che avevo imparato da Guilly. Lui rimase impassibile. Proseguii nel mio giro dentro quel negozietto. C'era della frutta secca da assaggiare, esposta per i clienti. Provai gli anacardi per la prima volta nella mia vita e me ne innamorai. Divennero immediatamente la mia frutta secca preferita. Presi un sacchetto e pagai, ancora una volta l'espressione dell'uomo con gli occhiali non cambiò nemmeno di una virgola.

Tornai a camminare per le strade di Hanoi con il sacchetto aperto in una mano. Ogni tanto infilavo dentro quella libera e portavo alla bocca qualche anacardo. La vita era bella, mi resi conto. Ed era bella perché la mia mente non mi portava più indietro o più avanti lungo il corso del fiume: ero nel presente. Ero esattamente dove dovevo essere.

Passeggiai per tutto il pomeriggio, senza fretta e con la massima attenzione a tutto ciò che avevo intorno. Era come se, da quando Guilly mi aveva parlato della scimmia impazzita, la mia si fosse calmata. Non c'erano pensieri che mi tormentavano, non c'era sofferenza. C'era solo la vita da vivere, senza grandi spiegazioni. Mi sentivo così immerso nel presente che tutto sembrava pulsare intorno a me: i palazzi, le strade, gli alberi, le persone, l'acqua del lago dentro al parco in cui ero finito a camminare. Tutto era più colorato, più profumato, più intenso. Tutto era più reale e io riuscivo a vedere le cose per come stavano davvero, senza il filtro dei pregiudizi, senza le allucinazioni della mia mente drogata di negatività. Era tutto lì, davanti a me, sopra di me, sotto di me. Ed era perfetto. Non c'era sofferenza, c'era solo armonia. Gli alberi e gli scooter, la strada asfaltata e il cielo, le persone e gli oggetti. I piccoli templi buddhisti, alcuni dei quali decorati in maniera sublime, avevano colori accesi, quasi come se le pareti fossero state dipinte con uno smalto. Erano tutti immersi nella vegetazione di uno dei tanti parchi della città, ma era incredibile come, camminando poco più in là, potessi trovare i tavolini di plastica con gli sgabelli di plastica dove centinaia di persone mangiavano o stavano al cellulare.

Camminai con quei nuovi occhi consapevoli e mi lasciai avvolgere dall'anima di Hanoi. Quel giorno mi ero innamorato del gusto degli anacardi e ora mi innamorai anche dell'essenza più profonda della città, segnata da un meraviglioso contrasto tra nuovo e vecchio, Occidente e Oriente, velocità e lentezza. Passai di fianco a un gruppo di monaci buddhisti vestiti solo delle loro tuniche arancioni. Guardai affascinato le loro teste perfettamente rasate, la spalla scoperta, i sandali ai loro piedi. Non mi chiesi se avessero freddo, sapevo che non ce l'avevano. Non potevo spiegarlo razionalmente. Ora lo sapevo e basta.

Quando mi passarono davanti, sorrisi. Uno di loro, il più giovane, mi sorrise a sua volta. Proseguii dritto, senza meta, facendomi guidare dalle gambe e non dalla testa. Si mise a piovere e io mi fermai sotto al tetto in lamiera di un piccolo ristorante pieno del vapore che veniva dalla cucina a vista. Nessuno mi disse nulla. La pioggia aumentò d'intensità, producendo quel meraviglioso suono di acqua che scroscia sui tetti. Mi fermai ad ascoltarlo, a percepire tutto quanto, ogni molecola, ogni goccia, ogni frazione di secondo.

Sbucò alle mie spalle un ragazzo vietnamita. Aveva più o meno trent'anni. Mi sorrise cordialmente e io ricambiai. Forse era il proprietario del ristorante. Poco dopo arrivò, correndo, un bambino. Si aggrappò alla gamba destra del ragazzo e solo allora compresi che era suo figlio.

Il bimbo prese a tempestarlo di domande indicando la pioggia là fuori, che era così forte da sembrare un unico blocco d'acqua. Come se fosse il mare, ma su nel cielo. Il padre si piegò sulle ginocchia e gli parlò lentamente, come faceva Guilly con me. Pure lui ora indicava la pioggia, ma anche il cielo e le pozzanghere che si stavano formando sul marciapiede. Non conoscevo il vietnamita, eppure sapevo cosa gli stava spiegando: il bambino voleva sapere come nasce la pioggia.

Sorrisi e aspettai lì finché non spiovve. Poi, l'aria divenne fresca e il cielo era chiaro. C'era persino il sole, alto e finalmente indisturbato dalle nuvole. Uscii e ripresi a camminare, stavolta per tornare alla guesthouse. In giro non c'era più molta gente, forse tutti temevano che si rimettesse a piovere. Forse aspettavano un segnale, prima di uscire. Io, invece, scorrevo con il fiume della vita.

Non stava succedendo nulla intorno a me. Era tutto silenzioso, deserto. Finché mi tornarono in mente le parole di Guilly, ancora: succede sempre qualcosa di meraviglioso. Sempre, in qualsiasi momento.

Alzai gli occhi al cielo, ed eccolo lì: l'arcobaleno.

52

Quella sera Guilly mi propose di andare a mangiare in un ristorante cinese, uno dei suoi preferiti di tutto il Vietnam. Accettai senza esitazione, convinto com'ero – non solo dalla sua "non-regola" ma anche dall'esperienza diretta – che seguire il fiume della vita fosse sempre una buona idea.

Il ristorante si trovava nel cuore della città vecchia, una zona piena di templi e edifici storici. Si accedeva da un parco, quindi bisognava camminare per qualche minuto sotto un viale alberato prima di ritrovarsi davanti a un arco di pietra che conduceva a un giardino curatissimo, su cui erano disposte una serie di statue di divinità e animali. L'illuminazione era affidata alle lanterne: appese a un filo che correva sulle nostre teste, oppure da quelle sistemate per terra. Quel posto mi ricordava Hoi An, ed era stupendo. Tavoli e sedie non erano in plastica, ma in legno, disposti intorno a un grosso stagno. Sulla superficie dell'acqua galleggiavano enormi foglie verdi che si erano staccate dalle piante posizionate lungo il perimetro. Ma era quando alzavi lo sguardo che rimanevi a bocca aperta: i maestosi alberi le cui radici affondavano nella parte più esterna del ristorante per qualche strana ragione crescevano in altezza verso l'interno e così i rami si intrecciavano, a decine di metri di altezza, proprio sopra lo stagno, come se lo riparassero, o almeno così mi piaceva pensare. Di tanto in tanto, dall'acqua scura saltava fuori qualche rana, che poi si appoggiava guardinga sopra una delle larghe pietre posizionate, una in fila all'altra, a creare un sentiero su cui chiunque, volendo, poteva camminare.

Guilly si avvicinò sorridendo.

«Là sotto, da qualche parte, c'è una tartaruga» mi disse. «Ma dài!»

«Sì, e pare che abbia più di cent'anni. Vieni, sediamoci.»

Scegliemmo un tavolino vicino allo stagno. Quella sera Guilly aveva la camicia bianca e il gilet nero, i capelli legati e la barba sempre perfettamente curata. Una cameriera ci portò il menu e io mi persi tra quei piatti tra cui, notai con curiosità, non ce n'era nessuno di quelli che trovavo nei ristoranti cinesi in Italia.

«Questo ristorante si chiama Jǐngdǐzhīwā, che letteralmente significa "la rana in fondo al pozzo". Il nome deriva da un'antica parabola cinese che è molto utile per raccontarti, finalmente, come tuo nonno ritrovò la voglia di vivere.»

Mi fermai, quasi paralizzato. Era arrivato il momento.

«Ma prima, vorrei ancora chiederti una cosa: che senso ha vivere?»

Quella domanda mi colpì come un treno in corsa. Era lo stesso quesito che mi ero fatto per mesi, prima di partire. E il non riuscire a trovare una risposta mi aveva logorato.

Non dissi nulla.

«Non ti preoccupare, anche tuo nonno non riusciva a trovare una risposta. E, quando succede, si va in crisi. Ci si deprime. Non ti è più chiaro che ci fai qui, qual è il tuo ruolo, perché continui a vivere.»

Rimasi in silenzio, ma annuii. Era un argomento che mi toccava da vicino.

«Ebbene, vuoi sapere il grande segreto?»

«Cioè?»

«Qual è il senso della vita. Vuoi saperlo?»

«Sì, certo» risposi.

«Il senso della vita… non esiste. La vita non ha senso.»

Lo guardai sbalordito.

«Non esiste una ragione universale per il nostro stare al mondo, e questo è bellissimo. Perché, se esistesse, non potrebbe andare bene a tutti. Alcuni sarebbero condannati a una costante infelicità. Invece, ognuno di noi può dare alla vita il senso che crede. E così, garantirsi almeno la possibilità di essere felice.»

Arrivò la cameriera e ordinammo il cibo. Quando se ne andò, restai in attesa che Guilly riprendesse il suo discorso. Lo fece con una domanda.

«Perché al mattino ti svegli, ti alzi e vivi?»

Mi fermai un attimo a pensarci, non capivo se era una domanda a trabocchetto oppure no. Le rane avevano iniziato a gracidare e così scoprii che erano molte più di quante ne vedessi.

«È molto comune non trovare una risposta che si sente "propria". La maggior parte delle persone si alza al mattino e vive solo perché deve lavorare e guadagnare soldi. Ma questo non significa vivere, bensì sopravvivere. Non c'è magia, non c'è passione, non c'è un senso. Quando visitai l'isola di Okinawa, in Giappone, ebbi modo di parlare con la popolazione del luogo, che è quella con la più alta concentrazione di centenari al mondo. Fu così che scoprii l'Ikigai.»

«E cosa sarebbe di preciso?»

«Niente di più e niente di meno della risposta alla domanda che ti ho fatto: il motivo per cui ti alzi al mattino e vivi. Per i giapponesi è l'intersezione di alcuni aspetti astratti e altri concreti: ad esempio è ciò che sai fare bene, ma è anche ciò che ami fare visceralmente; è ciò che puoi fare per guadagnarti da vivere, ma è anche ciò che puoi condividere con gli altri, per aiutarli. In realtà non ci sono regole rigide: l'Ikigai è il senso che ognuno di noi dà alla vita. E non dev'essere una sola cosa, può essere un insieme di motivi. Per i centenari di Okinawa è la comunità, l'orto da curare, l'attività fisica, le proprie piccole o grandi passioni. Ma ognuno ha il proprio.»

«E come si trova il proprio Ikigai?» chiesi.

Guilly rise e, quando stava per iniziare a spiegarlo, la cameriera ritornò con i piatti. Io avevo ordinato dei noodles, lui riso con verdure e tofu. Guilly aveva anche chiesto del tè bianco cinese per entrambi.

«Per spiegarti come si trova l'Ikigai, ti racconto dell'antica parabola cinese che dà il nome a questo locale. Me la raccontò, tanti anni fa, una cara amica cinese di nome Fuling. La parabola ha per protagonisti una rana e una tartaruga. La storia narra di una rana che viveva in un piccolo stagno, nel fondo di un pozzo da cui non era mai uscita in tutta la sua vita. Un giorno una tartaruga del Mare Orientale passò di lì e guardò dentro. La rana, stupita da quella visita, elogiò subito la grandezza e la bellezza della sua casa, invitando la tartaruga a entrare per ammirarla. La tartaruga, però, non scese nel pozzo, perché poi non sarebbe più potuta risalire. La rana le chiese di cosa si preoccupasse, visto che quello era il luogo più bello che ci fosse, ma la tartaruga disse che non voleva rinunciare alla sua libertà. E spiegò alla rana che il mare e il mondo erano infiniti, che c'era tanta meraviglia là fuori. Le suggerì di fare un salto all'esterno e unirsi a lei e viaggiare per il mondo, esplorando luoghi sempre nuovi. La rana rimase scioccata e umiliata da quella proposta, perché non riusciva a capire come potesse esistere qualcosa di più bello, ma anche solo di diverso, dal pozzo in cui si trovava. Non aveva alcuna intenzione di uscire di lì. Così rimase dov'era. La parola Jǐngdǐzhīwā è utilizzata in senso dispregiativo per ammonire chi è chiuso mentalmente, chi ha vedute ristrette e non è aperto a nuove idee e possibilità.»

«È una bella storia» dissi. «Mi stai forse dicendo che per trovare il proprio Ikigai è necessario essere come la tartaruga e non come la rana?»

Guilly annuì e prese in mano la teiera, bianca e panciuta, con un dragone verde disegnato su un lato. Riempì le due tazze di tè bollente.

«Esatto. Se vuoi trovare il tuo Ikigai non puoi certo essere come la rana. Devi avere il coraggio di uscire dal tuo piccolo pozzo e andare a vedere anche qualcos'altro.»

«Intendi dire viaggiare?»

«Certamente, perché il viaggio nella sua forma più pura è scoprire il mondo mentre si scopre se stessi. Credo che nessuno meglio di te lo sappia, dopo questo viaggio che hai intrapreso da solo e che abbiamo condiviso per tanti giorni. Chi non viaggia è come la rana: crede che la realtà in cui vive sìa l'unica esistente. Chi viaggia è come la tartaruga: non ragiona per assoluti, perché sa che il mondo è enorme e bellissimo. E per questo motivo non rinuncerebbe mai alla sua libertà per chiudersi in un pozzo.»

Annuii.

«Ho intenzione di continuare a viaggiare, Guilly. Ne capisco il valore, ora. Quello che mi ha dato questo viaggio… è inspiegabile. È tanto, più di quello che potessi immaginare. Voglio viaggiare, il più possibile. Devo solo capire come posso farlo a lungo…»

«Un modo lo si trova, se lo si vuole. Puoi fare volontariato oppure banalmente cercare un impiego all'estero mentre viaggi. Oppure puoi inventarti un lavoro: se ci sono riuscito io con una chitarra, figuriamoci tu con tutte quelle diavolerie tecnologiche che hai a disposizione oggi. Comunque, il mio discorso non riguarda solo il viaggio in questo senso. Certamente girare il mondo darà colore alla tua vita e valore al tuo tempo, ma se questo discorso fosse valido solo per il viaggio esteriore, allora sarebbe limitante e anche discriminatorio: non tutti possono viaggiare. Quello che ti auguro è invece qualcosa a cui chiunque può ambire: diventare un viaggiatore della vita.»

«Viaggiatore della vita?»

«Sì, Davide. Una persona che non sta ferma sulle sue posizioni, che non si chiude di fronte al nuovo e non ha paura dell'ignoto. Sii un esploratore anche della stessa città in cui vivi: prova nuovi lavori, frequenta nuove persone, leggi nuovi libri. Fai qualcosa di nuovo ogni giorno, vai in posti dove non sei mai stato! Mettiti alla prova in tanti contesti diversi, perché solo così capirai qual è quello giusto per te, che cosa ti rende felice e cosa sei capace di fare. Solo così troverai il tuo Ikigai. D'altronde, come fai a capire quale porta apre la chiave che hai in mano se non le provi, non dico tutte, ma almeno qualcuna? Vedi, il mondo è pieno di persone che provano a forzare la serratura, ma forse, semplicemente, la porta è quella sbagliata! Il mondo è pieno di opportunità di ogni tipo: esplorale, almeno in minima parte. Magari scoprirai che fare l'architetto in una grande città italiana non è assolutamente parte del tuo Ikigai. Magari capirai qual è la tua strada facendo volontariato in India. Magari quando sarai in Australia a prendere il sole in spiaggia incontrerai la tua anima gemella...»

Si fermò un attimo, valutando se dirlo oppure no.

«... O magari l'hai già incontrata mentre passeggiavi per Saigon e poi l'hai incontrata nuovamente a Hoi An...»

«Guilly...» dissi sorridendo e alzando gli occhi al cielo.

«L'universo aveva apparecchiato tutto per voi, c'era persino il festival delle luci! E magari la ritroverai di nuovo, chissà dove, chissà come, chissà quando. Il punto è che forse la grande svolta che aspettavi è dietro l'angolo, chi lo sa... ma se stai chiuso nel tuo piccolo pozzo non lo scoprirai mai. Sii come la tartaruga, Davide. Sempre. La tartaruga viaggia per gli oceani, sulle spiagge, nei prati. La tartaruga ha una mentalità aperta, non dà nulla per scontato e così riesce sempre a meravigliarsi. Sii un esploratore. Del mondo, delle persone e di te stesso.»

«Un esploratore di... me stesso?»

«Sì. Cerca dentro di te ciò che ami profondamente e poi impegnati a fare in modo che il mondo intorno a te rifletta ciò che ti dice il cuore. Queste sono istruzioni molto semplici per ottenere qualcosa di molto importante: una vita felice. È così che tuo nonno trovò il suo Ikigai.»

Era da un po' che non parlavamo di lui. Mi avvicinai un po' a Guilly, come se volessi chiedergli di confessarmi un segreto.

«E qual era il suo Ikigai?»

Lui bevve un sorso di tè, poi guardò il cielo stellato. Sorrise.

«Tuo nonno non doveva viaggiare per il mondo per trovare un senso alla vita. Doveva viaggiare dentro di sé. L'ultima sera, prima che ci salutassimo, gli feci una domanda: "Che cosa ti fa sentire grato di essere vivo?". Lui rispose senza esitazioni: "La mia famiglia". Eccolo, il suo Ikigai. Poco dopo mi promise che sarebbe tornato a casa e si sarebbe concentrato su di voi. Avrebbe dedicato la sua vita a voi. E così ha fatto.»

Abbassai lo sguardo e annuii più volte. Trattenni le lacrime a stento, poi bevvi anche io un po' di tè.

«Ma tu come fai a saperlo?» chiesi a Guilly. «Come fai a sapere che lo fece davvero, che si prese cura di noi?»

Quell'uomo anziano, buono, pieno di pace e amore per la vita, sorrise.

«L'acqua è quasi limpida, Davide. La risposta è praticamente davanti a te. Se non ora, domani capirai tutto, tutto quanto. Senza che io ti debba spiegare nulla.»

Guilly alzò la tazza di tè, come a voler brindare. Feci lo stesso. Poi ci mettemmo a mangiare il miglior cibo che avessi mai assaggiato fino a quel momento della mia vita.

53

Il giorno successivo partimmo verso la nostra ultima tappa: Ha Giang. Non so quanti chilometri percorremmo, ma so che quella era la strada più bella del mondo. Doveva esserlo: una lingua di asfalto scuro, lucido e nero, che si snodava nel verde più fitto che avessi mai visto, tra colline, praterie e giungla. Piovve entrambi i giorni, senza mai smettere, ma senza che la pioggia fosse troppo forte e fastidiosa. Io e Guilly andavamo piano e ci godevamo ogni curva, mentre il cielo sopra di noi borbottava, coperto com'era da nuvoloni grigi e minacciosi. E andavamo piano anche perché sapevamo che presto sarebbe finita. Quell'avventura, quelle lezioni, quelle esperienze, quelle sorprese, quelle scoperte. Il fiume avrebbe continuato a scorrere, come sempre, ma in due direzioni diverse: una per me, una per Guilly.

Per tutto il tempo, mentre guidavo, non feci altro che riflettere su quante cose erano cambiate dentro di me da quando ero partito. Le non-regole di Guilly, unite alle esperienze che avevo fatto in prima persona, mi avevano fatto capire tantissimo. Sulla vita, certo, ma anche e soprattutto su me stesso.

Avevo compreso per la prima volta quanto il divorzio dei miei genitori fosse una questione irrisolta. Non per loro, che erano andati avanti con la propria vita, ma per me. E la colpa non era loro, ma mia, perché non riuscivo ancora ad accettare che si fossero separati. Non ci avevo mai pensato, perché era doloroso farlo e perché non trovavo mai il tempo per fermarmi un attimo ad ascoltarmi. Guidare per tutte quelle ore, invece, era una sorta di terapia. La mente era libera dallo stress e dalle distrazioni, e quindi era lucida. La scimmia era in salute e poteva anche saltare sulle liane più alte, quelle dove solitamente aveva paura di arrivare.

Erano passati dieci anni dalla separazione dei miei genitori e io ancora mi sentivo tradito, e avevo perso la fiducia in tutto e tutti. E così mi aggrappavo a quelle poche, false sicurezze che avevo. Valentina, che amavo, ma a cui davo troppa responsabilità. A lei avevo delegato la mia felicità e così le avevo messo sulle spalle un peso troppo pesante. Ecco, forse, perché si era allontanata. E poi il lavoro. Avevo un disperato bisogno di sentirmi dire che qualcosa era per sempre, che non sarebbe mai cambiato. Era proprio quello che avevo desiderato quando avevo soffiato sulle candeline, al mio ventiquattresimo compleanno, poco prima che tutto mi crollasse addosso.

Eppure, tutto è in movimento. Tutto cambia. Me lo aveva insegnato Guilly e mi ero reso conto di essere stato la roccia che prova a opporsi alla forza del fiume: quando i miei genitori avevano divorziato, quando Valentina mi aveva lasciato, quando avevo perso il lavoro e ogni qualvolta qualcosa non andava come speravo, provavo disperatamente a restare fermo, a oppormi al cambiamento. E così la mia vita era una continua fatica, una sofferenza, una resistenza. Era impossibile essere felice.

Su quelle strade, invece, mi sentivo leggero. Ora era tutto chiaro: dovevo smettere di essere la roccia e diventare il fiume. Quando ero su quella moto, ci riuscivo: non mi opponevo alla vita, mi muovevo seguendo il suo ritmo. Non avevo alcuna certezza: sarei potuto cadere, la moto si sarebbe potuta rompere, avrei potuto perdere di vista Guilly. Non importava, perché io ero pronto ad amare qualunque cosa la strada avesse in serbo per me. Perché quella è l'unica scelta che possiamo sempre prendere. Ecco perché non avevo più l'ansia per quello che sarebbe successo dopo quel viaggio: sarei stato pronto ad amare qualunque cosa la vita mi avrebbe presentato.

Mentre percorrevamo quelle stradine che si inerpicavano sulle montagne verdissime, perché bagnate dalla pioggia ogni giorno dell'anno, mi sentii leggero. Leggero come non ero mai stato. Avevo lasciato il peso che portavo sull'anima lungo la strada, poco per volta. E ora ne ero libero. Quel giorno, guardando le nuvole che ci seguivano in cielo, mi ricordai di una frase di Guilly.

"Meriti di essere spensierato come queste nuvole."

54

Ci fermammo a dormire in un hotel lungo la strada, era buio e faceva sempre più freddo, perché non solo salivamo di altitudine ma ci addentravamo anche nell'estremo Nord del Vietnam.

Quando al mattino ripartimmo, eravamo di poche parole. Non sapevo quanto ci avremmo messo, ma sapevo che prima di sera saremmo arrivati.

Dopo un paio di ore prendemmo una stradina che saliva ripida. Al nostro fianco, la vallata si stendeva in tutto il suo splendore e la sua immensità. Ma era la luce del sole, quella leggera del primo mattino, a togliermi il fiato: i raggi penetravano la nebbia trasformandosi in banchi di luce gialla sul verde della vegetazione che saliva fino alla cima delle montagne.

In fondo alla stradina, c'era un piccolo tempio in legno nero. Vecchio ma ben tenuto. Guilly si fermò e il mio cuore prese a battere forte.

«Ci siamo» dissi, la mia voce coperta dal rumore del motore.

Guilly parcheggiò e si sgranchì la schiena. Lo imitai. Poco dopo eravamo seduti ai piedi dell'edificio, al cui interno c'erano una statua del Buddha e alcune donazioni floreali portate lì dalla gente del luogo.

La vista, da lassù, era commovente. Si vedeva tutta la

vallata: dalla serie di risaie che, a scendere, formavano come una scalinata, fino alle colline che spuntavano come funghi ed erano tagliate dalla strada che avevamo percorso poco prima. E poi, alzando lo sguardo, ecco il cielo, solcato da nuvole che si muovevano pigramente, unendosi e formandone forme sempre di nuove. Quel giorno non pioveva. Mancava solo un arcobaleno. Anzi, no, non mancava proprio niente.

Guilly si voltò verso di me. Sorrise.

«Le Porte del Paradiso» disse tornando a guardare lo spettacolo che avevamo davanti agli occhi.

Ascoltai quelle parole e un pensiero mi passò per la mente, veloce ma non abbastanza da sfuggirmi: il nonno, la sera in cui delirava, mi aveva chiesto di portarlo alle Porte del Paradiso. Anzi, di riportarlo lì. Mi voltai verso Guilly. Lo sapeva, era evidente.

«Portai qui tuo nonno. Gli dissi che la popolazione locale chiama questo luogo "le Porte del Paradiso", appunto. Lui si commosse di fronte alla vista.»

«Lo capisco» dissi. Avevo gli occhi lucidi, sia per quella meraviglia, sia a immaginarmi il nonno, commosso, nello stesso punto in cui mi trovavo io.

«E mi chiese un favore.»

Mi voltai verso Guilly, che invece guardava davanti a sé. Si teneva le gambe tra le braccia.

«Quale favore?»

Ma poi annuì. Ora era tutto chiaro. Aprii lo zaino. Ci misi un po' a tirare fuori la scatoletta di legno con le ceneri del nonno. Era sul fondo, sotto tutti i vestiti. La tenni tra le mani, la rigirai un po' di volte. Poi la consegnai a Guilly.

Guilly la prese in mano. Si era alzato un po' di vento.

«Mio nonno ti ha chiesto che, quando sarebbe stato il momento, tu spargessi le sue ceneri qui, vero?»

«Tuo nonno voleva che mischiassi le sue ceneri con le ceneri di tua nonna. E che poi le spargessimo qui, su questa vallata.»

Le sue parole mi lasciarono di sasso.

«Ma io non ho le ceneri della nonna» dissi.

Lui sorrise e si voltò a prendere la sua sacca. Ne tirò fuori una scatoletta in legno, più piccola della mia. Il coperchio era finemente intagliato, riproduceva dei fiori di loto.

«Le ho io.»

«Tu hai le ceneri di mia nonna?»

«Tuo nonno le lasciò nel tempio buddhista a Monkey Island» disse.

Sgranai gli occhi.

«Mio nonno era stato là?»

«Esatto. E lasciò alla monaca le ceneri di tua nonna. Nella lettera che mi hai portato, mi chiedeva di andare a prenderle. Ed eccoci qui.»

Mi sentivo tremare dall'emozione.

«Tuo nonno avrebbe voluto condividere la bellezza di questo luogo con tua nonna. Non lo ha potuto fare all'epoca, ma lo farà ora. E sarà per sempre.»

Era qualcosa di bellissimo.

Sia le ceneri di mia nonna sia quelle di mio nonno erano chiuse in sacchetti di plastica, riposti dentro le scatolette. Guilly li aprì entrambi e versò le ceneri dentro la scatoletta con i fiori. La scosse un po', affinché si mischiassero. Poi si alzò in piedi e mi invitò a fare lo stesso. Il vento era sempre più forte, quasi come se fremesse per lasciar volare le loro ceneri. Guilly mi diede in mano la scatoletta. Lo guardai e lui sorrise, poi annuì. Era il momento.

«Un attimo» dissi.

Mi girai e rigirai tra le mani la scatoletta. E improvvisamente mi salì dentro una sensazione di agitazione e paura.

«Tutto bene?» chiese.

«Sì... o forse no.»

«Che succede?»

«Sono i miei nonni. Qui, tra le mie mani, ho i resti dei miei nonni. Non ci avevo pensato fino a questo momento.»

«Quelle ceneri non sono i tuoi nonni. Loro sono nei tuoi ricordi, in ciò che hanno fatto quando erano vivi, nel segno che hanno lasciato su di te. Quella è solo polvere.»

«E allora perché non posso tenerle?»

«Perché tu vedi in quelle ceneri qualcosa che non esiste. Ti ho già parlato del concetto buddhista di non-attaccamento?»

Scossi la testa.

«È molto semplice: tu non possiedi niente e nessuno. Tutto è in continuo cambiamento e nulla è mai uguale a com'è nel momento precedente o in quello successivo. Ma allora che cosa ti appartiene davvero? Che cosa è davvero tuo per sempre? La tua casa? Il tuo compagno? Il tuo lavoro? Le tue amicizie? Le tue cosiddette "certezze"? Niente di tutto ciò è "tuo". Se pensi il contrario, ti stai illudendo. L'attaccamento è come credere di possedere un pezzo di acqua che scorre nel fiume. Per i buddhisti, invece, bisogna accettare che la vita è il fiume e che noi dovremmo semplicemente scorrere. È il concetto del non-attaccamento.»

«Però, se nulla mi appartiene, cosa mi rimane?»

«È questo il bello. Quando ti liberi dall'attaccamento illusorio, ti rimane quanto di più prezioso e luminoso ci sia: te stesso. Tu sei la tua unica certezza in mezzo a questo continuo cambiamento. Ecco perché la fonte della tua felicità non dovrebbe mai essere qualcuno o qualcosa al di fuori di te, altrimenti, come già ti ho detto, ne diventi schiavo e crei delle aspettative che verranno puntualmente deluse. Se vuoi essere felice, pratica il non-attaccamento. A partire da ora: queste ceneri non sono tue.»

Osservai il contenuto della scatola. Erano davvero i miei nonni? O erano solo sassolini, ghiaia, polvere?

«Se queste ceneri non sono mie, di chi sono?» chiesi, forse solo per prendere tempo.

«Sono dell'universo. Lasciale andare e torneranno da dove sono arrivate. E le anime dei tuoi nonni, ovunque siano, saranno un po' più leggere.»

Afferrai la scatoletta con entrambe le mani.

Feci un respiro profondo, poi la girai, lentamente. Le ceneri furono portate via dal vento e dopo qualche secondo la scatoletta era di nuovo vuota. Provai una sensazione inaspettata: sollievo e leggerezza.

Mi piaceva pensare che ora i nonni fossero di nuovo insieme.

Il silenzio che seguì durò un bel po'. Fu Guilly a interromperlo.

«Di tutto quello che ci siamo detti in questi giorni, mi piacerebbe che tu portassi con te una cosa in particolare. Basta solo questa: ricordati sempre che l'amore è la risposta giusta a ogni domanda, è la soluzione a ogni problema, è la chiave che apre tutte le porte.»

Ripensai al nonno, alla sua premura, alla sua presenza costante, a tutto ciò che faceva per noi, sempre in silenzio e senza grandi proclami. Sorrisi, e in quel sorriso c'era tanta gratitudine. Non avevo altro che amore per mio nonno.

«L'amore è l'unica luce in grado di mostrarti la strada per uscire dalle tenebre in cui, a volte, la vita ti fa precipitare. L'amore è ciò che dà senso alla vita. E una vita senza amore, infatti, non ha alcun senso. Amala, sempre. Vedrai che alla fine lei amerà te.»

Mi guardò con una faccia buffa. Quella di un nonno che sta per fare qualcosa per far ridere suo nipote.

«Lo farò» dissi. «È una promessa.»

Lui allargò ancora di più il sorriso, poi tornò a guardare il cielo. Anzi, sembrava stesse guardando oltre.

55

«E quindi ora che si fa?» chiesi a Guilly.

Eravamo davanti alle moto e lui stava sistemando le due scatolette nella sua sacca.

Sorrise.

«È la stessa domanda che mi hai fatto all'inizio.»

Era vero. Ci eravamo appena incontrati e gli avevo raccontato del nonno. Mi sembrava passato un secolo.

Risi al ricordo di quel pomeriggio assurdo. Ero in balia della più totale confusione, allora. Ora, invece, tutto mi sembrava chiaro dentro di me. Era tutto perfetto.

«Come hai fatto a convincermi a partire? Se ci penso, se penso al ragazzo che ero prima di iniziare questo viaggio, non capisco come sia possibile che io ora sia qui.»

«Io non ho fatto niente. C'è un insegnamento buddhista che dice: "Non provare mai a cambiare gli altri, cambia te stesso". E il resto verrà da sé» rispose Guilly sorridendo. «Subito ti ho detto di venire con me, ricordi? Ma così non avrebbe mai funzionato. Non dovevo cambiare te, dovevo cambiare me stesso. Il mio atteggiamento. E così mi sono detto: lasciamo che l'universo faccia il suo corso. Ho accettato qualunque tua decisione. Non mi sono opposto, non ho causato una frizione tra me, te e qualunque cosa ti avesse portato da me. E così, senza alcuna insistenza o pressione da parte mia, tu hai capito che partire era la decisione più sensata.»

Ci pensai su. Era vero e mi ripromisi di ricordarlo, perché era un insegnamento molto potente.

«Grazie per tutto quello che mi hai insegnato» gli dissi. Lo pensavo profondamente. Gli ero genuinamente grato.

«Non ringraziarmi» fece lui. «Non sono un maestro.»

«Un po' sì. Per me lo sei stato.»

Lui alzò la mano come a dire che non era vero.

«Sono solo uno dei tanti maestri che troverai lungo la tua strada. Perché il maestro è ovunque. Quando vuoi imparare, apri gli occhi e guardati intorno consapevolmente. Capirai che il maestro è ovunque. Può essere anche un filo d'erba che cresce nella crepa di un marciapiede, in mezzo a smog, rumore e cemento. Se lo osservi attentamente, non con quello sguardo distratto così comune al giorno d'oggi, vedrai che ti sta insegnando cos'è la resilienza. Perché, nonostante sia in un ambiente ostile e minacciato da mille pericoli, continua a crescere imperterrito. Se cammini per strada e un cane ti si avvicina scodinzolando, tu fermati ad accarezzarlo. Cascasse il mondo. Perché anche lui è un maestro: ti sta insegnando che non c'è sofferenza qui e ora, ma solo gioia. L'unica sofferenza è dentro la tua mente. Il maestro è ovunque: può essere la cameriera del ristorante dove vai a mangiare ogni giorno a pranzo, il tuo vicino di casa che saluti per abitudine, l'albero che cresce davanti alla finestra del tuo ufficio. Tuo fratello, la tua fidanzata, il tuo migliore amico. Presta attenzione a quello che hai intorno e scoprirai che le lezioni di vita sono dappertutto.»

Quelle parole mi fecero ripensare all'inizio di quel viaggio, a quando Guilly mi aveva offerto un tè e aveva letto la lettera del nonno…

«Cosa c'era scritto sulla lettera che ti ha lasciato il nonno?»

Guilly si fermò. Poggiò la sacca sulla sella e mi guardò.

«La risposta è dentro di te. E ora l'acqua è limpida.»

Guardai Guilly. Mi sorrideva, ma era un'espressione strana. Diversa dal solito, forse un po' malinconica? La serenità era sempre là, dentro quei suoi occhi scuri e profondi. La barba era sempre mossa leggermente dal vento. Eppure c'era un velo sul suo sguardo, qualcosa di diverso. Gli sorrisi anche io, poi decisi di seguire il suo consiglio. Mi voltai verso quella vista incredibile, quella vallata era come un magnete per i miei occhi. La mia mente, ora libera da pensieri spessi e tossici come catrame, poteva muoversi liberamente e senza causarmi sofferenza. Poteva andare avanti e indietro lungo il fiume del tempo, perché era comunque consapevole che la vita fosse qui e ora. Da nessun'altra parte, in nessun altro momento. Il futuro è solo un'ipotesi, il passato non è che un ricordo.

Mi sentivo più lucido che mai mentre, con le mani in tasca e un sorriso sereno sul volto, rielaboravo tutto ciò che era successo. La mia vita prima della depressione, il lavoro perso, Valentina che mi lasciava e quei nuvoloni neri che si erano presi troppo prezioso tempo. Il nonno che per primo se ne rende conto. Il nonno che prima si ammala e poi muore. Il notaio, il testamento, la partenza, l'incontro con Hang e poi Guilly e quel viaggio assurdo che mi aveva portato fino a lì, fino alle porte del Paradiso.

E lì ebbi un'illuminazione, di quelle che ti tolgono il fiato.

«Il nonno è stato il primo a rendersene conto» mormorai.

Aveva ragione, Guilly; era tutto chiaro, cristallino. Come nella storia sul Buddha e il suo discepolo impaziente, Guilly mi aveva detto che se avessi dato tempo al tempo avrei capito tutto da solo. Non mi avrebbe dovuto spiegare nulla, sarebbe stato evidente. Eccola la risposta che avevo dentro. L'avevo trovata.

«Il nonno voleva che facessi questo viaggio per me, non per lui» dissi guardando fisso davanti a me. «Voleva che ti incontrassi perché mi aiutassi a guarire. Tutto questo viaggio non riguardava lui. Riguardava me. Perché l'Ikigai del nonno era la sua famiglia. Io ero uno dei motivi per cui aveva deciso di continuare a vivere. È così, vero?»

Guilly non rispose. Immaginai che fosse lì dietro, con un

sorriso beato e soddisfatto. Perché ora tutto era chiaro come l'acqua di un fiume incontaminato. Mi voltai per cercare il suo sguardo, per avere anche la sua conferma.

Ma Guilly non c'era più.

56

Un tempo avrei cercato una motivazione logica. Mi sarei dannato cercando di capire come avesse fatto a sparire nel nulla senza neanche un rumore. Avrei concluso che una serie di eventi sicuramente anomala, ma assolutamente plausibile, aveva consentito a Guilly di andarsene senza che me ne accorgessi. Mi sarei convinto che avesse sceso la ripida stradina a motore spento e che il vento forte in cima a quel promontorio avesse coperto il rumore delle ruote della sua moto, prima sul tratto con la ghiaia e poi sull'asfalto.

Quel giorno, invece, non provai nemmeno a trovare una ragione. Dopo tutto quello che era successo in quel viaggio, e più in generale nell'ultimo periodo della mia vita, ero arrivato alla conclusione che certe cose non si possono spiegare. In fondo, era proprio quella una delle prime lezioni che mi aveva dato Guilly, che faceva più o meno così: "Pensa di meno, perché la vita non va spiegata, va semplicemente vissuta".

E così, dopo essermene rimasto per un po' impalato a osservare il punto in cui fino a pochi minuti prima c'era quell'uomo magro e sorridente, con la barba al vento e i sandali ai piedi, decisi di risalire in moto e tornare indietro. Non cercai Guilly, tanto quanto non cercai una motivazione sensata dietro la sua improvvisa scomparsa. In fondo era comparso nello stesso modo, nella hall di quella guesthouse in cui casualmente avevo pernottato. Anche se parlare di caso, adesso, mi faceva sorridere.

C'era un po' di tristezza dentro di me, quello sì. Mentre scendevo verso sud pensavo che ci sono persone, specialmente tra i viaggiatori, che ti danno l'impressione di essere fuggevoli: un attimo ci sono e quello dopo non ci sono più. E, anche se dentro di te sei consapevole che potresti non rivederle mai più, non ti disperi, perché sai che loro sono fatte così e che nel poco tempo trascorso insieme ti hanno dato più di quanto fanno altre persone nel corso di un'intera vita. Era il caso di Guilly.

E poi lui sembrava una persona a cui non piacessero gli addii. Non riuscivo a immaginare la scena di noi due che ci abbracciavamo per poi scambiarci i numeri di telefono, promettendoci di risentirci. No, con Guilly sarebbe stato impossibile. Me l'aveva insegnata lui, l'importanza del non-attaccamento.

Una volta mi aveva detto che il maestro compare quando l'allievo è pronto. Ma forse è anche vero che il maestro si fa da parte quando l'allievo ha imparato. E allora era naturale, anzi giusto, che andasse così, che le nostre strade si separassero senza un saluto, senza formalità. Quello che dovevamo dirci, lo avevamo detto. E poi ero pronto. Finalmente, ero pronto a riprendere in mano la mia vita. Mi sentivo come una persona che è stata in ospedale per mesi e finalmente può uscire sulle sue gambe, nel pieno delle forze. Guilly mi aveva guarito. Quel viaggio mi aveva guarito. L'universo mi aveva guarito.

Il nonno aveva organizzato tutto quanto per me. Mi si stringeva il cuore al solo pensiero. Ovunque si trovasse, ero sicuro che fosse soddisfatto, perché tutto era andato proprio secondo i piani. Tutto aveva funzionato alla meraviglia: le nubi che avevo dentro si erano dissipate e ora c'era un sole alto e forte. I momenti negativi ci sarebbero stati, ne ero più che consapevole, ma si sarebbe trattato solo di nuvolette bianche passeggere, come quelle che vedi d'estate nel cielo azzurrissimo.

Quella sera mi fermai a dormire in un ostello trovato lungo la strada. Mentre cenavo nella sala comune, tirai fuori il taccuino del nonno, quello che mi ero portato dietro e su cui non avevo ancora scritto nulla. Lo inaugurai delineando il piano per tornare a casa. Era molto strano occuparmi di questioni così pratiche dopo tutto quel tempo a vivere alla giornata, senza programmi e senza certezze, nemmeno quella della destinazione finale. Ma era necessario: dovevo tornare a Da Lat, consegnare la moto e poi andare a Ho Chi Minh, dove avrei preso il volo per tornare a casa.

Mi resi conto solo in quel momento che il volo era fissato di lì a quattro giorni. Non ci avevo mai pensato, e un tempo mi sarei certamente agitato per delle tempistiche così ristrette: mi aspettavano più di millecinquecento chilometri in moto solo per arrivare a Da Lat e poi riservarmi un'altra giornata di viaggio in bus per giungere a Ho Chi Minh City. Quella sera ebbi un moto di ansia interiore, ma morì sul nascere. Avevo una pace e una serenità dentro, che mi faceva pensare di poter affrontare qualsiasi problema. Anzi, non c'era nessun problema: avrei seguito il flusso del fiume della vita e tutto sarebbe andato bene. "Ama tutto quello che ti succede, perché tutto fa vita" aveva detto Guilly. E io volevo fare mio quell'atteggiamento.

Dopo aver buttato giù un itinerario di massima, mi ritrovai a guardare la pioggia torrenziale al di là della grossa vetrata che si affacciava sulla strada deserta di quel paesino nell'estremo Nord del Vietnam, incastrato tra risaie e colline verdissime. Mi resi conto che forse avrei dovuto guidare sotto l'acqua, ma non era quella la mia preoccupazione: mi chiesi se Guilly stesse bene. Se fosse arrivato a destinazione, qualunque essa fosse. Mi chiesi dove fosse, cosa stesse facendo. In quel momento, a distanza di ore dalla sua uscita di scena, sentii forte la sua mancanza. Le sue storie, il suo modo di fare, la sua risata, la sua perenne e inattaccabile serenità: mi mancava tutto questo. In quel momento pensai che, forse, non mi sarei mai reso conto di quanto fosse stato prezioso conoscerlo.

I giorni successivi scorsero via velocemente, tanto quanto la mia moto sulla lunga lingua di asfalto che taglia in due il Vietnam. Non avevo tempo per fare molto altro se non guidare, ma comunque riuscii a riempirmi gli occhi della meraviglia di quel Paese dove, ne ero certo, avrei lasciato una parte del mio cuore.

Quello che amavo del Vietnam era che potevi trovarci di tutto. C'erano templi imponenti immersi nella vegetazione, di fronte ai quali mi fermai anche solo per cercare di capire come fosse stato possibile costruirli proprio lì, sul dorso di una montagna ricoperta di alberi. Poi c'erano i templi piccoli, colorati e curatissimi che ogni tanto intravedevo dentro il parco di una città di milioni di abitanti. Un'oasi di pace e serenità in mezzo a traffico, caos e rumore.

Per chilometri e chilometri mi capitava di non incrociare quasi anima viva lungo la strada; poi entravo in un centro abitato ed era un'esplosione di vita: mercati notturni, banchetti dello street food, negozi di ogni tipo e gente ovunque.

A volte c'era un sole che spaccava le pietre e dovevo fermarmi per togliermi la giacca. Poi, magari, mezz'ora dopo iniziava a diluviare, oppure la strada saliva e faceva freddo. E allora dovevo fermarmi di nuovo e rivestirmi.

Mi capitò di mangiare seduto sugli sgabelli bassi in plastica colorata dei banchetti dello street food, dopo aver ordinato a gesti e sorrisi; altre volte, mangiai in ristoranti moderni, puliti e dotati di un menu ricco di piatti internazionali, con lo staff che parlava un perfetto inglese.

Passai, nel corso della stessa giornata, dalla cima di una montagna al mare, dalle risaie alle dune di sabbia. Attraversai vicoli stretti in città piene di palazzi e ponti scricchiolanti sul Mekong. Vidi vietnamiti vestiti da uomini d'affari e altri con in testa il *nón lá*, chi mentre pescava, chi mentre spingeva il suo carretto pieno di frutta su un marciapiede affollatissimo. Vidi turisti che si facevano accompagnare in giro da una guida del luogo e viaggiatori con lo zaino in spalla che sembravano vagare senza meta.

C'era tutto e il contrario di tutto, in Vietnam. E quando

arrivai a Da Lat e mi inserii nella sua trafficatissima rotonda, promisi a me stesso che prima o poi ci sarei tornato. Perché, pur avendo viaggiato da sud a nord, pur avendo guardato negli occhi l'anima di quella nazione, non sarebbe bastata una vita intera per poter dire di conoscere davvero il Vietnam.

Ricordavo perfettamente dove si trovava l'officina in cui avevamo preso in affitto la moto: una traversa della via principale, tra un vecchio negozio di orologi e un banchetto di frutta e verdura. La trovai facilmente e la imboccai a bassa velocità, perché ormai sapevo che in quelle stradine un bambino, un adulto, un cane, un gatto o un banchetto pieno di cibo potevano sbucare all'improvviso.

Il vecchio vietnamita era sempre lì, con la sua canottiera bianca sporca di grasso per catene, la sigaretta in bocca e il sorriso sdentato. Quando mi vide, non fece una piega: semplicemente prese la moto e la riportò dentro. Guilly mi aveva detto che non c'era bisogno che pagassi per nulla, perché era già tutto sistemato. Ed effettivamente il vecchio non mi chiese nulla. Provai a fare due chiacchiere con lui, ma scoprii subito che non parlava inglese, nemmeno una parola. In compenso rideva, mostrando senza alcuna vergogna i denti anneriti dal tabacco.

Avrei voluto fermarmi per una notte nella guesthouse di Guilly. Speravo di rivederlo. Purtroppo, però, non avevo tempo: il volo era fissato per la sera successiva e dovevo prendere il primo bus notturno per arrivare a Ho Chi Minh. Quando salii a bordo, guardai con un po' di nostalgia il lago artificiale dove avevo osservato quella giovane famiglia vietnamita che contemplava il tramonto. Mi sarebbe piaciuto fermarmi lì più a lungo, ma non potevo. Ci sarei tornato, comunque. Di questo ne ero sicuro.

Provai lo stesso rammarico e feci la stessa promessa quando arrivai alle tre del pomeriggio successivo a Ho Chi Minh City. Avrei voluto rivedere Hang, perché mi dispiaceva terribilmente per il modo in cui ci eravamo lasciati. Io, per lei, avevo solo sentimenti positivi. Ero grato di averla conosciuta e avrei voluto ringraziarla, salutarla e chiederle scusa per il mio comportamento. Quando Guilly mi aveva invitato a farlo, me l'ero presa. Ora capivo perfettamente: dalla rabbia non nasce nulla di buono. Solo sofferenza.

Purtroppo non c'era tempo, perché il bus mi aveva lasciato lontano da Chinatown e non volevo rischiare di perdere il volo. Una volta Guilly aveva detto che, a voler fare due cose insieme, si finisce per farle entrambe male. E poi, magari, a lei invece non avrebbe fatto piacere rivedermi. Non soffrivo di fronte a questa prospettiva. Non potevo sapere qual era la verità e non volevo preoccuparmi di ciò che non potevo controllare. Potevo controllare solo una cosa: come comportarmi. E promisi a me stesso che prima o poi l'avrei rivista e le avrei chiesto scusa.

Presi un altro bus, questo più piccolo e pieno di turisti, per arrivare all'aeroporto internazionale. Le persone intorno a me stavano al cellulare, chi sui social network, chi intento a riguardare le foto che aveva scattato durante quel viaggio. Io, invece, rimasi per tutto il tempo incollato al finestrino dell'autobus. I miei occhi erano voraci: volevano catturare quanto più possibile di quella città. Volevo essere io a decidere a cosa rivolgere la mia attenzione, volevo essere pienamente consapevole. In quel momento volevo avere occhi solo per quel Paese dove avevo vissuto l'esperienza più incredibile della mia vita.

Quando arrivai all'aeroporto, ero stravolto. Avevo guidato ogni giorno per due settimane e ora sentivo tutta la stanchezza accumulata. Imbarcai il mio zaino, mi sottoposi a tutti i controlli e poi mi trascinai fino al mio gate. Vidi che c'era già la fila per salire sull'aereo. Mi misi in coda, riuscendo a malapena a tenere gli occhi aperti. Quando consegnai il passaporto, la hostess di terra mi disse con uno splendido sorriso: «Grazie per aver visitato il Vietnam». E io, istintivamente, risposi: «Grazie a voi». Lo feci giungendo le mani davanti al petto, sorridendo e abbassando il capo. Lei e il suo collega ricambiarono nello stesso modo, con un risolino di stupore.

Quando mi sedetti al mio posto, pensai che non avrei avuto problemi a dormire. In quel momento volevo solo chiudere gli occhi e possibilmente svegliarmi direttamente a destinazione. Ero così stanco che, se provavo a pensare a tutto quello che era successo da quando ero sceso da un aereo in quello stesso aeroporto, mi sembrava quasi che fosse stato un sogno. In fondo, che prove avevo dell'esistenza di Guilly, di Hang e di tutte le persone che avevo incontrato lungo la strada? E di tutti i luoghi che avevo visitato? Cosa mi restava di concreto tra le mani?

Niente. Nemmeno una fotografia. Ma c'era una cosa che mi sarebbe rimasta per sempre dentro, a testimonianza di quel viaggio: tutto ciò che avevo imparato. Le non-regole di Guilly, che a sua volta aveva appreso da un maestro zen senza nome. Erano quegli insegnamenti, la prova.

Pensai che non li avrei mai dovuti dimenticare. E allora, nonostante il sonno e la stanchezza, tirai fuori dallo zaino il taccuino del nonno. Chiesi una penna a una hostess e, non appena me la portò, mi misi a scrivere come un fiume in piena. Andai a memoria, senza seguire l'ordine con cui Guilly me ne aveva parlato, perché lui stesso aveva detto che quegli insegnamenti non avevano regole.

Togliti le scarpe prima di entrare in casa.

Essere ribelli significa essere gentili.

Parla alla tua tristezza come se fosse una vecchia amica.

Se anche dovessi fallire, domani il sole sorgerà lo stesso.

La vita non è matematica, è poesia.

L'ego è l'ostacolo tra te e la felicità.

Se non sai da dove iniziare, prenditi cura del tuo corpo.

La vera bellezza della vita è nell'essenziale.

Il miglior modo per essere felici è smettere di essere infelici.

Non vergognarti di essere innamorato: è la cosa più bella che possa capitarti

La rabbia non è mai una reazione accettabile.

Tutto è vita.

Il dolore è inevitabile, la sofferenza è una scelta.

Sii calmo in ogni situazione e sarai sempre sereno.

Il passato non poteva essere nient'altro, altrimenti lo sarebbe stato.

Tu non sei un albero.

Sii il fiume, non la roccia.

Non c'è sofferenza qui e ora.

Il tempo è il regalo più prezioso che ci sia.

Sii un artigiano della tua vita.

Fa' quello che ami, ama quello che fai

Fai una cosa per volta o farai tutto male.

La vita è un viaggio, goditi ogni tappa.

Hai un solo problema: voler controllare ciò che non puoi controllare.

Preoccuparsi vuol dire soffrire per qualcosa che non è ancora successo.

Tieni a bada la tua scimmia impazzita, sei più dei tuoi pensieri.

Sii una tartaruga, non una rana.

Segui sempre il tuo Ikigai, il motivo per cui ti alzi dal letto e vivi.

Pratica il non-attaccamento.

L'amore è la soluzione a ogni problema.

Il maestro è ovunque.

Succede sempre qualcosa di meraviglioso.

Forse non le inserii tutte. Anzi, sicuramente mi dimenticai di scriverne qualcuna, ma non aveva alcuna importanza: sapevo che l'essenza di quegli insegnamenti ormai era dentro di me. Quando l'aereo decollò, chiusi il taccuino, lo appoggiai sulle mie gambe e guardai fuori. Il Vietnam era stupendo anche dall'alto.

57

Quando feci per mettere piede fuori dall'aereo, mi resi conto che la hostess era l'ultima persona vietnamita che avrei visto per un bel po' di tempo. Indossava l'uniforme rossa della compagnia aerea, aveva i capelli a caschetto, nerissimi e lucidi. Mi rivolse un bel sorriso, quello che rivolgeva a tutti, e io ricambiai unendo le mani, in un gesto che ormai era entrato nella mia vita. Anche lei, come tutti coloro a cui lo avevo dedicato, reagì con piacevole sorpresa.

Sul corridoio che collegava l'aereo all'aeroporto mi resi conto che era finita per davvero. Il mio viaggio era finito, si tornava alla solita vita. Per un attimo l'ansia prese il sopravvento ed ebbi paura. Poi, però, mi ricordai di quando Guilly mi aveva detto di guardare attentamente la Natura, perché così avrei capito che nulla inizia e nulla finisce: è tutto uno scorrere, un'evoluzione, un cambiamento. E poi pensai alla non-regola più importante (almeno per me) di Guilly: "Preoccupati solo di ciò che puoi controllare".

"Bene, cosa posso controllare?" mi chiesi mentre camminavo sul pavimento bianco dell'aeroporto, in mezzo a tante altre persone. "Posso controllare solo il modo in cui vivere la mia vita."

Quelle parole diventarono un mantra in quel primo, difficilissimo periodo in cui mi ritrovai a fronteggiare una serie di abitudini, luoghi, persone, situazioni e sensazioni che mi ricordavano di quando avevo perso completamente la voglia di vivere. Tornare a casa era come stare in piedi sull'orlo di un precipizio: il rischio di caderci dentro era concreto.

Perché in fondo, a casa, nulla era cambiato. Tutto era uguale a sempre e così una parte di me era convinta che anche io fossi lo stesso di prima e che quel viaggio in Vietnam non fosse stato altro che una parentesi di spensieratezza all'interno di una vita piena di paure, preoccupazioni, ansia, stress e infelicità. Come se io fossi condannato a quella sofferenza.

Fortunatamente c'era una parte di me che era più forte. Era la parte che avevo scoperto viaggiando e mettendomi a confronto ogni singolo giorno con situazioni nuove. Era quella che Guilly aveva tirato fuori con i suoi insegnamenti e il suo esempio di vita pacifico e felice. E alla fine, fu quella parte nuova a prevalere sulla vecchia, che mi voleva vittima della vita e depresso per il resto dei miei giorni.

La prima cosa che feci non appena tornai a casa fu stravolgere completamente la mia camera. Dovevo guardare in faccia la realtà: non avevo i soldi per andare a vivere da solo a breve. Sarei rimasto da mia madre ancora per diversi mesi.

Decisi di radunare tutti gli oggetti che possedevo, dai vestiti alle penne, e di metterli al centro della stanza. Poi separai quelli che volevo tenere da quelli che non mi servivano. Nel compiere questa scelta, mi chiedevo: lo uso almeno una volta al mese? La risposta, nella maggioranza dei casi, era un secco no.

Quindi li fotografai tutti e mi misi a creare annunci online: non volevo buttarli, ma cercare di recuperare qualche soldo. Quell'attività, che all'inizio consideravo noiosa, quasi una perdita di tempo, diventò invece terapeutica: la mia mente era perennemente impegnata, perché avevo sempre qualcuno a cui rispondere o da incontrare, c'era sempre qualcosa da vendere o spedire. Alla fine ci ricavai anche diverse centinaia di euro, più di quanto avessi immaginato.

Poi un giorno mi ritrovai senza avere più nulla da vendere. Ero in camera e intorno a me c'era spazio, tanto spazio. La sensazione di soffocamento che un tempo caratterizzava le mie giornate era sparita, ma non era abbastanza. Ancora percepivo l'essenza del mio passato, che aleggiava nell'aria come granelli di polvere. E allora decisi di riverniciare tutte le pareti.

Andai in un immenso negozio di bricolage, c'era di tutto, ma non trovai alcuna ispirazione. Io cercavo un segnale, qualcosa che mi ispirasse a prima vista. Così uscii di nuovo e andai dal ferramenta sotto casa, dove non c'era un cliente ma l'atmosfera era intima, e c'era un essere umano con cui interagire, uno di quelli che non sono costretti a sorridere e a essere gentili. Era un anziano strabico, con i baffetti perfettamente curati e una camicia bianca a quadretti blu. Aveva il fisico di uno che nella sua vita ha sempre fatto tanto, e l'aria di chi ha sempre parlato poco.

Gli chiesi di consigliarmi un colore e lui mi disse che ogni colore ha un suo significato. Lo guardai stupito e sorrisi.

Il maestro è ovunque.

«Il blu scuro è il colore della tranquillità» disse a un certo punto. «Ha bisogno di tranquillità?»

«Chi non ne ha bisogno?» replicai.

Un paio di giorni dopo, la mia camera era minimalista e immersa nel blu. Non sembrava più la cameretta in cui ero cresciuto da bambino e da adolescente, e questo era un gran bene. Era il primo passo verso la mia nuova vita: fare del posto in cui dormivo e trascorrevo il mio tempo un piccolo tempio personale.

Una sera mia madre bussò alla porta ed entrando rimase stupita dal cambiamento che avevo messo in atto. Lo capii dalla sua espressione, ma non le diedi il tempo di dire nulla.

«Mamma, per favore, togliti le scarpe» le chiesi.

Lei mi guardò ancora più stupita.

«Le scarpe?»

«Si sta meglio senza le scarpe» dissi semplicemente. E poi le sorrisi.

Fu ancora più stupita quando la mattina successiva si alzò e mi trovò già sveglio e attivo, con un asciugamano sulla spalla e una padella tra le mani.

«Cosa ci fai a fornelli?» mi chiese. Era quasi sconvolta: credo che non mi avesse mai visto cucinare prima di quel momento.

«L'ho preparata anche per te.»

«Per me?»

«Certamente. Per ringraziarti per tutto quello che hai fatto per me in questi anni.»

Mia madre si commosse e io ripensai alle parole di Guilly: "Se vuoi bene a qualcuno, donagli il tuo tempo. Un regalo fatto con il cuore vale più di un regalo fatto con il portafoglio".

Una volta sistemata la camera, era ora di riprendere in mano la mia vita anche fuori da quelle quattro mura. Avevo deciso di non presentarmi al colloquio nel vecchio studio. Anche se quel lavoro lo avevo desiderato con tutto me stesso, anche se era un posto prestigioso, anche se chiunque altro non ci avrebbe pensato due volte. Decisi di vederla come aveva fatto Guilly quando aveva perso il controllo della sua moto sulle montagne dell'India: se non era successo all'epoca, di ottenere un lavoro in quello studio, evidentemente non era destino. Non volevo oppormi ai piani dell'universo.

E decisi anche di non seguire la strada che mi avrebbe portato a diventare un architetto. Non era una decisione definitiva, mi riservavo la possibilità di cambiare idea in futuro, ma in quel periodo della mia vita non volevo tornare a fare stage e a sentirmi in balia delle scelte altrui. Volevo avere il controllo e sapevo che diventare un architetto non era l'unico modo per seguire il mio Ikigai, che poteva includere tante cose, ma in cui sicuramente non poteva mancare il disegno.

Tornai a fare il rider, e lo feci con uno spirito completamente diverso. Ero intenzionato a non odiare quel lavoro e quella vita, ma a sforzarmi di amare il processo. Cercai di concentrarmi sul bello invece del brutto; di apprezzare ciò che avevo invece di essere ossessionato da ciò che non avevo.

Mi resi conto che fare le consegne mi aiutava a restare attivo, teneva occupata la mia mente, mi consentiva di guadagnare qualcosa e mi dava la possibilità di passare del tempo con Luigi, che era il mio solo amico, è vero, ma era anche l'unico di cui avessi bisogno. Mi aveva tempestato di domande sul viaggio in Vietnam e a lui avevo raccontato tutto, ma proprio tutto. Guilly, Hang, le non-lezioni, i luoghi meravigliosi che avevo trovato lungo la strada. Mi aveva ascoltato con gli occhi grandi dei bambini che si meravigliano di qualcosa che per gli adulti è ormai scontato e banale.

«Mi piacerebbe tanto fare un viaggio in Vietnam» disse alla fine del mio racconto con quella sua voce buffa, un po' nasale.

«Un giorno faremo un viaggio insieme» gli dissi.

«Insieme?»

«Io e te, amico.»

«Davvero?» mi chiese con l'aria di chi sta già sognando a occhi aperti.

«Davvero» risposi con sicurezza.

Ogni volta che pedalavo per le strade della città, pensavo anche a un modo per fare del disegno un lavoro. Guilly mi aveva detto che, se guardi il mondo intorno a te con occhi attenti e consapevoli, trovi tante lezioni di vita, tanta ispirazione. Aveva ragione: le risposte sono intorno a noi e l'ispirazione è dappertutto.

Un giorno andai a fare una consegna nella zona più turistica della città e, passando per una piazza affollata, vidi un signore che vendeva i suoi bellissimi acquerelli ai passanti. Mi fermai un attimo a osservarlo mentre dipingeva: si divertiva e guadagnava. Non so se fosse abbastanza da viverci, ma non importava: mi aveva appena dato un'idea.

Da quel giorno iniziai a fare disegni alle persone che conoscevo. Non erano elaborati, anzi, lo stile era lo stesso che avevo usato per disegnare Binh, la moglie di Sid, in quella serata piovosa nel parco nazionale di Phong Nha. All'epoca, avendo pochi strumenti e poco tempo a disposizione, avevo scelto un'impostazione molto minimalista: un pennarello, bianco e nero, poche linee decise. Ero stato costretto a evidenziare le caratteristiche del volto di Binh con il minor numero di tratti possibili. Immaginai di avere poco tempo e strumenti anche quando mi misi a disegnare mia madre, poi

Luigi, poi uno dei figli che mio padre aveva avuto con la sua nuova compagna, quando una domenica andai a pranzo da loro. Scoprii che quei disegni stilizzati piacevano e che le persone erano stupite di rivedersi in pochi, semplici tratti neri.

Così mi passò per la testa l'idea di sedermi in una piazza, alla domenica, e fare ritratti con quello stile a chiunque fosse stato interessato. Poi però mi dissi di no, perché ero troppo timido per farlo. Mille pensieri negativi mi bersagliarono la mente: "Non si fermerà nessuno", "Sembrerai un idiota", "Verranno a chiederti se hai un permesso", "Se mai qualcuno si farà disegnare poi si lamenterà del risultato finale"…

Per diversi giorni continuai ad accarezzare quell'idea e a scartarla subito dopo, bollandola come una vera e propria follia. Alla fine mi resi conto che questo mi stava facendo soffrire: nel profondo volevo fare qualcosa per cui non credevo di essere all'altezza. E visto che Guilly mi aveva insegnato che il dolore è inevitabile ma la sofferenza dopo un po' diventa una scelta, una mattina mi alzai a fatica alle quattro e mezzo. Avevo messo la sveglia il giorno prima e me ne pentii non appena udii quel suono fastidioso, ma sapevo che era la cosa giusta.

Andai nel primo parco che trovai, mi sedetti su una panchina e "guardai" l'alba. In realtà non c'era un orizzonte da ammirare, non c'era una linea da cui il sole faceva capolino, perché intorno a me c'erano solo palazzi. Però assistetti comunque allo spettacolo della luce che arrivava a portare via le tenebre della notte. Mentre tutto intorno a me i contorni delle cose si facevano più nitidi, trovai il coraggio di provarci. Perché, se anche avessi fallito, domani il sole sarebbe sorto comunque. E allora di cosa preoccuparsi tanto?

Mi piazzai, incurante di eventuali regole scritte o non scritte, in un angolo di una piazza molto trafficata. Era una domenica mattina e con me avevo solo uno sgabello e un tavolino in plastica, proprio come quelli dei ristorantini dello street food in Vietnam. Mi sedetti, quasi tremante, e attesi. Cercando di essere paziente, perché per le cose belle della vita ci vuole tempo e non esistono scorciatoie.

Il primo giorno non si fermò nessuno. Ma io rimasi, in attesa che l'acqua tornasse limpida e io potessi bere. Mi ripresentai la domenica successiva, dopo sette giorni a tenere a bada la mia scimmia impazzita che cercava di aggrapparsi a quanti più pensieri negativi possibili. Mi concentrai su altro, sul momento presente, su ciò che avevo intorno. Stavolta mi presentai esponendo alcuni disegni di personaggi famosi che avevo realizzato qualche tempo prima, per testare quella tecnica.

Fu la mossa giusta, perché quel giorno si fermò la prima persona.

«Che belli. Li fai tu?» mi aveva chiesto una donna dell'età di mia madre, con diverse buste di carta tra le mani che testimoniavano una mattinata di shopping.

«Sì, li faccio io. Ne vuole uno? La posso ritrarre, se vuole.»

«Oh no, grazie» aveva risposto.

Poi mi aveva fatto i complimenti e se n'era andata. Io ero rimasto lì, calmo e paziente.

Quel pomeriggio arrivò il primo vero cliente. Una coppia di ragazzi più o meno della mia età si era fermata a guardare i miei disegni esposti. Lui non era molto interessato, ma lei sì. Lui lo aveva notato e le aveva detto: «Ma mica ne vuoi uno?». Lei lo aveva guardato con occhi indecisi. Poi però aveva sorriso imbarazzata. Senza dirlo aveva detto di sì.

Quando presi il pennarello, la mano mi tremava un bel po'. Ma poi, appena la punta toccò il foglio, passò tutto. Fu come entrare in uno stato di trance in cui non esisteva niente se non quel disegno. La linea nera scorreva sul bianco, il tratto era deciso e sicuro. Non c'era alcuna paura quando disegnavo. Ero nato per farlo, era quello il mio Ikigai.

Le piacque. Lo ammirò con lo stesso sguardo che avevo visto sul volto di Binh: stupore e un pizzico di vanità. Mi ringraziò moltissimo e io ringraziai loro, un po' in imbarazzo.

Da quella prima volta, ogni domenica, tornai in quella piazza a disegnare. Non per i soldi, ma per esercitare la mia passione per il disegno. Però, grazie ai soldi che guadagnavo e mettevo da parte, l'obiettivo di andare a vivere da solo diventava sempre più concreto.

58

Più passava il tempo e più mi rendevo conto di quanto gli insegnamenti di Guilly mi tornassero utili nella vita di tutti i giorni. Una volta, mentre pedalavo in un controviale per portare a termine una consegna, un automobilista arrivò a tutta velocità alle mie spalle, provò a superarmi non ce la fece perché c'era un'auto in doppia fila, e allora inchiodò. Poi si mise a farmi i fari e a suonare il clacson come un ossesso. Evidentemente aveva fretta, sicuramente era nervoso. Mi strinsi più che potevo sul lato destro della carreggiata per farlo passare e quando mi superò vidi che mi stava facendo il dito medio. Solo pochi metri dopo, era nuovamente fermo al semaforo rosso. Perché così va la vita: puoi correre quanto vuoi, ma certe cose richiedono tempo e pazienza. Mi fermai anche io al semaforo, tranquillo e sereno. Quando mi vide esplose, forse perché si sentì stupido a voler andare così forte in un controviale pieno di semafori.

Tirò giù il finestrino e mi insultò in tutti i modi possibili e immaginabili. Un tempo avrei perso la testa e avrei risposto agli insulti con altri insulti, all'odio con altro odio. Una volta, all'inizio della mia avventura da rider, avevo tirato un pugno allo specchietto di un'auto che mi aveva tagliato la strada. Ora, invece, ero un uomo diverso, più consapevole delle tante realtà della vita. Una su tutte: arrabbiarsi non serve a niente e chi è calmo riesce a essere sereno in ogni situazione.

Invece di ascoltare le sue cattiverie, lo osservai attentamente. Avrà avuto una decina di anni più di me, era fuori forma e con l'aria stanca. Sembrava soffocare dentro quel completo e il nodo della cravatta era tanto simile a un cappio. Guardai i suoi occhi pieni di rabbia, mentre mi urlava addosso tutta la sua frustrazione. Guardai le vene del collo gonfie, il volto flaccido e pallido, i capelli che iniziavano a diradarsi, le occhiaie profonde. Guardai il pacchetto di sigarette spiegazzato nel portaoggetti e lo schermo del cellulare pieno di notifiche, collegato all'accendisigari. Davanti a me avevo un uomo svuotato di ogni forma di amore per la vita e per se stesso.

Più restavo immobile e indifferente, più lui alzava l'asticella degli insulti. Eppure, niente di quello che diceva poteva farmi soffrire. Guilly una volta mi aveva detto che, se qualcuno è arrabbiato con te senza un valido motivo, quello è un problema suo, non tuo. Così a un certo punto gli sorrisi. Lui rimase di sasso, sgranò gli occhi. Probabilmente si sentì preso in giro. Poi tornai a guardare davanti a me. Poco oltre il semaforo c'era un parco, mi concentrai su un albero alto e pieno di foglie illuminato dagli ultimi raggi del sole. Il sorriso si allargò. Quando scattò il verde e l'uomo che mi aveva insultato partì sgommando, le ultime parole di odio giunsero alle mie orecchie, ma erano innocue. Come se mi stessero colpendo palline di carta. Mi presi ancora qualche secondo, respirai, sorrisi e ripartii senza fretta. Perché la vita è un viaggio e l'obiettivo non è arrivare a destinazione il più velocemente possibile, ma godersi il tragitto.

Un giorno andai a fare una consegna in uno di quegli uffici nei grattacieli altissimi dove tutti hanno fretta. Feci del mio meglio per consegnare il cibo nel minor tempo possibile e infatti arrivai a passarlo nelle mani della segretaria con diversi minuti di anticipo sul timer dell'app. Lei, però, non era soddisfatta. Diceva che ci avrei dovuto mettere meno tempo perché aveva fatto l'ordine un'ora prima. Sapevo che non era vero, perché l'app mi diceva che l'aveva fatto trentadue minuti prima. Glielo dissi e lei si scaldò. Alzò la voce e minacciò di lasciarmi una recensione negativa.

Era una bella ragazza, ma il suo volto era segnato dall'agitazione. Aveva un trucco molto pesante e tacchi altissimi, ma nulla di tutto ciò poteva nascondere il moto di ansia che intravedevo nelle frazioni di secondo in cui mi guardava negli occhi. Mi dispiacque per lei, perché ora capivo che dietro ad atteggiamenti come quelli non c'è altro che sofferenza. Più una persona si cela dietro ad apparenze sofisticate e più ha paura di far vedere cosa ha dentro.

«Non posso che lasciare una recensione negativa» disse alla fine del suo sproloquio.

«Credo che tu debba fare quello che ritieni giusto» replicai tranquillo e sorridente. Lei restò di sasso.

«Come?»

«Se vuoi lasciare una recensione negativa, è giusto che tu lo faccia.»

«Guarda che la lascio davvero.»

«Ti credo.»

«Ma...»

Non dissi nulla.

«Cioè, non posso sempre aspettare così tanto!»

«Certo che no.»

«La consegna costa tre euro e mezzo!»

«È vero.»

«E se pago per un servizio voglio che quel servizio mi soddisfi.»

«Mi sembra sacrosanto.»

Mi guardò con lo stesso sguardo che avevo io quando Guilly non aveva provato a convincermi a partire.

«Buon pranzo e buona giornata» le dissi. Giunsi le mani, sorrisi e abbassai il capo.

Me ne andai con la consapevolezza che non puoi convincere gli altri di niente, ma puoi cambiare te stesso, poi gli altri cambieranno di conseguenza. Un tempo sarei uscito da quel palazzo con il terrore di ricevere una recensione negativa, ci avrei pensato con ansia per tutto il giorno. Ora sapevo che quello era al di fuori del mio controllo.

Quando tornai sul marciapiede, un cane al guinzaglio mi si avvicinò incuriosito e scodinzolante. Mi fermai e lo accarezzai mentre lui mi girava intorno tutto contento. Scambiai anche qualche chiacchiera con il padrone, un signore che mi spiegò, con un po' di apprensione, di essere appena andato in pensione.

«Ha una moglie?» gli chiesi.

«Sì» rispose stupito da quella domanda.

«Andate a fare un bel viaggio insieme» gli suggerii. «E vedrà che andrà tutto bene.»

Lui sorrise soddisfatto.

«Hai ragione, ragazzo. In fondo, c'è solo da essere felici, di esserci arrivati in pensione. Spero che un giorno ci andrai anche tu, non è così scontato per la vostra generazione. E mi dispiace tanto per voi.»

«Non ha importanza» dissi sorridendo. «Amerò tutto ciò che il destino mi riserverà.»

Lui mi guardò stupito.

«Che bello sentire un po' di ottimismo! Sono sempre tutti così pessimisti.»

Salutai il signore e il cane, e ripresi a pedalare. Il giorno successivo, controllando gli ordini sulla app dello smartphone, vidi che la ragazza del giorno precedente mi aveva lasciato una recensione con il punteggio massimo.

Mi resi conto che era vero quello che aveva detto Guilly: sta sempre succedendo qualcosa. Ma la meraviglia della vita la vedi solo se smetti di opporti a essa e inizi a fluire. Se sei un fiume invece di essere una roccia, una tartaruga invece di una rana.

Presi ad avere buone abitudini. Non so se lo fossero anche per gli altri, ma lo erano per me. Iniziai a meditare. Non seguii un corso, solo le indicazioni di Guilly: "Fermati e concentrati sul momento presente. Ricorda che non sei solo una mente, ma anche un corpo. Osserva i pensieri senza giudicarli".

Mi imposi di farlo ogni singolo giorno. Dopo un paio di mesi, era già tutto fuorché un'imposizione: era un momento sacro. La mia fuga dal rumore del mondo, il mio viaggio dentro me stesso, alla scoperta dei miei pensieri, delle mie emozioni, della mia essenza più pura.

Un'altra attività costante era camminare nei parchi. Lo facevo alla mattina o alla sera. All'alba o al tramonto. A volte passavo di fianco a un albero e poggiavo la mano sulla corteccia. Chiudevo gli occhi e mi connettevo al Tutto di cui ogni cosa fa parte. A volte mi sedevo su una panchina, guardavo i fili d'erba al vento e mi sentivo come loro: piccoli, eppure fondamentali. Perché non c'è Uno senza Tutto, ma non c'è Tutto senza Uno.

Un giorno invitai Luigi a pranzo a casa mia. Quando arrivò, mi misi a cucinare e notai che mi osservava attentamente. A un certo punto scosse anche la testa.

«C'è qualcosa che vuoi dirmi?» gli chiesi sarcastico.

«No, niente, figurati.»

«Dài, non farmi insistere.»

«È che gli spaghetti non si spezzano» disse alzando gli occhi al cielo.

Scoppiai a ridere.

«E poi come tagli la cipolla per il sugo? Sembra che la odi, dovresti essere più delicato. E il sale? Quanto ne hai messo?»

Mi voltai verso di lui.

«Non sapevo che fossi un esperto di cucina.»

«Non lo sono…»

«Perché non cucini tu? Mi farebbe piacere vederti all'opera!»

Lui fece un po' di resistenza, ma poi si mise ai fornelli. E così mi mostrò la sua magia: si muoveva con leggiadria tra padelle e ingredienti, tutto concentrato e attento ai minimi dettagli. Quel giorno cucinò un piatto di pasta, niente di più e niente di meno. Eppure era il più buono che avessi mai mangiato. Luigi era un cuoco straordinario e quando glielo dissi divenne tutto rosso.

«Non è vero, sono solo uno che lo consegna, il cibo.»

«Potresti lavorare in cucina senza problemi, invece. Ci hai mai pensato?»

Lui fece di no con la testa e abbassò lo sguardo.

«Se non inizi quando hai sedici anni, non puoi farlo» disse dopo un po'. «Ormai è tardi. Sono vecchio.»

«Non hai nemmeno trent'anni e sei vecchio?»

«Per diventare un cuoco, sì.»

Mi avvicinai a lui.

«Amico, la vita non è matematica. È poesia.»

Lui sorrise.

«Grazie, Davide. Se solo avessi potuto fare un'esperienza all'estero qualche anno fa... magari sarebbe andata diversamente.»

«Non poteva andare diversamente. Altrimenti sarebbe andata diversamente.»

«Eh?»

«Non importa quello che è stato. Ora siamo qui, io e te. E allora rendiamo realtà questa idea. Realizziamo il sogno. Scriviamo questa maledettissima poesia.»

Mi guardò con gli occhi sgranati e l'espressione divertita.

«Ma che dici?»

«Che tu ora diventi un cuoco.»

«Te l'ho detto, non si può se...»

«Il mondo è grande. Sono sicuro che altrove non ci sono tutti questi paletti.»

«E quindi... cosa vorresti fare?»

Mi fermai per un attimo a riflettere, con l'adrenalina che cresceva dentro di me come un fiume in piena.

«Andiamocene in Nuova Zelanda» gli dissi.

«Eh?»

«Andiamocene in Nuova Zelanda. Io e te.»

«Ma... perché?»

Pensai a Hang. Al suo sogno impossibile di fare esperienze all'estero, viaggiare, scoprire il mondo.

«Perché possiamo farlo. Perché siamo liberi e non ce ne rendiamo nemmeno conto. Ci sono milioni di persone che vorrebbero scappare dal posto in cui vivono, ma non possono.»

«Mmm.»

«Non ti piacerebbe fare un'esperienza all'estero?»

«Be', certo… poi in Nuova Zelanda…»

«E allora andiamo.»

«Ma…»

«Siamo forse degli alberi?»

«Alberi? Sei più strano del solito oggi, Davi.»

«Non ci sono radici che ci trattengono qui.»

Restammo in silenzio, a meditare su quell'idea che ci faceva sentire più vivi che mai.

Dopo un paio di mesi eravamo su un volo aereo che ci era costato quasi tutti i soldi che avevamo e ci stava portando dall'altra parte del mondo.

59

Io e Luigi ci eravamo stabiliti a Christchurch, la più grande città dell'isola meridionale del Paese. Un posto tranquillo, pulito, pieno di natura, senza il traffico infernale e lo stress della città da cui venivamo. Eravamo arrivati senza un soldo e senza nemmeno parlare bene l'inglese, soprattutto Luigi, ma avevamo deciso di seguire il flusso degli eventi della vita, e l'universo aveva premiato il nostro coraggio.

Avevamo trovato lavoro in una pizzeria italiana, il cui proprietario era diventato il padre su cui nessuno dei due aveva mai potuto contare: una persona premurosa, attenta ed empatica. Ci aveva accolti come due cani randagi che vengono a elemosinare qualcosa da mangiare, ci aveva offerto un impiego e aveva insegnato a Luigi un mestiere, ovvero quello del pizzaiolo. Lui era diventato bravissimo, perché tutto ciò che riguardava il cibo era di sua competenza. Era quello, il suo Ikigai.

Il mio Ikigai, invece, era il disegno. Ne ero sicuro. E così, lontano dalla città in cui avevo subito quella brutta delusione professionale, decisi di riprovarci. All'inizio mi mantenni facendo il cameriere, ma poi inviai la mia candidatura a tutti gli studi della città, accompagnata da una *cover letter*, ovvero una lettera di presentazione, in cui spiegavo semplicemente che amavo disegnare e progettare. Mi chiamarono in tre per un colloquio e uno di questi portò a uno stage.

Alla fine ripresi il mio percorso di architetto lì, in Nuova Zelanda. Chi lo avrebbe mai detto? Ecco cosa succede quando smetti di essere una roccia e diventi il fiume. Nello studio mi trovavo benissimo, i colleghi divennero presto degli amici e il proprietario, invece di fare promesse, passò direttamente ai fatti: un giorno mi presentò la proposta di sponsorizzazione. In poche parole, era disposto a intraprendere un iter burocratico anche piuttosto costoso per diventare il mio sponsor neozelandese e quindi darmi la possibilità di ottenere la residenza nel Paese. Era un invito a restare con loro, a restare in Nuova Zelanda.

Accettai senza esitazioni. In Italia mia madre conviveva con il suo nuovo compagno, mio padre aveva una nuova famiglia e non avevo più i nonni. Ero stato proprio io a riunirli e poi a *lasciarli andare* alle Porte del Paradiso in Vietnam. Non c'era nessun motivo per tornare a fare la vita misera che avevo felicemente abbandonato. Luigi aveva ricevuto la stessa proposta dal proprietario della pizzeria, anche se lui avrebbe dovuto seguire un corso professionale per poter ottenere lo sponsor. E, prima ancora, un quanto mai necessario corso di inglese. Lui era più titubante, perché sua madre era sola in Italia. Però mi disse che, se tutto fosse andato bene, l'avrebbe portata lì.

«Qui in Nuova Zelanda?» gli chiesi stupito.

Lui aveva annuito convinto, e io fui sicuro che lo avrebbe fatto davvero.

Nessuno dei due voleva tornare indietro. Intendevamo stare lì, perché lì eravamo riusciti a costruirci una vita che ci piaceva. E se è vero che dovresti sempre amare tutto ciò che il destino ha in serbo per te, se puoi costruirti delle condizioni favorevoli per farlo più facilmente, non dovresti tirarti indietro.

Ero felice. Sentivo di aver ripreso in mano la mia vita, ma sapevo che il merito non era solo mio. Quel viaggio in Vietnam aveva cambiato tutto, e sarei stato debitore nei confronti di Guilly per il resto dei miei giorni.

Desideravo tornare in Vietnam, rincontrarlo e raccontargli

come era andata avanti la mia vita anche grazie a lui. Non lo avevo mai più sentito da quando ero tornato in Italia e in fondo non ne ero triste. In qualche modo ero convinto che fosse giusto così. Però ora, dopo tanto tempo, volevo rivederlo e rivedere anche quei luoghi di cui mi ero innamorato.

Quasi come se l'universo mi ascoltasse, scoprii che, per ottenere la residenza permanente in Nuova Zelanda, sarei dovuto uscire dal Paese per almeno due settimane. Era l'occasione perfetta per prenotare un volo per Ho Chi Minh City.

C'era anche un altro motivo, per quanto assurdo, per cui volevo tornare là: a volte, quando pensavo a quel viaggio, mi chiedevo se fosse successo tutto per davvero. Era la stessa strana sensazione che avevo avuto già sul volo di ritorno. Era accaduto così tanto, e così in fretta, che quasi non mi sembrava vero.

Lo feci in una piovosa mattinata neozelandese. Presi un volo diretto che mi portò, nel giro di sette ore, in quella città un tempo chiamata Saigon. Avevo noleggiato una moto, ma stavolta avevo fatto tutto online. La ritirai direttamente in aeroporto e, anche se non era una Royal Enfield, quando inserii la marcia e girai lentamente la manopola, mi venne la pelle d'oca.

Ci rimasi per due settimane, in Vietnam tutto era come nel film che avevo nella mia testa. I rumori del traffico e il dolce suono della lingua dei vietnamiti, i sapori del *pho*, il paesaggio che cambiava chilometro dopo chilometro. L'aria fresca del mattino e quella calda e densa del pieno pomeriggio pesavano sulla mia pelle nello stesso modo. La pioggia era sempre la stessa.

C'era solo una cosa che era diversa. O meglio, che mancava: di Guilly non c'era traccia.

In realtà la prima persona che avevo cercato era stata Hang. Era stata una ricerca senza successo: Chinatown era caotica e avevo girato per un paio di giorni alla ricerca del suo ristorante, che ricordavo piccolo e incastrato tra altri negozi e ristoranti. Avevo in mente un'immagine piuttosto nitida: Hang che mangiava seduta a gambe incrociate, con una ciotola di zuppa tra le mani, mentre alle sue spalle il padre cucinava immerso nel vapore dei grossi pentoloni.

Cercai ovunque, ma non lo trovai. C'erano troppi ristoranti di quel tipo a Ho Chi Minh City. Alla fine presi la moto e ripartii verso Da Lat. Mi dissi che ci avrei riprovato al ritorno.

Arrivai a Da Lat e anche in quel caso tutto mi parve uguale all'ultima volta. Ricordavo bene dov'era la guesthouse di Guilly e così mi diressi lì senza indugi. Avrei dormito lì per almeno un paio di notti, sperando di poter passare più tempo possibile con lui. Mi mancavano le nostre conversazioni lunghe, mi mancava quel suo modo di divagare per poi tornare esattamente al succo del discorso. Stavolta avevo tante cose da raccontargli anche io.

La guesthouse era identica a come la ricordavo. C'era la sala comune in legno, c'erano altri viaggiatori, ma la stessa atmosfera rilassata e intima. Anche le due ragazze dietro al bancone della reception mi sembravano le stesse di due anni prima. Quando mi avvicinai, gli chiesi se si ricordassero di me. Risero imbarazzate: evidentemente vedevano troppe persone per ricordarle tutte.

«Cerchi una camera?» mi chiese quella più alta.

«Sì, ma prima volevo sapere se c'è Guilly in giro.»

Le due si guardarono, poi mi guardarono.

«Chi?»

«Come chi… Guilly!» dissi ridendo. Loro continuavano a guardarmi con quell'aria confusa e desolata.

«Mi dispiace ma non sappiamo chi sia.»

«Cos'è, uno dei suoi scherzi?»

Nessuna risposta.

«Guilly…» dissi avvicinandomi come se stessi per rivelare un segreto. «Il proprietario di questo posto.»

Stavolta mi apparvero insospettite.

«Guglielmo Travi» insistetti. Ora sembravano quasi intimorite. Mi sentivo un po' agitato, c'era un pensiero assurdo che mi disturbava: e se davvero non esistesse?

Sorrisi e giunsi le mani. La loro espressione si tranquillizzò.

«Un paio di anni fa sono venuto qui. Sono stato solo una notte, perché il mattino successivo io e Guilly siamo partiti per un viaggio. È un uomo di una certa età, con i capelli e la barba bianchi. Si veste con... dei pantaloni leggeri, ha sempre una collanina. Avete presente?»

Loro si guardarono, poi guardarono me. Alla fine scossero la testa. Andai a cercare la scalinata che portava al suo bellissimo appartamento, minimalista ma pieno di luce e con pochi oggetti di grande valore. Non la trovai. Cercavo lo scalino con su scritto: "Solo se ti manterrai attivo, vorrai vivere fino a cent'anni", ma non ce n'era traccia.

Quello fu il momento in cui tutto cambiò. Perché quel mio viaggio si trasformò in una ricerca di Guilly. Non avevo prove della sua esistenza. Non c'era una foto, se non quella che avevo trovato nel libro del nonno. Ma quella foto non ce l'avevo sottomano, così come la lettera in cui il nonno mi parlava di Guilly. Era tutto in Italia.

Trovare Guilly divenne un'ossessione. Tutti i suoi insegnamenti sul controllare la propria mente e le proprie emozioni divennero improvvisamente inutili: non riuscivo a togliermi dalla testa l'idea che in realtà non esistesse.

Ero ricascato nella vecchia tendenza a non credere a nulla che non potessi razionalizzare. Anche perché, dopo aver parlato con le ragazze della reception senza successo, andai a domandare al signore che ci aveva affittato le moto, o almeno ci provai, perché non parlava inglese. Chiesi a un ragazzo che passava di lì di tradurre la mia domanda: «Si ricorda dell'uomo anziano con cui venni a ritirare la moto?». Lui scosse la testa. Forse non aveva capito, ma comunque quella mancata conferma non fece che alimentare i miei dubbi.

Riuscii, con molta fortuna, a trovare lo stesso locale dove avevamo mangiato qualcosa al volo e lui aveva ringraziato più e più volte la cuoca. Quello dove mi aveva spiegato che il gesto di ribellione più grande che ci sia, al giorno d'oggi, è essere gentili. La signora era sempre lì, sempre con le guance infuocate e l'aria buona, da mamma. Mi avvicinai, la salutai e le chiesi se si ricordasse di me. Disse di no e aggiunse che le dispiaceva.

«Ma come... ero con quel signore di una certa età, con la barba bianca... la ringraziò più e più volte per il cibo.»

«*Sorry, sorry!*» disse lei, quasi come se la stessi accusando di qualcosa.

Le dissi di non preoccuparsi, ordinai un curry e lo mangiai da solo e in silenzio.

La tappa successiva non poteva che essere Hoi An. Era un posto di cui avevo bellissimi ricordi, uno su tutti l'immagine della lanterna che avevo lasciato andare sul fiume. Mi sarebbe bastato incontrare Hang per risolvere quel problema che ormai mi tormentava, lei certamente se lo sarebbe ricordato. Guilly le aveva parlato, le aveva detto qualcosa in vietnamita e lei aveva riso. Poi Hang mi aveva chiesto se fosse mio nonno. Sì, lei certamente se lo ricordava. E, in caso contrario, sarebbe stata una risposta definitiva al mio dubbio.

Ci arrivai una sera qualsiasi. Non c'era nessun festival, ma la magia di quel luogo era sempre lì, anche senza tutte le lanterne che illuminavano le strade e il corso del fiume. Purtroppo, però, c'erano molti meno ristoranti rispetto all'ultima volta e mi venne il dubbio che Hang venisse lì solo per le grandi occasioni. Anche lei mi sembrava sempre di più una fantasia, una mia illusione. Stentavo a ricordare il suo volto e non avevo nulla a supportare la mia memoria: non conoscevo il suo nome completo e non potevo cercarla sui social, non avevo il suo numero di telefono, non avevo alcun modo per mettermi in contatto con lei.

Dopo una serata intera a girare per le stradine di Hoi An, mi sentivo frustrato. Nessuno, a parte me stesso, poteva confermare che quel viaggio ci fosse stato davvero e fosse andato proprio così. E di me non mi fidavo più, chissà perché. Avevo una ricaduta degna dei miei momenti peggiori.

Non era nei miei programmi di tornare nel parco nazionale di Phong Nha, lo feci solo per andare a trovare Sid e Binh, la coppia che gestiva la guesthouse dove ci eravamo fermati a dormire. Ricordavo perfettamente dove si trovava, quindi ero fiducioso che avrei scoperto tutta la verità. E invece non fu così: quando entrai nella guesthouse, mi accolse un ragazzo con una divisa nera da cameriere.

«Ci sono Sid e Binh?» chiesi subito, quasi con il fiato corto.

Lui mi chiese chi fossero e io mi sentii mancare l'aria nei polmoni.

«Non può essere» dissi. «Sono i proprietari di questo posto.»

Lui mostrò la stessa espressione delle due ragazze della reception di Da Lat: confusione, dispiacere, un po' di timore di fronte alla mia insistenza. Alla fine chiamò un responsabile. Mentre si allontanava, un pensiero mi trafisse la mente: quando io e Guilly avevamo cucinato gli *scones* per Sid e Binh, lui aveva tirato fuori dal forno la teglia a mani nude. Com'era stato possibile, senza bruciarsi? Forse perché Guilly... non esisteva?

Poco dopo avevo davanti a me un uomo distinto, in giacca e cravatta. Gli posi la stessa domanda, spiegandogli la situazione.

«Non so se si chiamassero Sid e Binh, ma prima questo hotel era di proprietà di una coppia. Lo hanno venduto l'anno scorso e ora lo gestiamo noi.»

«E loro dove sono andati?» chiesi sapendo di risultare fastidioso.

«Purtroppo non lo so.»

60

Tornai verso Ho Chi Minh City con un senso di smarrimento dentro. Quello che all'inizio era solo uno stupido dubbio stava diventando una certezza: Guilly non esisteva. Non era mai esistito. Forse esisteva Guglielmo Travi, l'uomo nella foto con mio nonno, ma Guilly era un'invenzione della mia mente.

Mentre guidavo mi ricordai di aver letto, una volta, che in alcuni casi la depressione porta ad allucinazioni. E se fosse stato il mio caso? Forse ero così giù di morale che in qualche modo avevo reagito inventandomi un... maestro? Qualcuno in grado di tirarmi fuori da quella tristezza logorante? Mi sembrava difficile che fosse andata così, però di Guilly non si ricordava proprio nessuno. E io non avevo alcuna prova concreta della sua esistenza.

Per un paio di giorni guidai quasi senza rendermene conto. La mente era altrove. E infatti non ho altro che vaghi ricordi di tutti quei chilometri e dei luoghi in cui transitai. "Puoi ricordare solo ciò a cui presti attenzione" aveva detto Guilly. E aveva ragione, anche se forse non era mai esistito.

Guidai con il vuoto dentro il cuore e mille pensieri in testa finché, senza nemmeno accorgermi di essere arrivato già così a sud, mi ritrovai di nuovo all'uscita per Hoi An.

Non ci pensai neppure e svoltai. Fu come se qualcun altro guidasse la moto.

Quando entrai nelle stradine strette di Hoi An, capii immediatamente che era in corso un qualche tipo di festival. C'erano lanterne ovunque e molte più persone rispetto all'ultima volta in cui ci ero passato, circa una settimana prima. E poi si respirava quell'atmosfera di festa, che non sai spiegare ma vedi sui volti delle persone, nel modo rilassato in cui si muovono, nella spensieratezza delle conversazioni, nella leggerezza delle risate.

Quella leggerezza era contagiosa e mi aiutò a sciogliere il nodo che avevo dentro. Pensai che mi sarei dovuto arrendere di fronte al dubbio che mi tormentava e andare avanti con la mia vita. Anche se lasciare andare, mai come in quel caso, mi sembrava impossibile.

Cercai una guesthouse, una qualsiasi. Posai lo zaino in camera e poi camminai per la città senza meta. Finché a un certo punto, uscendo da un vicolo e svoltando a destra, mi ritrovai davanti a una lunga fila di banchetti di street food, su una strada che si concludeva con il fiume. Anche quella sera il molo era pieno di persone e lanterne. Ero nello stesso posto in cui mi trovavo due anni prima, ma stavolta senza Guilly. E Hang? Lei c'era?

Arrivai al molo, ero alle spalle delle signore anziane che creavano le barchette con le foglie di banano. Mi sentivo sempre più leggero mentre le osservavo all'opera, strabiliato dalla loro abilità, nonostante le mani nodose e rovinate dall'età. Era quello il loro Ikigai? Mi dissi di sì, perché mentre preparavano le barchette parlavano e ridevano tra di loro. Sembravano felici di essere lì e non altrove.

«Stavolta cosa vuoi lasciare andare?»

Non avrei mai potuto dimenticare quella voce, nemmeno in mille anni. E, quando mi voltai, mi resi conto che non avrei mai potuto dimenticare nemmeno il suo volto. Ora che lo rivedevo, sapevo che sarebbe rimasto per sempre impresso nella mia mente.

«Hang?»

Lei sorrise e inclinò leggermente la testa, con quel suo modo di fare che mi aveva fatto innamorare di lei la prima volta che l'avevo vista. Sorrideva con tutto il viso, non solo con la bocca. E poi i capelli, lunghi, nerissimi, lucidi. Stavolta li aveva sciolti e le arrivavano quasi all'altezza dell'ombelico. Era lei, ma era più donna, meno ragazzina. Era bellissima.

«Davide» replicò lei con un'espressione divertita.

E io, senza pensarci, la abbracciai. Leggermente e brevemente, e lei non si tirò indietro. Anzi, sembrò contenta di quel gesto.

«Che ci fai qui?» mi chiese quando ci staccammo.

«Sto viaggiando.»

«Di nuovo in Vietnam?»

«Sì» dissi sorridendo. E a quel punto una domanda si fece strada con prepotenza nella mia mente: "Ti ricordi di Guilly?".

Il cuore prese a martellarmi nel petto: lei poteva aiutarmi a capire. Lei poteva porre fine al tormento che avevo dentro. Feci per chiederlo, ma poi mi fermai. Mi ricordai di un consiglio che mi diede prima il nonno e poi Guilly: pensa di meno, vivi di più.

In fondo era davvero così importante ricevere una risposta? Cosa avrebbe cambiato concretamente? Niente. Non avevo bisogno di sapere se Guilly esisteva sul serio. Avevo bisogno di tornare a vivere il momento. Tornare nel qui e ora. Pensare meno e vivere di più. Così ero uscito dalle tenebre in cui ero finito.

Decisi di riprendere il controllo dell'unica cosa su cui potessi esercitare il controllo: la mia mente. Placai la scimmia impazzita e, invece di porle quella domanda, mi limitai a sorriderle. Mi costò una fatica tremenda, ma quello sforzo fu ricompensato da una sensazione di calma che mi scaldò dentro. La stessa che avevo provato camminando da solo per le strade di Hanoi dopo essere tornati da Monkey Island. Mi sentii leggero, come solo chi ha appena lasciato andare un peso invisibile agli occhi, ma logorante per l'anima.

Hang comprese che era appena successo qualcosa di importante. Mi studiò in volto per un paio di secondi, sempre sorridendo.

«Sembri diverso» disse.

«Sarà la barba» replicai. Da quando ero tornato in Vietnam, l'avevo lasciata crescere liberamente.

«No, è qualcosa nel tuo modo di fare. Sembri più… sereno.»

Sorrisi e distolsi lo sguardo.

«Grazie. Ora lo sono.» Feci un sospiro. «C'è una cosa che vorrei dirti.»

«Cosa?»

«Vorrei chiederti scusa per ciò che è successo l'ultima volta che ci siamo visti. Sono molto dispiaciuto per la sofferenza che ho causato a te e alla tua famiglia.»

Lei abbassò la testa. L'aveva superato, ma un po' di disagio c'era ancora.

«Le mie intenzioni erano buone, ma ho agito in un modo di cui mi vergogno.»

«Tranquillo» disse lei sorridendo. «Mio padre sa come sono andate le cose, ha capito.»

«E cioè?»

«Che lo hai fatto per difendermi.»

Ci guardammo negli occhi per qualche secondo infinito.

«Anche tu sei cambiata» dissi.

«Ah sì?»

«Sì. Però sei anche rimasta la stessa.»

Lei rise.

«E cosa vorrebbe dire?»

Alzai le spalle. Non è che non sapessi come rispondere, è che non trovavo le parole giuste per farlo.

«Mi piaci. Ora come allora. Non è cambiato niente.»

Lei divenne un po' rossa in volto.

Sorrise imbarazzata, guardò altrove, fece un mezzo giro su se stessa, come se cercasse qualcosa. Forse voleva assicurarsi che suo padre non fosse lì nei dintorni. Alla fine puntò i suoi occhi piccoli e nerissimi nei miei.

«Lavorando qui, a Hoi An, ho visto tantissimi viaggiatori arrivare, stare qualche giorno e poi ripartire» disse alla fine.

Inarcai il sopracciglio. Non capivo cosa c'entrasse quella frase.

«Immagino» dissi sorridendo. «Ma perché me lo dici?»

«Perché... ecco, perché questo, alla fine, è l'unico motivo per cui mi sono tirata indietro.»

Mi presi qualche secondo per essere certo di avere capito bene.

«Intendi dire quando ho provato a baciarti?» chiesi sorridendo.

Certe cose non mi spaventavano più. Specialmente l'onestà. Lei divenne tutta rossa, ora, e certamente non aveva idea di quanto fosse adorabile. Per un attimo riuscivo a pensare solo a questo, ma poi le sue parole risuonarono dentro di me.

«Forse è anche colpa di mio padre» disse lei guardando da un'altra parte. «Mi ha sempre messo in guardia dai turisti. Credo che sia perché quando lui era giovane i turisti che venivano qui non erano... come te.»

Mi tornarono in mente le parole di Guilly: "Il padre di Hang ha visto un Vietnam diverso da quello di oggi e probabilmente il suo atteggiamento è volto a proteggerla".

«Ma anche sapendo che tu non sei come gli altri, eri comunque un viaggiatore di passaggio. E insomma, non volevo...»

Si fermò un attimo, si voltò verso il fiume. Dal cielo, intanto, la luna da cui prendeva il nome le si rifletteva negli occhi nerissimi.

«Non volevo rischiare di innamorarmi di te. Ecco» disse alla fine, sempre guardando altrove. «Innamorarmi di un viaggiatore che arriva qui, si ferma giusto il tempo di un bacio e poi riparte per non tornare mai più.»

Guardai anche io verso il fiume e pensai a quanto fosse ingannevole la mente umana: per due anni mi ero trascinato dietro quel rifiuto convinto di non essere stato all'altezza della situazione, di aver sbagliato qualcosa, di essermi illuso. E invece era lei che non voleva rischiare di innamorarsi di me.

Restammo in silenzio per un po', ma non era un silenzio imbarazzato. C'era leggerezza nell'aria, ora che tutto era chiaro a entrambi. Avevo un solo pensiero per la testa: ora sono qui. E avevo una gran voglia di passare la serata con lei. Conoscerla, parlarle, baciarla. E magari trascorrere con lei anche tutti gli altri giorni prima della mia partenza. E magari anche i giorni dopo la partenza. E magari portarla via con me. Vedere il mondo insieme. Aiutarla a realizzare il suo sogno di viaggiare al di fuori del suo Paese. Mi resi conto, con un brivido, che questo avrebbe significato fare ciò che mio nonno non era riuscito a fare con la donna che amava.

Mi fermai un attimo su quest'ultimo pensiero. Guardai il cielo, deglutii e sospirai. Poi sorrisi, direttamente dal cuore.

«Ora sono qui» dissi alla fine.

Lei si voltò e finalmente tornò a guardarmi negli occhi.

«Ora sono qui» ripetei. «E, che tu ci creda o no, sono tornato per te. Due anni fa, lasciando il Vietnam, promisi a me stesso che prima o poi sarei venuto qui a chiederti scusa. E a chiederti un'altra cosa.»

Lei mi guardò con uno sguardo enigmatico, impossibile da leggere. C'era però molta curiosità nei suoi occhi.

«Che ne dici se ceniamo insieme?» le proposi sorridendo.

Lei ne fu sorpresa, ma percepivo che era felice di aver ricevuto quell'invito.

«Purtroppo stasera non posso» disse. Poi si affrettò ad aggiungere: «C'è il festival, devo lavorare. Che ne dici se ci vediamo domani per pranzo?».

Per un attimo mi chiesi se non mi stesse mettendo alla prova. Forse voleva vedere se era vero che non ero solo di passaggio. Poi mi dissi di non pensarci, perché non aveva importanza. Le cose che contano davvero, nella vita, richiedono tempo.

«Certamente. Sarebbe un vero piacere.»

Lei sorrise inclinando leggermente la testa, in quel modo tutto suo. Ci guardammo negli occhi per qualche secondo, in silenzio. Poi ci demmo appuntamento per il giorno suc-

cessivo e ci salutammo. Prima di voltarsi mi regalò un sorriso che allargò ancora di più il mio. In quel momento, chissà
perché proprio in quel momento, mi resi conto che Guilly
aveva ragione: me ne ero innamorato. Di nuovo, a distanza di due anni. O forse non me ne ero mai disinnamorato,
forse quel fiume era tornato a scorrere dopo un lungo periodo di secca.

La vidi allontanarsi, riuscendo a non perderla mai di vista in quella fiumana umana grazie ai suoi capelli lunghissimi e lisci come fili di seta. Quell'incontro con Hang mi
aveva donato una sensazione di puro amore per la vita. Mi
resi conto, senza il minimo dubbio, di quanto la vita non sia
solo una questione di mente, ma anche di cuore. Eppure ce
ne rendiamo conto solo quando siamo innamorati. Perché
l'amore è la risposta giusta a ogni domanda, la chiave che
apre tutte le porte, la soluzione a ogni problema.

Ora ero di nuovo capace di amare. Hang aveva aperto
una crepa nella corazza che avevo ripreso a indossare negli ultimi giorni. Aveva portato uno spiraglio di luce dentro di me, e da lì era entrato l'intero universo. Ora provavo un amore viscerale per la vita, per me stesso, per tutto
ciò che sarebbe successo. Era quella stessa forma di amore
che aveva salvato mio nonno, ne ero sicuro.

Quando alla fine sparì dalla mia vista, alzai lo sguardo
verso la lunga fila di lanterne sopra la mia testa.

Immaginai che ognuna di esse fosse una tappa del mio
viaggio in quel Paese, due anni prima. La prima lanterna era Ho Chi Minh City, poi ecco Da Lat. L'ultima era Ha
Giang. Quante ce n'erano in mezzo? Non aveva alcuna importanza. La vita non è matematica, è poesia. Per lo stesso
motivo, non aveva alcuna importanza che ora fosse tardi,
e quanto: non avevo voglia di andare in camera a dormire.

Ripresi a camminare. Hoi An era piena di persone, colori, profumi, voci. Era piena di vita.

61

Quando risalii in moto, non sapevo precisamente dove fossi diretto. Sapevo solo che volevo allontanarmi un po' dal rumore della città. Superai il fiume e puntai nella direzione opposta a quella che prendevano i taxi. Ero alla ricerca di un po' di solitudine.

Uscii da Hoi An e mi ritrovai su una strada asfaltata e poco trafficata, illuminata dalla luna e dalle stelle. Sorridevo, ero felice. Avevo capito che non dovevo cercare Guilly, dovevo solo accettare che, qualunque cosa fosse successa, mi aveva cambiato per sempre la vita. E che gli insegnamenti che avevo fatto miei non me li avrebbe più tolti nessuno. Non importava da dove fossero giunti, importava dove si erano fermati: dentro di me.

Bastò quella consapevolezza a farmi capire tutto, ma proprio tutto ciò che mi aveva logorato da quando ero tornato in Vietnam alla ricerca di Guilly. Proprio come era successo davanti alle Porte del Paradiso, quando avevo capito che mio nonno mi aveva mandato là per il mio bene, non per altro. In quel momento la verità si mostrò davanti ai miei occhi. E io non riuscii a trattenere le lacrime.

Accostai immediatamente in una piazzola a lato della strada. Il terreno era sterrato e la moto saltellò per qualche metro. Quando la spensi, senza il rombo del motore nelle orecchie, il silenzio profondo e avvolgente che mi circondava mi diede la pelle d'oca, proprio come due anni prima a Ninh Binh. Ma non era un silenzio vuoto, come quello di certe case tristi, disabitate da anni. Era un silenzio pieno dei suoni della Natura: il gracidare degli animali, il fruscio delle foglie degli alberi mosse dal vento, il suono stesso del vento. In lontananza mi parve di udire il rumore di un fiume, o forse era semplicemente il fluire della vita. E poi, anche se non c'era nessuna spiegazione logica, alzando gli occhi al cielo mi sembrava di sentire il suono delle stelle. Che rumore fanno le stelle? Era come se, ad anni luce di distanza da me, ci fosse un mare, le cui onde si infrangevano con forza sulla sabbia. Gli ultimi strascichi di quel suono arrivavano alle mie orecchie, anzi alla mia anima, in modo quasi impercettibile. Ecco che rumore fanno le stelle.

Mi fermai ad ammirare il cielo. Ero in mezzo al nulla, in un Paese straniero, eppure mi sentivo circondato dal Tutto. Guilly diceva che le atrocità sono quasi sempre solo nella nostra testa, la meraviglia è tutta intorno a noi. E aveva ragione, mi bastava alzare gli occhi per rendermene conto.

Mi tornò in mente un'altra cosa che mi aveva chiesto: "Hai mai camminato a piedi nudi sull'erba?". No, non lo avevo mai fatto. Decisi di farlo in quel momento: scesi dalla moto, mi tolsi gli scarponcini e le calze, poi camminai sul terreno sterrato fino a raggiungere il prato sulla mia destra. Presi a camminare lentamente, con le mani dietro la schiena come faceva lui, mentre i fili d'erba mi solleticavano la pianta dei piedi consegnandomi un'altra scarica di pelle d'oca.

La verità che avevo finalmente scoperta era semplice: non aveva alcuna importanza che Guilly esistesse oppure no, perché forse Guilly era il viaggio. Forse la mia mente si era inventata un personaggio anziano ma in gran forma, con i capelli e la barba lunghi, con un modo di fare leggero e spensierato, mentre tutti quegli insegnamenti che mi ero portato a casa non erano di Guilly, ma del viaggio stesso. Tutto quello che avevo imparato era frutto degli incontri e delle esperienze che avevo vissuto strada facendo. Forse le lezioni me le aveva date la vita, giorno dopo giorno, chilometro dopo chilometro. Forse Guilly non esisteva davvero, e andava benissimo così. Perché in tal caso significava che io me lo ero inventato e questo, a sua volta, voleva dire che io ero Guilly.

"Forse Guilly sono io tra cinquant'anni" pensai avanzando sull'erba bagnata di rugiada. Le stelle e la luna, lassù, erano un capolavoro, un atto divino. Mentre il cielo oscuro era la tela su cui l'universo dipingeva la sua meraviglia. Mi fermai ad ammirarle. E in quel momento, con i piedi nudi direttamente a contatto con la terra e gli occhi puntati al cielo, con l'aria fresca della sera che mi avvolgeva e il silenzio che mi riempiva l'anima, compresi esattamente ciò che intendeva Guilly quando quella volta, dinnanzi all'alba, mi disse: "Quando ritroverai quel contatto con il Tutto, capirai che puoi rilassarti, puoi respirare, puoi sorridere, puoi essere felice. Capirai che non c'è fretta, perché ogni processo richiede i suoi tempi. Ma capirai anche che non devi aspettare che ti succeda qualcosa di bello".

Ora mi era davvero chiaro il senso di quelle parole. Non c'è nessun passato da rimpiangere e nessun futuro di cui avere paura. Se impari ad amare profondamente te stesso, l'universo intorno a te e la vita, succede sempre qualcosa di meraviglioso: questo momento. Qui e ora.

Non hai bisogno di nient'altro per essere felice.

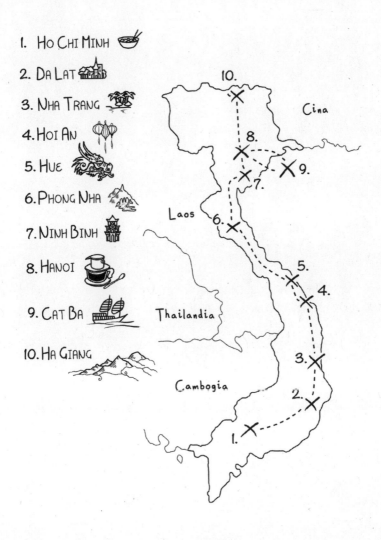

1. HO CHI MINH
2. DA LAT
3. NHA TRANG
4. HOI AN
5. HUE
6. PHONG NHA
7. NINH BINH
8. HANOI
9. CAT BA
10. HA GIANG

Cina

Laos

Thailandia

Cambogia

Mondadori Libri S.p.A.

Questo volume è stato stampato
presso ELCOGRAF S.p.A.
Stabilimento - Cles (TN)

Stampato in Italia - Printed in Italy